동화의 숲 환상의 샘

동화의 숲 환상의 샘

2009년 12월 5일 1판 1쇄 인쇄 / 2009년 12월 11일 1판 1쇄 발행

엮은이 이도환 · 김경우 / 펴낸이 임은주 / 펴낸곳 도서출판 청동거울
출판등록 1998년 5월 14일 제13-532호
주소 (137-070) 서울 서초구 서초동 1359-4 동영빌딩
전화 02)584-9886(편집부) 02)523-8343(영업부)
팩스 02)584-9882 / 전자우편 cheong1998@hanmail.net
홈페이지 www.cheongstory.com

편집주간 조태봉 / 편집 김은선 / 마케팅 배진호 / 관리 김은란

책값은 뒤표지에 있습니다.
잘못된 책은 바꾸어 드립니다.
지은이와의 협의에 의해 인지를 붙이지 않습니다.

First published in Korea in 2009 by CHEONGDONGKEOWOOL Publishing Co.
Printed in Korea.

ISBN 978-89-5749-126-3 03810

동화의 숲 환상의 샘

이도환 · 김경우 엮음

청동거울

장수의 새 별

김종상(동시인, 펜클럽 한국본부부이사장)

장(長)은 긴 것이라 영원함이며
수(水)는 물이라 생명 그 자체이니
장수(長水)는 영생을 서원한 땅
거기에서 태어난 박상재님은
분명 이 세상에 새 별로 왔기에
오늘은 큰 빛으로 우뚝합니다

33년 전 그는 교단에 서면서
교육을 위해 문학을 시작했고
문학을 통해 아이들에게
꿈과 행복을 심어 주었습니다.

그런지 3년 후, 그의 글은
《전북일보》《서울신문》에 발표되면서
세간의 주목을 크게 받았으니
그 작품들은 제목부터가
「꽃씨봉투」,「꽃나라 별나라」,

「봄을 기다리는 아이들」, 「가을 무지개」로
꽃과 별과 무지개의 고운 꿈을 안고
이상의 봄을 소망함이었습니다

《한국일보》 신춘당선작에서는
꿈의 실현을 더 구체화했으니
새처럼 고운 목소리를 갖고
높은 하늘을 날고 싶었던
대나무밭의 못난이 갓대가
퉁소가 되고 연이 되어
간절한 꿈을 이룬다는
「대나무의 꿈」이 그것입니다

「대나무의 꿈」는 그후
주경야독으로 박사가 되고
대학강단에 서는 꿈을 이루어낸
자신의 자화상이 되었습니다.

그리하여 초등교단에서는
꿈을 심어주는 교사로
대학강단에서는
참삶을 안내하는 교수로
우리문단에서는
문학혼을 불태우는 작가로
모두의 선망이 되었습니다

문단 30년,
교단 33년간 쌓은 그의 탑은
참으로 우뚝하고 찬란하여
장수라는 지명이 서원한 대로
그 이름이 영생의 자리에 올랐으니

그의 드높은 꿈의 빛깔과
뜨거운 사랑의 향기는
영원히 찬란할 것입니다
더욱 빛날 내일을 기원하며
축하의 큰 박수를 보냅니다.

환상의 숲에 새 길이 열리기를

노원호(동시인, 새싹회 이사장)

동화의 길 30년
그 길을 달려 온 박상재 선생
참으로 울창한 숲을 가꾸었지.

때로는 밤을 지새우기도 하고
때로는 밤하늘의 별을 보고
얘기도 나누고
그러다 올곧은 동화 한 편을 낳으면
환하게 웃기도 했지.

그렇지만 때로는 원고지 한 장을 채우지 못해
입술이 부르틀 때도 있고
몸살을 앓듯
몇 날 며칠을 끙끙대다가
또 한 편을 탄생시키기도 하지.

그가 걸어 온 동화의 길 30년

'원숭이 마카카'를 만나면서
그는 환상의 숲에 새 길을 내기 시작했지.

보르네오 섬에서 온 원숭이 마카카
그를 통해 자유와 생명의 소중함을 일깨워 주고
문명을 비판하기도 했지

'그래요, 사람들은 도대체 이해할 수가 없어요. 아무런 잘못도 없는 우리들을 쇠창살로 된 감옥에 가두어 놓고 우리들의 자유를 빼앗는 건 옳지 못한 일이라구요. 그런데 사람들이 뭐가 좋다고 그들 앞에서 재롱을 떨고 야단들이에요.'

이 한 구절로
우리의 가슴을 때리기도 하고
가슴 깊은 곳에서 반성도 하게하고
자유가 얼마나 중요한지
모두에게 경종을 울리기도 했지.

이제 그 30년의 길을 이어
또 다른 새 길을 개척하고
아름다운 환상의 숲을 가꾸어 나갔으면 하지.

이 나라 어린이들뿐만 아니라
우리나라 국민 모두가
그 환상의 숲에서 마음껏 웃을 수 있는
집을 한 채 지어보는 것도

매우 보람 있는 일일 테지.

박상재 선생,
그를 위해
오늘도 찬란한 햇빛 한 줄기가
동화의 숲으로 내려오고 있다.

큰 그릇에 큰 깃발로

박상재 작가 문학활동 30년에

박종현(동시인, 한국문인협회 아동문학분과 회장)

쉬지 않고 끝없이 달린
문학 활동 30년!
앞으로도 끝없이 달릴
문학 활동 30년!

세계아동문학대회, 아시아아동문학대회
중국 옌벤, 대련·일본 나고야 공항
큰 깃발 높이 들고 앞장서서 나아갔고
대회 때마다 무게있는 주제 발표하고

문학작품 역량 여러 곳에 알려져서
술술 살살 작품집 이곳 저곳 발간되고
보람 있는 교직생활 언제나 분주하여
부인은 작가를 대신하여 출판사 방문하고

오는 듯 가는 듯 마음 주고 정 주어
사회 솜씨 항상 다양하고 돋보여서

문학상시상식, 출판기념회 진행하고
아름다운 모습 칙칙폭폭 달리리라

지금껏 달린 30년!
앞으로 달릴 30년!
문학활동 60년! 만세!
문학 작품집 수없이 쌓여져
큰 깃발 하늘높이 오르리라

■ 붙임

월간 『아동문예』는 1976년 5월 1일 창간하여 현재에 이르고 있다.

종로 인사동 사거리 4층 아동문예를 발행할 때, 1981년 박상재 작가는 전북에서 교직생활을 하며 '아동문예 신인상'에 응모하여 동화 「하늘로 가는 꽃마차」가 당선되었다. 그후 박상재 작가는 결혼도 하였고 서울로 학교를 옮겨 아동문예 출신 '한국아동문예작가회' 사무국장으로, '아동문학시대' 동인으로 중추적인 역할을 하였다.

그리고 『아동문예』 발행인과 주간인 필자는 잡지의 재출간이나 출판사의 문학상 응모에 신인들의 응모 규정을 10년으로 주장하고 조언하였다. 그 일은 아동문예 출신 작가들의 활동무대를 넓히고, 아동문학 발전에 큰 도움이 되기 때문이다. 그리하여 잡지사와 출판사의 문학상 시상식 때 대부분 참석한 것도 아동문예 출신 작가들이 많이들 당선되었기 때문이다. 아동문예 출신 작가들이 당선된 것은 항상 반갑고 즐거웠다.

박상재 작가와의 인연도 이런 과정에서 많이 만났고, 허물없이 지냈기에 톡톡 튀는 말을 하기보다는 큰 그릇, 큰 깃발의 작가라고 말하고 싶다.

중국 공항에서 만났어도 참석한 곳은 서로 달라 악수만 하고 헤어질 때, 행사표시를 한 깃발을 든 박상재 작가의 모습을 지금도 생생하게 기억하고 있다.

박상재 작가의 끝없이 달리는 열정과 정진에 행운이 가득하리라 믿는다.

가을 편지

박상재 작가 동화의 길 30년에 부쳐

공광규(시인)

키 큰 미루나무 한 그루 강물에 갠 노랑물감 푹 찍어
하늘 편지지에 높고 맑게 쓰네.

"옆에서 옆으로 질병처럼 들불처럼 환하게 번지는 가을이어요.
나도 당신 옆에 흔들리는 초목으로 서서 환하게 물들고 싶어요.
그 환한 사랑을 쟁여 한겨울 따뜻한 온돌을 놓고 싶어요."

낮고 깊은 강물이 가을 물든 편지를 색도 복사하네.

작가 박상재가 일구어온
'동화의 숲 환상의 샘'을 돌아보며

박상재 작가는 1981년 월간 『아동문예』 신인상에 동화 「하늘로 가는 꽃마차」(이준연 선생 심사)가 당선되어 문단에 나왔다. 이후 1983년에 새벗문학상 장편동화부문에 「원숭이 마카카」(박홍근, 박경용 선생 심사)가 당선되었으며 그 이듬해인 1984년에는 《한국일보》 신춘문예 동화 부문에 「꿈꾸는 대나무」(어효선, 이재철 선생 심사)가 당선되었다. 문예지 신인상, 일간신문사 신춘문예, 그리고 장편동화 공모전까지, 다양한 경로를 통해 문단에 진입한 그에게 '미래 한국아동문학을 짊어지고 나아갈 젊은 작가'라는 격려가 이어진 것은 어쩌면 너무나 당연한 일이었다.

그러나 박상재를 '동화작가'라는 말로만 설명한다는 것은 너무 어려운 일이다. 그는 1977년 순창 쌍치 금국국민학교 교사를 시작으로 현재까지 교단을 지켜온 듬직한 선생님이기도 하다.

뿐만이 아니다. 1991년 성균관대학교교육대학원에서 석사과정(국어교육 전공, 석사학위 논문 「한국 창작동화 · 아동소설 연구」)을 마쳤으며 이후 단국대학교 대학원 국어국문학과(현대문학 전공)에서 박사과정을 공부하고 1998년에 문학박사학위(논문 「한국 창작동화에 나타난 환상성 연구」)까지 취득했다. 이후 여러 대학과 대학원에서 아동문학을 강의

하며 후학을 양성했을 뿐만 아니라 『한국 창작동화의 환상성 연구』(집문당, 1998, 문화체육부 우수학술도서로 선정), 『아동문학창작론』(학연사, 1999, 공저), 『한국 동화문학의 탐색과 조명』(집문당, 2002, 방정환문학상 수상), 『동화창작의 이론과 실제』(집문당, 2002) 등의 저서를 상재하며 아동문학 연구에도 큰 성과를 이루었다.

박상재는 동화작가임과 동시에 학교 선생님이며 아동문학연구자이기도 하다. 그렇기에 그 중 어느 한 가지만 가지고 와서 그를 설명하는 것은 쉽지 않은 일이다.

그러나 그 중에서 굳이 한 가지를 꼽으라고 한다면 동화작가가 가장 어울리는 호칭이라 여겨진다. 박상재 작가의 공식적인 등단은 1981년 월간 『아동문예』로 이루어졌지만 그의 동화창작 작업은 이보다 앞선 1979년으로 거슬러 올라간다. 그의 첫 번째 동화작품인 「꽃씨봉투」가 《전북신문》에 발표된 것이 1979년이기 때문이다. 그 이후 30년 동안 그는, 최근에 발표된 동화집 『도깨비가 된 장승』에 이르기까지 80여 권의 아동문학 관련 도서를 펴냈다.

박상재 작가는 30년 동안 일관되게 동화의 본령이라 할 수 있는 환상성에 대해 연구하고 또 이를 작품으로 구현해냈다. 그동안 그가 발표한 수많은 작품들은 대부분 판타지동화라고 할 수 있으며 그의 문학연구도 '환상성 연구'에 방점이 찍혀 있었다. 새벗문학상 수상작인 「원숭이 마카카」를 비롯하여 「개미가 된 아이」, 「그림 속으로 들어간 아이」, 「춤추는 고양이」, 「꿀벌 삼총사」, 「술 끊은 까마귀」, 「소쩍새를 사랑한 떡갈나무」 등은 모두 판타지동화이거나 판타지를 가미한 의인화 동화였다. 그는 동화의 창작에만 만족하지 않고 학문적으로도 아동문학의 환상성을 깊이 연구하여 1998년에 「한국 창작동화에 나타난 환상성 연구」로 단국대학교대학원에서 문학박사학위를 받았으며 이후 이 논문을 중심으로 한 이론서 『한국창작동화의 환상성 연구』(집문당, 1998)를 펴내 1998년 문화체육부 우수학술 도서로 선정되었고, 2002년에는 본격 동화작가작품론인 『한국 동화문학의 탐색과 조명』(집문당)을 펴내 방정환문학상을 수상하기도 하였다.

1970년대 후반기부터 꾸준히 아동문학가의 길을 걸어온 박상재 작가의 '동화 창작 30년'을 기념하기 위해 이번에 『동화의 숲 환상의 샘』을 발간하게 되었다. 이 책이 지닌 의미는 결코 작은 것이 아니다. 좁게 본다면, 1970년대부터 현재에 이르기까지 아동문학 외길을 걸어온 한 작가의 발자국을 되짚어보는 것이지만, 이를 조금 넓혀서 생각한다면 단순한 개인적 발자국이 아니라 한국아동문학사의 소중한 일면이 되기 때문이다.

이 책은 향후 박상재 작가의 작품과 인물을 연구하는데, 그리고 1970년대 이후 한국 아동문학을 연구하는 데 귀중한 자료가 될 것으로 확신한다.

아직도 왕성하게 창작활동을 하고 있는 작가이기에 그의 문학 인생을 결산한다고 하기에는 무리가 있겠으나, 그의 작품에 자주 소재로 활용되고 있는 대나무의 중간 마디처럼(박상재 작가의 호도 죽랑(竹郎)이다), 박상재 작가의 문학인생을 논하는 데 있어 튼실한 마디의 역할은 충분히 할 수 있으리라 여겨진다.

국내는 물론이고 멀리 미국과 일본에서까지 옥고를 보내주신 필진 여러분과 도서출판 청동거울에 고마움을 표한다.

2009년 11월 엮은이 씀

3. 내가 만난 작가 박상재

4. 작가가 걸어온 길

1985 꿈꾸는 대나무

1986 춤추는 고양이•장수골 만세

1988 허수아비가 된 허수아버지

1989 원숭이 마카카

1990 매맞는 나무•아빠 곁에 있을래요•겨울행진곡

1992 개구쟁이 천방지우

1993 동경 126도 11분 북위 34도 13분에 사는 아이들

1994 보물섬 아이들의 자전거 여행

1999 춤추는 오리

2000 통일을 기다리는 느티나무•그림 속으로 들어간 아이

2002 물새가 된 조약돌

2006 어른들만 사는 나라

2008 술 끊은 까마귀

2009 도깨비가 된 장승

이재철_신현득_엄기원_조대현_김종상_강정규_신현재_최효섭_노원호

박종현_이준관_이준섭_김은숙_배익천_윤이현_박성배_이상교_이동렬

이규희_김옥애_권영상_전병호_손기원_유효진_이창건_임나라_소중애

이영_손연자_신동일_이상문_김영훈_김현애_박민호_유인화_안선희

최정원_정진_조임생_장은정_함영연_장성유_이시구_양정화_송지현

고은별_김평원_이재성_강안_길지연_김경옥_김미라_서석영_박윤경

오원재_오은영_공광규_오타케 키요미_장수명

제1부 동화의 숲

장성렬_유정일_오점곤_공형국_박준온

최명표_이도환_김종헌_노여심_전명희_김용희_김경우_노경수_원유순

정혜원_이지현_김자환_정선혜_이정석_황혜순_김현숙_박영기_이성자

장영미_황선열

동화의 환상성을 드러내는 방식
박상재론

최명표(아동문학평론가)

1.

지금은 동화의 몸값이 올라가는 시대이다. 사람들이 먹고 살만 하니까 후대의 자식들을 위한 배려의 하나로 동화에 대한 관심을 피력하고 있다. 이러한 현상은 분명히 동화가 문제시되었던 문학사적 사실과는 상거를 띠는 것이다. 물론 이러한 시대적 경향은 모두 옳은 것은 아니지만, 그 동안 홀대받았던 동화단의 실정에 비하면 매우 고무적인 현상이라고 할 수 있다. 성인들을 대상으로 한 문학만이 순문학인 양 왜곡하던 이들이 앞다투어 상업자본과 결탁하고, 이른바 '어른을 위한 동화'라는 표제를 달고 저마다 동화집을 내놓는 형편이다. 그러나 이런 류의 동화를 읽으며 공통적으로 느끼는 점은, 그들이 동화를 인식하는 태도가 거의 아마추어리즘에 입각해 있다는 점이다. 그들은 문장만 어린 흉내를 내면 되는 줄 알거나, 소재가 어린 시절의 아스라한 추억을 떠올리면 되는 줄로 착각하고 있다. 그들은 한국의 현대문학에서 극복되어야 할 요소의 하나인 풀냄새 풀풀 나는 과거를 오늘에 되살리는데 공력을 들이고 있다. 나는 이것을 동시대 작가들의 그릇된 문학 장르관이라고 파악한다.

아울러 컴퓨터 보급의 확대로 인해 요사이 각광받는 팬터지 문학에 대해서도 일단 검토의 필요성을 느낀다. 이 현상은 다매체 시대에 필연적으로 대두되기 마련인 장르간의 교섭현상으로 풀이될 수 있는 것이지만, 팬터지에 대한 근본적인 이해는 동화의 생리적 속성에 대한 이해 위에서 출발해야 타당하다. 물론 어른들에게 동화는 '희미한 옛사랑의 그림자'일 수 있다. 그들은 동화를 통해서 아스라한 유년기의 추억을 회상해내고, 사회의 복잡한 현실로부터 다소간의 위안을 받으려고 한다. 그것은 일종의 '심리적 격리 현상'이다. 자아가 놓인 현실을 추악한 세계로 상정하고, 동화적 세계를 되돌아가고 싶은 애정의 대상으로 인식한다. 그들은 동화를, 마음좋고 제뜻을 다 받아주었지만, 현실적 제약을 극복하지 못해 끝내 헤어져야 했거나 가슴속에 켜켜이 쌓아두어야 했던, 생각만 해도 푸근한 '옛사랑'으로 수용하는 것이다.

그러나 동화는 어른들에게 거짓 평화나 안겨주는데 만족하는 안이한 장르가 아니다. 아이들은 동화를 읽으면서, 자신들이 꾸려가야 할 미지의 세계를 가늠한다. 타일러가 일찍이 말했듯이 "동화는 소멸된 신념의 잔존물이 아니고, 옛 의식의 잔존물"인 것이다. 동화는 작가/독자의 개별적 신념의 침전물이 아니라, 구시대부터 미래 세대까지 영원히 계승되어야 할 사회적/집단적 의식의 집적물이라는 것이다. 동화가 끝까지 살아남을 수 있는 존립 근거는 과거의 일상적 세목들을 세세히 적어서 아이들에게 물려주려는 데 있는 것이 아니다. 본질적으로 동화는 인류의 문화유산/사유체계를 아이들에게 문자화하여 고스란히 물려줌으로써, 세대간의 정서적 잇기가 구체적으로 실천되는 문화전승의 현장인 것이다. 그렇다면 동화는 더 이상 안개 낀 밤에 찾아 헤매는 옛사랑의 그림자일 수 없다.

2.

이 글에서는 박상재의 동화작품을 중심으로 작금에 문제시되는 점에 대해 생각하는 계기로 삼고자 한다. 그는 1956년 전북 장수에서 태어난 중견작가이다. 1981년 『아동문예』 신인상에 동화 「하늘로 가는 꽃마차」가 당선된 뒤, 1983년에는 장편동화 『원숭이 마카카』로 『새벗』문학상을 받았으며, 1984년에는 동화 「꿈꾸는 대나무」로 《한국일보》 신춘문예에 당선될 정도로 화려한 통과의례를 거쳐서 문단에 나왔다. 그가 그 동안 지은 동화책으로는 『장수골 만세』, 『춤추는 고양이』, 『아빠 곁에 있을래요』, 『허수아비가 된 허수아버지』, 『매맞는 나무』, 『통일을 기다리는 느티나무』, 『동경 126도 11분, 북위 34도 13분에 사는 아이들』, 『꿀벌 삼총사』, 『개미가 된 아이』 등 수십여 권이 있다. 이렇게 활발한 창작 활동에 대한 보상으로 '한국아동문학상' 등 여러 가지의 문학상을 받았다.

또 그는 교육 현장에 몸담고 있는 교사로서, 교과서 개발과 어린이들의 글쓰기 지도 등 다양한 분야에서 혁혁한 활동을 보여주었다. 더욱이 분망한 중에서도 그는 학문에의 정진을 계속하였다. 그는 전주교육대학을 졸업한 뒤에, 성균관대학교와 단국대학교의 대학원에서 아동문학을 전공하고 학위를 받은 문학이론가이기도 하다. 그는 학위논문과 그간 발표했던 평문들을 모아서 『한국 창작동화의 환상성 연구』(집문당, 1999)라는 이론서를 상재하기도 했다. 이 책에서 그는 한국의 창작 동화에 나타나는 환상성을 추출하여 유형화하고, 환상성의 구현 방법에 대해 깊이있는 논구를 보여주었다. 이와 같이 그는 이론과 창작의 양면에서 나름대로 고유한 성채를 쌓아 가는 진지한 노력을 기울이고 있는 독특한 존재이다.

3.

동화는 일차적으로 아이들을 잠정적 독자로 상정하여 존립하는 장르이다. 그러므로 불가피하게 독자들에게 문학적 규범을 '가르치는' 장르적 특성을 생래적으로 갖게 된다. 곧 동화는 어른들이 마땅히 가르칠 만한 가치가 있다고 판단한 문화적 가치들을 전승시키기 위해 선택된 문화양식이다. 아이들은 어른들의 일방적인 취사선택에 의해 동화를 강제적으로 학습하게 되고, 그 과정에서 전래되는 문화의 특질을 인지하게 된다. 이것은 동화라는 문학 장르가 갖고 있는 제도로서의 힘이며, 문화의 하위장르로서의 동화가 갖고 있는 교훈적 자질이기도 하다. 따라서 아이들에게 동화를 가르치거나 읽게 하는 행위는 이와 같은 강제적 성격을 고려하여 아이들의 특성을 전제하지 않으면 안 된다.

아이들은 원시지향적이다. 그들의 사고와 행태를 보면 어렵지 않게 인류의 시원을 상상할 수 있다. 아이들은 동물담을 좋아한다. 그들은 야생이든, 애완용이든, 실재하는 동물이든, 상상의 동물이든 간에 동물에 관한 이야기를 담을 내용이라면 매우 즐겨 읽는다. 동물담을 통해 아이들은 동물에 대한 사랑을 갖게 되고, 동물들의 생존을 위한 힘겨운 분투와 인간의 잔인성에 대해서도 깨닫게 된다. 아직 감정이 미분화 상태에 있는 아이들은 동물을 인격화하고, 그들과의 동일시 체험을 통해 자신의 생각을 깊게 만들어 간다. 그만큼 동물은 아이들다운 상상력을 키워주므로 동화에서 친근한 소재로 차용된다.

박상재의 동화 『개미가 된 아이』는 제목에서 단박에 알아차릴 수 있듯이, 변신 모티프가 주를 이룬다. 변신 모티프는 신화시대부터 인류의 사고를 진화시켜 온 오래된 사유의 산물이다. 인류는 이 모티프를 활용하여 풍부한 문화 유산을 생산할 수 있었고, 사유의 집적을

감행할 수 있었다. 아이들은 주인공의 변신을 통해 자신의 모험담을 신나게 꾸려가게 된다. 그런 측면에서 동화는 모험하지 않는 삶이 얼마나 맛없는 삶인지 알려준다. 삶은 변화를 토대로 형성되는 것이며, 동화는 주인공의 변신에 터하여 존립 기반을 확장한다.

작품의 출발점이자 귀착점인 변신에 기인하고 있는 만큼, 이 동화 속의 주인공 민이가 변신하게 되는 과정을 자세히 살펴볼 필요가 있다. 그는 몹시 개구쟁이다. 그는 여느 아이들과 진배없이 힘 약한 동물들을 괴롭히는데서 즐거움을 찾는다. 그가 약자를 괴롭히는 행위는 이야기의 전개와 결말을 암시해준다. 그는 부모가 일하러 나간 동안에 네 가지의 악행을 결행한다. 부모의 집나감과 아이의 혼자됨은 이야기의 성격을 구획해버린다. 그는 고독감을 모면하기 위한 대리행위로서 약한 동물 괴롭히기를 선택하는 것이고, 그것들은 이야기의 주제의식을 결정해준다. 주인공이 혼자 놀기 심심해서 자행하는 동물 놀려먹기 행위는 그에게 던져진 금기의 계율을 파기하는 것이다. 이 네 가지 계율은 주인공이 사람으로 다시 변신하기 위해 지켜야 할 약속으로 바뀐다. 바로 이 점은 동화라는 장르가 어김없이 구비문학의 근대적 유산이라는 사실을 담보해 준다. 따라서 이 동화는 재래의 금기담을 동화적으로 변용한 작품이라고 할 수 있다.

"야, 잡았다! 드디어 잡았다구. 이젠 네가 술래니까 네 눈을 가려야 해."

민이는 바지 주머니에서 헌 양말 한 짝을 꺼내더니 그것을 닭 머리에 뒤

집어씌웠습니다.

주인공이 첫번째로 선택했던 약한 동물 골탕 먹이기는, 닭장 안에서 병든 암탉에게 양말을 씌워서 술래잡기 놀이를 한 것이다. 물론 어린이에게 붙잡힐 정도의 닭이라면 병든 닭이거나 어린 병아리 정도일 것이다. 전적으로 자신이 자의적으로 시작한 술래놀이지만, 자기가 먼저 술래를 하였으니 차례를 바꾸어야 한다는 것. 이것은 아이들의 세계에서는 반드시 지켜져야 할 벼리인 것이다.

그는 이 일을 마치고 집밖으로 나와서 나머지 세 가지의 금기를 마저 범한다. 그는 "풍뎅이들의 다리를 하나씩 잘라"서 손바닥 위에 올려놓고, 그들의 발버둥거림을 춤추는 것으로 생각하면서 재미있게 구경한다. 이제 주인공의 행동이 더욱 잔인한 속성을 내재하고 외현화되기 시작한다. 따라서 주인공은 다리를 '하나씩 잘라'내야만 한다.

> 민이는 풍뎅이들의 다리를 하나씩 잘라 냈습니다. 여섯 개의 다리에서 끝마디를 모두 잘라 냈습니다. 풍뎅이들은 잘려진 다리를 꿈틀거리며 몸부림을 쳤습니다.
>
> "히히 녀석들, 춤을 제법 잘 추는데!"
>
> 민이의 눈앞에서 풍뎅이들의 춤은 쉬지 않고 이어졌습니다.

약자를 괴롭히는 자신의 행동을 합리화하는 것은 감정이 아직 미분화된 어린이다운 놀이이다. 또 바지랑대 끝에 앉은 잠자리 꽁지 끝을 싹둑 잘라서 날려보내는 장면도 어린이다운 행동이다. 그러나 이것은 예전에는 편재하던 추억 속의 한 장면이지만, 요즘식으로 말하면 동물학대행위에 해당한다. 그의 예기치 못할 동물 괴롭히는 행위는

10쪽 이내에서 변모되어 나타난다. 이것은 아이들의 놀이 특성상 호기심을 집중하는 기간이 짧다는 심리적 요인을 고려한 작가의 섬세한 배려로 보인다. 이런 눈에 보이지 않는 점이 그의 동화/판타지에서 리얼리티를 획득/유지시키는 힘이 되고 있음은 지적할 만하다. 혹자는 이런 것은 논의선상에서 제외하기를 마다하지 않겠지만, 동화는 문학성이나 교훈성, 기타 어느 특성을 내세우더라도 아이들이 읽는다는 것을 일차적 전제로 수긍하지 않을 수 없다. 그렇다면 그들의 특성을 제대로 알고 거기에 자신의 글높이를 맞추는 것이 작가의 옳은 태도라고 할 것이다. 리얼리티/리얼리즘은 교조적으로 선언될 성질이 아니라는 것이다.

> 민이는 잠자리 꽁지 끝을 싹둑 잘라 버렸습니다. 그러고는 그 곳에 마른 솔잎을 끼웠습니다.
>
> 잠자리는 너무나 아파 온몸을 떨었습니다.
>
> "잠자리야, 좋은 신랑 만나서 행복하게 잘 살아라."

이러한 약한 자 괴롭히기의 마지막 단계에서 작품의 주된 모티프인 개미와의 조우를 초래하게 된다. 주인공이 변신하게 된 직접적인 이유는, 집에 어린 아이 혼자 남은 데서 유래한다. 그 아이는 서울로 나들이간 형에 대한 질투와 무료한 시간을 보내기 위한 방편으로 동물을 괴롭히는 일을 궁리하였다. 약자를 괴롭히는 화소는 고대부터 숱하게 이어져오는 낯익은 글거리의 하나이다. 이러한 소재는 독자의 관심을 힘들이지 않고 쉬 집중시킬 수 있는 장점이 있다. 물론 그와 상대적으로 독자들에게 식상한 느낌을 줄 수도 있다. 그 양자 사이에 놓인 작품의 위상은 전적으로 작가의 품에 해당한다.

그는 멍석 위에서 잠을 청하는 순간에 자기 종아리를 문 개미 한 마리를 잡아챈다. 그는 자신의 수면을 방해한 개미 날개와 다리를 떼어서 내던져버린 후 잠을 자다가, 그의 몸은 "개미만큼 작아"지게 된다. 그가 개미의 날개와 다리를 "모두" 떼어버리는 행위는, 이제 그가 더 이상 자르거나 떼어낼 대상이 없다는 것을 의미한다. 그는 이제 변신해야만 하는 것이다.

"아, 아얏!"

민이가 갑자기 벌떡 일어나더니 자기 종아리를 철썩 때렸습니다.

잠시 후 민이의 손가락 끝에는 개미 한 마리가 들려 있었습니다. 몸집이 크고 날개까지 달린 개미였습니다.

"낮잠 좀 주무시려는데 방해를 하다니, 네놈을 도저히 용서할 수 없다."

민이는 졸린 눈으로 개미를 노려보다가 날개와 다리를 모두 떼어버리고 멀리 내던졌습니다.

개미가 된 이후 자신의 잘못을 뉘우치는 대목이 나오지만, 그로써 그의 행위가 용서받을 수는 없다. 악행을 범한 그에게는 그에 상응하는 벌이 수반되어야 하는 것이다. 이로부터 그의 변신은 시작되어 결말부에서 사람으로 환생하기까지, 뜻하지 않은 '개미인생'을 살게 되는 것이 작품의 주된 내용이다.

작품의 주된 개요를 바탕으로 이 작품을 효과적으로 읽어가는데 도움이 될만한 부분을 구체적으로 살펴보기로 하자. 작품에서 주인공이 변신하는 동물 개미는 질서정연하게 행진하고 순종을 잘 한다고 해서 '의로운 벌레'로 불린다. 예로부터 개미는 인간보다 탁월한 삶, 덕행, 애국심 등을 나타내는데 곧잘 쓰였다. 한낱 미미한 벌레에 지나지 않는 개미지만, 물욕에 눈먼 인간을 교훈하기에는 이보다 잘 어울리는 비유가 없었던 셈이다. 대개의 작품에서 개미가 등장하는 것은, 부지런히 일하라는 교훈을 담고 있다. 하지만 이 작품에서는 미미한 생명에게라도 해를 끼치면 화를 입는다는 주제를 전달하기 위해 동원되었다. 그것은 곧 작품의 대상성을 감안한 작가의 배려라고 할 수 있는데, 아이들은 작은 생명체인 개미의 삶을 들여다보면서, 사람이 죽어서 들어간다는 지하세계를 구경하게 된다. 땅 속의 세계를 구경하기 위해서 사람은 '변신'해야 하는 것이다.

동화는 변신이 허용되는 서사문학의 하위 장르이다. 동화 속에서 변신하지 않는 주인공은 너무 뻣뻣하다. 그래서 동화의 재미를 반감시키고, 이야기의 극적인 구성과 전개를 가로막는다. 그런 점에서 동화는 차라리 변신의 횟수나 방식에 의해 그 운명이 결정되는 환상적인 문학양식이라고 할 수 있다. 동화가 그 속성으로 갖고 있는 변신 가능성은, 다른 문학 장르와 대비되는 고유한 변별적 자질이다. 아이들은 작품을 읽어가는 동안 주인공의 변신에 흥미를 갖고, 그의 행동에 주목하게 된다. 그런 측면에서 작품 속에서 주인공의 변신은 그럴듯해야 하고, 변신은 이전의 몸과는 다른 획기적인 상태로 실행되어야 한다. 그래야만 아이들의 시선을 오래 붙잡을 수 있으며, 변신의 작품적 성과를 한껏 고양시킬 수 있기 때문이다.

인간은 근원적으로 변신에의 욕망을 갖고 있다. 인간은 변신하지 않고서는 폐쇄된 현실로부터 지양/초월이 불가능한 존재라는 사실을 선험적으로 인식하고 있기 때문이다. 그런 이유로 인간의 대리욕망을 채워주는 역할을 일정 부분 수행하는 동화에서는 수없이 반복되어 나타난다. 일찍이 신라의 처용이 가면을 썼고, 이청준의 「가면의 꿈」, 카프카의 「변신」이 대표적인 보기이다. 역사적으로 우리는 변신에 의해 탄생한 조상을 국조로 섬기고 있다. 한국문학 작품에서 나타나는 변신의 양상은 그리스 신화에 귀착되는 서구문학과 달리 귀신/짐승/동물 따위의 비인격적인 모습이 인간의 모습으로 화신한다는 점이 특색이다.

특히 황순원의 『일월』에서는 말을 잘못 전한 죄로 소로 변신하게 되는 우공태자의 변신담이 백정과 그의 후예들의 심리를 묘사하는데 탁월하게 기여하고 있다. 이와 같이 변신은 현실적 삶의 고달픔으로부터의 초월의 계기를 제공해주며, 인간의 복잡한 심리적 욕망체계를 효과적으로 드러내는데 유효한 모티프로 기능하고 있다. 박상재는 여느 작가들처럼 두루 산포되어 있는 변신 설화를 작품 속에 곧잘 차용하고 있다. 이 작품에서 주인공이 개미로 변신하게 되는 것은 일종의 하강 변신의 예에 속한다. 지상의 존재인 인간이 개미가 되어 지하의 존재들이 살아가는 모습을 구경하게 되고, 그들로부터 교훈을 얻게 된다는 점은 이 작품의 근원적 모태가 어디에 있는지를 여실히 드러내고 있다.

또 작가는 '선/악'이라는 본래적인 도덕률을 인과론에 입각하여 이야기를 전개해 나간다. 그는 사람이란 모름지기 살아가면서 '나쁜 일을 하면 벌을 받는다'는 뻔한 의도를 문맥 속에 감추어 놓고서 시치미를 뗀 채 이야기를 전개해간다. 한국문학사에서 선악에 대한 인식은 철저하게 인과응보 사상에 의지하고 있다. 타인과 중생에게 선행을 베풀면 길복이 뒤따르지만, 악행을 일삼으면 반드시 그에 상응하는 재앙이 내려진다는 생각이다. 이야기에서 악은 가장 인간적인 심리적 행태의 하나라는 점에서 매우 중요하다. 선이 한 국면을 감당하듯이, 악 또한 동일한 비중만큼 그 반대 켠에 내재되어 있는 것이다. 문학이 인간 행동의 해부를 위해 악의 묘사에 치중하는 것은 이러한 까닭이다.

주인공이 개미로 변신하는 것도 따지고 보면, 이 근본적인 도덕률을 풀이하기 위한 동화적 구성방식에 따른 당연한 수순에 다름아니다. 저학년 아이들에게 착함과 악함은 매우 절실하게 다가서는 근원적인 질문이며, 그들은 이 질문에 대한 해답을 찾는 과정에서 자신의 바람직한 가치관을 선택하게 된다. 거듭 환기하자면, 아이들은 동화를 읽어가는 도중에 끊임없이 자아의 인지구조를 작동시킨다. 나이 어림이 생각의 낮음으로 오인되는 어리석음을 가속화시키지 않기를 바라는 취지에서 반복한 말이다. 동화작가들이 종종 자칫 주제의식이 지나쳐서 동화의 재미성을 경감시켜버리는데 비하면, 독자들에게 사건의 인과론적 전개/해결 과정을 재미성과 적절하게 융해시키는 일은 썩 중요한 일이다.

작품 속에서 희생양이자 주인공을 회개시키는 역할을 담당하고 있는 개미는 지극한 선인의 역할을 수행한다. 그는 지상의 온갖 죄악과는 거리가 먼 착하디 착한 지하의 일꾼에 지나지 않는다. 물론 이것은 개미의 다리를 부러뜨린 주인공의 행위에 대한 비교 우위적 진술이지만, 이분법적 사유방식의 소유자인 저학년 아이들을 고려한 편가르기이기도 하다. 개미가 된 그를 도와주는 체리라는 조력자가 등장한다. 그는 민이를 도와서 이야기가 끝까지 즐거울 수 있도록 이끌어 가는 인물이다. 이로써 문학 작품이 갖추어야 할 요소들은 거의 다 드러난 셈이다. 남은 문제는 이들이 엮어 가는 이야기의 전개 방식이다. 이것이야말로 작가들이 고심하는 부분이고, 그들의 공과를 따지는데 필수적인 요소이다.

이 작품의 문장면에서 박상재는 비교적 단문을 구사하여 이야기를 이끌어간다. 그의 단문지향적 문체는 저학년 수준의 동화작품인 「아기 도깨비 또비」, 「인절미 다섯 개」, 「올빼미 금눈이」 등에서도 두루 찾아볼 수 있다. 이에 비해 「할아버지의 과수원」이나 「통일을 기다리는 느티나무」 등에서는 고학년의 언어발달 수준에 알맞도록 문장이 좀더 길어지는 특징을 띤다. 말하자면 그는 독자의 대상성을 고려하여 문장의 길이까지 세심하게 배려하고 있는 것이다. 이것은 무척 당연한 지적이지만, 동시대의 동화단에서는 진지하게 문제시되어야 할 요소이다. 대부분의 작품들에서는 동화의 장르적 속성은 드러나지만, 문장의 장단을 심각하게 고려하지 않기 때문이다.

박상재는 아이들의 공간구성력이 뒤쳐지지 않도록 환상 세계와 현실 세계를 적절히 오가면서 기술하고 있다. 그는 개미들이 살고 있는 지하세계를 묘사하면서, 마치 인간의 세계를 그리듯이 세밀하게 묘사하였다. 예컨대 개미들의 병원, 간호사, 안내원, 곰팡이 재배실인 버섯농장, 보육원, 지배 계급과 피지배 계급, 불개미들의 침략과 전쟁, 훈련 과정에 대한 구체적인 묘사는, 환상문학의 리얼리티가 어떻게 구현되어야 하는가에 대한 범문이라고 할 수 있다. 더욱이 불개미들의 침략에 맞선 흑개미들의 응전 전략과 대응 자세는 마치 군인의 세계를 그대로 기술한 듯한 느낌이 들 정도로 생생하다. 그와 같이 세부적인 묘사에 치밀한 태도를 보이는 그의 필력은 『꿀벌 삼총사』에서 '번개작전'을 펴는 여왕구출작전에서도 다시 확인할 수 있다.

그가 동시대의 잘나가는 동화작가라는 사실을 염두에 두면, 이러한 묘사는 더없이 소중해진다. 비록 일부에 지나지 않지만, 이 즈음의 팬터지물이나 동화 작품에서 환상성이 자칫 리얼리티의 배제로 연결되는 오류가 검출되기 때문이다. 그런 경향은 동화의 입지를 크게 위협하여, 동화의 본질적 국면을 훼손하게 될 것이다. 동화는 인간성의 상실에 대한 우려의 목소리가 무리를 지어가는 이 시대에 감당해야 할 몫이 너무 크다. 그 시대적 요구를 반영하여 엄연한 문학현상의 하나로 존재하기 위해서라도, 동화의 환상성은 유지되어야 할 것이고, 그것은 대상의 진지한 묘사로 드러나야 할 것이다.

4.

동화는 어른들에게 추억을 되살려주기 위해 살아남은 화석이 아니며, 동시에 아이들에게 잔소리를 대신해주기 위해 존재하는 장르도 아니다. 그것은 아이들에게 정서적 근원을 깨닫게 해주면서, 역으로 어른들에게 동화를 위해 무엇을 할 것인가를 끊임없이 묻고 있다. 동화읽기는 단순한 축자적 읽기 행위가 아니라, 문화적 연속성을 파악하는 일종의 인식 행위이며, 어른/아이, 구세대/신세대의 상호 문화 교류가 활발하게 이루어지는 소통현장이다. 특히 동물로의 변신을 모티프로 차용하여 아이들의 호기심을 재촉하고, 그들에게 신이한 세계로의 독서여행을 감행할 수 있도록 해주는 것은 어른/작가의 성실한 책무이다.

이상에서 거칠게나마 박상재의 『개미가 된 아이』를 대상으로 동화 작품 속에서 환상성을 드러내는 방식에 대해 살펴보았다. 그는 저학년 아이들의 독서 수준과 언어적·정서적 발달 단계를 고려하여 여러 가지 문학적 장치들을 환상적인 장면 속에 적당하게 배열함으로써, 그들로 하여금 작품을 읽어가는 동안에 절로 문학적 규범을 익힐 수 있도록 세심하게 쓴 노작이다. 그런 점에서 박상재는 동화의 교육적 효용성에 대해 관심을 기울였던 헤르더가 "동화에는 옛부터 오랫동안 묻혀있는 신념이 상징으로 표현되어 있다"고 했던 말을 기억하고 있음이 분명하다. 그는 아이들이 있으므로 존립하는 유일한 문학 장르인 동화에서, 선대와 후대간의 의식의 주고받기가 어떻게 실현되어야 하는지를 인식하고 있다. 그러한 신념이 개미라는 하찮은 동물담을 통해 생명사랑을 드러내려 했던 그의 주제의식을 낳은 것이리라.

朴尙在 童話의 특성 연구

이도환(아동문학평론가)

Ⅰ. 서론

1. 연구의 목적

박상재는 1981년 문단에 나온 이후 현재까지 많은 창작동화를 발표해왔다. 박상재 동화의 특성은 현실을 바탕으로 한 환상성의 추구라고 할 수 있다.

본고에서 말하는 '환상성'이라 함은 "독자에게 기이한 느낌을 주어 1차 세계에서 자주 경험하던 낡은 실존에서 탈피하여, 1차 세계에 대해 새롭고 신선한 감각을 견지할 수 있도록 한다는 톨킨과 작품의 성격에 따라 알레고리도 환상을 창출한다는 바레네체아와 브룩 로스의 견해"[1]를 함께 내포하고 있다.

본고는 현실을 바탕으로 하면서 환상성 짙은 작품을 발표해온 박상재 동화의 특성을 밝혀, 그의 작품이 마해송을 시작으로 이어져 내려온 한국창작동화문학의 전통을 계승함과 동시에 표현론과 반영론으

1 김자연, 『아동문학 이해와 창작의 실제』, 청동거울, 2003, p.193.

로 나뉘어 이론적으로 반목하고 있는 한국아동문학계의 대승적 화합에 단초를 제공할 수 있는 가능성을 찾아보려고 한다.

1908년 六堂의 『少年』誌 창간부터 시작된 한국의 아동문학은 어린이의 인격을 존중하는 아동해방의 기능과 주권을 상실한 식민지 지배하에서 발생한 민족운동의 일환이었기에 그 출발부터 계몽의 성격이 강했다.[2] 이러한 계몽의 성격은 오늘날까지 이어져 내려오고 있다. 시대정신을 드러내는 문화운동으로 아동문학을 바라보는 시각과 순수예술로 아동문학을 바라보는 시각의 차이가 그것이다. 이런 차이는 문학의 본령을 넘어 극단적인 모습을 드러내기도 했다. 프로문학이나 동심 천사주의 문학 그리고 통속문학 등이 그것이다.[3]

이런 과정을 거쳐 오늘에 이른 아동문학을 이끌어온 중심 담론은 표현론과 반영론이라고 할 수 있다. 표현론이 작가의 개성과 창조적 상상력을 중시한다면 반영론은 사회 현실의 반영을 중시한다. 결국 낭만주의적 성향과 리얼리즘적 성향으로 표현할 수도 있는 이 두 가지 경향은 오늘날까지 배타적 반목을 이어왔다. 반영론에 입각한 동화는 사회 현실과 역사 인식을 근저에 깔고 있으며, 표현론에 입각한 동화는 신화, 전설, 민담에서 중요한 자리를 차지하고 있는 마법적이고 환상적인 세계를 현대적으로 재현하거나 작가의 개성과 창조적 상상력을 중요시하는 인식을 근저에 깔고 있다. 이 둘은 최근까지 서로 이론적으로 대립하며 발전해왔다.[4]

전자는 후자를 "(현실을 외면함과 동시에) 아이들을 성인들과 고의

---

2 이재철, 『아동문학개론』, 서문당, 1983, pp.34~35.

3 이재철은 『한국현대아동문학사』(일지사, 1978)에서 한국의 아동문학사를 크게 '아동문화운동시대(1908~1945)' 와 '아동문학운동시대(1945~)' 로 나눈 후 광복 이후의 5년간을 광복혼미기, 그리고 이후의 10년간을 통속팽창기로 설명한다. 광복혼미기는 좌우익으로 나뉘어 대립하던 양상과 동심천사주의적 아동문학에 대한 좌익의 비판이 집요했던 시기로, 또 그 이후 통속팽창기는 배금주의 등 사회 문화적 혼란으로 인한 아동문학의 통속대중화의 길을 걷게 되었다고 말한다.

적으로 구분하여 '영원한 아동성'의 신기루 속에 아동들을 가두는"[5] 일이라 비판하고, 후자는 전자를 "소설도 아니고 동화도 아닌 어정쩡한 글"이라며 "이제라도 환상창조라는 동화 본래의 영역을 회복"[6]해야 한다고 주장하기도 한다.

그러나 서로에 대한 비판은 '제대로 된 리얼리즘 동화'와 '제대로 된 팬터지 동화'와는 거리가 있었다. 그렇기 때문에 양자가 주장한 '제대로 된 동화문학'은 하나로 연결될 수 있는 가능성을 지니고 있다. 리얼리즘 동화라고 해서 문학적 상상력이 결여되었다고 단정할 수 없으며 팬터지 동화라고 해서 현실을 외면하는 것은 아니기 때문이다. 오히려 그 둘의 조화로운 결합, 그리고 그로 인한 그 둘의 발전적 해체가 동화 문학의 현대적이며 긍정적인 모습에 더욱 가깝다고 하겠다.

이재철은 아동문학의 내용적 특질을 로만주의 문학으로서의 아동문학(理想性과 夢幻性)과 人道主義 문학으로서의 아동문학(倫理性과 教育性)으로 나누어 설명했다.[7]

그러나 본고에서는 이를 세 가지로 구분하려고 한다. 우선 아동문학은 아동을 중심으로 두느냐(教育性), 문학을 중심으로 두느냐(藝術性)에 따라 구분될 수 있으며, 그러한 구분에서 문학은 다시 '자율적 존재로서의 문학'과 '사회적 산물로서의 문학'으로 나뉠 수 있다.[8]

4 아동문학계의 이론적 대립에 대해서는 『아동문학담론』 제 5호(청동거울, 1999)에 실려 있는 김용희의 글 「디지털 시대의 아동문학」에 비교적 상세히 다루어져 있다.
5 권순긍, 『역사와 문학적 진실』, 살림터, 1997, p.329.
6 조대현, 「동화창작론」, 『아동문학창작론』, 학연사, 1999, p.159.
7 이재철, 앞의 책, pp.19~23.
8 아도르노는 예술 자체를 자율적 존재이면서 동시에 사회적 산물이라고 주장한다. 김유동, 『아도르노 사상』, 문예출판사, 1993, p.192.
이를 굳이 구분하자면 사회적 산물이라는 인식은 리얼리즘적인 사고이며 자율적 존재라는 인식은 낭만주의적 사고라고 할 수 있다. 그러나 이는 구분을 위한 편의상의 구별일 뿐이며 실상은 혼재되어 존재한다는 것이 올바른 설명일 것이다.

그러므로 이를 정리하면 다음과 같은 구조를 갖게 된다.

이러한 아동문학의 구조는 아동문학이 아동, 문학, 사회라는 세 가지 요소가 힘의 균형을 이루어 만들어내는 조화의 산물임을 말해준다.

그러므로 1981년을 시작으로 지금까지 꾸준히 환상성 짙은 동화(문학성)에 시대정신(사회성)을 담아낸 박상재의 작품을 연구해보는 것은 의미가 남다르다고 하겠다.

본고는 환상성 짙은 작품을 발표해온 박상재의 동화를 분석하여 그 속에 담겨 있는 시대정신과 문명비판 의식을 밝혀보고 이를 통해 馬海松과 金耀燮의 전통을 이어가고 있는 박상재 동화의 특성을 드러내어 보고자 한다.

2. 연구 방법

박상재의 동화가 나타나게 된 계기를 살펴보기 위해서는 우선 미시적으로 1970년대와 1980년대를 거치면서 나타난 우리 사회의 지배적 문화에 대한 이해와 그 시대를 대표하는 시대정신에 대한 고찰이 필요하며, 거시적으로는 현대 산업문명의 철학적 토대를 제공해준 서구의 배타적 인본주의 사상과 함께 리얼리즘과 모더니즘, 그리고 그 이후에 이어진 포스트모더니즘에 대한 이해가 필요하다.

이를 위해 본고에서는 미시적으로는 1970년대와 1980년대의 한국

사회를 뒤돌아보며 그 시대의 상황을 분석해보고, 거시적으로는 15세기 중세와 근세를 가로지르는 르네상스로부터 시작하여 유럽에서 출발한 모더니즘에 대한 철학적 분석과 리얼리즘과의 관계, 그리고 모더니즘에 대한 철학적 반성을 이끄는 포스트모더니즘의 이론을 중심으로 논의를 전개하고자 한다.

박상재의 동화를 분석한 대부분의 글들은 박상재 동화의 핵심적인 요소로 '환상성'을 언급하고 있다. 최명표는 "박상재는 아이들의 공간 구성력이 뒤처지지 않도록 환상세계와 현실세계를 묘사하면서, 마치 인간세계를 그리듯이 세밀하게 묘사하였다. 〔…중략…〕 이처럼 구체적인 묘사는 환상문학의 리얼리티가 어떻게 구현되어야 하는가에 대한 범문"[9]이라고 말하며 리얼리티를 훼손하지 않는 팬터지 동화의 창작기법에 대해 관심을 기울였다.

김현숙은 "박상재의 동화 『원숭이 마카카』는 동화와 팬터지가 결합된 형식"이라고 정의하고 "한국 아동문학은 1990년대에 들어서며 이전과 달리 팬터지 작품을 쏟아내듯 발간하고 있는데, 이 두 작품[10]은 바로 이런 시대의 가장 앞에 쓰여진 것이다."[11]라고 말하기도 했다. 물론 '동화와 팬터지의 결합'이라는 김현숙의 언급은 장르상의 문제(동화)와 기법상의 문제(팬터지)를 구분하지 않은 점이 지적될 수 있으나 박상재 동화의 특성을 환상성으로 바라본 사실은 분명하다고 하겠다.

이상과 같은 선행 연구에서 보듯이 선행 연구자들은 박상재 동화를 환상성의 측면에서 연구해 왔다. 그러나 본고에서는 환상성과 함께

---

9 최명표, 「동화의 환상성을 드러내는 방식」, 『한국현대아동문학작가작품론 Ⅱ』 사계 이재철 교수 고희기념 논총 간행위원회편, 청동거울, 2001, p.763.

10 김현숙이 말하는 '두 작품'이란 박상재의 『원숭이 마카카』와 이현주의 『아기 도깨비와 오토제국』이다.

11 김현숙, 「현대아동문학의 팬터지 연구」, 석사학위 논문, 동덕여자대학교 대학원, 2000, p.67.

그 속에 내재된 시대정신과 현실인식을 살펴보려고 한다. 이를 위해 그동안 박상재가 발표한 창작동화들 중에 박상재의 개성을 가장 잘 보여주는 작품을 단편(「꿈꾸는 대나무」, 「물새가 된 조약돌」), 중편(「개미가 된 아이」, 「꿀벌 삼총사」), 장편(「원숭이 마카카」, 「춤추는 고양이」, 「그림 속으로 들어간 아이」)에서 각각 선별하여 정리 분석하고 그 특징을 밝혀 보고자 한다.

Ⅱ장에서는 박상재의 작가 이력과 작품활동 경력을 소상히 알아보고, Ⅲ장에서는 각 작품 속에 구현된 시대정신과 문명에 대한 비판의식, 그리고 자연친화적 창작정신을 연구 분석해보고, 마지막 Ⅳ장에서는 이상의 논의가 갖는 의의와 효과를 정리하면서 팬터지 동화가 허무맹랑한 상상과 감성의 유희가 아니라 그 시대의 모순에 대응하는 치열한 시대정신의 표출이라는 점을 강조하면서 결론을 대신하고자 한다.

Ⅱ. 작가와 작품 활동

박상재는 1956년 2월 3일 전북 장수군 계북면 어전리에서 3남 1녀 중 장남으로 태어났다. 고향에서 초등학교를 졸업한 그는 가족과 함께 전주로 이주하여 전주북중학교와 전주고등학교를 졸업했다. 이후 전주교육대학(1977)을 거쳐 서울교육대학을 졸업하고(1987) 성균관대학교 교육대학원에서 석사학위를(1991), 단국대학교 대학원에서 「한국 창작 동화에 나타난 환상성 연구」로 박사학위를 취득하였다(1998). 현재 초등학교 교사로 재직하면서 여러 대학과 대학원 등에서 아동문학을 강의하고 있다. 또한 초등학교 국어과 교과서 집필 및 심의 위원을 맡고 있으며 계간 『아동문학평론』의 편집장으로 일하기도 했다.

박상재가 이제까지 선보인 동화집은 모두 50여 권이 되지만, 다른 저자와 함께 한 공동 저작물과 전래동화나 고전의 개작, 그리고 위인전 등을 제외하면 총 25권의 창작동화집을 발간하였다.

그 가운데 그의 박사 학위 논문「한국 창작 동화에 나타난 환상성 연구」는 그의 창작 활동이 환상성에 대한 추구라는 점을 대변해준다.

박상재는 1981년 아동문예 신인상에「하늘로 가는 꽃마차」가 당선된 후, 1983년 장편동화『원숭이 마카카』로 새벗문학상을 수상했으며 1984년에는「꿈꾸는 대나무」가 한국일보 신춘문예에 당선되었다. 그리고 현재에 이르기까지『꿈꾸는 대나무』(인간사, 1985),『춤추는 고양이』(현암사, 1986),『장수골 만세』(지경사, 1986),『물새가 된 조약돌』(교육문화사, 1988),『허수아비가 된 허수아버지』(예림당, 1988),『원숭이 마카카』(새벗, 1989),『매맞는 나무』(윤성, 1990),『첫나비』(선화교육사, 1992),『어리석은 살쾡이』(선화교육사, 1992),『엄마 찾은 빼꾸기』(선화교육사, 1992),『통일을 기다리는 느티나무』(오늘, 1993),『개미가 된 아이』(예림당, 1994),『꿀벌 삼총사』(예림당, 1996),『춤추는 오리』(여명출판사, 1999) 등 환상성 짙은 동화를 선보이며 한국아동문학상(1994)과 제12회 방정환문학상(2002) 등을 수상하기도 했다.

동화의 환상성에 대한 그의 천착은 그가 선보인 많은 창작 동화집의 머리말에도 잘 나타나 있다.

> 향기로운 동화나라의 주인공인 여러분이 꽃구름처럼 많이 많이 모여들기를 바랍니다. 어린이 여러분들이 동화의 향기로 멱감고 착하고 아름답게 자라날 때 우리나라는 정말 살기 좋은 나라가 될 것입니다.
>
> 동화나라에 사는 여러 동물들은 우리 모두의 친구입니다. 산과 들, 강과 바다에 사는 풀과 나무, 온갖 동물들 또한 우리들의 친구입니다.

이 동화책 속에 나오는 자연의 친구들은 여러분을 기쁘게 해 줄 것입니다.[12]

이 동화는 도깨비를 글감으로 하여 창작한 환상 동화입니다. 현실 세상에서 만나는 도깨비가 아니라 주인공이 그림 속 나라로 들어가 만나게 되는 이야기입니다.

환상의 세계를 믿고, 동화를 사랑하는 어린이들은 그림 속 세계에서 펼쳐지는 이야기 속으로 들어가 환상 여행의 즐거움을 한껏 맛볼 수 있을 것입니다.

자, 이제 신비한 퉁소 소리를 들으며 유나와 함께 꼬마 도깨비 초비를 만나러 그림 속 환상의 나라로 여행을 떠나봅시다.[13]

이러한 작가 서문은 박상재가 동화를 바라보는 시각을 정직하게 보여주고 있다. '풀과 나무, 온갖 동물들은 모두 우리들의 친구'라는 인식은 박상재 동화의 자연친화적 성격을 반영하고 있는 것이며 '현실이 아닌 환상', 그리고 '여기가 아닌 다른 곳으로의 여행'은 박상재가 생각하는 동화의 기본이며 낭만주의의 특성을 암시하고 있다.

그러나 여기서 말하는 낭만주의란 시간적 흐름 속에 나타나는 시대나 유파의 이름으로 사용되는 낭만주의가 아니라 문학 분류의 보편적 원리에 입각하여 사용한 것이다.[14]

이러한 낭만주의적 경향은 사실 오래 전부터 이어져 온 동화 문학

12 박상재, 『춤추는 오리』, 여명문화사, 1999, 작가 서문.
13 박상재, 『그림 속으로 들어간 아이』, 예림당, 2000, 작가 서문.
14 고전주의와 낭만주의가 대비적으로 논리화된 것은 18세기 말의 일이지만 시트리히(Strich, Fritz 1882~1963)는 고전주의를 완성과 지향의 정신으로, 낭만주의를 무한의 동경의 정신으로 구분하여 모든 예술을 이 두 양식으로 묶으려 시도하기도 하였다.(이선영, 『문예사조사』, 민음사, 1986. p.11.) 상기한 낭만주의의 개념은 이선영이 설명한 시트리히의 구분처럼 시대에 국한되지 않는 문학의 보편적 원리에 입각한 규정이다.

의 전통과 연결되어 있다. '신데렐라'는 현실적으로 불가능한 마법적 힘을 이용해 무도회에 참석을 하고, '인어공주'는 안전한 바닷물을 떠나 다른 곳인 뭍으로 떠난다. 결국 '현실이 아닌 환상'과 '여기가 아닌 다른 곳'은 동화 문학의 기본으로 이어져 내려온 모습이기 때문이다.

또한 상기한 동화 문학은 문학 분류의 보편적 원리에 입각한 낭만주의를 취하면서도 오늘의 현실에 눈을 감아버리지는 않는다. 단순한 환상이 아니라 현실의 또 다른 모습을 구현하고 있기 때문이다.

박상재의 동화도 이와 마찬가지로 문학 분류의 보편적 원리에 입각한 낭만주의를 취하면서도 오늘의 현실에 눈을 감아버리지 않는다.

그가 어린 시절을 보낸 1960년대와 청소년기를 거쳐 사회에 첫발을 내딛은 1970년대, 그리고 문단에 나온 1980년대는 우리나라의 대표적인 격동기였다. 그 중에서도 특히 1970년대는 주목할만하다. 물론 박상재가 작품 발표를 시작한 시기는 1981년부터이지만 그 문학적 뿌리는 1970년대라고 할 수 있기 때문이다.

1970년대는 남북의 이념갈등이 극에 달했으며 경제개발을 위해 외국자본을 끌어들였고, 국내의 값싼 노동력을 동원하여 이익을 창출하기 위해 광범위한 離農이 초래되었다. 경제 개발은 '고향을 잃어버리는' 계기로 작용하였으며 전통적인 질서를 무너뜨리는 결과를 가져왔다. 전통적 질서와 이제까지의 '나'는 舊惡으로 간주되었으며 서양의 문명이 그 자리를 대신하게 되는 상황이 찾아온 것이다. 이제까지의 '나'를 스스로가 부정하고 '남'을 새로운 '나'의 모델로 만들어야 하는 현상, '자기소외' 현상이 일어나기도 했다. 게다가 1980년대로 이어지는 길목에서 광주 민주화 운동이 일어나기도 했다.

이처럼 복잡다기하면서도 빠른 속도의 변화 속에서 젊은 시절을 보낸 작가의 경험은 작가 스스로가 의도했든 의도하지 않았든 간에 그의 작품 속에 영향을 끼칠 수밖에 없다. 성인을 대상으로 하는 일반 문학에 있어 1970년대의 시대정신은 소설을 통해 극명하게 그 색깔을 드러낸다. 소설가 이문구는 고향을 잃은 사람들의 모습을, 황석영은 고향을 잃음과 동시에 도시에서도 소외된 하층 사람들의 소외감을, 조세희는 산업화 시대 가난한 노동자들의 삶을, 김원일은 분단시대의 아픔을 소설로 표현하기도 했다. 그러나 사실주의와 실증주의에 입각한 현대소설과 달리 박상재의 동화는 짙은 환상성을 지니고 있다. 그렇기에 비사실적인 작품 속에 극히 사실적인 시대정신이 포함된다는 것에 대해 의문이 들기도 한다. 그러나 팬터지 동화의 시대정신은 일반 문학처럼 있는 그대로를 생경하게 드러내는 사실주의에 입각하지 않는다는 사실에 주목할 필요가 있다. 오히려 사실과 동떨어져 있는 듯 보이는 팬터지를 통해 더욱 극명하게 시대정신을 보여준다. 도술을 부리는 황당무계한 주인공이 등장하는 「홍길동전」에서 가장 극명한 시대정신이 표출되는 것이 바로 그러한 예이다.

팬터지는 엄연한 현실과 극명한 사실에 눈을 감아버리는 비겁한 도피가 아니다. 마해송의 동화 「토끼와 원숭이」와 『모래알 고금』은 각각 일제의 침략상과 1960년대의 사회상을 비판적 풍자정신으로 구현한 작품으로 팬터지의 현실 대응 모습을 극명하게 보여주는 예라고 할 수 있다. 그러므로 진정한 팬터지는 황당무계한 허구가 아니라 현실에 대한 냉철한 비판의식에서 출발한다고 볼 수 있다.

그런 점에 비추어볼 때, 박상재의 동화는 낭만주의를 취하면서 동시에 리얼리즘과도 연결되어 있다.[15]

『원숭이 마카카』에서는 인간중심으로만 흐르는 오늘날의 문명에 대한 비판을, 「꿈꾸는 대나무」에서는 산업화로 인한 전통질서의 붕괴에 대한 비판과 민주화에 대한 열망을, 『개미가 된 아이』와 「꿀벌 삼총사」에서는 노동의 신성함과 다층구조로 되어 있는 사회현실을 말하고 있으며, 「춤추는 고양이」에서는 현대사회의 상업적 획일주의를, 「그림 속으로 들어간 아이」에서는 고향을 잃어버린 도시인들을 이야기하고 있기 때문이다.

그러므로 박상재 동화를 이야기하면서 환상성에만 집착하는 것 보다는 현실인식의 기초 위에 환상성 짙은 동화 작품을 만들어낸다고 하는 것이 적절하다고 생각한다.

박상재의 이러한 중심잡기[16]가 가능한 이유는 그가 동화 작가에만 머무르지 않고 다양한 문학연구 실적을 내놓고 있다는 점에서도 이유를 찾을 수 있다.

그는 1990년 성균관대학교 교육대학원 석사학위 논문으로 「한국 창작동화·아동소설 연구」를 발표한 이래 최근까지 다양한 아동문학 연구 논문을 발표해오고 있으며 1998년부터 2004년까지 계간 『아동문학평론』지의 편집장으로 있으며 아동문학에 대한 학문적 연구를 계속했기 때문이다.

그러므로 박상재의 동화는 1908년 六堂의 『少年』誌 창간부터 시작된 한국의 아동문학의 배타적 두 줄기인 표현론과 반영론, 낭만주의적 성향과 리얼리즘적 성향의 반목이 가져온 부정적 측면[17]을 긍정

---

15 리얼리즘은 그 개념이 극히 다의적이다. 예술사적으로도 고전적 리얼리즘, 사회주의 리얼리즘 등으로 재생산되기 때문이다. 그러므로 본고에서 사용한 리얼리즘이란 용어의 개념은 염무웅이 『문학과 행동』(태극출판사, 1974)에서 언급한 "참된 리얼리즘이란 작가의 세계관이 사회적 현실 속에서, 즉 그의 모든 사회적 실천 속에서 부단히 변화되는 것을 인정하며 작가의 상상력이 객관적 현실과의 긴장관계 속에서 기성화된 상투형들과 팽배한 허위의식을 부단히 폭로 파괴할 것을 요청한다. 리얼리즘은 작가의 상상력이 추상적 예술형식들과 무절제한 유희에 빠지거나 현실과 동떨어진 자기목적 속으로 떨어지는 것을 단호히 배격한다."는 내용처럼 현실에 대한 대응 자세로 파악한다.

16 환상성 짙은 동화를 추구하지만 무절제한 유희에 빠지지 않으며, 사회 현실을 비판하지만 창조적 상상력의 부재에 이르지 않는 창작태도, 즉 어느 한쪽에 휩쓸려 획일화되지 않는 모습을 중심잡기로 표현했다.

17 그 둘의 배타적 반목이 반드시 부정적인 결과만을 가져왔다는 뜻은 아니다. 서로 긴장관계를 유지하며 이론적 토대를 쌓는 긍정적인 결과도 인정해야만 한다. 그러나 그에 반해 서로 교류하며 협력하고 조화롭게 논의를 이어가지 못한 부정적 측면 또한 분명히 상존하고 있으며 본고에서는 이를 지적하는 것이다.

적으로 극복할 수 있는 모습을 보여준다.

또한 박상재의 작품은 대부분 자연친화적 소재를 채용하고 있다. 恒常性[18]을 지닌 자연을 소재로 채용하여 작품을 창작한다는 점은 특히 중요하다.

『꿈꾸는 대나무』(인간사, 1985), 『춤추는 고양이』(현암사, 1986), 『장수골 만세』(지경사, 1986), 『물새가 된 조약돌』(교육문화사, 1988), 『허수아비가 된 허수아버지』(예림당, 1988), 『원숭이 마카카』(새벗, 1989), 『매맞는 나무』(윤성, 1990), 『첫나비』(선화교육사, 1992), 『어리석은 살쾡이』(선화교육사, 1992), 『엄마 찾은 빼꾸기』(선화교육사, 1992), 『통일을 기다리는 느티나무』(오늘, 1993), 『개미가 된 아이』(예림당, 1994), 『꿀벌 삼총사』(예림당, 1996), 『춤추는 오리』(여명출판사, 1999) 등 박상재의 동화들은 그 제목만 보더라도 항상성을 지닌 자연적 소재에 치중했다는 것을 쉽게 발견할 수 있다.

이러한 특징은 오늘날 박상재 동화가 자리하고 있는 위치를 상징적으로 알려준다.

우선 낭만주의와 리얼리즘의 조화로운 결합이라는 말은 모더니즘의 또 다른 표현이라고 할 수 있다.[19] 문학적 담론의 벽 위로 문학 작품이 교통하고 있기 때문이다.

그러므로 박상재 동화의 뿌리는 앞서 설명한 문학적 담론 위에 존

---

18 자연생태계는 항상 정상의 상태를 유지하려는 성질을 지니고 있으며 이를 항상성이라 한다. 극단적으로 지구상의 모든 생물들은 태양으로부터 에너지를 받아 식물들이 합성해내는 유기화합물의 양에 의해 구속받고 있다. 어떠한 종도 그 유기화합물의 양 이상으로 번식할 수 없다. 그렇기에 자연 생태계에는 급격한 변화가 생기지 않으며 수십만 년을 같은 상태로 유지할 수 있다. 이와 반대로 인간 사회의 문명은 그러한 항상성을 염두에 두지 않고 급속히 변화하고 전이한다. 그렇기에 진리라고 믿던 사실들이 한순간에 뒤집히기도 하는 등 가치의 전도 현상이 수시로 발생하게 된다. 그러므로 항상성을 지닌 자연을 소재로 하는 문학은 시대의 변화에 쉽게 흔들리지 아니하며 그 감동 또한 항상성을 유지할 수 있다.

19 모더니즘은 사실주의에 대한 반기이며 과거와의 결별을 주장하는 반작용이라는 원론적 의미에 충실하다면 박상재의 위치도 바로 그 자리와 같다는 원론적 의미로 모더니즘이라는 용어를 사용했다.

재한다. 그러나 박상재 동화의 가지는 분명한 지향점을 지니고 있다. 자연친화적 소재를 채용하여 녹색문학 혹은 생태문학, 더 넓게 말하면 포스트모더니즘을 지향하고 있기 때문이다.[20]

Ⅲ. 박상재 동화의 창작정신

1. 환상성과 시대정신

아동들을 대상으로 하는 문학에 있어 시대정신을 운운하는 것 자체가 견강부회라고 할 수도 있을 것이다. 그러나 口傳되는 전설은 물론 저자거리에서 회자되는 유행가 속에서도 그 시대의 정신이 존재하고 있다는 사실을 생각한다면, 동화 속에도 분명 시대정신이 존재하고 있으며 그 시대적 코드를 찾는 것에 게을리 해서는 안 된다는 결론을 얻을 수 있다.

박상재의 동화 「꿈꾸는 대나무」는 1980년대 민주화 운동의 시대성을 바탕으로 한 작품으로 박상재의 시대정신이 함축되어 있는 작품이라 할 수 있다.

> 그 후 가을이 되자 두 대나무는 시름시름 야위어 가더니, 겨울의 문턱에 와서는 누런빛으로 말라 죽고 말았습니다. 그 무렵 혼자 사는 할아버지는 뒤란을 산책하다 말라 죽어 있는 두 그루의 대나무를 보고 이렇게 말했습

20 김성곤은 「녹색문화와 포스트모더니즘, 그리고 녹색문학」(문학사상, 1999년 7월호)에서 "포스트모더니즘이라는 사조 내부에 이미 생태주의와 몸담론과 동양사상이 내재되어 있고 따라서 그와 같은 움직임들은 궁극적으로 모두 포스트모던 인식과 운동의 일부"라고 말했다. 본고에서는 이와 같은 맥락으로 포스트모더니즘의 개념을 탈인간중심주의, 즉 제 3세계로 밀려나 있던 모든 것의 복권 선언으로 해석한다.

니다.

"대나무는 예순 살이 되어야 꽃을 피운 다음 말라 죽는다고 했는데, 이상한 일도 다 있군. 하지만 정말 반가운 일이야. 꽃을 피우고 죽은 대나무로 만든 퉁소는 소리가 유별나게 잘 난다고 했어. 그리고 요 갓대로 연을 만들어 띄우면 솔개처럼 하늘을 훨훨 잘도 날 거야."

〔…중략…〕 어느 새 할아버지의 얼굴에는 해맑은 웃음이 가득 번져 나오고 있었습니다.[21]

「꿈꾸는 대나무」에 나오는 사람은 시골에 사는 할아버지가 유일하다. 그는 '몇 해 전까지만 해도 서울에서 아들 손자들과 함께 오붓하게' 살았지만, 지금은 모두 외국으로 떠나 버리고 할아버지 혼자서 시골에 내려와 '동그마니 혼자' 살고 있다. 그러나 작가는 그렇게 동화를 시작한 이후 '할아버지가 혼자 산다는 것은 어쩌면 거짓말'이라고 말한다. 그 주변에 바람과 대나무와 참새들이 어우러져 살고 있기 때문이다. 그렇기에 독자들은 아주 자연스럽게 항상성을 지닌 자연의 일부분, 바람과 참새와 대나무를 친구로 받아들이게 된다. 이러한 기술은 아주 간단해보이지만 그 속에 숨은 뜻은 실로 거대담론에 가까이 다가가 있다.

참새 떼들은 신바람나게 날갯짓을 해 가며 대밭 안으로 날아들었습니다.

"감나무처럼 우리를 포근하게 해 주지도 못하는 못난이들아! 너희들은 우리를 껴안아줄 넓은 가슴도 팔도 없는 못난이들이야. 콩나물처럼 멀쑥하게 키만 커 가는 꺽다리들아, 키가 크더라도 해바라기처럼 꽃이라도 피

21 박상재, 「꿈꾸는 대나무」, 『물새가 된 조약돌』, 아테네, 2002, pp. 60~61.

울 줄 알아야지."[22]

참새들이 대나무를 놀려대는 내용은 아주 상징적이다. 꽃을 피우지 못한다는 것에서부터 '평생 푸른 옷 한 벌을 가지고 사는 가난뱅이', '감나무처럼 열매도 맺지 못하는 못난 것들'까지 이어진다. 처음에는 어떻게든 참새들의 논리에 넘어가지 않으려고 애쓰던 대나무들도 서서히 스스로에 대한 정체성에 회의를 품기 시작한다. '들길에 버려진 하찮은 풀들도 꽃을 피우고 열매를 맺는데 우린……'이라며 자괴감을 느끼기 시작한 것이다. 그러자 작가는 왕대나무의 입을 통해 대나무의 '꿈'을 말해준다.

"그동안 내가 일부러 이야기를 하지 않았다만 오늘은 할 수 없이 이야기를 해주어야겠구나. 우리 대나무들도 큰 뜻을 품고 오래오래 살다 보면 꽃을 피우고 단단한 열매도 맺게 되는 날이 온단다. 〔…중략…〕 하지만 그리 좋아할 일은 못되지. 꽃을 피우고 나면 대개가 시들시들 말라죽게 되니까. 〔…중략…〕 아마 올 여름쯤엔 우리들 중 누군가가 꽃을 피울 수 있을 게다. 생각이 깊고 가슴 속에 큰 뜻을 품고 사는 대나무는 꽃을 피울 수 있지."

〔…중략…〕

"하지만 죽는다는 것은 무서운 일이에요."

"아름다운 꿈과 커다란 희망을 품고 자라는 대나무들은 죽음이 결코 두렵지만은 않단다. 죽음은 결코 끝이 아닌 걸."

그 때부터 대나무들 중에는 아름다운 꿈을 가지고 자라나는 젊은 나무들이 생기게 되었습니다.[23]

---

22 앞의 책, p.53.
23 앞의 책, pp.56~58.

이후 젊은 대나무들은 예쁜 꽃을 피운 후 죽음에 이르게 된다.

「꿈꾸는 대나무」는 1984년 한국일보 신춘문예 동화부문의 당선작이다. 이 작품이 만들어진 1980년대 초반은 광주민주화운동의 상처가 물밑에 감추어져 있던 시기였다. 그렇기에 아름다운 꿈을 가슴에 지녀 꽃을 피우고 죽은 젊은 대나무가 무엇을 상징하는 지, 우리는 쉽게 상상할 수 있다. 이것은 바로 '시대정신'을 문학적 상징으로 승화시킨 모습이다. 총과 칼이나 이념과 정치 구호가 나오지 않더라도 동화문학은 이처럼 시대의 코드를 충분히 담아낼 수 있다. 게다가 그 척박한 현실의 모습뿐만이 아니라 아름답고 깊이 있는 거대담론까지 이어갈 수 있다는 사실을 우리는 이 작품을 통해서 확인할 수 있다.

또한 사군자 중에 하나라고 칭송되며 선비 정신으로 추앙받던 대나무를 '꽃도 피우지 못하는 못난이'로 표현한 것은 바로 70년대를 거치면서 작가의 마음에 자리 잡은 가치전도에 대한 해석이다. 급속한 산업화로 인해 이전까지 우리가 믿어왔던 가치 질서의 붕괴는 바로 선비 정신의 상징인 대나무에 대한 貶下로 표현된다. 무조건 꽃을 피우고 열매를 맺어야만 된다는 결과지상주의, 성과지상주의는 산업화 시대의 경전과도 같은 존재이기 때문이다.

'기존질서의 붕괴'와 '광주민주화운동'이라는 시대 상황을 외면하지도 않고, 또한 '죽음'이라는 조금은 추상적이며 어려운 주제, 그리고 자연과 인간이 함께 어우러져 살아간다는 환경주의의 메시지까지를, 작가는 단편동화 「꿈꾸는 대나무」 한 편으로 그려내고 있다. 이것은 바로 동화문학이 지닌 장점을 극대화시킨 모습이다.

물론 동화에 등장하는 사물에 대한 의인화 수법과 모든 사물이 결국 '인간을 이롭게 만드는 역할(연이 되어 하늘을 난다든가 퉁소가 된다는 것 등)'로 귀결된다는 점은 진정한 환경주의가 아닐지도 모른다. 그러나 작품을 꼼꼼히 읽어본 독자라면, 죽은 대나무를 바라보며 슬퍼하는 게 아니라 '해맑게' 웃는 할아버지는 대나무의 죽음을 통해 자신의 죽음을 바라보는 것이며, 세월이 흐른 후 할아버지가 죽게 된다면 그 육신이 다시 대나무의 자양분이 될 것이라는 추측을 쉽게 해낼 수 있다. 결국 대나무는 인간을 이롭게 하고 인간은 다시 대나무를 이롭게 하는 상호 보완적 관계를 발견할 수 있다.

단편동화 「꿈꾸는 대나무」가 산업화로 인한 전통 질서의 붕괴에 대한 비판과 민주화에 대한 열망을 담았다면 장편동화 『춤추는 고양이』는 빈부문제와 함께 집단화 이념에서 벗어나 개인의 주체적 삶을 요구하는 자아의 실현에 대한 열망을 담고 있다.

선희네 가족과 함께 아파트에서 생활하고 있는 고양이 '옹이'는 어느 날 새장 속에서 생활하고 있는 카나리아와 이야기를 나누게 된다.

어느 날, 카나리아가 옹이에게 이런 말을 했습니다.

"얘, 옹이야. 너의 꿈은 무엇이니?"

〔…중략…〕

"글쎄. 난 맛있는 음식도 날마다 배부르게 먹을 수 있으니 별로 원하는 것이 없어. 예전엔 심심해서 친구들이나 몇 생겼으면 했었는데, 너희들처럼 좋은 친구도 생겼고……."

그러면서 옹이는 '야옹' 하며 길게 하품을 했습니다.

"또 졸리는가 보구나. 어찌 보면 행복하게도 생각되고, 또 어찌 보면 무척 가엾기도 하단 말이야."

"누가 그렇다는 거야?"

"누구긴 누구야. 옹이, 네가 그렇다는 말이지."

"그건 왜?"

"욕심 내지 않고 주어진 생활에 만족할 수 있으니 행복한 것도 같고, 아름다운 꿈도 하나 없이 가슴이 텅 비어 있으니 불쌍하기도 하고……."

"그럼 너희들은 꿈이 있다는 거니?"[24]

고양이 '옹이'는 충격을 받게 된다. 그것은 물질적 풍요 속에서 꿈을 잃고 살아가는 현대인들에 대한 조롱과 같다. 아파트라는 거대한 조직은 시계의 톱니바퀴처럼 정교하게 얽혀있는 인간사회와 다를 바가 없다. 그곳은 안전하며 안락하다. 다만 그곳을 벗어나지 않는 자, 일탈하지 않고 순응하는 자에게만 안락한 공간인 것이다.

이는 아도르노가 말하는 '신화와 계몽'의 이론으로 설명될 수 있다. 아도르노에 의하면 계몽의 목표는 애니미즘을 몰아내 인간에게 공포를 제거해주는 것이다. 그러므로 계몽은 탈마법화이며 탈신화화이다. 그러나 계몽으로 인해 자연으로부터 자유를 얻은 사람은 다시 사람의 지배를 받게 된다.[25]

아파트로 상징되는 현대문명과 산업화는 사람들에게 안락한 보금자리와 배고픔으로부터의 해방을 보장해주었다. 그러나 그 해방은 또 다른 속박과 다름 아니다. 이제는 문명과 사회의 속박에 놓이게 되기 때문이다. 사회적 규범과 법률, 그리고 예절과 상식의 굴레를 벗어나지 않아야 한다는 또 다른 속박이 배고픔에서 벗어난 대가로 지불되는 것이다. 꿈꾸지 않고 그저 사회에 적응하기, 이것은 현대인들이 손에 쥔 또 다른 애니미즘이다.

『춤추는 고양이』에 나오는 새장 속의 카나리아는 그러한 깨달음을 주인공 '옹이'에게 주는 역할을 한다.

"사람들은 고양이보다도 더 어리석은 것 같아."

"그건 왜?"

---

24 박상재, 『춤추는 고양이』, 현암사, 1986, pp.13~15.
25 김유동, 『아도르노 사상』, 문예출판사, 1993, pp.38~52.

옹이의 동그란 눈이 또 다시 반짝 빛났습니다.

"자기들도 새장같이 답답한 아파트에 살면서 우리들의 갑갑한 마음을 알아주지도 못하고 날마다 가둬놓기만 하니……."

그 말을 듣고 다른 카나리아가 말을 이었습니다.

"사람들이 어리석다는 생각은 나도 마찬가지야. 그들은 늘 걱정 속에서 살아가고 있거든. 가난한 사람들은 입을 것 걱정, 먹을 것 걱정, 그리고 잘 사는 사람들은 도둑 걱정, 자식 걱정, 온통 걱정 투성이로 살아가니 어리석지."

"우리를 이처럼 가둬놓고 키우는 것도 모두가 자기들의 즐거움을 맛보기 위해서라구."

〔…중략…〕 "우리도 언젠가는 하늘을 마음대로 날 수 있는 날이 꼭 올 거라고 믿어. 우리는 그날을 위해 좁쌀도 조금씩밖에 먹지 않는다구. 운동도 못해 살이 찌면 날지 못하는 새가 될까봐서지."[26]

새장 속에 새를 넣어두고 먹이를 주며 돌보아주는 것은 새들을 위해서가 아니라 사람이 즐기기 위해서라는 깨달음은 개인을 위해 사회가 존재하는 것이 아니라 사회를 위해 개인이 존재한다는 깨달음과 이어진다. 결국 '옹이'는 안온한 아파트를 탈출한다. 안정된 먹이와 안락한 생활을 포기한 이유는 '답답한 공간에서 벗어나 넓은 세상에서 마음껏 달리기' 위함이다.

이는 경제적 안락함만을 추구하여 인간 본래의 가치인 자유와 개성을 억압하는 시대에 대한 비판이기도 하다.

안락한 아파트를 탈출한 '옹이'는 온갖 역경을 거쳐 산동네로 가게 되고 그곳에서 가난하지만 따스한 마음을 지닌 새 식구들과 생활하

26 박상재, 앞의 책, pp.16~17.

게 된다. 거친 음식을 먹고 안락하지 못한 잠자리를 갖게 되었지만 아파트에서 깔끔하게 살던 '옹이'는 야성을 회복하여 집에서 기르는 닭을 해치려고 침입한 족제비를 물리치기도 한다. 결국 야성을 회복하여 진정 고양이다운 고양이가 된 '옹이'는 도시를 떠나 시골로 내려가게 된다.

선희네 가족들이 카나리아와 고양이에게 원했던 것은 얌전히 살면서 인간을 위해 노래를 불러주거나 재롱을 피워주는 것이었다. 이것은 아도르노가 말한 '사회화된 사회와 개인의 몰락'을 상징한다.[27] '보편자가 특수자를 노예화한다'는 아도르노의 말처럼 개별적 존재를 몰락시켜 모든 것을 보편적인 것으로 획일화하기 위한 음모가 숨겨져 있는 인간 사회에 대한 비판인 것이다.

과거와 오늘의 시대상황에 대한 해석과 미래에 대한 전망, 그리고 문학적 감흥과 교육성 등 아동문학이 지녀야 하는 필요충분조건은 그 어느 장르의 예술보다 복잡다기하다. 박상재의 단편동화 「꿈꾸는 대나무」와 장편동화 『춤추는 고양이』는 그처럼 복잡다기한 아동문학의 필요충분조건에 부합하는 긍정적인 모습을 우리에게 보여준다. 과거와 오늘의 시대 상황과 미래에 대한 전망, 그리고 문학적 감흥과 교육성을 고스란히 담아내고 있기 때문이다.

오래전에 서양에서 구전되던 이야기들, 「장화 신은 고양이」나 「신데렐라」, 「백설공주」 등이 오늘날까지 사랑받는 이유는 바로 일반문학에 비해 우월한 은유와 상징을 내포하고 있기 때문이다. 은유와 상징, 그리고 팬터지로 엮어진 문학 작품은 '시간의 족쇄에 묶인 작가'가 만들어낸 '시간의 족쇄에 묶이지 않은 자유'이기 때문이다. 문학적 감흥의 恒常性은 바로 여기에 기초하고 있다.

---

27 아도르노, 앞의 책, pp.84~92.

시대정신을 염두에 두고 사회 상황을 생경하게 그대로 드러낸 작품들은 시대가 변화하면 역사책 속으로 사라져, 일부 연구자들에 의해서만 조명을 받게 된다. 그러나 급격히 변화하는 인간 사회의 시대정신을, 항상성을 지닌 자연과 자유로운 팬터지로 그려낸 작품은 시대가 변화하더라도 그대로 문학 작품으로 남아 연구자뿐만 아니라 일반 독자에게까지 사랑을 받게 된다. 또한 그 팬터지가 허무맹랑한 이야기로 존재하는 것이 아니라 경험세계의 모순을 비판하고 그 모순에 대한 극복을 지향한다면 더욱 그러하다.

이처럼 박상재 동화가 보여주는 특징은 '표현론이냐, 반영론이냐?' 혹은 '낭만주의냐, 사실주의냐?'를 따지는 문학적 담론에서 벗어나 있다. 이는 '그러한 담론과는 상관없다'는 뜻이 아니라 그들 모두를 큰 그릇에 담아낸다는 표현이 합당하며, 문학에 있어 중요한 것은 담론이 아니라 창작 행위라는 사실을 우리에게 알려준다.

2. 현대문명에 대한 비판 의식

시대정신의 구현과 함께 박상재 동화의 두 번째 특징은 현대 문명에 대한 비판의식이라고 하겠다. 그의 대표작이라 할 수 있는 『원숭이 마카카』는 현대 문명에 대한 비판 의식을 보여준다. 『원숭이 마카카』는 우리의 과거와 현재, 그리고 미래에 대한 풍자와 예리하면서도 새로운 전망으로 채워져 있다.

우선 인도네시아 숲 속에 살던 주인공 원숭이 마카카는 계급과 서열이 존재하는 봉건시대에 위치한다. 그 중에서 주인공 마카카의 위치는 가장 중간이다. 그것은 봉건시대의 종막을 고한 신흥상업세력의 당시 사회적 위치와 같다. 그들은 귀족도 아니고 평민도 아닌 어정쩡한 중간의 위치에 놓여 있었기 때문이다.

"우리는 목숨을 바쳐 위대하신 세메루 대왕님께 충성을 다한다."

라야 원숭이들은 부대장 슬라멧의 외침에 따라 하루에도 수십 번씩 이와같은 구호를 따라 부르짖어야 했습니다.

〔…중략…〕

세메루는 일년에 한 번씩 라야 원숭이들의 고유번호를 정해 주었습니다. 〔…중략…〕 그 번호는 이를테면 등수인 셈이었습니다. 자기의 번호를 빼고, 1번은 부대장 슬라멧, 2번은 참모 파메카, 3번은 게테…… 이런 식으로 나가다 15번은 마카카, 그 뒤로도 15번이 더 이어졌습니다.

일년 동안 대장에게 보여 주었던 충성심과, 일년 동안 얼마만큼 일을 했는가? 그리고 말썽은 피우지 않았는가? 게으름은 피우지 않았는가? 등을 종합하여 순위를 정하는 것이었습니다.[28]

권력은 계속 神權을 유지하고 있지만 지식을 쌓은 중간계층이 인본주의를 외쳤던 것처럼, 마카카는 "인간을 가까이 하지 말라."는 대장 원숭이의 계명을 어기고 인간을 돕는다. 그것을 이유로 무리에서 쫓겨난 마카카는 자신이 신뢰하는 인간을 따라 한국으로 간다. 그러나 봉건의 舊習을 뚫고나온 마카카에게 주어진 현실은 오히려 이전보다 못한 것이 되어 버린다. 자유가 없는 동물원에 갇히는 신세가 되기 때문이다.

마카카는 보르네오의 라야 숲 속 생활이 무척이나 그리워졌습니다. 더위에 지치면 강물에 들어가 목욕도 마음대로 하고, 맛있는 음식을 배불리 따 먹을 수 있던 시절, 〔…중략…〕 그 시절이 무척이나 그리워졌습니다.

〔…중략…〕

---

28 박상재, 『원숭이 마카카』, 새벗, 1989, pp.9~11.

> 사람들도 처음 한달 정도는 수없이 몰려들었지만, 지금은 그리 붐비지 도 않았습니다.
>
> 또한 마카카에게 던져 주던 물건도 조금씩 변해가고 있었습니다. 처음엔 맛있는 과자들을 한 움큼씩 던져 주더니만, 이젠 과자보다는 오히려 휴지나 담배꽁초를 넣어주는 짓궂은 사람들이 많아졌습니다.
>
> 〔…중략…〕
>
> 마카카는 그만 실망하지 않을 수 없었습니다. 그리고 한국에 온 것이 크게 잘못되었다는 것을 깨달았습니다.[29]

그러던 중, 마카카는 술에 취한 사람이 던진 불붙은 담배로 인한 화재로 목숨을 잃고 만다. 마카카의 죽음은 현대 문명을 향한 작가의 통렬한 비판이다.

현대문명의 기본 축은 인본주의다. 타인에 대한 배려 없이 '자신의 이익만을 꾀하는 것'을 利己主義라고 한다면 다른 생물에 대한 배려 없이 '사람만의 이익을 꾀하는 것'은 利人主義라고 할 수 있다. 물론 이는 人本主義나 人文主義, 혹은 휴머니즘이라고 해도 크게 달라지지는 않을 것이다. 물론 인본주의는 다른 자연물과 사람을 구분하기 위해 생성된 단어가 아니다. 인본주의란 서양의 문예 부흥기에 이탈리아에서 발생하여 유럽에 널리 퍼진 정신 운동으로 가톨릭교회의 권위와 신 중심의 세계관으로부터 인간을 해방시키기 위해 태어난 말이다. 굳이 말하자면 神本主義에 대한 도전인 셈이다. 이전까지 사람들은 당연히 신이 세상의 주체이고 사람은 객체라고 생각했다. 그 잘못된 세계관에 대한 도전이 바로 人本主義라고 할 수 있다.

그러나 神本主義가 오류인 것과 마찬가지로 人本主義도 이제는

29 앞의 책, pp.105~107.

오류가 되어 버렸다. 神本主義에 대한 안티개념으로 인본주의가 존재할 때에는 그 의미가 중요했지만, 상대개념이 무력화된 이후에 홀로 남은 인본주의는 새로운 독재를 시작한다. 원래의 인본주의는 신과 인간의 힘겨루기에서 출발되었지만 홀로 남은 인본주의는 이제 그 객체를 '인간을 제외한 모든 사물'로 그 의미를 확대 재생산 시켰기 때문이다. 그 결과 인본주의는 배타적 사상으로 변질되어 현재에 이르렀다. 그 왜곡된 인본주의의 희생물은 자연을 대표하는 마카카다.

『원숭이 마카카』가 보여주는 '인본주의에 입각한 현대문명'에 대한 비판은 지난 1991년 미국 CNN방송의 창업자 테드 터너가 마련한 터너미래기금(상금 50만 달러) 문학상의 수상작인 대니얼 퀸의 소설 『이스마엘』[30]보다 강하다. 이 소설에 등장하는 '이스마엘'은 아프리카에서 미국으로 끌려온 고릴라의 이름이다. 고릴라 이스마엘은 환경파괴로 죽어가는 지구를 살리기 위해 나타난 영적 스승 또는 현자로 등장하여 그를 찾아온 작중 화자에게 길고도 지루한 강의를 한다. 당시 이 소설은 "인류의 창조신화부터 시작해서 호모사피엔스의 자살로 불리는 현재의 심각한 자연파괴에 대한 강렬한 警鐘"이라는 평가를 받았다.

이 소설은 성인을 대상으로 하는 것임에도 불구하고 동화적 상상력에 기초하고 있다. 우선 고릴라인 이스마엘이 미국 대도시 중심가에 자리 잡은 인텔리전트 빌딩의 한 층을 소유하고 있으며, 그가 생활하는 데 필요한 모든 것이 제공되고 있다는 점이 그러하다. 물론 인류의 미래를 걱정하는 돈 많은 인류학자가 사망하면서 자신의 전 재산을 법인화시켜 이스마엘의 생존을 돕고 있다는 설정을 하고 있지만

30 대니얼 퀸, 이상영 역, 『이스마엘』, 포도원, 1992.

사실성이 떨어지는 것은 어쩔 수 없다. 그럼에도 불구하고 이 책이 반향을 일으켰던 이유는 '환경'이라는 코드와 '인본주의에 대한 도전'이라는 코드를 지니고 있기 때문이다.

이스마엘은 마카카와 마찬가지로 "세상은 인간을 위해 만들어졌다"는 서양의 인간중심주의 전통에 강하게 반론을 제기한다. 지구는 인간의 적이 아니라 동료 혹은 자궁임에도 불구하고 인간은 그를 적으로 간주하여 정복하려는 우를 범하고 있으며 결국 자신의 자궁을 죽음으로 몰아넣어 스스로도 사망에 이를 것이라는 점을 처음부터 끝까지 지루하게 역설하고 있다. 그리고 그 이야기들은 동화가 지니고 있는 환상성에 뿌리를 내리고 있다. 예를 들어 이 소설 속에는 '오늘날의 TV 방송 기자가 녹음기를 들고 고생대로 날아가, 당시 지구의 거의 전체를 차지하며 번성했던 생물, 삼엽충[31]을 인터뷰하는' 이야기가 나온다.

기자가 삼엽충에게 이렇게 질문한다. "당신은 이 세상이 어떻게 만들어졌다고 생각하십니까?" 이에 대해 삼엽충이 대답한다. "그야 물론 이 세상을 만든 神께서 우리 삼엽충에게 선물로 내려준 은총이지요. 이 세상은 우리 삼엽충을 위해 존재합니다. 물론 우리 삼엽충은 지금 너무 그 수가 많아져 곤란을 겪고 있습니다. 그러나 우리 영민한 삼엽충은 분명 이 난관을 극복해 낼 것입니다. 신께서 우리를 만들었으니 그 해결책도 제시해줄 것이 분명하니까요." 그 해결책은 삼엽충의 멸종으로 결과되었다고 작가는 소설을 통해 말한다. 지금은 화석으로만 존재하는 삼엽충의 모습이 인간의 미래 모습이라고 설명하는 것이다. 시공을 초월하여 삼엽충을 만나 이야기를 나누는 모습은 극히 동화적인 수법이다.

---

31 고생대(古生代)에 크게 번성하였던 절지동물로 지금은 절멸하여 화석으로만 남아 있다.

그러나 이 소설보다 10년 가까이 먼저 발표된 『원숭이 마카카』는 『이스마엘』보다 사실성이 뛰어나다. 인도네시아의 정글 속 모습과 그곳에서 생활하는 원숭이들의 모습, 그리고 그곳에 살던 원숭이가 어떻게 한국의 동물원으로 오는지 사실적으로 설명하고 있기 때문이다.

대니얼 퀸이 직접적인 화법으로 말하는 인본주의의 폐해가 소설이라는 형식을 빌린 논문처럼 대중성이 취약한 반면, 박상재가 말하는 인본주의의 폐해는 이야기 구성이나 짜임새에 있어 더욱 뛰어나다. 게다가 대니얼 퀸의 소설이 거대담론으로는 큰 가치가 있지만 소설적 재미에 있어서는 그렇지 못한 반면, 박상재의 동화는 그 속에 감추어진 거대담론을 파악하지 못하더라도 읽는 재미나 감동에 큰 지장을 주지 않는다. 바로 '어른과 아이를 동시에 만족시키는 교묘한 이중주'의 형식을 갖추고 있기 때문이다. 여기에서 우리는 일반 소설이 끌고나가기에 어려운 거대담론을 담을 수 있는 최상의 그릇은 팬터지 동화라는 사실을 깨닫게 된다.

영국의 여류작가 M.W.셸리의 소설 『프랑켄슈타인』(1818년)은 무생물에 생명을 부여할 수 있는 방법을 알아낸 제네바의 물리학자 프랑켄슈타인의 이야기다. 그는 죽은 자의 뼈로 신장 244cm의 인형을 만들어 생명을 불어넣는다.

그러나 이 괴물은 인간 이상의 힘을 발휘하게 되고 결국은 자신을 창조해낸 창조주 프랑켄슈타인에 대한 증오심을 내비치며 프랑켄슈타인의 동생과 신부를 살해한 후 자기의 배우자를 구해내라고 강요하기에 이른다. 프랑켄슈타인은 복수를 위해 북극의 빙원까지 괴물을 쫓아갔다가 패하여 죽는다.

이 소설은 단순한 괴물 이야기가 아니다. 그 이면에 숨겨진 의미는 깊고 크다. 그것은 시민계급의 출현에 대한 공포심이나, 神(프랑켄슈타인)에 의해 창조되었지만 신에게 버림받은 인간(괴물)에 대한 분석이기도 하다. 이처럼 팬터지는 허황된 이야기가 아니라 시대를 가장 극명하게 비판하고 이를 표현하는 수단으로 이용되어 왔다. 「원숭이 마카카」는 바로 그러한 시대 비판의 기능을 수용한 작품이다.

원숭이 마카카는 화재로 숨을 거둔 후 하늘나라로 가서 사람도 원숭이도 아닌 제 3의 존재가 되어 다시 땅으로 내려온다. 한마디로 신통력을 지닌 존재가 되어 돌아오는 것이다. 이후 마카카는 야생동물의 편에 서서 그들을 돕고, 인간만이 존엄하다는 잘못된 생각을 지닌 인간들을 깨우쳐주다가 바람처럼 사라진다. 인간도 원숭이도 아닌 제 3의 존재, 그것은 인간 스스로 인간이라는 틀을 벗어난 모습이다. 인간의 우월적 지위(물론 그것은 누군가 부여해준 것이 아니라 스스로 그렇게 칭한 것이지만)를 반납하고 다른 생물들과 평등한 생명체로 돌아오는 것을 뜻하기 때문이다.

이는 수단이 목적으로 변한 현대 문명에 대한 통렬한 비판이라고 할 수 있다. 이러한 문명 비판은 최근 들어 관심이 높아가고 있는 생태학, 환경문제, 녹색문학으로까지 이어진다. 인간을 자유롭게 만들어주기 위한다는 미명하에 태어난 계몽주의와 근대적 이성의 논리가 오히려 파괴적이고 억압적인 힘을 발휘한다는 지적[32]은 오래 전부터 있어 왔다. 그리고 이는 포스트모더니즘이 행하는 모더니즘에 대한 비판이기도 하다.

그러나 문학적 담론은 언제나 문학 작품의 뒤를 따라오는 존재라는 점을 생각한다면 『원숭이 마카카』는 그 어느 담론의 속박에서도 자유롭다는 점을 알아야 한다.

'마카카'는 인도네시아 섬에서 한국으로 멀리 떠난다(낭만주의). 그

32 아도르노는 이에 대해 "세계사는 야만으로부터 휴매니티로가 아니라 투석기로부터 핵폭탄으로의 전개과정이다."라고 말하기도 했다.(아도르노, 앞의 책, p.121.)

리고 동물원에 갇혀 고통을 겪다가 화재로 숨진다(리얼리즘). 이러한 결합의 뒤에는 인간 중심의 문명을 비판하는 의식(포스트모더니즘)이 숨어 있다. 죽어서 하늘로 올라간 '마카카'는 초능력을 지닌 초월적 생명체가 되어 다시 땅으로 내려와 동물들을 돕는다(팬터지).

이는 어느 문학적 담론도 문학 창작의 행위를 가두거나 앞서가지 못함을 일깨워준다. 이 작품은 생태학이나 포스트모더니즘, 그리고 팬터지 문학에 대한 이론이 본격적으로 한국에 소개되기 전에 발표되었기 때문이다.

결국 문학적 상상력과 현실에 대한 반영의 조화는 이론이 아니라 작가의 창조성에 의해 구현된다는 점을 깨달을 수 있다.

3. 자연친화적인 창작정신

박상재 동화의 세 번째 특징은 자연친화적인 창작정신이다. 박상재는 자연친화적인 소재를 이용하여 '잃어버린 자연'에 대한 간접 경험을 아동들에게 전달해준다.

생활동화들이 인공의 대상물들과 교류하며 지내는 아이들의 현재 생활을 그대로 보여주는 장점이 있다면, 자연친화적 소재를 이용한 팬터지는 아이들의 현재 생활이 아니라 미래의 감성에 큰 자산이 될 것이기 때문이다.

그렇기에 꿀벌들의 일하는 모습과 그들의 모험을 그린 동화 『꿀벌 삼총사』와 주인공이 개미를 괴롭히다가 스스로 개미가 되어 개미들의 생활을 체험하는 『개미가 된 아이』 등은 그 존재가치가 높다고 하겠다. 특히 이들 작품은 팬터지를 추구하면서도 꿀벌과 개미의 생태에 대해 사실적으로 접근하여 리얼리티를 획득하고 있다.

우리는 언니들이 가져오는 꿀과 꽃가루를 받아, 꿀은 꿀대로 꽃가루는 꽃가루대로 저장해둡니다.

며칠 동안 그 일을 하다 보니, 꽁무니에서 밀랍샘이 발달하여 밀랍이 나오게 되었습니다.

우리는 그 밀랍으로 부서진 방을 고치기도 하고, 새로운 방을 만들기도 해야 합니다.[33]

『꿀벌 삼총사』에 나오는 꿀벌들의 행동과 일과는 실제 꿀벌들의 생활상을 고스란히 담고 있다. 꿀벌이 사람처럼 생각하고 말을 한다는 것은 있을 수 없는 일임에 틀림없다. 그러나 그것이 실제 꿀벌들의 생태와 일치하고 있다는 사실은 동화 문학의 팬터지가 단순한 환상의 추구가 아님을 보여준다.

『꿀벌 삼총사』는 이처럼 탄탄한 고증을 통해 구현해낸 사실적 상황을 토대로 하여 노동의 신성함과 모험정신을 말하고 있다. 나중에 커서 여왕벌이 될 운명을 타고난 '공주님 벌'이 자신의 지위를 버리고 일벌이 되겠다고 나서는 모습은 의미심장하다.

"그럼 여왕님은 아름다운 꽃님들을 만나러 다니며 꿀 선물을 받아오는 일을 하지 않나요?"

"참, 공주님도. 그런 힘든 일을 왜 여왕님이 하시겠어요? 다 부하들인 일벌들이 나누어 하지요."

〔…중략…〕

"난 여왕님은 싫어요. 그보다는 향기로운 꽃님들을 찾아다니며 사랑을 맺어주고 꿀을 선물 받는 그런 일벌이 되고 싶어요."[34]

---

33 박상재, 『꿀벌 삼총사』, 예림당, 1996, p.44.
34 박상재, 앞의 책, 1996, p.18.

여왕벌을 거부하고 일벌이 된 주인공은 '향기로운 꽃님들을 찾아 다니며 사랑을 맺어주는' 낭만적인 상상을 한다. 그러나 실제로 마주한 일벌들의 생활은 언제나 그처럼 낭만적인 일만 일어나는 것은 아니었다. 먹이를 찾는 새들의 공격을 받기도 하고 꿀을 훔쳐가려고 공격하는 말벌들의 공격에 시달리기도 한다. 이는 환상이 아닌 현실의 척박하고 어려운 현실을 말해주는 것이다. 그러나 주인공은 그런 시련에 굴하지 않고 거미줄에 걸린 나비를 구해주고 말벌의 맹렬한 공격을 막아내는 등 역경을 슬기롭고 용감하게 극복하는 모습을 보여준다.

이처럼 철저한 고증을 통한 동화 쓰기는 「개미가 된 아이」에서도 선명하게 드러난다.

> "바깥 세상의 나무 밑에 가면 잎을 따 내리는 개미들이 떨어뜨려놓은 잎 조각들이 수없이 널려 있지요. 잎 자르는 개미들은 나무 위에 올라가 날카로운 이빨로 잎을 잘라 내려 주기만 하면 됩니다. 그러면 운반하는 일을 맡은 개미들이 차례차례 줄을 서서 잎을 날라오지요."
>
> 〔…중략…〕
>
> 그곳에는 몸집이 비교적 작은 개미들이 열심히 나뭇잎들을 씹고 있었습니다. 그런데 이상한 것은, 그것을 먹지 않고 다시 내뱉는 것이었어요. 모두들 똑같은 짓을 되풀이하며 잘게 씹은 것을 일정한 곳에 차곡차곡 쌓고 있었습니다.
>
> "저렇게 저장해 두면 곧 곰팡이가 자라게 돼요. 〔…중략…〕 이렇게 키운 곰팡이로는 아기 개미들을 키우기도 하고 우리들의 양식으로 쓰기도 하지요."[35]

---

35 박상재, 『개미가 된 아이』, 예림당, 1993, pp.70~71.

『개미가 된 아이』의 주인공 민이가 개미가 되어 개미나라를 돌아다니며 살펴보는 개미들의 모습은 실제 개미들의 생활과 다르지 않다. 결국 독자들은 재미있는 이야기를 읽으면서 개미에 대한 생물학적 지식까지 습득할 수 있게 된다. 최명표는 이에 대해 "박상재는 아이들의 공간 구성력이 뒤처지지 않도록 환상세계와 현실세계를 묘사하면서, 마치 인간의 세계를 그리듯이 세밀하게 묘사하였다. 예컨대 개미들의 병원, 간호사, 안내원, 곰팡이 재배실인 버섯농장, 〔…중략…〕 불개미들의 침략과 전쟁, 훈련 과정에 대한 구체적인 묘사는 환상문학의 리얼리티가 어떻게 구현되어야 하는가에 대한 범문"[36]이라고 말하기도 했다.

『개미가 된 아이』에서 주인공이 부상을 입힌 개미는 개미나라의 공주님으로 설정되어 있다. 작가의 노동에 대한 인식은 여기에서도 선명하게 드러난다.

> "공주님은 여왕이 되는 것을 싫어하는 눈치였어요."
>
> "아니, 왜요? 남들이 우러러보는 여왕의 자리를 왜 싫어하나요?"
>
> 〔…중략…〕
>
> "우리 공주님은 평소 일하는 개미들을 무척이나 부러워했어요. 언제나 일을 하고 싶어서 안달이었거든요. 하지만 공주님은 일을 할 수 없게 되어 있어서 늘 안타까워했지요."[37]

주인공 민이는 성실한 개미들의 생활을 보면서 깊은 반성을 하게 되고 자신도 어떻게든 그들에게 도움을 주는 존재가 되고 싶어 한다.

---

36 최명표, 「동화의 환상성을 드러내는 방식－박상재론」, 『한국현대아동문학작가작품론Ⅱ』, 청동거울, 2001, p.771.
37 박상재, 앞의 책, 1993, pp.66~67.

그러던 중 민이는 아기 개미들을 해치려고 다가온 '개미집귀뚜라미'를 물리치면서 자신의 힘이 강하다는 것을 알아차리게 된다. 자신감을 얻은 민이는 개미나라 병정들의 장군이 되어 불개미들과의 싸움을 승리로 이끌어낸다.

자연친화적 소재를 과학적 고증을 통해 사실적인 이야기로 만들어내면서 그 안에 모험심과 자유정신을 구현해내고 있는 것이다.

또한 「춤추는 오리」, 「소쩍새를 사랑한 떡갈나무」, 살쾡이들의 이야기인 「숲속의 사냥꾼」, 들쥐와 올빼미가 등장하는 「올빼미 금눈이」, 「딱따구리 삼형제」, 반달곰 이야기인 「반달이의 겨울 여행」, 「굴뚝새의 죽음」, 「춤추는 버드나무」, 「미루나무의 꿈」, 「첫나비」, 「정아와 일곱 비둘기」, 「향이와 고양이」, 「십자매와 십자가」, 「다릿거리집 개」, 「뻐꾸기 소리」 등 박상재의 단편동화들도 주목할 필요가 있다. 금방 살펴보아도 서로 다른 20여 종의 동식물이 등장하고 있기 때문이다. 박상재의 이러한 모습은 아동문학만이 지니고 있는 장점을 최대한 살리려는 노력으로 해석된다. 모든 사물을 주인공과 소재로 사용할 수 있는 아동문학만의 특성은 여타의 장르가 감히 넘보지 못할 울림을 내재하고 있기 때문이다.

인간에게 주어진 모든 문학적 상징과 은유의 시작은 자연으로부터 시작되었다. 알타미라 동굴의 벽화는 들소를 소재로 하였으며 우리나라의 초기 문학 작품으로 알려진 「구지가」와 「황조가」도 거북이와 새를 그 대상으로 하고 있다. 결국 인간이란 자연이라는 동굴에 비친 자신의 모습을 통해 세상과 조우하기 때문이다. 그러므로 자연물에 대한 감정 이입은 모든 예술의 기본이다.

그러나 현대의 아동들의 경우, 자연과의 유대감이 이전에 비해 현저히 떨어짐을 느낄 수 있다. 그들의 일상은 자동차와 컴퓨터, 그리고 TV와 영화로 뒤범벅이 되어 있다. 그들은 자연과 접하여 생명의 진실에 다가가는 것이 아니라 인터넷 속의 아바타를 통해 인공의 메카닉과 교류한다. 실재하는 것과 만나는 것이 아니라 실재하는 것처럼 꾸며놓은 인공물과 만나 교류한다는 뜻이다. 장 보드리야르의 인식을 빌린다면 "시뮬라시옹"[38]과 가장 밀접하고도 강하게 교류하고 있다.

아동들 중에는 실제로 돼지를 보지 못한 경우도 있을 것이다. 그럼에도 불구하고 아동들은 흔히 '돼지'라는 말을 사용한다. 그것은 그림책이나 TV를 통해 간접적으로 본 것을 기억하고 있기 때문이며, 또한 관용적으로 쓰이는 의미, '더럽다', '많이 먹는다', '뚱뚱하다'의 개념으로 사용할 뿐이다. 이는 원개념인 생물체 돼지와는 상관없이 존재하는 것이다. 여우도 마찬가지다. 실제로 여우를 본 사람은 그리 흔치 않다. 기껏해야 우리에 갇힌 여우를 보았거나 책이나 TV를 통해서가 고작이다. 그러나 우리는 '여우'하면 머리가 영리하고 꾀를 잘 쓰는 동물로 생각한다. 하지만 실재로 밤에 산을 걷다가 여우와 마주친 경험이 있는 사람이라면 '여우'에 대한 개념은 180도 달라진다. 그것은 공포와 두려움이기 때문이다.

그렇다면 우리가 지니고 있는 돼지와 여우의 개념은 어떻게 생겨난 것일까? 바로 문학, 이야기를 통해 남겨진 것이다. 이처럼 문학, 혹은 이야기의 위력은 경험에 비견된다.

흙과 땅, 꽃과 나무, 곤충들과의 교류가 전혀 없이 인공의 대상물들 속에서 자라난 사람일 경우는 어떨까? 문학적 상상력이나 상징에 있어 가난한 사람이 될 것이 분명하다. '바람처럼 빠르다'가 '오토바이

38 장 보드리야르, 『시뮬라시옹』, 하태환 옮김, 민음사, 2001.
장보드리야르는 이 책에서 '진실, 도덕, 권력, 신, 역사, 상상 등에 의해 형상화되던 실재는 그의 기호, 이미지, 모형 등에 의해 대체되어 파생실재가 되어 버린다' 고 주장하며 '현대 사회는 모든 실재를 바라보지 않고 그 대체물로만 세계를 파악한다' 고 말한다. 다시 말하면 실제로는 존재하지 않는 것을 존재하는 것처럼 만드는 행위를 시뮬라시옹이라 한다.

처럼 빠르다', 혹은 '비행기처럼 빠르다'로 전환되는 것과 마찬가지다. 자연의 대상물들을 지칭하는 단어들은 점점 古語가 되고 死語가 될 것이다. 그와 동시에 그들이 지니고 있던 고유의 울림들도 사라질 것이다. 아니, 인공물로 대치될 것이다.

그것을 방지해줄 수 있는 장치는 과연 무엇일까? 그것이 바로 아동문학이다. 영상물의 직접적인 방식이 아니라 은유와 상징으로 그 대상물의 이미지를 전달하는 문학이라는 도구는 자연에 대한 직접 경험이 일천한 아동들에게 최소한의 자양분으로 존재할 것이기 때문이다.

동화에 '풀이나 나무, 곤충이나 동물들을 사람처럼 말하게 하는'[39] 동화에 대해 비판적인 자세를 취했던 이오덕도 그 자체를 비판한 것이 아니라 그 기법에 있어서 최소한의 리얼리티를 염두에 두지 않았음을 지적했다는 점을 상기한다면 박상재의 동화는 그러한 비판에서도 자유롭다고 할 수 있다.

「물새가 된 조약돌」은 자연친화적인 소재의 채용에서 한 걸음 더 나아간다. 「물새가 된 조약돌」은 오염된 물가에 모인 물새 떼들의 배고픔으로 시작된다.

> 물새들은 하나같이 오랜 여행이 몰고 온 피로와 배고픔에 지쳐 있었습니다. 그 때문에 물새들의 눈에는 달빛에 반짝이는 밤물결조차도 슬픔으로 일렁이고 있었습니다.

---

39 "동화에는 풀이나 나무, 곤충이나 동물들을 사람처럼 말하게 하는 이야기가 많다. 동화작가들의 불성실을 말해주는 또 하나의 증거를 들 수 있는 것이 이 동식물을 의인화한 얘기에서 그 동식물의 생태와 모습을 함부로 그릇되게 보여주는 것이다. 뻐꾸기가 3월에 우는가 하면 민들레 씨가 기왓장 위에서 한달만에 뿌리를 내리고 꽃을 피운다. 마치 우리나라의 화가들이 가장 흔한 가축인 소를 제대로 그릴 줄 모르는 것과 같다. 그러면서 조금도 그 그림을 부끄러워하지 않고 도리어 "그림이란 사진과는 달라야 하는 것"이라고 변명하면서……." 이오덕, 「아동문학 무엇이 문제인가?」, 『아동문학평론』, 1994, 봄, p.22.

그때 누군가가 기쁨에 들뜬 목소리로 외쳤습니다.

"여기 먹이가 있다. 우리들이 충분히 먹을 수 있을 만큼 많아!"

〔…중략…〕

물결이 스치는 모래톱 가장자리에 수백 마리의 물고기들이 잠에 취한 듯 떼지어 누워있었습니다.[40]

그러나 대장 물새는 물고기를 먹으라는 지시를 내리지 않는다. 물고기들이 혹시 약물에 중독된 것은 아닌지 확인해야 한다고 생각했기 때문이다. 그러나 배고픈 다른 물새들은 대장 물새를 비난한다.

결국 다른 물새들의 성화를 견디지 못한 대장물새는 스스로 물고기를 먼저 먹어본 후 이상이 없으면 다른 물새들도 먹기 시작하자고 제안한다. 그러자 무리의 가장자리에 있던 넓적부리물새가 뛰어들며 소리친다.

"잠깐! 만일을 모르니 대장이 먹으면 안 됩니다. 대장은 앞으로도 우리를 이끌어야 할 책임이 있는데, 그런 위험한 일에 직접 나서서는 안 됩니다. 대장을 대신해서 내가 먼저 먹어보도록 하겠습니다."[41]

그러나 넓적부리물새는 물고기를 먹고 쓰러져 노래를 잃어버린 물새가 되고 만다. 그리고 그로 인해 무리로부터 멀어져 외로운 외톨이 신세가 되어버린다. 약물에 오염된 물고기를 먹어 자식도 낳지 못하게 된 넓적부리물새는 외로움을 달래기 위해 물새알처럼 생긴 작은 조약돌을 마치 알인 양 품에 품고 지내게 된다. 그런 모습을 곁에서 지켜보던 흰부리물새는 넓적부리물새를 위해 자신의 알 하나를 아무

---

40 박상재, 『물새가 된 조약돌』, 아테네, 2002, pp.145~146.
41 앞의 책, pp.149~150.

도 모르게 곤히 잠들어 있는 넓적부리물새 품속에 넣어준다.

「물새가 된 조약돌」은 단순한 자연친화적 소재의 채용에서 한 걸음 더 나아가 녹색문학의 가능성을 열어준다. 환경문제와 함께, 대장 물새를 위해 희생된 넓적부리물새는 인간을 대신해 죽어가는 다른 생물들의 모습을 상징하기 때문이다.

「그림 속으로 들어간 아이」는 자연친화적 동화가 앞으로 나아가야 할 방향을 알려주는 모습을 보여준다. 도시 한복판에 살다가 산자락이 있는 변두리 낡은 이층집으로 이사 간 유나의 아버지는 "어휴, 이제 살 것 같다. 숨통이 트이는 것 같아."라고 작품 첫머리에서 말을 한다.

이 말 속에는 앞으로 진행될 이야기의 모든 것이 담겨져 있다. 댐을 만들어 고향이 물 속에 잠기게 된 유나의 아버지는 고향을 잃어버림과 동시에 추억까지도 상실한 사람이 되었다. 그는 늘 고향을 그리워하여 유나에게 고향 이야기를 들려주기를 즐긴다. 그 중에서도 유나는 '초비 깨비' 라는 어린 도깨비 이야기를 좋아한다.

> "깨비는 어린 도깨비를 이르는 말이란다. 초비는 깨비의 이름이고. 눈이 초롱초롱하여 초비라는 이름이 붙여졌다고 하더라. 초비는 초롱꽃을 좋아하지. 여름철 기슭에 피는 흰 초롱꽃에 반딧불이를 잡아넣어 가지고 다니며 밤길을 가는 사람들에게 길을 밝혀주기도 했단다."[42]

그러던 어느 날, 그림을 그리는 한 할아버지가 나타나 아버지의 잃어버린 고향 이야기를 듣는다. '마을 어귀에는 냇물이 흐르고 냇가에는 커다란 느티나무 한 그루가 있어요. 어찌나 오래된 나무인지 도깨

---

42 박상재, 『그림 속으로 들어간 아이』, 예림당, 2000, pp.9~11.

비가 살았다는 이야기도 있어요.' 아버지의 긴 이야기를 들은 할아버지는 아버지로부터 들은 이야기만으로 그림 한 장을 그려주고 사라진다. 아버지는 고향을 그린 그림을 바라보다가 그만 그림 속으로 빨려들어가고 만다. 그리고 그 뒤를 이어 유나도 그림 속으로 들어간다.

어느 날 아빠는 오래도록 초롱꽃 향기를 맡은 후, 그림을 바라보았습니다.

한참 동안 그림을 보고 있자 갑자기 그림이 입체로 다가왔습니다. 마치 매직아이를 보고 있는 것처럼 말입니다.

아빠의 기쁨은 풍선처럼 부풀어 올랐습니다. 기쁨이 커질수록 아빠의 몸집은 점점 작아지고 있었습니다.

아빠는 자신도 모르게 자리에서 일어나 그림을 향해 다가갔습니다. 이윽고 자신도 모르게 점점 그림 속으로 빨려들어갔습니다.[43]

'이상하다. 아빠가 어디 가셨지? 2층에 계신 줄 알았는데…….'

유나는 화장실에도 가 보고, 꽃밭에도 가 보고, 집 뒤에도 찾아보았습니다. 그러나 그 어디에도 아빠의 그림자는 없었습니다.

〔…중략…〕

유나는 문득 그림 속으로 들어가고 싶었습니다. 아빠와 함께 간다면 더욱 좋겠지만 곁에는 아무도 없었습니다.

'아빠의 고향을 찾아가 보자.'[44]

---

43 앞의 책, pp.53~54.
44 앞의 책, pp.61~62.

그림 속으로 들어가 온갖 모험을 하던 아버지와 유나는 그림 속에서 극적으로 만나게 되고, 유나와 아빠는 힘을 합쳐 현실 속으로 돌아오게 된다.

아버지는 늘 꿈같은 고향을 그리워했지만 막상 그림 속으로 들어가 체험해본 고향은 예전 그대로의 낭만적인 모습이 아니었다. 옛날 친구를 가장하여 아버지를 속이려고 드는 도깨비 등 위험이 도사리고 있는 공간이었다. 결국 아버지가 꿈꾸었던 가장 안온하고 평화로운 고향은 물속으로 사라진 물리적인 공간의 고향이 아니라 사랑하는 아내와 딸이 있는 현실 공간이었음을 깨닫게 된다.

이는 우리가 추구해야할 이상향이 과거에 존재하는 것이 아니라는 사실을 말하고 있다. 시냇물이 졸졸 흐르고 온갖 꽃들이 만발하여 아름다웠던 고향은 추억해야할 대상이 아니라 지금의 현실로 만들어가야 할 과제라는 점을 작가는 말하고 있다. '그때는 아름다웠지!' 라는 감상의 추억, 혹은 과거에 대한 미화에 머무는 것이 아니라 오늘을 그렇게 만들어야 한다는 당위성의 표현이다.

결국 환경문학, 혹은 생태문학의 지향점은 '예전엔 이랬는데 오늘은 이렇게 훼손되고 말았다' 라는 부정의 출발이 아니라 오늘을 더욱 행복하게 하기 위한 적극적이며 긍정적인 모색이라고 하겠다.

Ⅳ. 결론

이제까지 박상재의 작품 활동과 작품 세계를 크게 시대정신의 구현과 문명 비판 의식, 그리고 자연친화적 세계관을 중심으로 논의해 보았다.

물론 박상재 이전에도 팬터지적인 요소를 이용하여 사회를 풍자하고 시대정신을 구현해낸 동화 작품들은 많이 있어 왔다. 특히 한국 최초의 창작동화인 「바위나리와 아기별」(1923)을 시작으로 「토끼와 원숭이」, 『떡배 단배』, 『모래알 고금』 등을 발표한 馬海松은 동화의 환상성을 추구하면서도 그 속에 강한 시대정신을 담아내어 당시 사회에 대한 저항과 풍자의 모습을 보여주었다. 박상재의 동화는 이러한 한국 아동문학의 전통을 이어가는 모습을 보여준다.

한국의 아동문학은 그 초창기부터 강한 目的性을 지니고 있었기에 목적성 자체를 부정할 수는 없었다. 한국 아동문학의 시작이라고 말하는 六堂과 小波의 아동문화운동은 '일제하에서의 민족정체성 찾기' 라는 시대적 과제를 안고 있었기 때문이다.

그러나 한국 아동문학의 초창기에 가졌던 목적성을 바로 한국 아동문학의 正體性으로 치부해버릴 수는 없다. 그것은 시대의 산물이지 文學의 本質이라고 하기엔 부족하기 때문이다.

박상재의 동화는 환상성 추구라는 동화문학이 지닌 문학적, 미학적 본질을 함유하고 있으면서, 그와 동시에 시대와 문명에 대한 날카로운 비판정신을 내포하고 있다. 박상재 동화가 한국 아동문학의 흐름 가운데 개성적 자리를 확보하고 있는 이유도 바로 여기에 있다.

동화 속의 환상적 요소가 단순히 허무맹랑한 상상력의 발동이 아니라 환상에서 중시되어야 할 기능인 사회 비판의 기능을 발휘하고 있기 때문이다. 이는 그동안 한국 동화문학에서 마해송을 기점으로 김요섭 등을 거쳐 이어져왔던 전통을 발전적으로 계승한 모습이라고 할 수 있다.

『원숭이 마카카』에서는 인간중심주의 문명론에 대한 비판을, 「꿈꾸는 대나무」에서는 산업화로 인한 전통질서의 붕괴에 대한 비판과 민주화에 대한 열망을, 『개미가 된 아이』와 『꿀벌 삼총사』에서는 노동의 신성함과 다층구조로 되어 있는 사회현실을 말하고 있으며, 『춤추는 고양이』에서는 현대사회의 상업적 획일주의를 ,「그림 속으로 들어간 아이」에서는 고향을 잃어버린 도시인들을 이야기하고 있기 때문이다.

박상재의 동화는 시대와 동떨어진 작품이 아니라 시대와 공감하고 혹은 저항하는 시대정신을 함유하면서, 동시에 상징과 은유 그리고 팬터지를 채용한 창작 동화이다. 이는 리얼리즘의 시대적 요구에 부응하며 문학적 완성을 이루었다는 점에서 의미 깊다. 이와 더불어 자연친화적 소재의 채용은 문학적 감흥의 항상성을 유지시키면서 아동을 주된 대상 독자로 삼아야 하는 동화문학의 특수성이 요구하는 최소한의 교육적 효과도 가져온다.

그러므로 박상재 동화는 사회적 요구와 문학적 요구, 그리고 아동을 대상으로 하는 아동문학의 특수한 요구를 모두 충족시킬 수 있는 동화의 一端을 우리에게 보여준다고 하겠다.

박상재 동화의 이러한 특성은, 자신이 속해 있는 시대와 호흡을 같이 하면서 문제의식을 갖고 현실을 바라보았던 마해송을 시작으로 김요섭을 거쳐 면면히 이어져 내려온 한국창작동화문학의 전통을 계승함과 동시에 표현론과 반영론으로 나뉘어 이론적으로 반목하고 있는 한국아동문학계의 대승적 화합의 가능성에 단초를 제공하고 있다는 점에서 의미 있다고 하겠다.

참고문헌

1. 기초자료

박상재, 『춤추는 고양이』, 현암사, 1986.
______, 『원숭이 마카카』, 새벗, 1989.
______, 『매맞는 나무』, 윤성, 1990.
______, 『어리석은 살쾡이』, 선화교육사, 1992.
______, 『엄마 찾은 뻐꾸기』, 선화교육사, 1992.
______, 『첫나비』, 선화교육사, 1992.
______, 『개구쟁이 천방지우』, 동지, 1992.
______, 『개미가 된 아이』, 예림당, 1993.
______, 『통일을 기다리는 느티나무』, 오늘, 1993.
______, 『꿀벌 삼총사』, 예림당, 1996.
______, 『허수아비가 된 허수아버지』, 예림당, 1996.
______, 『춤추는 오리』, 여명출판사, 1999.
______, 『그림 속으로 들어간 아이』, 예림당, 2000.
______, 『물새가 된 조약돌』, 아테네, 2002.

2. 단행본

권순긍, 『역사와 문학적 진실』, 살림터, 1997.
김용희, 『동심의 숲에서 길찾기』, 청동거울, 1999.
김유동, 『아도르노 사상』, 문예출판사, 1993.
김자연, 『아동문학 이해와 창작 실제』, 청동거울, 2003.
김현숙, 『두 코드를 가진 문학 읽기』, 청동거울, 2003.
김형효, 『데리다의 해체철학』, 민음사, 1993.
염무웅, 『문학과 행동』, 태극출판사, 1974.
이선영 편, 『문예사조사』, 민음사, 1986.
이오덕, 『시정신과 유희정신』, 창작과비평사, 1979.

이재철, 『한국현대아동문학사』, 일지사, 1978.
_____ , 『아동문학개론』, 서문당, 1983.
_____ , 『세계아동문학사전』, 계몽사, 1989.
정진채, 『80년대의 한국동화문학』, 도서출판 빛남, 1989.
조대현 외, 『아동문학 창작론』, 학연사, 1999.
차봉희, 『비판미학』, 문학과지성사, 1990.

3. 논문 및 평론

김상욱, 「희망의 문학, 계몽의 담론」, 『창작과 비평』, 2002, 여름.
김성곤, 「녹색문화와 포스트모더니즘, 그리고 녹색문학」, 『문학사상』, 1999. 7.
김요섭, 「상상력의 경계와 팬터지」, 『아동문학평론』, 1976, 여름.
김용희, 「디지털 시대의 아동문학」, 『아동문학담론』, 1999.
김현숙, 「현대아동문학의 팬터지 연구」, 동덕여자대학교 석사학위 논문, 2000.
선안나, 「동화와 아동소설의 장르 고찰」, 『아침햇살』, 2001, 봄.
원종찬, 「'일하는 아이들' 과 '유희정신' 을 넘어서」, 『창비어린이』, 2003, 여름.
유희석, 「최근 리얼리즘, 모더니즘 논쟁에 관하여」, 『창작과 비평』, 2003, 봄.
윤지관, 「'녹색문학' , 무엇이 문제인가」, 『문학사상』, 1999. 7.
이광호, 「문제는 리얼리즘이 아니다」, 『문학수첩』, 2003, 봄.
이오덕, 「아동문학, 무엇이 문제인가?」,『아동문학평론』, 1994, 봄.
이원수, 「아동문학의 위치와 기능」, 『아동문학평론』, 1976, 여름.
최명표, 「동화의 환상성을 드러내는 방식 - 박상재론」, 『한국현대아동문학작 가 작품론 Ⅱ』,청동거울, 2001.
최유찬, 「한국문학에서의 리얼리즘/모더니즘 논쟁」, 『문학사상』, 1999. 9.
최지훈, 「아동문학의 새로운 이해」, 『아동문학담론』, 1999.
황종연, 「근대성을 둘러싼 모험」, 『창작과 비평』, 1996, 가을.
_____ , 「모더니즘에 대한 오해에 맞서서」, 『창작과 비평』, 2002, 여름.

3. 국외서

대니얼 퀸, 이상영 역, 『이스마엘』, 포도원, 1992.

A. 아이스테인손, 임옥희 역, 『모더니즘 문학론』, 현대미학사, 1996.

에드워드 윌슨, 이한음 역, 『인간본성에 대하여』, 사이언스북스, 2000.

장 보드리야르, 하태환 역, 『시뮬라시옹』, 민음사, 2001.

캐스린 흄, 한창협 역, 『환상과 미메시스』, 도서출판 푸른나무, 2000.

프랑수아 레이몽 외, 고봉만 역, 『환상문학의 거장들』, 자음과 모음, 2001.

1985 꿈꾸는 대나무

1986 춤추는 고양이•장수골 만세

1988 허수아비가 된 허수아버지

1989 원숭이 마카카

1990 매맞는 나무•아빠 곁에 있을래요•겨울행진곡

1992 개구쟁이 천방지우

1993 동경 126도 11분 북위 34도 13분에 사는 아이들

1994 보물섬 아이들의 자전거 여행

1999 춤추는 오리

2000 통일을 기다리는 느티나무•그림 속으로 들어간 아이

2002 물새가 된 조약돌

2006 어른들만 사는 나라

2008 술 끊은 까마귀

2009 도깨비가 된 장승

이재철_신현득_엄기원_조대현_김종상_강정규_신헌재_최효섭_노원호

박종현_이준관_이준섭_김은숙_배익천_윤이현_박성배_이상교_이동렬

이규희_김옥애_권영상_전병호_손기원_유효진_이창건_임나라_소중애

이영_손연자_신동일_이상문_김영훈_김현애_박민호_유인화_안선희

최정원_정진_조임생_장은정_함영연_장성유_이시구_양정화_송지현

고은별_김평원_이재성_강안_길지연_김경옥_김미라_서석영_박윤경

오원재_오은영_공광규_오타케 키요미_장수명

제2부 환상의 샘

장성렬_유정일_오점곤_공형국_박준온

최명표_이도환_김종헌_노여심_전명희_김용희_김경우_노경수_원유순

정혜원_이지현_김자환_정선혜_이정석_황혜순_김현숙_박영기_이성자

장영미_황선열

현실과 환상세계의 자유로운 경계 넘기

『꿈꾸는 대나무』(인간사, 1985)

김종헌(아동문학평론가)

1. 들어가는 말

동화는 주독자인 아동과 지식인(작가) 사이의 공감을 통해서 사회적 경험을 다양하게 형상한다고 할 수 있다. 이는 소설의 특성과 연관 지어 생각해보면 쉽게 이해된다. 즉 동화는 어린이들의 생활 속으로 파고들어 정서와 의식을 생생하게 하여 허구 속에 진정성을 갖게 한다. 그러나 지금까지 동화는 그 계몽성이 지나치게 도덕적인 것에 얽매였다는 것이었다. 이는 어린이들의 다양한 삶을 바탕으로 하지 못할 뿐더러 아동대중의 욕망을 담아내지 못하는 한계가 있다. 이런 동화의 문학성을 고민한 결과 동화에 사실적인 요소가 많이 나타나기 시작했고 급기야 최근에는 생활동화가 많이 창작되고 있는 실정이다. 그러나 동화는 사실적 요소와 함께 환상성을 가지고 있어야 한다.

박상재의 동화집 『꿈꾸는 대나무』[1]는 그의 첫 동화집이다. 따라서 그의 초기 작품관을 엿볼 수 있는 중요한 자료가 된다. 이 동화집에

1 박상재, 『꿈꾸는 대나무』, 인간사, 1985.

수록된 동화를 거칠게 몇 가지 유형으로 나누면 다음과 같다. 먼저 전래동화의 동화적 재현, 물활론적 세계인식을 토대로 한 상상력의 표현 그리고 요즘 유행처럼(그래서 많은 지적을 받기도 하는) 퍼져 있는 생활동화 형식 등으로 나눌 수 있다. 이 글은 이런 몇 가지 형식에 따라서 그의 동화에 나타난 동심의 정체성을 찾아보는 것을 목적으로 한다.

2. 전래동화의 동화적 재현과 리얼리티

「우리 임금님」, 「진달래꽃」, 「삵괭이 야요」 등은 주요인물의 캐릭터와 구성이 옛이야기의 그것과 유사한 점이 많다. 「우리 임금님」에서 임금님과 신하의 관계 설정이라든가 착한 일을 한 인물에게 임금님이 큰 상을 내리는 이야기 전개 등이 그렇다. 「진달래꽃」에서는 '아름이'가 병든 어머니를 간호하는 상황이나 병이 든 어머니가 갑자기 "진달래 꽃술"을 먹고 싶어 하는 상황 등에서 옛이야기의 플롯을 읽을 수 있다. 또 「진달래꽃」에서는 "꽃 할아버지"인 조력자가 등장하는 것 등도 옛이야기와 흡사한 분위기이다. 그리고 「삵괭이 야요」는 욕심 많은 살쾡이와 꾀돌이 다람쥐를 등장인물로 하고 있어 그 이분법적인 인물의 성격이 전래동화의 주인공과 낯설지 않다.

따라서 이들 작품은 그 구성이 단순하며 인물의 갈등이 조력자에 의해

쉽게 해결되는 문제를 가지고 있기도 하다. 그러나 이처럼 전래동화의 형식을 차용한 것은 이 동화의 대상이 저학년용(또는 유아용)인 것과 무관하지 않다. 동화의 특징이자 한계가 어린 독자와 소통해야 한다는 점이다. 이런 맥락을 고려한다면 독자들이 어릴 때부터 듣고 읽어온 전래동화의 익숙한 플롯을 바탕으로 주제를 전달하는 것은 매우 효과적인 측면이 있다. 동화는 문학성을 내세우더라도 아이들이 읽는다는 것을 일차적 전제로 수긍하지 않을 수 없다.[2] 문제는 이러한 플롯을 바탕으로 하여 전달하려는 주제의식인 것이다. 박상재는 이 틀을 빌려와서 새로운 내용을 채우고 있다.

텍스트로 인용한 동화가 모두 그 주제 면에서는 사회적 현실과 무관하지 않다. 「우리 임금님」은 동화의 배경이 "어른들만 사는 나라"이다.

온 나라를 다 돌아봐도 키 크고 목소리 굵은 어른들 뿐, 키 작고 귀여운 어린이라곤 그림자조차 찾아 볼 수 없었습니다.(「우리 임금님」, p.7.)

이렇게 시작하는 동화는 '어른들만 사는' 이상한 나라에 대한 어린 독자들의 궁금증을 유발시키고 있다. 이 어른들만 사는 나라는 어른들의 이기심에서 비롯되었으며 그 결과 개인은 편안하지만 나라(국가)는 생산기반을 잃게 되는 현실을 초래하게 된다. 이것이 이 동화의 주된 갈등인 것이다.

"아, 이럴 수가 있나! 장차 이 나라를 짊어지고 나갈 어린새싹들이 없다면 이 나라의 장래는 어떻게 될 것인가!"(「우리 임금님」, p.8.)

---

2 최명표, 「동화 환상성을 드러내는 방식」, 『한국현대 아동문학 작가작품론2』, 청동거울, 2001. p.767.

임금님의 걱정은 매우 현실적인 문제를 지적하고 있다. 이것이 전래동화의 틀을 빌려 주제를 전달하려는 작가의식이다. 그 해결책으로 제시되는 여러 대신들의 의견은 당시의 시대상을 그대로 읽어내어 하나의 고발적인 측면을 지니고 있다. 즉 '해외수입입양', '시험관 아기의 대량 생산', '해외에서 들어오는 모국어를 할 줄 모르는 어린이' 등은 오늘날도 여전히 문제가 되고 있는 사회적 현실이다. 이러한 당대 현실을 바탕으로 하여 작가는 출산율 저하와 생명의 존엄성 그리고 이중국적(또는 무분별한 해외 유학의 세태 등)에 대한 문제제기를 하고 있다. 즉 "튼튼하고 귀여운 자녀 두기"는 곧 국가 경쟁력이라는 것을 전달하고 싶었던 것이다. 이처럼 어린이들이 다소 이해하기 힘든 사회적 문제라 할지라도 전래동화의 플롯에 갇히게 됨으로써 어린이들이 읽기에 문제가 없다는 것이다. 오히려 전래동화의 환상성이 갖는 흥미를 중심으로 폭넓게 주제를 접근할 수 있는 장점이 있다. 이것은 어린이들의 생활 중 한 단면을 동화의 소재로 끌어들여 주제의식만 부각시키는 최근의 생활동화와 차별적이라 할 수 있다.

「진달래꽃」도 역시 앞의 동화처럼 낯익은 전래동화의 틀 속에 담겨 있다. 이 동화의 배경은 아름이가 생활하는 "산 속"이다. 전래동화는 시공간적 배경의 서술이 막연하다. 이에 비해 이 동화의 배경은 매우 구체적이다. "진달래꽃 피는 사월"과 "훈훈한 바람이 단내 나는 꽃향기를 싣고 포근한 산길을 누비고 다"니는 공간이다. "산 속의 봄은 언제나 생기가 넘쳐 흐르"고 "맑고 고운 새들의 노래 소리"와 "옥구슬 같은 소리를 내며 흐르는 개울물 소리"가 들리는 공간이다. 이러한 배경은 등장인물의 행동을 전개 하는 밑그림이 되고 있다. 이 골짜기에 사는 아름이는 어머니의 병을 치료하기 위해 산나물과 약초 등을 캐러 다닌다. 아름이는 산초나무 가지 끝에 달린 커다란 벌집을 보고 갈등을 겪고 있다. 즉 아름이는 산꿀벌을 넣어 만든 약술을 먹으면 아무리 중한 병이라도 거의 고칠 수 있다는 어머니의 말이 환청처럼 들리는 가운데 그 벌집에 살고 있을 벌을 걱정하고 있다. 이러한 갈등은 전래동화에서는 매우 낯익은 장면이다. 다시 말하면 등장인물의 순진성을 바탕으로 주제의식을 부각시키려는 권선징악의 태도이다. 그러나 이 동화는 이것을 동화적으로 재현하는 과정을 거쳐 주제를 새롭게 구성하고 있다.

"하지만 할아버지! 제가 어머니 병을 고치기 위하여 그 벌집을 부수어 버렸다면 그 안에 살고 있던 벌들은 어떻게 살아가겠어요, 어머니께서는 항상 모든 생물을 사랑하라고 말씀하셨는데요."(「진달래꽃」, p.18.)

아름이가 꽃할아버지를 만나서 나눈 대화의 한 부분이다. 느닷없이 등장하는 꽃할아버지는 전래동화의 조력자임에 분명하다. 그는 현실세계의 인간이 아니다. 옛날이야기의 산신령에 해당하는 조력자이다. 문제는 꽃할아버지가 아름이를 만나는 과정인데, 이는 "실졸음" 중에 만난다. 즉 꿈속에서 조력자를 만나는 전래동화의 서사와 유사하다. 이러한 부분은 전래동화의 틀을 그대로 차용하였기에 진부함을 없앨 수 없다. 이러한 틀을 빌린 작가의 의도는 간단하다. 어머니의 병을 고치느냐(이기적인 사랑) 아니면 모든 생명을 사랑하느냐(이타적 사랑) 사이에서 아름이의 순수성을 앞세우기 위함이다. 효를 달성하는 방법에 '나만 잘 되면'이라는 '이기적인 효'의 방법과 함께 살아야 하는 공동체에 대한 '이타적인 사랑' 사이의 갈등을 제시함으로써 순수한 동심의 갈등과 긴장을 끌어내고 있다. 작가는 순수성을 지닌 어린서술자에게 참으로 어려운 문제를 던진 가운데 동심의 순수성이 이기도록 만들고 있다.

동화는 주제를 담는 형식이 매우 중요하다. 동화의 특성상 그것은 작품성의 문제와 직결된다. 특히 환상성이 짙은 동화는 현실과 환상세계의 넘나듦이 자연스러워야 한다. 박상재는 이러한 고민을 옛이야기의 틀을 빌려 해결하고자 하였다.

3. 물활론적 인식과 동심의 정체성

박상재의 초기 동화는 대부분이 물활론을 바탕으로 하고 있고, 전래동화의 플롯을 빌려와 있기에 자칫 교훈적인 측면으로 흘러가는 면이 없지 않다. 그러나 그는 독자의 연령을 고려하여 이러한 동화의 장치를 달리 하고 있어 그 교훈성의 한계를 스스로 극복하고 있다. 동화는 그 속성상 교훈적인 측면이 앞선다고 할 수 있다. 그러나 이것이 문학적 장치 없이 날것으로 드러난다면 이는 도덕교과서의 한 사례일 뿐이다. 이를 극복하는 것은 작가의 몫이다. 동화 「까치놀」, 「아기 다람쥐와 사냥개」, 「춤추는 고양이」, 「꿈꾸는 대나무」 등은 물활론적 세계인식을 바탕으로 동심의 정체성을 찾아내고 있다. 또 문학과 교훈의 조화를 이루고 있다.

동화 「까치놀」은 자기의 노래 소리가 아름답지 않다고 생각하는 티티새가 주요인물이다. 티티새는 여러 새의 목소리를 흉내 내며 닮고 싶어 한다. 그러나 번번이 실패하며 오히려 다른 새들에게 놀림까지 당한다. 한편 티티새는 할미새사촌이나 물레새들 그리고 때까치들의 행동을 못마땅하게 생각한다. 이들은 높은 꼭대기만 골라서 집을 짓고 자기보다 하찮은 존재는 무시하는 등의 행동을 한다는 것이 그 이유이다. 또 때까지는 사냥한 먹이들을 나뭇가지에 꿰어 놓는 등 그 성격이 매우 포악하며 잔인하다. 그래서 티티새는 한 공동체의 구성원들의 태도로 인해 외적 갈등을 겪고 있다. 여기서 두 가지 문제를 생각해 볼 수 있다. 우선 자기의 정체성 없이 다른 사람의 행동을 무비판적으로 수용하려는 자세이다. 또 다른 하나는 타자에 대한 거부이다. 티티새는 할미새사촌과 물레새를 싫어하면서도 그들의 목소리를 따라하고 싶은 마음을 가지고 있다. 이러한 태도에서 매우 불안정적으로 세계를 읽고 있는 동심을 만날 수 있다.

> "얜, 난 또 무슨 소리라고. 얘 티티새야, 모든 일을 그런 식으로만 생각해서는 안 되는 거야. 높은 곳에 집을 짓고 사는 것은 그들의 취미이고 습성일 뿐이야. 때까치가 하는 일들도 마찬가지고 그건 단지 그들의 조상 때부터 내려오는 습성일 따름이야. 그리고 말이지, 모든 걸 나쁘게만 생각하면 세상의 모든 일들이 한없이 싫증나게 느껴지는 거란다. 티티새 너처럼 모든 걸 자기 혼자만의 생각으로 결정지어 버린다는 건 좀 위험한 생각이야. 알겠니?" (「까치놀」, p.61.)

뻐꾹 아줌마의 설명을 듣고 티티새는 멀리 바닷가로 여행을 떠난다. 그 곳에서 고향(숲속)에 대한 그리움과 자기의 좁은 생각과 남을 미워한 행동 등에 반성을 한다. 인간의 대등욕망은 본능적이다. 특히 어린이들일수록 남과 비교하여 똑같은 것을 가지고 싶어 한다. 이 욕망은 타자에 대한 인정을 하지 않으며 타자를 정복하려 한다. 즉 세계를 자아에 굴복시켜 안으로 끌어들이는 동일화의 전략을 구사한다. 이 전략은 세계에 자아를 굴복시켜 자아의 정체성을 상실하거나 아니면 세계를 자아에 굴복시키는 폭력성을 띠게 된다. 이처럼 이 동화는 티티새를 통해서 자아의 정체성을 찾고 타자 인정을 통한 세계의 비동일적 인식이 얼마나 중요한가를 보여주고 있다.

「아기 다람쥐와 사냥개」는 가을부터 시작되는 수렵기간이 그 배경이다. 역시 우화적 방식으로 다람쥐와 사냥개를 등장시켜 자기 정체성을 찾아가는 동화이다. 다람쥐는 그들이 사는 숲속이 사냥꾼들의 총소리로 불안에 떨어야 하는 폭력성을 비판적으로 바라본다. '용감한 아기 다람쥐'는 이 같은 현실이 부당함을 느끼고 해결을 위해서 사냥꾼을 직접 만날 생각을 한다. 이처럼 아기 다람쥐는 무서운 사냥꾼이라는 사실을 알지만 문제 해결을 위해서 적극성을 띠고 있다. 이렇게 사냥꾼을 만난 아기 다람쥐는 사냥꾼보다 사냥개에게 대해서 더 적대감을 가진다.

> "그럼, 아저씬 그 자인하고 고약하다는 사냥꾼의 앞잡이로군요. 에이, 세상에 오죽 할 일이 없으면, 같은 짐승들을 해치는 사냥꾼 앞잡이 노릇을 해요."(「아기 다람쥐와 사냥개」, p.150.)

아기 다람쥐는 사냥꾼과 사냥개의 관계를 정확하게 파악하고 있다. 반면 사냥개는 욕심쟁이 인간(사냥꾼)의 앞잡이 노릇을 맹목적으로 하고 있다. 설송산의 모순된 현실은 '사냥꾼—사냥개—설송산의 동물들'의 관계로 정리된다. 인간사회의 한 단면을 그대로 은유한 것이다. 이것은 1980년대라는 특정시대를 고려하지 않더라도 인간사회에 나타나는 흔한 현상이다.

> "화만 내지 말고 한번 생각해 보셔요. 아저씨도 네 발 달린 짐승인 걸 보면 분명 우리 편 같은데, 왜 짐승들의 목숨을 노리는 사냥꾼의 편에 서서 죄 없는 동물들을 해치려 드는 거여요「"
>
> 아기다람쥐의 말에 사냥개는 할 말이 없었습니다.
>
> "녀석 말하는 걸 보니 제법 똑똑하구나. 네 말도 옳긴 하다만 우리 사냥개들은 주인들이 시키는 대로 해야만 좋은 대접을 받고 편히 살 수 있단다. 그리고 사냥은 우리들의 신나는 취미도 되고…."(「아기 다람쥐와 사

냥개」, p.151.)

이 장면에서 단순한 아기다람쥐의 용기가 아니라 모순의 주된 원인을 파악할 수 있는 주체적 동심을 읽을 수 있다. 반면 그 잘못을 지적하는 다람쥐의 용기는 욕망의 그늘만 쫓아 다니는 욕심쟁이 인간들의 반민주적이고 비인간적인 모습을 반성하게 한다. 현실에 대한 뚜렷한 인식과 적극성은 계몽의 딜레마를 극복할 수 있는 한 요인이 될 수 있다. 여기서 교훈의 문학성을 위한 작가의식을 엿볼 수 있다.

「춤추는 고양이」의 옹이(고양이)는 선희의 피아노 소리에 맞춰 춤을 추며 즐겁게 지낸다. 하지만 옹이는 집안 식구들이 모두 나간 낮에는 혼자 지내야 한다. 심심한 옹이는 도자기에 그려진 새를 보며 말을 걸어보지만 별 대구가 없자 화가나 앞발을 세워 새에게 달려든다. 도자기는 깨어지고 그 속의 새는 밖으로 날아간다. 이 사건 이후 옹이는 쫓겨나지만 마침 시골에 오신 할아버지에 의해 시골로 가 쥐를 잡으며 살아간다. 이 동화의 서사구조를 살펴보면 현실세계(선희네 집), 물활론적 인식(고양이의 춤과 피아노 치기), 환상세계(도자기 속의 새)가 복합적으로 구성되어 있다. 이러한 플롯에서 작가는 자기역할과 분수에 맞는 삶의 태도를 중시하며 정체성의 의미를 우화적으로 나타내고 있다.

「꿈꾸는 대나무」[3]는 자세한 묘사와 서사가 아름답다. 물론 다른 동화에서도 그런 면이 나타나지만. 이 동화의 배경은 "푸르고 싱싱한 대밭"이다. 이 공간에서 대나무들(참대나무, 얼룩대, 솜대, 검정대 등)은 풋풋한 바람과 늘 혼자인 할아버지와 함께 산다. 이 동화의 갈등은 참새 떼들의 입방아에서 비롯된다. 세상을 늘 부정적으로만 보고 있

3 이 동화는 1984년 《한국일보》 신춘문예 당선작이다.

던 참새 떼들은 대나무를 헐뜯기 시작한다. 감나무처럼 열매를 맺을 수도 없고 해바라기처럼 멋진 꽃을 피울 수도 없다고. 이런 비아냥거림을 듣고 늙은 대나무는 "남을 헐뜯기 좋아하는 무리들에겐 언제나 더 많은 흠집이 있다"며 다음과 같이 말한다.

> '우리는 이 다음에 죽더라도 세상의 어떤 나무들보다도 보람있게 쓰여진다고 했지. 잘 익은 과일을 따 담을 수 있는 커다란 소쿠리가 되기도 하고, 향기 나는 나물과 예쁜 꽃을 담을 수 있는 바구니가 될 수도 있다고 했어. 그뿐이 아니지. 바람을 일으킬 수 있는 부채가 되기도 하고, 글씨를 쓸 수 있는 붓이 된다고도 했어.' (「꿈꾸는 대나무」, pp.161~163.)

그러나 검정대는 꽃을 피울 수 없다는 참새의 말에 정체성의 혼란을 겪게 된다. 결국 왕대 할아버지는 "대나무도 큰 뜻을 품고" 그 꿈을 좇아가면 꽃을 피울 수 있고 열매도 맺게 된다는 이야기를 한다. 그래서 갓대와 얼룩대는 연보랏빛 꽃을 피우고는 말라 죽고 만다. 할아버지는 이 대나무로 각각 퉁소와 연을 만들 생각에 해맑은 웃음을 띤다. 역시 물활론적 인식과 동심의 상상력을 바탕으로 하고 있는 동화이다. 이것은 파편적인생활을 바탕으로 한 생활동화보다는 더 많은 상상력으로 읽는 재미를 느끼게 한다. 아울러 세계를 바라보는 동심이 이야기의 중심에 있다. 세계에 대한 불안과 자기중심적인 동심을 순수성을 바탕으로 갈등하게 하고 그 갈등의 중심에 다시 동심을 집어넣는 방식은 아동문학이 가지는 가장 매력적인 면이 될 것이다. 교훈을 뺄 수 없는 것이 동화라면 문제는 형식이다. 즉 교훈을 어떻게 문학적으로 승화시키느냐 하는 것이다. 박상재는 이것을 고민하면서 어떨 때는 전래동화의 방식으로 재현하고 또 다른 때에는 우화의 기법과 물활론적 동심으로 이를 극복하고 있다. 이 형식 속에 아동의 현실과 당대의 사회적 모습을 반영하고 있으며 순수성과 물활론적 세계인식으로 아동의 정체성을 드러내고 있다.

문제는 그의 초기작에 나타난 동심이 도덕적 알리바이에 맞추어져 있다는 것이다. 그러나 옛이야기 형식의 재현, 물활론적 세계인식, 판타지 세계를 넘나들면서 작가가 담아낸 내용은 다양하다. 자아의 정체성, 분수에 맞는 삶, 타자의 인정과 어울림 그리고 여러 가지 사회적 모순(저출산, 소외, 권력지향의 욕망 등)까지 다루었다. 이로써 리얼리티를 강조하면서도 동화적 장치를 마련하여 단순한 고발이나 교훈을 나열하지 않았다는 것이다. 한편 문체의 간결성과 구체적인 묘사와 서사 등은 동화를 가장 동화답게 만든 요인이었음을 확인할 수 있다. 이런 서사적 특징은 그가 차용한 옛날이야기의 형식을 현대동화로 재현하는데 큰 역할을 하였다. 배경과 인물 심리의 구체적인 묘사는 독자들에게 한결 친근감을 주며 사건과 배경의 필연성을 나타내 전래동화가 갖는 한계를 극복하였다.

동화가 어린이를 사로잡는 이유

『춤추는 고양이』(현암사, 1986)

노여심(동시인)

좋은 동화가 어린이를 사로잡는 이유는 어린이들의 특성을 반영했기 때문이다.

『춤추는 고양이』는 어린이의 어떤 특성과 함께 가고 있는지 살펴보기로 한다.

첫째, 어린이는 새로움을 쫓는 존재다. 그들은 언제 어디서나 새로운 것에 시선을 주며 앞을 향해 전진한다. 『춤추는 고양이』는 어린이의 이런 특성을 살핀 작품이다. 주인공 옹이는 아파트에서 사람들의 사랑을 받으면서 안전하고 편안한 삶을 살았다. 그러나 그는 자신의 삶이 자아를 상실해가는 삶이라는 걸 깨닫게 되어 아파트를 탈출한다. 아파트 밖에서 쥐에게도 당하는 형편없는 자신의 실체를 발견한다. 배가 고파서 쓰레기더미를 뒤지다가 압사직전에 놓인 옹이는 다행이 청소부 아저씨의 손에 의해 목숨을 건지고 청소부 아저씨가 사는 산동네로 삶의 장소를 옮기게 된다. 아파트가 닫힌 공간이라면 산동네는 열린 공간이다. 아파트에서는 고양이 옹이의 의사와 상관없이 선이네 가족과 함께 살아야 했지만 산동네 인숙이의 집에서는 묶이지 않았으므로 함께 살든 나가든 자기의 의지대로 할 수 있다. 옹

이는 본인의 결정으로 산동네에 살면서 힘센 고양이가 되어 족제비를 물리친다. 그리고 자기의 꿈을 펼칠 수 있도록 도와준 사람을 돕기도 한다. 그리고 다시 아파트로 돌아오게 된다. 그러나 아파트에 안주하고 싶지 않다. 결국은 다시 아파트를 떠나는 꿈을 꾼다. 시골에 가서 쥐를 잡는 용감한 고양이로 살 수 있을 거라는 기대에 그는 설렌다.

둘째, 어린이는 자기보다 힘이 약한 존재에 대하여 우월감을 가지는 동시에 그들을 보살피려는 본능으로 사랑하는 법을 익히는 시기의 사람이다. 그 대상은 인형에서 시작하여 작은 동물로 옮겨간다. 『춤추는 고양이』에서 주인공을 고양이로 설정한 것은 어린이의 이런 특성을 적용한 것이다. 고양이 웅이의 행동들은 어린 독자들의 마음을 사로잡기에 충분하고, 주인공을 사랑하는 어린이들은 동화를 통하여 간접적이나마 사랑을 익힐 것이다.

셋째, 어린이는 어른들이 보고 듣지 못하는 세계와 소통할 만큼 상상력이 풍부하다. 『춤추는 고양이』에서 고양이 웅이는 새, 토끼, 족제비와 자유롭게 소통한다. 그것을 눈치 채는 사람은 어른이 아닌 선희, 인숙, 삼남이 같은 어린이다. 바로 상상력에 의한 것이다.

"카나리아는 새야. 너보다 두 달이나 먼저 이 집에 와서 살고 있었지."

"카나리아? 이름이 조금 어렵구나."

"그래. 아주 오랜 옛날 우리네 할아버지, 할머니들이 살았던 고향이 카나리아라는 섬이었대. 그래서 우리들의 이름도 카나리아라고 붙여졌다는

구나."

"우리 고양이가 새들하고 이야기를 나누는가 봐요."

웅이가 하는 짓을 처음부터 지켜보고 있던 선희가 아빠에게 말했습니다.

"얘들아, 우리집 새들이 노래를 하지 않는구나, 왜 그럴까?"

"하루 종일 갑갑해서 밖으로 나가고 싶은 거여요. 날마다 새장 안에만 틀어박혀 있으니까 화가 난 거라구요. 우리도 화가 나면 좀처럼 입을 열지 않잖아요?"

넷째, 어린이는 재미를 찾아내는 데 촉각을 곤두세우는 존재다. 『춤추는 고양이』에서는 풍자, 패러디, 속담, 넌센스, 등을 통한 재미성을 만들어주었다. 다음의 글을 보자.

"아름다운 꿈 이야기를 하다가 왜들 이러니? 싸움은 사람들이나 하는 거야."

"우리 고양이들도 챔피언을 뽑는 싸움 대회가 있었으면 좋겠다."

"그 따위 얼간이 짓을 뭐하러 해! 챔피언을 뽑는 일은 사람들이나 하는 짓이야. 그들은 경쟁하기를 좋아하거든."

"토끼의 간을 먹고 싶어. 그것도 아기 토끼의 간을 – 중략 – 토기의 간을 먹으면 밤눈도 밝아지고, 힘도 세어지고, 늙지도 않는다는군."

"우리들의 꼬리털까지 뽑아가지고 붓을 만들어 써 왔지. 이렇게 우리들의 꼬리털까지 이용해 먹으면서 우리들에게 무어라 하는 줄 알아? 뭐, 족제비도 낯짝이 있다나?"

"같은 제비라도 강남으로 간 제비들은 모두가 착한 일만 하는데, 어째서 족제비 너희들은 못된 소리만 골라서 하느냐?"

"토돌이와 토순이는 깡충깡충 토끼춤을 추었습니다."

풍자는 사람을 반성하게 하면서 아울러 재미있게 해준다. 사람을 풍자하는 말들을 간간이 넣어 웃으면서 속으로 반성하게 했다. 패러디는 기존의 이야기를 연상하는 재미까지 불러오는 효과를 볼 수 있게 했다. 제비와 족제비를 같은 제비로 말하는 넌센스는 말장난의 재미가 있다. '깡충깡충 토끼춤'은 사람이 토끼를 흉내 낼 때 흔히 쓰여 온 재미였는데 여기에서는 바로 토끼들이 깡충깡충 뛰는 재미를 볼 수 있게 해 주었다.

다섯째, 어린이는 지적 호기심이 크다. 『춤추는 고양이』에서 어린이의 지적 호기심을 만족 시켜주는 대목은 다음과 같다.

붉은 눈동자의 십자매들은 각기 울음소리가 달랐습니다. 어떤 것은 '삐이삐이' 하고 높은 소리로 울고, 어떤 것은 낮은 소리로 '쭈루룩 쭈루룩' 하고 우는 것이었습니다.

"철이야, 십자매는 암수에 따라 울음 소리가 다르단다. 높은 소리로 '삐이삐이' 우는 저 녀석은 수컷이고, 낮은 소리로 우는 요 녀석은 암컷이란다."

"그래. 아주 오랜 옛날 우리네 할아버지, 할머니들이 살았던 고향이 카나리아라는 섬이었대. 그래서 우리들의 이름도 카나리아라고 붙여졌다는구나."

"족제비들이 냄새를 풍겼나 봐. 녀석들은 급하게 되면 방귀를 뀌고 도망을 친다지 않소."

그리고 무엇보다 어린이는 환상의 꿈을 까진 사람이다. 『춤추는 고양이』의 가장 큰 의미는 바로 이 꿈을 실현 시키는 웅이의 모습을 그려낸 것에 있다고 할 수 있다. 꿈꾸는 고양이, 그의 꿈은 세상에서 가장 영리하고 용감한 고양이가 되어 "톰과 제리"라는 만화 영화에 나오는 '제리'를 혼내주는 것이다. 웅이의 삶이 흥미 있게 진행되는 이유는 꿈의 실현을 위해 선택한 삶의 방식 때문이다. 그를 훌륭한 고양이가 되게 한 것은 그의 꿈 때문이다.

결국 이 동화는 "삶은 꿈을 꾸는 자의 승리"라는 말을 한다. 작가는 어린이에게 꿈을 가지게 하기 위하여 새로움을 쫓고, 재미에 촉각을 곤두세우며, 지적 호기심을 가진 어린이의 특성을 이용하여 이야기를 이끌고 갔다. 그리고 어린이 독자는 글을 재미있게 읽는 과정에서 자신도 모르게 작가의 의도대로 적성을 고려한 꿈을 찾으려는 마음을 먹을 것이다.

인간 정서의 근원, 유년의 꿈이 서린 고향

『장수골 만세』(지경사, 1986)

전명희(문학평론가)

1. 들어가며

首丘初心이라고 했던가? 사람은 누구나 저마다의 마음 속 깊은 곳에 고향을 지니고 살아간다. 더구나 도회지의 경쟁적인 삶의 행태에 진력이 난 사람에게 고향은 엄마의 품속처럼 아늑한 이상향이다. 그 곳엔 아직 분화되지 않은 대가족이 있고, 공동체 삶을 살아가던 이웃이 있으며, 오염되지 않은 자연의 생명력이 있다. 그리고 그 무엇보다도 친구와 얽힌 추억의 유년시절이 있기에 늘 그리운 곳이다. 박상재의 장편동화 『장수골 만세』(1986. 지경사 刊)는 작가의 이런 속내가 드러나는 자전적 요소가 동심과 함께 어울려 버무려진 밝고 따뜻한 소년소설이다. 이 소설의 주된 코드를 간추려 보면, 우리의 고향인 농촌이 지닌 자연의 생명력과 한 소년의 인간적인 성장기와 진정한 전통에 대한 생각들이라고 간추려 볼 수 있다.

2. 자연이 키우는 아이들

자연 속에 살 수 있는 농촌은 모든 사람의 정서적 근원지이다. 하지만 요즘 대다수의 아이들은 우리에게 생명을 주고 키워주는 자연이란 근원지를 잃어버렸다. 이미 도시화 된 농촌이나 도회지에서 태어나고 자란 경우가 많기 때문이다. 이 소설은 이런 아이들에게 기성세대가 보물처럼 가슴에 품고 있는 추억을 펼쳐 보이면서 자연과 함께 성장하는 삶을 간접 체험하도록 한다. 천진무구함, 순수함, 미래에 대한 설렘 속에서 성장하는 아이들의 이야기, 농촌 사람들의 질박한 삶의 이야기 모두 자연의 생명력을 바탕으로 서술되고 있기에 독자들은 어느새 소박한 시골 소년의 동심에 마음이 건강해지는 듯하다.

매우 향토적인 냄새가 담긴 이름을 가진 '장수골'은 주인공 정호의 조상들이 농사를 지으며 대대로 살아온 마을이다. 그런데 댐공사로 올 가을 추수가 끝나면 모두 이사를 가야하고 마을은 곧 수몰될 처지다. 그럼에도 불구하고 할아버지 어머니는 퇴비를 장만하고 농사일을 게을리 하지 않으신다. 땀흘려 농작물과 가축을 키우면서 고된 노동에도 푸근하고 따뜻함과 희망을 잃지 않는 장수골 사람들의 이런 생활 모습은 바로 농촌의 건강한 일상적 삶의 모습이다. 주인공과 또래의 아이들 역시 이런 때묻지 않은 자연 속에서 개구진 장난으로 천진하게 우정과 꿈을 키워나가면서도 한편으로는 거름을 만들기 위해 낫질을 하고 가축을 돌보는 등 농사일을 돕는 일상들을 보여준다. 작가는 과학 문명과 물질문명에 매몰되어 사는 오늘의 소년들에게 건강한 노동의 가치도 일깨우고 있는 것이다. 댐 공사라는 과학과 문명의 개발논리 세태 속에서도 공동체적 삶과 동심을 견지하고 싶은 작가의 의도를 장수골 아이들을 통해 전달하고 있다.

3. 유년에서 소년으로

이 소설은 소년들의 성장 이야기도 담고 있다. 동네 누나가 한내에서 목욕하는 장면을 훔쳐보기도 하고, 어느 날 서울에서 온 예쁜 여자 아이 수정이 때문에 맘이 설레기도 하면서 유년의 아이는 소년이라는 성장의 문턱으로 들어선다. 수정이 앞에 서면 '갑자기 얼굴이 화끈 달아오르고 온 몸이 짜르르해지는 것'을 느끼고, 때를 벗기려고 돌로 몸을 문지르고 옷매무새에 신경을 쓰며 사투리대신 서울말을 쓰려하고, 소녀에게 호도 열매를 따주고 싶어하기도 한다. 이런 이성에 대한 호기심은 아이가 유년에서 청년으로 자라기 위한 대표적 통과의례이다. 작가는 이제 막 사춘기로 접어든 정호의 내면세계를 섬세한 심리묘사를 통해 또래의 독자들에게 실감나게 전달하고 있다.

아버지의 부재 역시 오디푸스 콤플렉스의 일환으로 성장소설의 주요 모티프이다. 정호의 아버지는 3년 전에 돈을 벌겠다고 도회지로 나간 뒤 소식이 없다. 할아버지가 아버지를 대신하고는 있으나 정호의 마음 속엔 아버지에 대한 그리움으로 늘 쓸쓸하다. 그러나 소설 중반을 넘어서면서 정호는 어느새 힘들게 일하시는 할아버지 어머니의 일을 자신이 맡아서 하려는 어엿한 소년으로 성장한다. 전근가신 선생님 댁에 간다고 거짓말을 하고 서울의 수정이 집에 놀러간 부분은 마침내 입사식을 치른 소년의 모습을 잘 보여주는 대목이다. 어머니와의 유대관계가 밀착되어 있던 자신의 유년세계를 스스로 벗어나 길을 떠나는 성장 모티프는 돌아왔을 때는 이미 유년의 틀을 벗고 청소년의 세계로 진입함을 예견하고 있는 것이다. 높은 빌딩과 목욕탕, 비디오, 에어콘, 자가용, 실내 수영장과 같은 문명의 세계는 주인공에게 입사식을 치루게 하는 매개체들이라고 볼 수 있다. 정호의 서울 구경은 아이를 성큼 자라게 하였고, 이제 사회를 향한 폭넓은 시야를 가지고 세상을 바라볼 수 있게 한 중요한 사건이었다.

4. 진정한 전통의 의미

근대 시민사회 이후 우리는 무조건적인 도시지향의 삶을 추구해 왔다. 자신의 삶은 물론 자식들의 삶도 그러해야 함을 강요해 오면서 기성세대들이 놓치고 있는 아주 소중한 것을, 작가는 이 소설을 통해 일깨우고 있다. 그것은 바로 전통이다. 전통이라고 해서 그리 거창한 것은 아니다. 조상들이 살아온 모습, 삶의 태도, 양식 속에 스며 있는 우리 고유의 정신을 진정한 전통이라고 본다면 소설 속에 그려진 장수골 사람들의 공동체적 생활 모습이 바로 그것이다. 품앗이로 이웃을 위해 농사일을 도와주며 철없이 개구진 장난만 치던 아이들도 정호네 퇴비 만들 풀을 함께 베어주고, 그런 아이들과 헤어지게 되자 아끼던 씨암탉을 잡아주는 할아버지의 인정스런 모습은 인심이 메마르지 않던 우리네 전통적 삶의 모습이었다. 낮은 산이 수몰되면 나룻배를 타고 청봉산 마루턱에 있는 선영을 돌볼 작정이라는 마을 어른들의 '조상숭배' 이야기는 '댐건설'로 상징되는 현대문명 속에서도 고수해나가야만 하는 전통을 상징하는 이야기로 볼 수 있다.

전통이나 역사는 하루아침에 만들어지고 없어지는 것이 아니다. 바로 오늘을 살고 있는 우리의 나날이 과거와 현재를 이어나가는 것이다. 장수리가 수몰되면서 과거의 우리 삶과 아이의 유년추억도 모두 수몰되는 것이 아님을 작가는 또 하나의 삽화로 강조한다. 그것은 정호가 수몰로 생긴 호숫가 여우골 산비탈에 과수원을 일구다가 백제시대 금동불상을 발굴한 이야기이다. 이 유물들을 군청에 보고하고 거액의 보상금을 받게 되는 사건은 어려운 형편인 주인공의 집안에 찾아온 행운의 사건이면서, 책을 읽는 독자에게 또 하나의 재밌는 삽화이다. 그러나 이것은 단순하게 설정된 것이 아니다. 작가는 수몰되기 전 장수리의 삶을 과거, 댐이 건설된 후의 모습을 현대라고 생각한다면 장수리가 수몰되었다고 우리네의 전통적인 삶의 모습이 단절된 것이 아니라 새롭게 시작되는 땅위의 삶, 그 근간에는 푸근하고 따뜻한 공동체적 삶이 마치 땅 속에 숨겨진 금불상처럼 바탕하고 있다는 것을 말하고 싶었던 것이리라. 수백 년 전의 백제시대의 금동불상은 과거와 현재를 이어주는 전통이라는 매개체였던 것이다.

5. 나오며

소설의 전반에서 가끔 서술시점이 일관되지 않고 혼란이 있기는 하지만 주인공 아이는 어느새 유약한 동심을 벗어나 건강한 삶의 자세를 지닌 청소년으로 성장한다. 소설 말미에 이르러 '해바라기 아저씨'라는 기사 아저씨가 등장하는데, 그도 역시 어려운 어린 시절을 보냈지만 건전한 어른이 되어 운전을 하면서 동화도 쓰시는 작가이기도 하다. 이런 인물을 등장시킨 이유 역시 주체적인 삶을 영위해 나가는 진실한 어른으로 주인공이 성장할 것을 암시한 설정으로 볼 수 있다. 할아버지와 함께 정호가 일군 과수원터에 심은 과실나무는 나무가 크듯이 아이들은 성장할 것이며, 수몰된 장수리에서 자란 아이들의 꿈이 과실처럼 여물어 갈 것이라는 희망의 상징으로 해석되기를 작가는 독자들에게 바랄 것이다.

단란한 가족의 의미와 따뜻한 관계의 아름다움

『허수아비가 된 허수아버지』(예림당, 1988)

김용희(아동문학평론가)

1. 빛바랜 기억의 저편 환상처럼 떠오르는 『원숭이 마카카』

아직도 나는 동화작가 박상재 하면 장편동화 『원숭이 마카카』가 빛바랜 기억 저편의 환상처럼 떠올리곤 한다. 1984년 새벗문학상 장편동화 공모에 당선된 『원숭이 마카카』는 원숭이띠에 태어난 박상재를 연상시키기도 하지만, 신인다운 패기로 자신의 문학적 자질을 당당하게 드러낸 작품이기 때문이다.

『원숭이 마카카』는 처음부터 인도네시아 보르네오 섬의 라야 산에서 살던 원숭이들의 서열 이야기가 흥미롭게 펼쳐진다. 그 중 용기 있고 정의로운 '마카카'라는 원숭이는 사마란다 강에서, 원목을 베어내는 일을 하는 한국인 기술자 박 기사와 김 기사를 악어의 공격으로부터 구해준 죄를 물어 원숭이 무리에서 쫓겨난다. 그 길로 두 아저씨가 일하는 작업장을 찾아간 마카카는 그곳에서 한 가족처럼 보살핌을 받으며 일을 도와준다. 이러한 마카카 이야기가 '한국인 근로자들을 감동시킨 보르네오 원숭이'라는 제목으로 한국 텔레비전에 보도되면서 더욱 화제가 된다. 이때 마음에 드는 두 아저씨와 함께 한국의 경치 좋은 산을 돌아다니며 멋진 여행을 하고 싶어 하던 마카카는 소원대로 대대적인 환영을 받으며 한국 땅을 밟게 된다. 그러나 마카카를 데리고 간 곳은 그의 소망과는 전혀 다른 서울대공원 동물원의 원숭이 우리였다. 그곳에 온지 얼마 안 되어 고향을 그리워하던 마카카는 구경꾼이 던져준 담배꽁초로 인한 불로 죽음을 맞고 그의 영혼이 하늘로 올라간다. 하늘나라 임금님은 이승에서 좋은 일을 하고 온 마카카의 영혼에 신통한 힘을 불어넣어 새로운 모습으로 환생시켜 다시 지리산으로 내려 보낸다. 결국 마카카가 그곳에서 정의와 자유를 위해 싸운다는 이 『원숭이 마카카』의 흥미진진한 이야기와 묵직한 주제는 우리에게 70년대란 시대적 현실을 다른 방식으로 인식시켜 준다.

『원숭이 마카카』가 표면적으로 정의와 자유에의 의지를 표출하고 있다면, 내면적으로는 따뜻한 가족애의 원형을 탐색하고 있다. 그만큼 이 이야기는 박상재의 신인다운 패기를 여실히 보여준 장편동화이면서 동화작가로 출발한 그가 탐구해갈 주제적 밑그림을 잘 드러내준 작품이었다. 바로 『원숭이 마카카』에서 내면화되었던 그 따뜻한 가족애의 원형 탐구는 그의 단편동화집에서 다양한 방식으로 구현된다.

2. 단란한 가족의 의미와 그 따뜻한 품의 내면화

1988년 저학년을 위한 이야기만을 간추려 묶어 『허수아비가 된 허수아버지』는 단란한 가족의 의미를 다양한 방식으로 탐구해간 단편동화집이다. 이 단편동화집 속에 담긴 14편의 이야기가 모두 저마다 다른 주제로 따뜻한 가족의 품과 그 사랑의 소망을 내면화하고 있다.

가족이라는 어의처럼 따뜻한 향수를 동반하는 말도 없을 것이다. 특히 가족에 대한 의존심리가 누구보다 강한 어린이들은 늘상 안락한 가정을 은신처처럼 꿈꾼다. 그들에게 가족은 불안과 외로움으로부터 자신을 보호해주는 최초이자 최후의 울타리인 까닭이다. 우리 사회에서 산업화가 진행되던 1970년대 이후, 가족의 분리는 또다른 방식으로 이루어져 그만큼 단란한 가족에 대한 향수는 증폭되었다. 아버지가 돈을 벌기 위해 해외나 도시 근로자로 떠나가고, 어머니도 나름대로 생계 유지를 위해 일을 하면서 가족의 의미가 새롭게 제기되었던 것이다. 『허수아비가 된 허수아버지』는 이러한 전환기 시대 분리된 가정의 우울한 풍경이 숨겨져 있다. 곧 처자식도 없이 늘 외롭게 살아온 「종지기 할아버지와 목사님」에서의 난쟁이 할아버지, 아빠 품에 안겨본 지 오래된 「거울 속에 생긴 일」의 하나, 아버지가 1년 전 돈을 벌기 위해 먼 남쪽 나라로 떠나고 오막살이에서 엄마와 둘이 살고 있는 「연구수업」의 영수, 사우디에 간 아빠의 편지를 기다리는 「봄 편지」의 미나 등 한 가족이 모여 사는 소박한 꿈을 꾸는 인물들의 모습이 그것이다.

반면에 들국화를 몹시 사랑한 「들국화와 시인」에서의 시인이나 「흰 들쥐의 여행」에서의 흰 들쥐는 가족 공동체를 떠나 스스로 외로움을 선택한 인물로, 박상재는 그런 외로움을 통해 가족에 대한 의미를 진지하게 성찰하기도 한다. 그뿐 아니라 엄마 까마귀를 위해 물고기를 구해오는 까마귀 아저씨와 북쪽 나라에 두고 온 할머니 생각을 하는 아기백조가 등장하는 「까마귀 아저씨」에서처럼 가족에 대한 소중함과 그리움을 직접적으로 표출하기도 하고, 얼굴의 주름을 지운 「할머니의 새 얼굴」에서처럼 할머니에 대한

낯설음을 가족에 대한 서운함으로 변형시켜 나타내기도 한다.

이처럼 이 단편동화집은 단란한 가족에 대한 소박한 꿈을 가진 등장인물들을 통해 따뜻한 가족의 의미를 되돌아보면서 우리 어린이들이 가족의 행복만은 현재형으로 존재하기를 갈망한다는 것을 여실히 보여주고자 한다. 그 갈망은 외로운 여행을 하는 흰 들쥐에게 "우리들은 이렇게 떼 지어 사는 것만으로도 무척 즐겁다"(「흰 들쥐의 여행」)라고 한 길가의 코스모스 말에서 보다 명징하게 드러낸다. 이렇듯 『허수아비가 된 허수아버지』는 따뜻한 가족의 품을 그리워하는 다양한 등장인물을 통해 단란한 가족의 의미와 사랑의 소망을 표출하고 있는 것이다.

3. 작고 보잘것없는 것들의 애정을 통한 가족의 발견

『허수아비가 된 허수아버지』가 따뜻한 가족의 품을 그리워하는 분리된 가정을 제시하고 있으면서도 그 동화집 속에 담겨 있는 이야기들이 하나같이 따뜻한 정감으로 다가오는 것은 무엇 때문일까? 그것은 작고 보잘것없는 것들에 대한 작가의 집요한 관심에 연유한다. 그 관심은 이야기 공간 속에 존재하는 모든 인물이나 사물들이 홀로 고립되지 않게 어떤 관계를 맺어 놓고 있다. 곧 교회에 새로 부임해온 젊은 목사님이 40년을 한결같이 감사하는 마음으로 종을 쳐온 종지기 할아버지의 마음을 이해하고, 교회의 낡은 종각을 헐고 은은한 음악소리가 나오는 신식 종을 바꿔달고자 했던 계획을 철회하는 「종지기 할아버지와 목사님」의 훈훈한 이야기를 비롯해, 다리가 불편한 영주를 위해 도시 한복판에서 변두리로 이사하여 비둘기처럼 정답게 살고 싶어 하는 소박한 가족의 꿈을 이루는 「꽃씨를 심는 비둘기」 이야기, 못난이 조롱박이 약수터의 표주박이 되어 달님을 품고 살게 된다는 「못난이 조롱박」 이야기 등 늘 주위의 따뜻한 관심과 배려의 눈길이 포개져 있다. 그뿐 아니라 「연구수업」에서처럼 남들이 거들떠보지도 않는 그 흔하고 촌스러운 싸리꽃에 눈길을 주고 꼴찌로 통하는 영수에게 관심을 기울이는 선생님과 「꽃씨를 심는 비둘기」에서 보듯 자기를 뽐내지 않는 들꽃을 좋아하는 아이가 있고, 또 「들국화와 시인」에서처럼 촌뜨기 들국화를 사랑하는 시인이 세상을 떠나자 그를 슬퍼하는 새들과 꽃들도 존재한다. 이같이 촌스러우면서 남들이 거들떠보지 않는 보잘것없는 동식물에 대한 관심과 연약하고 억압받는 인물에 대한 애정적 눈길은 가정과 이웃의 재발견이자 따뜻한 가족에 대한 은유의 다른 표현인 것이다. 이처럼 『허수아비가 된 허수아버지』는 세상에 존재하는 모든 소외받은 인물이나 생명체들의 외로움을 인지하고 따뜻한 관계의 아름다움을 찾고자 한 저학년 단편동화집이다.

저학년 창작동화는 그 나이 또래 어린이들의 심리, 처지, 환경 등이 가장 긴밀히 부합할 때 리얼리티를 획득하며 동화적 미학을 드러나게 되는데, 이 저학년 단편동화집은 보잘것없는 것들에 대한 따뜻한 애정을, '자연과의 교감은 곧 동심의 교감' 이라는 정서구조로 확인시켜 준다. 이러한 정서구조를 인해 이 단편동화집의 이야기들은 하나같이 따뜻한 정감과 외로움을 아름다운 관계로 회복하는 건강한 상상력을 보여줄 수 있었다. 이 『허수아비가 된 허수아버지』는 『원숭이 마카카』에서 내면화되었던 그 따뜻한 가족애의 원형 탐구를, 작고 보잘것없는 것들에 대한 애정이란 공감의 정서로 확인시켜 주었던 것이다.

다만 『허수아비가 된 허수아버지』에 담긴 이야기들이 기법적 측면, 곧 서술방식, 서사구조의 새로움을 통해 정서화되기보다 주제적 측면을 부각하는 데에 편중되었다는 점이 아쉬움을 남긴다. 저학년 단편동화는 단순 간결한 서술구조로 인해 주제적 측면에 기울이다 보면 인물의 행위를 중심으로 그려지게 되고 평면적 인물의 선한 품성이 그대로 돌출되어 단편동화의 미학적 접근을 방해를 받을 수 있다. 이 저학년 단편동화집도 주제 의식이 쉽게 부각되는 아쉬움이 있긴 했지만, 1980년대란 후기 산업화에 따뜻한 가족의 의미를 찾고 새롭게 발견이고자 했다는 점에서 그만한 의의를 지닌다.

원숭이 마카카, 털 없는 원숭이 그리고 이상향

『원숭이 마카카』(새벗, 1989)

김경우(어린이책 작가)

『원숭이 마카카』가 탄생한 지 25년이 지났다. 발표 당시뿐만 아니라 지금도 많은 독자들에게 읽히고 있으며, 인간 중심의 문명에 던지는 비판과 풍자에 대한 메시지는 지금도 유효하다.

사회를 구성하고 유지 발전시키기 위해서는 학습이 필요하다. 인간이 취하는 학습에는 문명과 인본주의에 대한 교육은 반드시 포함되어 있다. 하지만 인간 중심의 시선을 극복하지 못한 인본주의는 인간을 가두는 철창으로서의 기능 외에는 없다. 인간 중심의 시선은 자연과 인간의 분리, 필요에 의한 개발, 인간 행위의 합리화를 확대시켜 결국은 인간만의 영역과 기계문명을 선호하게 되고 스스로를 가두게 된다.

주인공 마카카는 인간 사회에 퍼지는 이러한 사상들을 25년 전부터 줄기차게 이야기하고 있으며, 그의 외침은 여전히 의미가 있다. 그런 의미에서 현재 중요하게 사용되고 있는 개념들을 통해 다시 한 번 마카카의 외침을 살펴

보도록 하겠다.

봉건사회와 자유

봉건주의 혹은 봉건적이란 말은 구습(舊習) 또는 타파의 대상, 전근대의 강압적 신분제 등이 연상되며 폐기처분의 대상으로 여기고 있다. 특히 군주와의 주종관계에 있는 신분제를 봉건의 잔재라고 하여 극도로 경계하고 있다.

그런데 신분제는 인간만이 가지는 사회 형식이 아니다. 집단(사회)생활을 하는 동물들이나 개미와 같은 곤충들도 그들의 사회를 존속시키고 발전시키지 위해 우두머리에 의해 유지, 발전되는 강력한 신분제가 형성되어 있다.

> 대장 원숭이 세메루는 정확히 삼십 마리의 부하를 거느리고 있었습니다. 〔…중략…〕 삼십 마리의 원숭이들은 대장 원숭이 세메루에게 온갖 충성을 다했습니다. 〔…중략…〕 하지만 한번 잘못을 저질러 대장의 눈 밖에 나면 이미 죽은 목숨이나 다름이 없었습니다. 열흘 동안이나 음식을 주지 않고 자기 잘못을 뉘우치게 하였습니다. 그래도 분이 안 풀리거나, 용서받지 못할 죄를 저질렀을 경우에는 두 눈을 빼어 버리는 무서운 형벌을 내렸습니다. 〔…중략…〕 세메루는 일 년에 한 번씩 라야원숭이들의 서열 번호를 정해주었습니다.(pp.9~10.)

마카카가 속해 있는 인도네시아 보르네오 섬의 라야원숭이들도 대장을 중심으로 한 강력한 신분 사회로 구성되어 있다.

하지만 그들의 우두머리에 의해 유지되는 신분제는 현재 인간이 추구하는 사회에서는 맞지 않는 전근대적인 방식이다. 그러한 신분제는 이미 봉건사회의 붕괴로 사라져 버렸기 때문이다.

인간은 봉건적 공동체의 속박으로부터 벗어나기 위해, 그리고 봉건사회 이후 인간의 사회를 존속시키고 발전시키기 위해 자유주의를 내세웠다. 이 자유주의는 봉건적 신분제도의 대칭점에 서 있다고 할 수 있다.

> 마카카의 등수는 15번, 앞뒤로 따져 꼭 중간 등수인 셈입니다. 그러나 마카카는 자기 등수가 15번 인 데 대해 만족하고 있었습니다.
>
> '착한 마음으로 남에게 해를 끼치지 않고 살아야지. 좋은 등수를 받으려면 남에게 피해를 많이 주게 되거든.'
>
> 마카카는 이런 생각을 하면서 자신의 등수가 15번 인 것이 어쩌면 퍽 다행스러운 일이라고 생각했습니다. 마카카는 생각이 깊고 남을 배려할 줄 아는 원숭이었습니다.(p.11.)

마카카는 다른 원숭이들과는 달리 등수(봉건 신분제 사회에서의 서열)에 연연하지 않는다. 합리적인 성향이 강했던 마카카는 신분제 사회에서의 서열싸움은 자신에게 무의미하다는 것을 알고 있었다. 마카카는 자신에게 어울리는 새로운 사회가 필요했다.

이는 15~16세기의 유럽에서 일어났던 인본주의(humanism) 운동과 닮아 있다. 인본주의는 중세 이래의 신학(神學) 중심에 반기를 들고 보다 인간다운 학예(學藝)를 외치게 되었다. 즉 고대의 학예를 부활시켜 교회의 권위로부터 자연스런 인간성을 회복하려던 것이다.

마카카 역시 신권(神權)에 해당하는 세메루의 권위로부터 자유롭고 합리적인 삶을 꿈꾸게 된다. 권력에 아부하고 권력을 남용하고 온갖 비리와 야합이 판치는 세상에 대해 회의가 주는 이상향에 대한 그리움일 것이다. 다만 차이점이 있다면 실천의 문제에 있어 마카카가 자발적이지 못했다는 데에 있다.

> 마카카는 그날 말로만 듣던 사람이란 동물을 처음 보았던 것입니다. 사람을 처음 보는 순간 마카카의 가슴은 콩콩 뛰기 시작했습니다.
>
> '저게 우리 대장이 이야기 했던 그 사람이라는 동물인가 보구나. 언젠가는 꼭 한 번 만나 보고 싶었는데……. 하지만 왜 이렇게 내 마음이 떨리지?' (p.26.)

> "한국이란 나라는 바람처럼 빠르다는 비행기로도 꼬박 하루가 걸릴 정도로 멀리 있대. 하지만 한국은 이 곳 보르네오 섬처럼 일 년 내내 무더운 곳이 아니고 봄, 여름, 가을, 겨울이라는 사계절이 있어서 매우 살기가 좋다는 구나. 그리고 경치도 무척이나 아름답다는 거야." (p.45.)

마카카는 자신이 살고 있는 곳에서 멀지 않은 곳에 있는 사마란다 강가에서 처음으로 인간(한국인 노동자)을 보게 되고 그들의 이야기를 듣게 된다. 한국인 노동자는 보르네오 섬 서남부에 있는 라야산을 개발하기 위해 온 것이다. 인간 삶에 필요한 원목을 구하기 위해서였다. 그리고 처음보는 위험한 사람을 보고 가슴이 떨리는 것은 머지않아 마카카의 삶에 변화가 있을 것이라는 의미이다.

시간이 갈수록 마카카는 인간의 세상을 동경하게 된다. 대장 원숭이는 사람 때문에 한쪽 눈을 잃어버려 인간은 모두 원수라고 세뇌를 시켰지만, 마카카에게는 통하지 않는다. 결국 위험에서 인간을 구해주게 되고 그 벌로 갇히는 신세가 된다. 하지만 동료의 도움으로 탈출을 한 마카카는 한국인 노동자들이 일하는 곳으로 도망을 치게 된다. 봉건사회와의 단절과 자유의 쟁취가 이루어진 것이다.

그러나 아이러니하게도 현대 인간의 사회는 신분세습이 공공연하게 이루어지고 있다. 자유주의가 자본과 결탁을 하면서 이루어진 신자유주의는 자본에 의해 형성된 신계급제도를 자본과 함께 세습하는 것을 당연시하고 있다.

자본에 의한 신분의 고착화는 봉건사회에서의 신분체계보다 그 골이 더 깊다. 그렇다면 불합리한 기존 질서에서 탈피하기 위한 마카카와 같은 순수한 자유주의는 존재할 수 있을까?

인본주의의 모순

대체로 우리가 알고 있는 인본주의는 '보다 인간답게 만드는 일'을 의미한다. 이것은 인간다움을 높이고 새 시대의 이상적 인간상(人間像)을 실현하려는 새로운 교육이념이기도 하다. 그런데 인본주의는 시대를 거치면서 그 시대의 요구에 따라 여러 가지 사상으로 등장한다. 그러나 공통되는 것은 '인간다움'에 있다. 그런데 이 '인간다움'은 서로 다른 측면에서 추구되는 경우가 있다. 인간을 초월한 신이나 절대자와의 관계에서만 인간성을 실현해나갈 수 있다는 주장과 인간의 자연 발생적인 소질을 발전시켜나가는 것이 참 인간다움이라는 주장과 과학이나 기술의 합리성을 따르는 일이 결국은 인간성을 확충하는 것이라는 주장이 그것이다.

결국 인본주의는 인간이 무엇을 어떻게 바라보느냐에 따라 실현양상이 달라진다. 실제로 현대사회는 인류는 꾸준히 새로운 기술을 개발함으로써 수많은 어려움을 극복할 수 있고 행복을 실현할 수 있다는 문명주의에 입각한 주장과 과학기술의 발달로 인한 세계의 합리화와 기계화는 인간을 결국 기계문명과 과학기술의 노예가 되는 길이라는 주장이 맞서 있고 공존해 있다.

인본주의로 무장된 인간의 사회에 자연적 사고와 합리주의의 옷을 입은 비인간의 마카카의 존재는 어떤 의미가 있을까? 인간의 사회에서 보기에 아직 세련되지 못한 마카카는 구경과 보존의 대상이다.

> 원숭이 마카카는 이렇게 드거운 환영을 받으면서 꽃라를 타고 시가지를 누비고 다녔습니다. 그 때마다 마카카도 손을 흔들어 사람들에게 고맙다는 인사를 해 주었습니다.
>
> 한참 후 마카카가 탄 꽃차는 비교적 한가한 교외로 빠졌습니다. 이윽고 자연동물원이라 씌어 있는 커다란 공원으로 들어갔습니다. 옆 자리에 함께 타고 있던 박기사가 마카카에게 이렇게 말했습니다.
>
> "원숭아, 앞으로 넌 여기 큰 공원에서 살게 돼. 이곳에는 우리나라에서 가장 큰 동물원이 있지. 동물원 안엔 새로 사귈 친구들이 많이 있으니까 심심하지는 않을 거야. 그리고 우리 회사 사장님의 뜻에 따라 너에게는 다른 원숭이들과는 비할 수 없을 만큼 특별한 대우를 받을 거야. 맛있는 음식도 듬뿍 줄 거고……." (p.85.)

사실 자연에서 도피한 '털 없는 원숭이'의 입장에서 보면 마카카는 미분화되고 진화가 덜 된 '털 없는 원숭이'의 과거의 모습으로 그저 신기한 현상일 뿐이다.

지구상에는 193종의 원숭이와 영장류가 살고 있다. 그런데 다른 종과는 달리 인간만이 몸에 털이 없다. 인간이 털을 버리게 된 이유에 대해서는 많은 연구가 진행되고 있지만, 인간은 생존을 위해 점점 자연에서 멀어졌고 그 과정에서 과감하게 몸의 털을 버리게 되었다는 의견이 지배적이다. '털 없는 원숭이'는 진화를 위한 선택인 것이다.

인간의 독특한 사고방식 중 하나인 인본주의는 어쩌면 아주 오래전부터 진화와 더불어 인간의 본성에 의해 학습되어졌는지도 모른다.

인간과 함께 살게 된 마카카는 동물원이라는 닫힌 공간에서 비주체적인 삶을 살아가게 된다. 그리고 다른 원숭이들을 배려하며 존경을 받게 된다. 하지만 허무하게도 인간 문명의 시발점이자 최대 발견인 '불'에 의해 희생되고 만다. 불은 욕망의 다른 이름이라고 할 수 있다. 그리고 인간의 문명 또한 욕망에 의해 이루어진 결과물이다.

마카카의 영혼은 새로운 주인의 몸으로 들어가 있었습니다. 그 몸은 마카카가 인간 세상에서 살았을 때의 모습과 비슷하였습니다. 다만 조금 다른 곳이 있다면 온몸에 나 있던 털이 거의 다 없어졌다는 점과 고리가 없다는 점, 그리고 길다란 팔과 몸통 사이로 날을 수 있는 비막이 생겼다는 점입니다. 그리고 다리는 똑바로 서서 걸을 수도 있고 달릴 수도 있도록 훨씬 튼튼해졌습니다. (p.103)

하늘나라로 간 마카카는 새로운 모습으로 환생하게 된다. 그런데 그 모습이 인간의 모습과 흡사하다. 현생 인간과 원숭이의 중간 단계의 형태를 띠고 있다. 왜 마카카는 그러한 모습으로 환생을 하게 되었을까? 그것은 단절과 인간과 자연을 연결하기 위해 매개체이고 인도자의 모습을 하게 된 것일 거다.

'지상은 (너희 같은) 동물들이 마음 놓고 자유를 누리며 행복하게 살 곳이 못 돼' (p.102)지만 마카카는 인간과 자연의 공동체를 꿈꾸고 있다. 하지만 그 공동체는 실현 가능성이 무척 희박하다.

'사람들의 마음 속은 마카카보다 내가 더 잘 알 수가 있어. 마카카 이야기와 함께 반달가슴곰과 멧돼지 이야기를 신문과 방송에 내면, 정부에서는 당장 그들을 보호하라는 지시를 내릴지도 몰라. 모든 사람들이 지리산을 자연 동물원으로 만들자는 의견을 소리 높이 외칠지도 모른다고.'

다음 날 아침 오 포수는 경찰서로 가는 것을 포기하고 신문사를 찾아갔습니다. 윤 사장을 고발하는 것 보다 시급한 게 마카카와 반달가슴곰들을 보호하는 것이라고 생각했기 때문입니다.(p.197)

윤 사장의 지시로 지리산의 반달가슴곰을 사냥하던 오 포수는 마카카와 친구들 즉, 자연을 지키는 일은 자연 동물원으로 만들어 보호하는 것이라고 생각한다. 그래서 사람들에게 자신들의 이야기를 절대 하지 말라는 마카카의 당부를 저버리게 된다.

인간의 판단은 자연을 지키는 것을 '보호'의 울타리 안에서 생각한다. 보호는 상위의 개념이 하위의 개념에게 하는 현상이다. 동화 혹은 융화되거나 공동체 삶은 잊어버린 상태다.

인본주의에서 이야기하는 '인간다움(humananitas)'이란 말에는 인간성의 이상(理想)의 전체를 나타내는 것이라기보다는 문명인만이 가질 수 있는 '우아함'과 같은 어떤 특별한 인간다움 즉, 세련된 인간이라는 자부심이 담겨 있다.

인본주의는 같은 인간들에게도 차별의 기준으로 작용하기도 한다. 같은 습관, 사상, 행동을 하는 인간만이 자신과 같은 참 인간이라는 생각을 하는 것이다. 그렇지 않은 인간은 미개인이라고 판단한다.

그래서 청소를 하고 인사를 하고 눈물을 흘리는 인간과 비슷한 행동을 하거나 흉내를 내는 보르네오 섬의 마카카는 관심의 대상이었다. 하지만 그것뿐이다. 그 이상도 그 이하도 아니다.

인간의 내면에는 모든 사물을 인간 중심으로 보려고 하는 속성이 있다. 어떤 곤충의 등이 사람의 얼굴을 닮았다고 해서 한 때 언론이 떠들썩한 적이 있다. 실제로 마치 사람의 눈, 코, 입을 그려 놓은 것처럼 보이기도 했다. 하지만 이것은 어떤 점이 역삼각형의 형태로 찍혀 있으면 대부분의 사람들은 그것을 사람의 형상이라고 인식한다. 이러한 속성들 때문에 잠깐의 관심을 가질 뿐이다. 마카카에 대한 관심도 두 달을 넘기지 못했다.

이상향

인본주의 본질은 자기중심주의·자국중심주의(自國中心主義)에 있지 않으며 끊임없이 자기를 초월함으로써 자기를 실현해나가는 데에 있다.

하지만 대부분의 인간사회 구성원들은 그러한 노력을 하지 않으며 무의미하다고 생각한다. 그러나 인간이 지향해야 할 미래의 인간형은 비록 환생이라는 과정을 거치기는 했지만 원숭이 마카카가 아닐까 한다.

신봉건적 닫힌 문화에서 탈피하고 이기적 인간 중심의 사고에서 벗어날 수 있는, 그래서 새로운 미래에 대한 이상향을 제시할 수 있는 인간형이어야 하지 않을까 한다.

마카카가 꿈꾸는 이상향은 토마스 모어의 소설 『유토피아』에서 보여주는 이상사회를 이야기하는 것만은 아니다. 전시민이 교대로 농경에 종사하고, 6시간의 노동을 하고, 필요한 물품은 시장의 창고에서 자유로이 꺼내 쓸 수 있는 소설 속 '유토피아'라는 공화국은 1516년 간행될 당시의 유럽과 영국사회를 간접적으로 비판할 뿐 아니라 르네상스 휴머니즘의 정신을 반영하고 있다.

마카카가 꿈꾸는 이상향은 이기적 인간 중심의 사고에서 벗어나 한 울타리에서 공동체의 삶을 추구하는 곳이 아닐까? 마치 동화에 나오는 마을처럼. 그래서인지는 모르겠지만 『원숭이 마카카』에서의 이상향은 동화작가에 의해 그려져 대부분의 사람들에게는 실재하지 않는 것처럼 인식되었다.

'아무데에도 없는 나라'라는 뜻의 유토피아, '이상향(理想鄕)' 존재하지 않는 상상의 무엇으로 불투명하게 인식하고 있다.

하지만 이기적 인간 중심의 인본주의를 뛰어넘는 마카카의 이상향은 분명히 있을 것이고 앞으로도 계속 그곳이 궁금할 것이다.

프리즘이 되어 세상을 굴절시키는 동심

『매맞는 나무』(윤성, 1990)

노경수(동화작가)

박상재의 『매 맞는 나무』는 다섯 장으로 나뉘어 있는데 첫 번째 장의 〈유미의 그림〉에는 「유미의 그림」을 비롯한 여섯 편의 동화가, 두 번째 장 〈샐비어와 봉숭아〉에는 「샐비어와 봉숭아」를 비롯하여 다섯 편의 동화가, 세 번째 장 〈아빠와 콩나물〉에는 「아빠와 콩나물」을 비롯하여 세 편의 동화가, 네 번째 장 〈아름다운 비밀〉에는 「아름다운 비밀」을 비롯한 네 편의 동화가, 다섯 번째 장 〈깃발 없는 운동회〉에는 「깃발 없는 운동회」를 비롯한 세 편의 동화가 들어 있어 모두 스물다섯 편의 동화가 실려 있다.

먼저 〈유미의 그림〉에 들어 있는 일곱 편의 동화는 미취학 어린이들을 대상으로 하는 작품으로써 유아들이 인간세계의 논리에 눈을 떠가면서 겪는 인식의 충돌현상을 단편적으로 그려낸 작품들로 이루어져 있다. 이성적 인간은 태어나면서 지극히 감성적이다. 감성적이고 원초적인 아이들은 자연과 형제나 자매처럼 소통할 줄 아는 태고인의 사고력을 가지고 있다. 이들은 물질이 지배하는 인간세계의 논리를 이해하지 못한다. 그래서 「유미의 그림」에서처럼 공부하라 잔소리를 하는 엄마나, 「미나와 구슬이」에서 쥐를 잡기 위하여 덫을 놓는 털보아저씨 혹은 「매 맞는 나무」에서 도토리를 많이 줍기 위하여 야

구방망이로 나무에 매질을 하는 아빠를 이해하지 못한다. 그런가 하면 「장난감 병원」에서처럼 부서진 장난감을 고치기 위하여 병원을 차려 치료하는 할아버지나 「현아가 만난 ET」에서처럼 매일 밤 ET에게 편지를 쓰는 별 박사 할아버지 혹은 「종이비행기」에서처럼 별나라에 간 아빠를 좋아하고 그리워한다.

일곱 편의 동화에 나타난 주인공들이 세계를 인식하는 방법은 어른들이 세계를 인식하는 방법과 다르지만 나름대로 질서를 가지고 있다. 그 질서는 기성세대 논리를 잣대 삼아 바라보면 어리석지만 자세히 들여다보면 그것과 비교할 수 없는 맑고 아름다운 가치가 숨 쉬고 있다. 그 중에서 특히 「유미의 그림」은 유미의 발달심리를 포착, 어린아이의 인식을 통하여 물질이 지배하는 사회에서 계산적이고 이기적인 엄마의 심리를 비판적 안목으로 그려냈다. 미술시간 유미가 그린 엄마 얼굴은 입만 크고 아빠 얼굴은 빨갛다. 엄마 아빠의 구체적인 모습보다는 이미지로 사물을 표현하는 아동 특유의 심리를 통하여 잔소리가 심한 엄마, 술을 자주 드시는 아빠를 상징적으로 그려냄으로써 이기적인 어른(엄마)을 동심의 세계로 안내한다.

두 번째 장 〈샐비어와 봉숭아〉에 실린 여섯 편의 동화에 등장하는 주인공들은 봉숭아, 나비, 굴뚝새, 버드나무, 미루나무, 첫나비 등이다. 이 작품들은 거개가 교술적인 내용으로 식물과 동물들을 통하여 담아낸 것으로 볼 수 있다. 우리 꽃의 가치나 헛된 욕망의 끝, 그리움의 의미, 자연이나 꿈이 주는 가치를 형상화하고 있는데 그리움이나 욕망, 꿈 등의 관념적인 것들을 구체적인 모습을 통하여 이해시키려고 한 작가의 교술적인 의도를 짐작할 수 있는 작품들이다.

세 번째 장 〈아빠와 콩나물〉에 실린 네 편의 동화는 할머니와 정아, 향이와 재희, 윤희라는 주인공을 통하여 세상을 어떻게 바라보고 살아가야 하는가 하는 삶의 방식을 보여준다. 「아빠와 콩나물」에서는 희생적인 삶을 살다 간 할머니, 「정아와 일곱 마리의 비둘기」에서는 동물과 소통할 수 있는 동심을, 「향이와 고양이」에서는 소유보다는 존재 자체를 사랑할 줄 아는 지혜를, 「십자매와 십자가」에서는 십자매를 돌보지 못한 아이들의 죄책감을 통하여 아름다운 삶의 모습을 상징적으로 보여주고 있다.

그 중에서 특히 「아빠와 콩나물」은 콩나물 장수였던 할머니의 이야기를 통하여 모성의 희생정신을 아름답게 표현한 감동적인 이야기로써 이 책에서 가장 돋보이는 작품으로 꼽을 수 있다. 어머니는 먹고 살기 위해서 콩나물 장사를 하며 아들을 공부시킨다. 그런 어머니는 콩나물을 팔기 위해서 콩나물시루를 이고 가다가 길바닥에 쓰러지게 되고 위암 판정을 받는다. 아들이 결혼하는 것을 보고 눈을 감겠다던 어머니는 며느리를 얻은 사흘 후 세상을 떠나고, 당시 며느리와 아들이었던 미나의 엄마와 아빠는 그런 어머니를 그리워하며 시루에 콩나물을 길러 매일 아침 콩나물국을 끓여먹는다는 이야기이다. 작품 중에서 "아가야, 네 머리에 썼던 하얀 면사포가 내가 이십 년도 넘게 콩나물시루에 씌워주던 면사포 같더구나"라는 할머니의 진술과 "아빠는 하루아침에 갑자기 커버린 것 같은 미나가 마치 콩나물처럼 느껴졌습니다."라는 마지막 문장의 진술은 콩나물이라는 매개체를 통하여 할머니와 며느리 그리고 손녀 3대를 하나로 연결해주면서도 감동을 자아내고 있어 작품 전체를 돋보이게 한다.

〈아름다운 비밀〉에 실린 5편의 동화에서 「아름다운 비밀」의 수희,

「내 친구 동철이」의 동철이, 「다릿거리집 개」의 준구, 「빼꾸기 소리」의 동구, 「징검다리」의 윤실이는 동심의 소유자로 어린이들의 세계에서 발생할 수 있는 대립과 갈등을 이해와 사랑을 통하여 화해로 이끄는 인물들이다. 이 주인공들은 영악하면 영악한 대로, 부족하면 부족한 대로, 나름대로 지니고 있는 동심은 프리즘이 되어 혼탁한 세상을 굴절시켜 다양한 모습, 다양한 빛깔로 아름답게 형상화된다.

특히 「내 친구 동철이」에서 동철이는 4학년인데도 불구하고 글씨를 쓸 줄 모른다. 그런 아이가 반장선거를 하는 날 쓸 줄도 모르는 글씨로 삐뚤빼뚤 '내' 이름을 적어내고 '나'는 반장이 된다. 그런데 알고 보니 한 표 차이로 당선된 것인데 글씨를 쓸 줄 모르는 동철이가 '나'의 이름을 제대로 써내지 않았더라면 나는 반장이 될 수 없었던 것이다. 그럼에도 '나'는 동철이를 무시하고 동철이는 '나'가 아무리 무시해도 순수하게 나를 대한다. 내가 고무동력기를 날리자 동철이는 자기도 한 번만 해보자고 조르지만 '나'는 거절한다. 내가 날리던 고무동력기가 아카시 나뭇가지에 걸리자 '나'는 동철이에게 백 원을 줄 테니 내려달라고 간청한다. 동철이는 위험함에도 불구하고 나무 위로 올라가 가느다란 가지에 걸린 고무동력기를 내려오고, 내가 내민 백 원은 거절하며 한 번만 날려보고 싶다고 청한다. 이 작품의 마지막 문장에서 "동철이 곁을 떠난 고무동력기는 내가 날렸을 때보다도 더 힘차게 공중을 날기 시작했습니다"라는 진술은 이기적이던 '나'가 동철이가 지닌 동심에 굴절되어 아름답게 변하는 모습을 형상화한 것으로 변모되는 아이의 내적 성찰을 담고 있어 가치를 지닌다.

〈깃발 없는 운동회〉에 실린 세 편의 동화 중에서 「깃발 없는 운동회」는 편리함만을 추구하는 현실에서 학교마저도 편리함을 추구할 때 운동회가 열리는 학교 운동장에는 깃발이 없고 학부모도 없고 만국기도 펄럭이지 않으며 아이들의 응원가도 없다. 경쟁시대 공부만을 강조하고 편리한 것만 추구하는 현대사회를 깃발 없는 운동회를 통하여 비판하고 있으며 「가을 무지개」에서는 징검다리를 건너 학교에 가던 유화가 물길에 휩쓸려 죽게 되자 유화의 아버지가 성금을 내어 다리를 만든다. 준공식날 유화가 물에 빠져 죽어가던 모습을 생생하게 지켜본 아이들은 슬픔에 잠기는 이야기이고, 「여름밤 이야기」는 강원도 산골마을을 배경으로 주인공 혁이를 둘러싼 개구쟁이들의 한 여름 밤 이야기다.

혁이는 친구들과 한밤중에 비석거리에서 만나 옥수수를 서리하기로 약속한다. 할머니는 옛날이야기를 하면서 혁이를 붙잡고 놓아주질 않는다. 약속시간이 되어도 나가지 못한 혁이는 애가 타는데 갑자기 꽝하고 포탄 터지는 소리가 들린다. 할머니와 부모님은 비석거리에서 들리는 소리라고 긴장한다. 십여 년 전에도 그곳에 무장공비가 나타났었기 때문이다. 혁이는 그 비석거리에서 자기를 기다릴 친구들 걱정에 할머니의 만류에도 불구하고 밖으로 달음질친다. 혁이 뒤를 할머니와 부모님이 따른다. 비석거리에 가보니 만나기로 약속했던 친구들이 서리해 온 옥수수를 구워먹고 있다. 결국 펑하고 터진 포탄소리는 아이들이 불을 피웠을 때 곁에 둔 모기약통이 터지는 소리였던 것이다. 무장공비가 나타났을지도 모르는 위험함과 두려움에도 불구하고 친구와의 약속을 지키기 위해 비석거리를 향해 달음질치는 혁이의 모습에서 친구를 염려하는 사랑과 우정, 신의 같은 것을 엿볼 수 있는 감동적인 이야기이다.

주마간산 격으로 『매 맞는 나무』에 실린 스물다섯 편의 동화를 살펴보았다. 각 장마다 독자 대상이 다소 차이가 있지만 작품마다 드러나는 작가의 의도는 동심을 통한 세계 인식 방법의 형상화라고 요약할 수 있을 것이다. 작가 박상재는 스물다섯 편의 동화에 다양한 주인공을 내세워 이기가 넘치고 물질이 지배하는 현대사회를 굴절시켜 형상화하였다. 이기적 존재인 인간이 만든 현대 경쟁사회, 물질이 지배하는 사회에 스스로 피해자가 된 현대인들은 이들 주인공들이 발산하는 다양한 동심에 굴절되어 세상을 새롭고도 아름답게 인식하게 된다. 생물이나 무생물 혹은 태고인의 모습인 아이들의 순수한 시점에서 세계를 새롭게 인식할 수 있는 것이야말로 아동문학이 가진 미학이라 할 수 있는데, 『매 맞는 나무』는 이를 잘 형상화하여 독자들에게 다가섰다고 할 수 있겠다.

순정이라는 강물에 띄워진 희망호

『아빠 곁에 있을래요』(서강출판사, 1990)

원유순(동화작가)

1. 들어가는 말

작가 박상재는 겉과 속이 다른 사람이다. 겉보기에 매우 점잖고 과묵한 사람처럼 보이지만, 일단 가까이 하고 보면 그처럼 유머가 많고 재미있는 사람이 다시 없을 정도로 입담이 좋다. 나 역시 처음에는 그의 중후한 인상에 깜박 속아 감히 다가갈 엄두도 내지 못했다. 그러다 96년도인가, 대만 타이뻬이에서 열린 아시아아동문학대회에 동행하면서 그의 진면목을 알게 되었다. 약 일주일의 일정기간 내내 그는 좌중을 한시도 지루하게 놔두지 않았다. 늘 그가 있는 곳에는 박장대소가 터져 나왔다. 대회 일정을 마치고 귀국길에 올랐을 때, 사교성이 부족했던 나는 어느덧 무장 해제되어 친근한 이웃집 오빠처럼 그를 대하게 되었다.

그가 등단 30주년을 맞이하여 조촐한 기념식을 갖겠다는 얘기를 듣고, 기꺼이 서평을 쓰겠다고 나선 것도 바로 그런 연유가 크다.

그의 이력을 죽 훑어보면 그가 얼마나 치열한 삶을 살아왔는지 알 수 있다. 아버지를 일찍 여의어 가난 속에서 어린 시절을 보냈지만, 공부를 잘해 명문으로 알려진 전주고등학교를 졸업한 후, 두 곳의 교

육대학(전주교대, 서울교대)을 거쳐, 성균관대학교 대학원, 단국대학교 대학원에서 석박사를 취득했다. 또 문예지 추천, 신춘문예 당선, 장편동화 공모전에 당선한 작가로서의 이력으로 보아 그의 삶은 결코 느긋하거나 여유롭지 않았다는 것을 알 수 있다. 유머와 웃음 뒤에 숨어 있는 또 다른 그의 모습이다.

장편 아동소설 『아빠 곁에 있을래요』는 이런 그의 양면성이 곳곳에 드러나 있다는 점에서 눈여겨볼 만하다. '사랑과 희망이 흐르는 순정소설'이라는 부제를 달고 있는 이 작품은 1990년에 출간되었다. 아동문학사적으로 본다면 80년대는 우리나라 창작동화가 날개를 달고 비상하려는 시기였다. 60, 70년대가 아름답고 순수한 원초적 동심을 그리려는 소위 순수동화의 시기였다면 80년대는 어린이 현실을 그린 아동소설류가 활발하게 창작되었던 시기였다. 그 결과 80년대 후반에는 동화라면 먼 나라 이야기라는 고정관념을 깨뜨린 어린 독자들이 스스로 창작동화를 찾게 되었고, 그러한 고학년 독자를 사로잡기 위해 단편보다 장편이 주류를 이루었다. 반면 독자 확보 차원에서 출판사의 상업성이 가세하여 명랑동화가 대거 양산되기도 했다.

『아빠 곁에 있을래요』는 바로 그러한 시대적 흐름과 맞물려 있다고 보여진다. 출판년도는 1990년도지만, 창작시기는 그보다 앞섰을 것이고, 그래서 이 소설 전편에 흐르는 애상적 분위기와 더불어 천사적 동심코드와 명랑코드가 적당히 버무려져 있다.

2. 캔디형 정아

캔디는 80년대에 10대를 보낸 여성들의 추억 속에 거의 신화적 존재로 남아 있는 인물이다. 일본 애니메이션 〈캔디캔디〉의 주인공으로 괴로워도 슬퍼도 울지 않는 캔디는 6,70년대 역경을 딛고 일어나 80년대 도약을 꿈꾸는 우리나라 현실과 맞물려 희망의 상징으로 확실하게 자리매김하였다.

'순정만화'의 주인공답게 캔디는 예쁜 얼굴에 천사처럼 고운 마음을 지녔다. 주변 사람들의 당치 않는 오해와 중상모략 속에서도 자기를 위한 변명이나 원망을 결코 내보이지 않고 오로지 참고 견딜 뿐이다. 이때 캔디를 견디게 한 원동력은 '사랑'과 '희망'이었다. 캔디를 괴롭히는 '이라이저'와 그 주변 인물 외에, 캔디를 위로하고 감싸주는 '앤소니' '테리우스' '앨버트' 같은 멋진 남성들의 사랑이 항상 존재했다. 그들은 백마 탄 왕자님처럼 멋지고 부유한 집안의 사람들이었다. 또한 끊임없이 반복되는 고난 속에서도 캔디가 견딜 수 있었던 것은 다소 비현실적이긴 해도, 천성적으로 타고 난 밝고 긍정적인 그녀의 성격 때문이다.

『아빠 곁에 있을래요』의 주인공 '정아'는 전형적인 캔디형이다. 정아는 어머니를 일찍 여의고, 술주정뱅이 아빠 때문에 큰집에 얹혀 사는 신세이다. 빵집을 운영하는 큰어머니는 정아에게 모질게 대하고, 추위가 몰아치는 옥탑방에서 살면서도 큰어머니에게 순종하며 역경을 참고 견딘다.

정아는 같은 반에 있는 저능아 '지수'에게 천사처럼 대하며 늘 친구가 되어 준다. 자기가 입던 원피스는 물론 심지어 없는 돈을 털어 실내화까지 사서 줄 정도로 정아는 천사처럼 착하다. 이 일로 인해 담임선생님의 칭찬을 듣게 되고, 친구들에게 '따'를 당하지만, 개의치 않고 밝고 명랑하게 견뎌 나간다.

정아에게는 든든한 후원자가 있는데 바로 빵집에서 허드렛일을 하는 '후암동 아줌마'와 제빵기술자 '종민 오빠'이다. 정아는 외로운 자신에게 오빠처럼 친절히 대해주는 '종민'에게 연모의 정을 느끼며, 종민을 보는 것만으로도 하루하루가 행복하다. 그러나 종민은 기술자로서 제대로 대우를 해주지 않는 빵집 주인(정아 큰어머니)으로 인해 빵집을 떠나게 됨으로써 정아와 이별을 고한다. 종민은 『캔디캔디』의 등장인물 중 '앤소니'에 해당되는 인물로 볼 수 있다. 앤소니는 캔디의 첫 번째 연인으로 승마 도중 낙마하여 일찍 캔디 곁을 떠난다.

정명일 선생님은 정아의 담임으로, 훤칠하게 잘 생긴 미남총각이다. 정아는 담임선생님을 오빠처럼, 아빠처럼 의지한다. 정 선생님은 신문사에 정아의 글을 기고하고, 그로 인해 정아의 딱한 사정을 돕겠다는 후원자를 발탁하는데 결정적인 역할을 한다. 이는 캔디에게 든든한 후원자가 되는 윌리엄 할아버지이자, '동산 위의 왕자님'이었던 앨버트를 연상케 한다. 이밖에도 캔디를 괴롭히는 '이라이저' 역할에 부반장 '송진희'가 배치되어 이야기 속의 갈등요소를 유발한다.

이처럼 하늘의 노여움을 사서 추방된 천사처럼 기구한 운명의 주인공이 역경을 헤쳐 나가는 과정에서 결코 불의와 타협하거나 쉽게 좌절하지 않는 불굴의 의지를 보여줌으로써(정아는 결말부분에서 부자 사장의 양녀자리를 거부하고 술주정뱅이 아빠와 살 것을 결심한다) 당시 캔디형 인물에 익숙한 어린 독자들의 지지를 얻었다고 보아진다.

그러나 무엇보다 글을 읽는 즐거움을 주는 것은 매력적인 보조인물이다. 특히 정아의 단짝 친구 '여유미'는 재미난 이름에서 짐작하듯 뚱뚱하고 못생긴 외모를 지녔지만, 시종 여유롭고 넉넉한 웃음으로 정아를 위로하고, 독자에게 푸근함을 선사한다.

2. 안티 인물이 약하다

장편소설 속에서 증폭되는 갈등 구조는 시종일관 독자를 붙잡는 매력이 된다. 이야기 속에서 갈등이 없다면 밋밋하고 지루하여 독자는 금방 책을 던져 버린다.

갈등을 유발하는 요소 중 가장 중요한 것은 안티 인물의 배치이다. 안티 인물이 강하고 과감하게 주인공과 충돌할수록 결말 부분에서 화해와 감동의 폭이 커진다. 그러나 과거 우리 아동문학작품의 대다수가 그러하듯 이 작품 역시 안티 인물이 약하다. 이는 아마 오랫동안 우리 아동문학을 지배하고 있었던 천사적 동심주의 탓이 클 것이다. 또한 사고가 유연한 어린 독자의 교육성을 염두에 두어 작가 나름대로 '거름장치'가 필요하다고 생각했기 때문일 것이다.

작품 속 안티 인물로 가장 큰 역할을 해야 할 사람은 정아의 '큰어머니'다. 그러나 큰어머니는 작품 초반부에 정아를 괴롭히다가 중반 이후에는 그 역할이 크게 약화되어 거의 보이지 않는다. 또한 학교생활에서 정아를 괴롭히는 '진희' 역시 그 역할이 미미하여 정아의 생활에 크게 영향을 미치지 못한다. 이는 캔디를 끝까지 곤경에 빠뜨리며 괴롭혔던 '이라이저'와 대조된다. 좀 더 강하게 주인공 정아를 밀어붙여 독자가 큰어머니와 진희에게 이를 갈도록 만들었다면 작품을 읽는 재미가 훨씬 컸으리라.

3. 명랑과 유머코드

앞부분에서 언급했듯 80년대 아동소설의 특징 중 하나가 '명랑코드'였다. 창작동화의 위상이 약했던 시절, 독자를 끌어들이기 위해 필수불가결한 요소였음을 밝힌 바 있다.

게다가 작가 '박상재'는 유머러스하다. 이러한 시대의 흐름과 작가 특유의 기질이 작품 곳곳에 숨겨져 있어서 읽는 재미가 있었다.

우선 아이들이 별명을 보면 '여유미'는 '육체미', '정장한'은 '영국신사', '국기봉'은 '애국자' 등등 이름과 별명에서 웃음을 자아낸다. 또한 교실 안에서 느물거리는 아이들의 대화, 정아의 후원자를 자처하는 사장님과 선생님과의 대화는 마치 당대에 인기를 끌었던 텔레비전 개그프로 '유머일번지'를 떠올리게 한다.

"선생님, 남자 아이들하고 앉는 것 싫어요."

"맞아요. 여자들끼리 앉혀 주세요."

"그럼 좋다. 여학생들이 반대를 하니 할 수 없구나. 남녀가 유별할 수밖에."

"선생님! 남녀칠세 자동석인 세상에 너무하십니다."

(본문 37~38쪽)

"그렇잖아도 체중 감량 10개월 작전을 하고 있는 중이야."

유미는 소가 일어나듯 천천히 일어났다.

"그 작전 좀 소개해 줄래?"

"헌나라 어린이 작전!"

그 말을 하며 유미는 깔깔 웃었다. 웃음이 많은 아이였다.

"늦게 자고 늦게 일어나는 작전이지."

(본문 73쪽)

"우리 반에 나와 버금가는 남자 뚱보가 있었거든. 여자 뚱보인 나는 여보고 그 앤 남보였어. 난 모든 남자 애들의 여보가 될 수 있었지."

(본문 84쪽)

"한 사장님은 유성기업이라는 건설회사의 대표로 계신단다. 불우한 청소년들을 위하여 좋은 일도 많이 하시는 분이지."

"별 같은 말씀을 다하십니다, 하하하."

그러면서 한 사장님은 큰소리로 웃으셨다. 선생님이 의아한 표정으로 물었다.

"별 같은 말씀이라뇨?"

"네, 하하하. 별처럼 아름답고 고상한 말씀이실 뿐, 저하고는 그 말씀이 거리가 멀지 않나 해서요."

(본문 151~152쪽)

이러한 유머러스함은 슬픈 현실 속에서도 '사랑과 희망이 흐르도록' 하기 위한 하나의 장치로서 작용한다.

4. 나가는 말

슬프도록 애잔한 서사는 이따금 선보이는 유머러스한 분위기와 선하고 착한 작중 인물들과 어우러져 눈물을 배제하고, 사랑과 희망을 지니게 만들었다. 주인공 내면의 아픔과 상처를 치열하게 드러내기보다는 상처를 어루만져 주는 주변 인물들의 배치로 어려운 시대를 살아가는 독자들에게 '세상에는 악한 사람보다 선하고 좋은 사람이 더 많다. 그래서 세상은 살아갈 만하다.'라는 사실을 보여주었다.

우리의 과거는 힘들고 아팠다. 웃음보다는 눈물이, 기쁨보다는 슬픔이 더 많았다. 그러나 80년대를 넘으며 우리는 힘찬 도약을 했고, 90년대 중반 한 번의 좌절을 겪었지만 다시 일어서서 세계 10위권을 넘보는 시대가 되었다. 이 시대 어린 독자들은 사회의 부조리한 면과 부정적인 일들을 거름장치 없이 그대로 직면하고 있다.

이제는 어려운 현실에 처한 어린 주인공들의 내면을 드러내 파헤치며, 상처를 째고 고름을 짜내야 치료가 된다고 생각한다. 그래서 이 시대의 아동문학 작품은 무섭도록 적나라하고 치열하다. 더 이상 작품 속 인물은 순정을 지니고 있지 않다.

시대의 흐름에 따라 문학작품 스타일이 변하는 건 당연지사다. 20여 년 전의 작품을 지금의 잣대로 재는 것은 무리다. 분명 이 작품은 그 시대의 대표성을 지니고 있었다는 데에는 이의가 없다.

또 인생도시락 한 곽을 열며

『겨울행진곡』(아동문예, 1990)

정혜원(동화작가, 아동문학평론가)

이 작품을 독자의 입장에서 읽다 보면 푸시킨의 시 한 구절이 떠오른다.

삶이 그대를 속일지라도
슬퍼하거나 노하지 말라
슬픈 날엔 참고 견뎌라
즐거운 날은 오고야 말리니

학창시절 누구나 한번쯤 암송하던 애송시다. 그 시절 청소년들과 성인들은 이 시를 암송하며 희망 찬 미래를 위해 참고 견뎠는지 모른다. 그러나 아직 자신을 지킬 힘조차 부족한 아동들에게 어려운 현실을 견디라고 하는 것은 다소 냉소적이라 느끼게 한다. 작품이 발표된 1990년에도, 현재 2009년에도 늘 경제가 어려운 대중들은 있기 마련이다. 이 작품을 읽으면 마음이 아리고 또 아리다. 아동의 삶만은 행복했으면 하는 바람에도 불구하고 냉혹한 현실이 비켜가지 않기 때문이다. 우리 인생 전체를 놓고 곧잘 희로애락(喜怒哀樂)이란 사자성어로 표현한다. 어차피 동시대를 성인과 아동이 함께 살아가야 한다면 희로애락이란 도시락 4종 세트를 건네주어야 한다. 이제 그 달콤 쌉쌀한 도시락 뚜껑을 열려고 한다.

1. 희(喜) 도시락

주인공 주호는 표면상 불운한 캐릭터이다. 그래서 뭐 그리 기쁠 일이 있을까 하지만 인생이 다 그렇듯이 주호에게도 달콤한 도시락이 배달된다. 인생에서 희로애락이 하나씩 올 수도 있지만 폭풍처럼 한꺼번에 몰아칠 수도 있다.

주호가 기쁨으로 먹을 수 있는 도시락은 서로 진정한 친구가 되는 장면이라 할 수 있다. 주호는 도시로 이주해서 가난의 문제를 안고 살아가고 있고, 준태는 아버지를 잃고 어머니와 근근이 살아가고 있다. 재곤이는 1학년 때 어머니가 암으로 돌아가시고 지금 어머니는 계모라는 비밀을 가지고 있다. 누구에게나 결손과 결핍은 그렇게 기분 좋은 일이 못 된다. 특히 어린 시절에 겪는 결손과 결핍은 자칫하면 세상을 왜곡되게 받아들이고 성격 형성에도 문제가 될 위험이 도사린다. 그러나 주호, 준태, 재곤은 자신들의 결손과 결핍을 공유하므로 해서 더 돈독한 우정을 쌓는다. "너희들의 이야기를 듣고 보니 난 그래도 무척 행복한 아이라는 생각이 든다. 또한 오늘을 기회로 너희 둘과 더 가까워질 수 있을 것 같아 기쁘기도 해. 너희들은 마음이 언짢해져 있는데, 혼자만 행복과 기쁨을 느끼는 내가 나쁜 자식이지?"(133쪽)란 주호의 대화에서 알 수 있듯이 그 동안 혼자 얼마나 소외감을 느끼며 지냈는지 보여주는 대목이다. 세 캐릭터는 자신을 솔직히 드러내고 진정으로 아픔을 어루만지는 관계로 발전한다. 그래서 이제 삼총사란 결속감을 가지고 서로에게 힘을 실어주는 존재가 된다. 모진 세상에 두려울 것이 없는 도시락은 아마도 달콤해서 먹는 이도 아주 기쁘지 않을까 생각한다.

2. 로(怒) 도시락

주인공 주호는 부모님을 따라 농촌에서 겪는 경제적 빈곤문제로 도시로 이주하게 된다. 꿈을 안고 온 도시지만 현실이 항상 그렇듯 주호네 가족에게 그리 녹록한 것은 아니었다. 부모님은 막노동현장으로 내몰리고 주호 역시 학교생활에서 남모를 따돌림과 텃세를 겪어내야 했다. 학교와 또래집단에서 적응기간이 필요하다는 것을 전제로 할 때 서로 소통의 어려움에서 오는 부조화 정도는 한 개인이 감수해야 한다. 그러나 이 작품에서는 냉혹한 경제문제와 현실이 그대로 반영되고 있다. 부의 유무에 따라 부유층과 빈곤층으로 나눌 수 있는데, 주호를 비롯한 준태, 재곤 등의 캐릭터는 경제적 빈곤층에, 호영은 부유층에 해당한다.

호영은 부자인 어머니를 등에 업고 친구들을 업신여기고 스스로 우월하다고 착각한다. "다들 비켜. 나 피 봤으니까 참을 수 없어."(31쪽)에서 보듯이 호영은 전후 사정을 따져볼 것도 없이 자신의 입장만 고수한다. 호영이 먼저 주호를 깨소금이라고 놀려서 주호가 호빵이라고 되받아친 것인데, 자신의 영역에 감히 침범한 양 화를 참지 못하고 주먹질을 해댄다. 호영의 비겁한 행동은 여기서 그치지 않는다. "너 행여라도 호영이한테 그런 말 하지 말아. 그 애 눈에 벗어났다간 엄만 그집에서 쫓겨날지도 모르니까."(42쪽) 준태 어머니가 준태에게 당부하는 말이다. 준태는 자신의 어머니가 호영이네 식당에서 일한다는 이유로 하고 싶은 말도 제대로 못 하고 비굴하게 행동한다. 호영의 어머니가 학교에 와서 있는 척 잘난 척하는 행동도 다 부를 가지고 있다는 것에 기인한 것이다. 작가는 호영과 그 어머니의 만행을 여러 정황을 통해 현실감 있게 포착하고 있다. 어린 시절 친구들과 자유롭게 뛰어놀고 누려야 할 시기에 시커먼 성인들의 경제논리로 아동들의 또래관계까지 얼룩지게 한다는 것은 분명 크게 화가 나는 일이다. 그러나 이것도 인생의 한 부분이라면 체하지 않게 먹어야 할 도시락이지 않겠는가.

3. 애(哀) 도시락

작품 첫 장면은 주인공 주호가 할아버지가 계신 산막을 찾아가는 것이다. 주호는 아버지를 잃고 고향마을(양지뜸)에 계신 할아버지 집에 살러 가는 길이다. 주호의 어머니가 아버지까지 잃은 마당에 혼자서 경제적인 부분을 책임지기 힘들어서 내린 결정이다. 어머니는 형편이 나아지면 함께 살자는 약속을 하고 주호 혼자 할아버지 집에 보낸 것이다. 아무것도 모르는 고향마을 사람들은 방학이라 왔다며 주호를 반긴다. 아버지의 부재도 받아들이기 힘든 상황에서 한술 더 떠서 어머니와도 생이별을 해야 하는 것은 분명 슬픈 일이다. 여기서 주호는 인생의 슬픈 도시락 뚜껑을 열게 된다.

주호의 고통스런 심리를 작가는 "아버지의 주검을 공동묘지 한귀퉁이에 묻고 내려올 때 보았던 그 하늘—그 하늘빛과 똑같이 시리게 파란 하늘이었다."(10쪽)라는 하늘의 색깔에 감정이입을 해놓았다. 어느 날 문득 다가온 불행, 즉 아버지를 잃고 혼자 내려와야만 하는 참담한 심정이 잘 묘사되었다. 또 아버지 친구인 택구 아버지에게 내려온 이유를 진실하게 말하지 못하는 심정도 나타나 있다. "그런데 왜 사실대로 말하지 못했지. 택구아버지는 아버지와 둘도 없는 친구가 아닌가" (11쪽) 택구 아버지와 친구인 것을 알면서도 도저히 자존심에 공사장에서 낙상하여 돌아가셨다고 하는 말이 나오지 않는다. 잘 살아보겠다고 등진 고향마을에 이제 아무것도 남은 게 없는 채 돌아온 자신이 창피해서이다. 그러면서 그런 자신을 자책하기도 한다.

주호는 표면상 아버지의 상실과 경제적 고통이라는 이중고를 겪는다. 아버지의 죽음에 비하면 경제적인 고통은 차라리 가벼운 것이다. 가족은 주호에게 있어 든든한 방패막이다. 경제적 고통은 함께 나누고 앞으로 더 나아질 수 있다는 희망도 가져 볼 만하다. 그러나 주호에게 있어 아버지의 존재를 상실하게 되었다는 것은 경제적인 어려움보다 몇 갑절 아픔으로 남게 된다. 가난하지만 또래집단에서 자신의 뜻을 굽히지 않았던 주호가 아버지를 잃고 심리적으로 고통과 혼돈의 늪에 빠지게 되었음을 감지할 수 있다. 독자는 어디에서도 희망을 찾을 수 없지만 그래도 주호가 어려운 난관을 잘 헤쳐 나갔으면 하는 바람을 가지게 된다.

4. 락(樂) 도시락

주호네 학교는 가을이 되어 단체로 극기훈련을 떠난다. 극기훈련이 다 즐거울 수는 없지만 그 또래집단에서 협동심을 기를 수 있는 한 가지 방법이기도 하고, 과업를 수행했을 때 오는 성취감이나 기쁨도 크다.

가파른 길을 오르내리는 일은 누구에게나 힘든 일이다. 더구나 팀원 중에 누군가 다쳤다면 더 그럴 것이다. 극기훈련의 목적은 팀원 중 한 사람도 낙오자가 없이 과업을 수행하는 것이다. 그러나 주호

팀은 호영이가 다쳐서 주호네 팀이 난관에 봉착하게 된다. 호영이는 부유한 부모를 등에 업고 친구들에게 갖은 협박과 월권을 행사한 캐릭터이다. 그러나 이런 극한 상황에 몰리자 친구들은 사사로운 개인의 감정보다는 반의 명예를 생각한다. 목적을 수행하기 위해서 다친 호영을 세 사람씩 짝을 지어 가마를 태워서 끝까지 행군하게 된다. 호영 친구들의 이런 태도를 보고 심리적인 변화를 일으킨다. "얘들아, 나 내려서 걸어 갈께, 그게 훨씬 편할 것 같애."(74쪽)라고 미안한 마음을 토로하고 있다. 평소 같으면 친구들 사이에서 군림하는 것이 당연한 줄 아는데, 친구들이 힘들게 자신을 데려가는 것을 보고 감동을 받은 것이다. 못된 캐릭터로 등장하던 호영 친구들의 행동에 감화를 받아 착한 심성을 찾아가게 된다. 여기서 독자라면 즐겁게 박수를 쳐줄만 하다.

어린 시절 먹던 도시락은 성인이 되어서도 내내 생각한다. 그러기에 부모는 더 좋은 도시락을 싸주려고 애를 쓴다. 우리 인생 전체를 볼 때, 맛있는 도시락만 있는 것이 아니기에 덜 맛있고 먹기 힘든 도시락도 있다는 것도 아동들이 알아야 한다. 달콤한 솜사탕처럼 위장된 도시락은 세상을 쉽게 보일 수 있지만 난관에 부딪치면 쓰디쓴 맛을 보게 된다. 자녀가 귀하다고 생각하는 부모일수록 자녀를 여행을 보내라고 권한다. 여행에서 만나는 상황이 모두 귀한 경험이고 그것을 대처하는 것 또한 인생에 있어 값진 경험이 되기 때문이다. 이러한 일맥선상에서 작가는 한 편의 동화에서 인생의 희로애락의 도시락을 내밀었다. 특히 작가가 교실에서 만난 캐릭터를 소재로 하고 있어 현장감 있고 더욱 생생하다. 이 땅에 주호와 같은 캐릭터들이 현재는 어렵지만 자신에게 주어진 길을 열심히 가다 보면 희망봉에 깃발을 꽂으리라 믿었으면 하는 마음이 간절하다.

박상재, 그는 어떤 사람인가?

『개구쟁이 천방지우』(둥지, 1992)

이지현(동화작가)

1.

생뜨 뵈뷔의 이론[1]을 굳이 들먹이지 않더라도 작가와 작품은 불가분의 관계를 맺고 있다. 그렇기 때문에 우리는 한 편의 작품을 읽으며 "글이 곧 그 사람이다."라거나 "글은 쓴 사람의 영혼을 담고 있다."는 따위의 에피그램들을 상투적으로 사용한다. 그러나 이 말이 반드시 옳은 것은 아니다. 의식적이든 무의식적이든 작가는 작품 속에 자신의 사상이나 정서 등을 투사하지만 실제적 삶과 작품에 구현된 가치관이 반드시 일치하지 않는 경우도 허다하다. 그러나 박상재 선생의 경우에는 "작품이 작가의 삶을 반영하는 거울"이라는 말을 적용해도 무방할 것 같다.

나는 선생의 작품집[2] 곳곳에서 선생의 얼굴을 발견하고 빙긋 미소를 지을 수 있었다. 그건 안도감 같은 것이었다. 대학원에서 선생으

1 프랑스, 실증주의 비평가. 비평 방법의 하나인 역사주의 비평의 이론적 체계를 수립하고, 실제 문학작품에 응용하였음. 그는 작품을 보다 정확히 이해하기 위해서는 작가의 생애나 사상 등을 알아야 하고 그가 처한 시대적 상황등을 파악해야 한다고 주장함.
2 『개구쟁이 천방지우』, 도서출판 둥지, 1992.

로부터 가르침을 받기는 했으나 못난 성격 때문에(적극적이고 사교적인 듯 보이지만 실제로 나는 대인관계에 있어 매우 소극적이고 수동적이다. 용건이 없을 경우 안부 전화도 잘 못할 정도로 말이다) 일 년에 한두 번도 채 선생을 뵙지 못하고 지내 왔지만 그래도 나는 감히 선생을 안다고 생각한다. 이런 내 생각이 잘못된 것이 아님을 새삼 확인할 수 있게 되어 기뻤다.

2.

선생은 작품집 첫머리에 동화를 쓰게 된 까닭을 이렇게 써 놓았다.

내가 처음 살았던 동화 마을은 가을 산이 너무 아름다웠던 시골이었습니다. 그곳에서 몇 년 살다가 별빛 고운 바닷가 마을로 이사를 했습니다. 몇 년 후 다시 지금 살고 있는 서울로 삶의 터전을 옮기고 말았지요.

회색빛 도시에 살아도 내 곁에는 언제나 아이들이 있고, 그들의 꿈 이야기를 들을 수 있어서 좋습니다. 하지만 별이 보이는 밤에는 그리움이 밀려올 때가 많습니다. 그래서 문득문득 오래 전에 살았던 그 곳 시골에 가 보고 싶어집니다.

그 곳에서 나의 동화를 읽고 자랐던 어린이들은 이제 어른들이 되어갑니다. 하지만 내 기억 속에는 모두들 열 살 안팎의 어린이들로만 살아있습니다. 지금도 나는 그 어린이들을 그리워하며 동화를 쓰곤 합니다.[3]

이 글을 읽어 보면 선생이 그리워하는 시공간은 교사가 된 이후 머

3 위의 책, p.3. 중에서.

물게 된 전북 순창과 김제 등이며 그리움의 대상은 그곳에서 만난 아이들일 것이라 추측할 수 있지만 나는 그보다 더 깊은 곳에 그리움의 뿌리가 닿아 있다고 본다. 그곳은 선생의 유년 시절이다. 어린 시절 선생은 틀림없이 개구쟁이였을 것이며 친구들과 즐겁게 어울려 놀았을 것이다. 이런 추측을 가능케 하는 것은 작품 속에 등장하는 아이들의 행동 양상 때문이다.

선생의 동화에는 소외당하는 아이들이 없다. 모든 아이들은 함께 어울려 논다. 표제작인 「개구쟁이 천방지우」에도 단짝 친구 세 명이 나온다. 그들은 티격태격 말씨름을 하면서도 늘 붙어 다닌다. 툭하면 사고를 치고 개구쟁이 짓을 하지만 이들은 친구를 위해서라면 험한 일(안보 웅변대회에서 친구와 우승을 놓고 각축전을 벌이게 될 여자 아이를 골탕 먹이기 위해 그 여학생이 극도로 싫어하는 바퀴 벌레를 교실에 풀어놓는 일)도 마다하지 않을 정도로 의리가 있다.

「술래잡기」에 나오는 준이도 혼자 놀지 않는다. 그는 "아파트 놀이터에서 아이들과 어울려 술래잡기를 하고" 논다. "아이들은 번갈아가며 술래가 되기도 하고, 몰려다니며 아파트 현관에 숨기도 하며 무더운 줄도 모르고 재미있게" 논다.

이 두 편의 동화가 도시를 배경으로 한 것이라면 「우리들의 다람쥐」, 「물도깨비 이야기」, 「가을 산 아이들」 등은 시골을 배경으로 하고 있다. 이곳의 아이들도 친구들과 함께 어울려 논다. 「우리들의 다람쥐」에 등장하는 아이들은 밤 줍기 내기를 하며 놀고, 「물도깨비 이야기」에 나오는 아이들은 밤에 개울에 나가 물고기를 잡으며 놀고 「가을 산 아이들」에 등장하는 아이들은 산으로 올라가 머루와 다래를 따 먹으며 논다.

그들은 매우 활기차고 유쾌하다. 이런 모습은 선생의 실제 모습과 흡사하다. 그들은 문제가 발생해도 금방 해결하고 만다. 이 때문에 갈등관계가 심화되지 않아 작품의 긴장감은 다소 떨어지는데 이를 바탕으로 짐작해 보건데 선생은 평생을 통해 누군가와 극하게 대립해본 적이 없을 것이다. 그보다는 상대를 이해하고, 포용하는 쪽을 선호하는 듯하다. 이는 아동문학이 갖는 본질적 특성과 맥을 같이 하는 부분으로 선생의 동화에 등장하는 아이들은 대부분 밝고 낙천적인 성격을 갖고 있는데 이는 선생의 성격이 그대로 투사된 결과가 아닌가 한다.

휴머니스트인 선생은 또한 타인의 아픔을 외면하지 못한다. 「물총새 이야기」에는 이런 선생의 면모가 여실히 드러나 있다. 서정적인 문체로 죽은 누나에 대한 그리움을 애틋하게 그려낸 이 동화에는 두 명의 소년이 나온다. 그들의 이름은 경호와 창수다. 그들은 물총새를 잡으러 간다. 하지만 아름다운 새를 보는 순간 경호는 누나를 떠올리고 새가 도망갈 수 있도록 해준다.

창호는 격하게 화를 내며 경호를 몰아붙인다.

"우리 향이 누나는 죽어서 새가 될 거라고 했다."

결국 경호는 이렇게 말하며 눈시울을 적신다.

그 모습을 본 창수는 금방 경호의 마음을 헤아리고 "물총새를 잡지 않은 게 정말 잘한 일"이라고 말한다. 갑작스러운 화해로 결말이 다소 성급하게 이루어진 듯하지만 그래도 독자는 이 작품을 읽으며 안도감을 느낄 것이다.

3.

그런가 하면 선생이 쓴 작품 속에는 야무지고 똑똑한 아이들이 등장을 한다. 이들은 자기보다 덩치도 크고 나이도 많은 어른들을 가르친다. 대표적인 작품으로 「술래잡기」와 「아기다람쥐와 사냥개」를 들 수 있다.

「술래잡기」에 나오는 준이는 유치원생이다. 그런데 짐 배달부 아저씨가 타고 가던 자전거에 받혀 넘어지고 만다. 상처를 입은 준이는 일어서지 못하고 고통스러워하는데 아저씨는 엄살을 부린다며 호통을 친다. 준이는 진짜 아프다고 말하지만 아저씨는 준이의 말을 믿지 않고 동전 네 개를 쥐어준 뒤 사라진다. 억울한 마음에 준이는 바지 주머니에 동전을 넣은 채 그 아저씨를 기다린다. 그리고 열흘도 훨씬 더 지난 후 그 아저씨를 다시 만나게 된다.

준이는 돈을 돌려주기 위해 한달음에 달려간다. 그 사이 준이와 비슷한 일을 겪었던 아저씨는 자신의 잘못을 깨닫고 준이에게 사과한다.

설송산에 사는 아기다람쥐도 준이만큼 "총명하고 모험심도 강"하다. 그는 모든 동물이 두려워하는 사냥꾼을 한번 직접 보고 싶어한다. 그러던 어느 날 사냥꾼을 따라온 사냥개를 만나게 된다. 하지만 조금도 겁을 먹지 않고 사냥개를 훈계한다. 그런데 여기서 주목해야 할 점은 기성세대로 상징되는 어른들의 태도이다. 이들은 아이들의 말을 무시하지 않는다. 「술래잡기」에 나오는 짐 배달부 아저씨의 경우 처음에는 준이의 말을 무시했지만 곧 자신의 잘못을 깨닫고 사과를 한다. 이런 어른들의 모습에서 나는 탈권위주의적인 선생의 면모를 확인할 수 있었다. 선생은 마음을 열어둔 상태에서 다른 사람의 이야기에 귀를 기울이며 그들의 의견을 존중하고 때로는 따르기도 한다. 「어린이 날 별곡」에 등장하는 어머니가 딸인 나영이의 지적에 산에서 돌을 주워 오려던 마음을 거두어들이고 자신의 잘못을 반성한 것처럼 말이다.

이렇게 열린 마음으로 사람을 대하기 때문에 선생의 주위에는 늘 사람이 붐비는 것이 아닌가 한다. 전해들은 이야기에 의하면 쉬는 시간에도 선생은 아이들에 둘러싸여 있다고 한다.

이외에도 선생은 좌중을 즐겁게 만들어주는 재주를 가지고 있는데 그 중 하나가 말놀이가 아닌가 한다. 예를 들면 아래와 같은 것이다.

"천방지우? 우리 삼총사의 이름으로는 제격인데, 천씨가 먼저 들어갔으니까 내가 대장하면 어떻겠냐?"

집으로 돌아가는 길에 동호가 들뜬 목소리로 말했다. 언제 어디서나 지기 싫어하는 지용우가 잠자코 있을 리가 없었다.

"동호야, 주제 파악 좀 해라. 니가 진욱이나 나보다 잘하는 게 뭐가 있니? 운동을 잘하니? 싸움을 잘하니, 그렇다고 공부를 잘하니? 그런 헛된 꿈은 버리도록 해라."

머쓱해진 동호가 입을 다물고 있을 리가 없었다.

"꼭 무엇을 잘해야만 대장이 된다는 법이 있니? 의리 좋고 봉사 정신 투철하면 그만이지."

진욱이가 히죽거리며 그 말을 받았다.

"용우야, 친한 친구가 대장을 좀 하고 싶다는데 밀어주지 않아서야 되겠니? 지금 이 순간부터 동호가 우리들의 대장이다."

달갑잖은 표정으로 걷고 있는 용우의 귀에 대고 진욱이가 뭐라고 속삭였다. 그러자 용우가 허리를 쥐고 웃었다.

"그래, 동호의 희망사항을 저버릴 수 없지. 지금부터 동호를 우리들의 대장으로 부르마. 야, 큰창자!"

뜻밖의 소리에 부드럽게 웃던 동호의 눈은 크게 치켜떠졌다. 용호와 진욱이는 통쾌하다는 듯 키득거리고 있었다.

"대장으로 부르겠다더니 큰창자라는 말이 왜 불쑥 튀어나오니?"

큰 눈을 뜨고 어이없어 하는 동호의 표정이 둘에게는 한껏 재미를 부추겨 주었다.

"우리의 뱃속에는 대장이라는 소화기관이 있지 않니? 순우리말로는 큰창자라고 부르지. 그러니 우리말을 사랑하는 뜻으로 대장인 너를 큰창자라고 부르겠다는 거야."

"천진한 천동호를 놀리다니, 하늘이 무섭지 않느냐?"

낭패스런 순간을 감추기 위하여 동호는 짐짓 근엄한 표정을 지었다.

"천둥이 쳐야 하늘이 무섭지. 이렇게 맑은 대낮에 천둥소리가 날 리 있냐? 이 천치동자야!"

용우의 말이 채 끝나기도 전에 진욱이가 배실거리며 다시 공격을 해왔다.

"큰장자 속에는 무엇이 들어 있냐?"

"몰라서 묻니? 이 똥강아지야."

동호가 진욱이의 엉덩이를 냅다 걷어찼다.

"야, 아무리 내가 밉기로서니 항문을 걷어차는 경우가 어이 있니? 내 엉덩이가 축구공이라도 되냐?"

진욱이는 엉덩이를 감싸쥐고 캥거루처럼 폴짝폴짝 뛰었다.

"대장 되겠다는 말 취소다. 그러니 앞으로 큰창자라는 말은 입 밖에 내지 마라."

동호의 자뭇 진지한 말투에 용우가 고개를 주억거렸다.[4]

4 위의 책, pp.11~12. 중에서

4.

이상 위에서 살펴본 내용들을 정리해 보면 선생은 자연을 사랑하고 고향을 그리워하는 로맨티스트이며 타인의 아픔을 외면하지 못하는 휴머니트스이다. 그리고 열린 마음으로 자기보다 어리고 약한 이들의 말에 귀를 기울일 줄 아는 탈권위주의자이며, 재담꾼이기도 하다. 이는 내가 익히 알고 있던 선생의 모습이며, 작품을 읽어나가는 도중 새삼 확인하게 된 선생의 면모이기도 하다.

어린이들은 어떤 책을 좋아하는가

『동경 126도 11분 북위 34도 13분에 사는 아이들』(능인, 1993)

김자환(동화작가)

우연히 손에 잡은 『소설 영웅문』 시리즈 때문에 요즘 밤잠을 설치고, 학교에서도 점심시간은 물론 10분 동안의 쉬는 시간까지도 책장 넘기느라 도무지 정신을 차릴 수가 없었다. 그러면서 생각하였다. 이야기란 뭐니뭐니 해도 역시 화끈한 재미가 제일이구나. 만화나 TV보다 더 재미있는 이야기라야 아이들을 책 속으로 끌어들일 수 있겠구나. 객관도나 타당도·신뢰도 등에서 인정을 받을 수 있을지는 모르지만, 『한국아동문학』(제5호, 한국아동문학인협회)에 발표된 설문조사 결과에서도 그것을 다시금 확인할 수가 있었다. '고학년 어린이가 많이 읽는 한국 작품 30' 중 거의 모두가 재미 화끈한 장편소설·동화류라는 데 주목하지 않을 수가 없었다.

정말 그렇다. 제아무리 뛰어난 작품이라 할지라도 재미가 없음으로 해서 어린 이들에게 외면을 당한다면 그것이 무슨 가치가 있겠는가. 그러므로 우선 '재미'라는 포장지로 싸서 어린이들의 손에 들리게 하고, 어린이들로 하여금 재미를 좇아가는 가운데 은연중 느끼고, 깨닫고, 배우게 하는 것이 옳다는 생각이다. 그런 의미에서 박상재의 『동경 126도 11분 북위 34도 13분에 사는 아이들』(능인)을 각별한 관심으로 읽었다.

이 책은 1쇄 20일 만에 다시 2쇄를 발행할 만큼 어린이들이 대단히 좋아하는 이야기이다. 공포 괴기물이나 저질 명랑물이 아니면서도 이 책이 어린이들에게 읽히는 까닭은 무엇일까?

박상재의 『동경 126도 11분 북위 34도 13분에 사는 아이들』를 통해 어린이들이 좋아하는 책에 대한 나의 의견을 밝혀 보기로 하겠다.

우선 작품 외적인 요소부터 살펴보기로 한다.

어린이들이 책을 고르는 경향은 아주 단순하다. (어른들의 권유나 광고에 의한 선택은 제외.) 먼저 책 제목과 표지 그림이나 디자인, 차례에 나타난 소제목들, 그리고 삽화 같은 것에서 선택 여부가 판가름 난다. 그러므로 결코 소홀히 할 수 없는 요소들이다.

『동경 126도……』가 어린이들의 주목을 받게 된 데는 제목이 큰 역할을 해냈다고 생각된다. 이색적이면서도 저질스럽지 않고(요즘 애들은 저질스런 제목의 책 사기를 부끄러워한다) 어린이들의 궁금증을 유발하기에 충분하다. 또 야단스럽지 않으면서도 호기심을 자극하는 표지 그림과 디자인도 마음에 든다. 제목을 작품의 반이라고 하던가? (이 책의 제목을 '독거도 아이들'로 바꾸어 놓고 비교해 보라.) 어린이들에게 꼭 읽혀야 할 좋은 작품이 제목이나 표지의 미숙으로 어린이들의 눈길 밖에 벗어나 사장 된다면 작가나 독자 모두에게 얼마나 불행한 일인가. 세심하게 신경 쓸 일이다.

이야기의 생명은 역시 누가 뭐라 해도 주제요, 감동이다. 『동경 126도 11분 북위 34도 13분에 사는 아이들』은

바다소설로서 이농·이어현상이 갈수록 심각해지고 있는 현실을 감안해 볼 때 시의적절한 소재요, 주제가 아닐 수 없다. 그리고 이 소설은 해양소설이란 이름으로 어설픈 모험이나 보물찾기 따위를 짜맞춘 이야기가 아니라, 독거도라는 한 섬마을 사람들과 어린이들의 삶에 대한 진지하고 진솔한 모습을 흥미있게 그려냄으로써 재미를 찾는 어린이 독자들의 욕구를 일단 충족시켜 주고, 나아가 고향 사랑이라는 대주제로 자연스럽게 연결시키고 있다.

곳곳에 울림을 주는 감동소가 장치되어 있다. 유 선생님이 독거도를 떠나야만 하는 사연이나, 재만이 부자의 딱한 처지와 이를 극복해 가는 모습은 눈물겹고 감동적이다. 그리고 독거도의 친구들이 엮어 내는 우정이 싱그럽고, 사제 간의 도타운 사랑이 살아 숨쉰다. 밝지 않은 상황의 배경이지만, 등장인물 모두가 밝고 희망적이다. 그러므로 이 책을 읽는 어린이들은 바다에 대한 동경과 함께 밝고 긍정적인 사고를 자연스럽게 갖게 될 것이다.

군더더기 없이 속도감 있는 전개 방식이 돋보이고, 섬 어린이 특유의 별명, 구수한 남도 사투리의 채택도 재미를 더해 준다. 재미와 울림을 고루 갖춘 이야기여서 앞으로도 좋은 반응이 기대된다.

이제 끝으로 정말 하고 싶은 말을 써야겠다. 이야기의 '재미'는 수단이 되어야지, 결코 목적이 되어서는 안 된다. 상업성만을 염두에 둔 저질스런 '재미'는 머지않아 어린이 독자들의 냉엄한 심판을 받게 될 것이다.

작품 속에서 찾아낸 3가지 보물

『보물섬 아이들의 자전거 여행』(공동체, 1994)

정선혜(아동문학평론가)

박상재 문학작품이 즐거움을 만들어내는 요소는 무엇일까? 라깡은 실재적인 결여의 차원을 미학에 도입시킴으로 문학 속에 즐거움이 발생된다고 하였다. 작가가 선택한 이미지는 주체가 바라보고 욕망한 대상에 대하여 하나의 차폐물로 작용하고 있다. 박상재 작품 속 의식적인 '바라보기'와 무의식적인 '찾아보기'와의 사이에 뚜렷한 차이점이 있다. 바라본다는 것은 우리에게 쾌락을 가져다주는 이미지에 관련되지만, 찾아보는 것은 결여된 대상에 관련되어질 수 있기 때문이다.[1]

『보물섬 아이들 자전거 여행』에 나타난 이미지와 관심의 언어 속에 찾게 된 세 보물의 담론은 다음과 같다.

---

1 Wright, E (1999): *Speaking Desires can be Dangerous: The Poetics of the Unconscious.* Cambridge, Polity. 김종주 · 김아영 옮김(2002), 『무의식의 시학』고양, 인간사랑. pp.113~140.

1. 고향 회귀

박상재 문학 속 담론 역시 설정된 주체를 통하여 다른 주체의 욕망을 변경시키거나 유지하려는 시도로 보여진다. 초개인적이고 대화적 과정인 동화 역시 인간주체가 욕망의 새로운 우회로를 만들어 놓는 수단이기 때문이다. 담론은 다음과 같은 행위자와 타자, 진실, 생산물이란 네 가지 항목들의 위치에 따라 아래와 같이 주인의 담론, 분석가의 담론이 발생한다.

위치	주인의 담론	분석가의 담론
$\frac{\text{행위자}}{\text{진실}}$ $\frac{\text{타자}}{\text{생산물}}$	$\frac{S_1}{\$}$ $\frac{S_2}{a}$	$\frac{a}{S_2}$ $\frac{\$}{S_1}$

여기서 S_1은 주인 시니피앙(기표)을 가리키고 S_2는 무의식적 지식을 가리킨다. $\$$와 a는 각각 분열된 주체와 타대상(objet petit a)을 가리킨다. 특히 타대상은 욕망의 대상-원인으로서 "말로 다 할 수 없는" 잔여이고 '잉여향락'이 된다.

주인공인 진석이 행위자이며 진석이 처한 진실은 '아버지의 전근'으로 인한 어머니와의 별거로 인한 그리움이며 정들었던 친구와의 이별과 전학 온 곳에서의 새로운 적응이라 할 수 있다. 이중 가장 큰 비중을 차지하는 타대상이 아버지임을 다음과 같은 글에서 발견된다.

> 호남선의 종착역인 목포! 목포하면 떠오르는 노래가 있다. '목포의 눈물' 이라는 노래다.
>
> 나는 이 노래를 혼자 부를 수는 없지만 아버지를 따라 흥얼거릴 수는 있

다. **아버지**는 술이 얼큰해지면 이 노래를 곧잘 부른다. 그만큼 이 노래는 내 귀에 익어 있었다.(p.21.)

"돈이란 가치있게 쓰기 위하여 버는 거요. **고향을 위하여** 한 달 월급 좀 기부했기로서니 그게 당신 그렇게 불만이오?"/"네, 불만이에요. 교회에 건축 헌금 좀 내겠다고 이야기만 꺼내도 벌벌 떨던 사람이 백만 원이나 되는 돈을 나하고 상의 한 번도 하지 않고 기부를 해요? 이건 순전히 나를 무시한 처사라구요"(pp.10~11.)

보물의 섬이라 불리우는 진도에 대한 애향심으로 가득한 아버지와 도시적 성향의 어머니가 충돌하는 가정의 한 양상으로 진석이 처한 현실 풍경이다. 이 또한 서로 다른 환경에서 자란 부모와의 사이에서 겪을 수 있는 아동의 심적 고충의 한 단면일 수도 있기에 결국 동화 속 담론 역시 '대타의 담론'이 될 수 있다. 아버지의 애향심은 진도를 배경으로 한 할아버지의 이야기와 함께 진도를 배경으로 한 진도 아리랑, 진 강강술래 등 다양한 음률 속에 우리 문화 사랑의 시니피에로 확장된다.

"진도는 옛부터 문화 예술의 본고장이지. 우리나라 서화의 큰 별인 소치 허유 선생을 비롯하여 미산 허영, 의제 허백련, 남농 허건 선생 같은 훌륭한 대가들을 낳은 곳이 진도란다" (p.25.)

할아버지는 혼신의 힘을 다해 글씨를 쓰셨다. 이마에 송골송골 맺혀 있는 땀방울이 그걸 말해 주고 있었다./그 모습이 너무 거룩하게 보여 나는 숨소리마저 죽일 수 밖에 없었다.(p.42.)

"고조 할아버지께서 전국을 유람하시며 젓대 소리와 함께 사신 것은 나라 잃은 설움을 달래기 위해서였을 거다. 젓대는 병든 대나무로 만들기 때문에 소리 또한 구슬프기 짝이 없다는구나."(p.45)

버스 안은 아리랑 가락으로 흥겹게 술렁이기 시작했다. 아버지는 무릎장단을 치면서 진도 아리랑을 흥얼거렸다./놀다 가—세— 놀다나—가세/저 달이 떴다지도록 놀다나— 가세

아리아리랑 서리서리랑 아라리가 났—네—/아리랑 응응응— 아라리가 났네(p.26.)

고사리 대사리 꺾짜 만부 대사리 꺾짜/유자 콩콩 재미나 보자 아장장장 벌이어/꺾짜꺾짜 고사리 대사리 꺾짜/수양산 고사리 꺾꺼다가 우리 아배 반찬하세(p.144.)

작가가 가진 무의식인 대타의 욕망 즉 고향회귀의식은 우리 문화재뿐만 아니라 우리 노래까지 소중히 여기는 아버지와 아들 그리고 할아버지에 의해 독자에게도 넌지시 건네지고 있다.

2. 가족회복

텍스트 서두에서 주로 다루어진 관심의 언어는 '아버지'였다면 가장 근원적 욕망의 대상으로 모든 일의 원인이 되기도 하는 타대상(objet petit *a*)이 '어머니'임을 작품의 마무리에서 발견된다.

나는 이제 더 이상 어머니를 그리워하는 꿈을 꾸다가 밤잠을 설치지 않

아도 되었다. 또 진도 아리랑의 노랫말을 어줍게 바꿔 부르지 않아도 되었다. 그동안 아무도 모르게 부르던 '진석이 아리랑'을 마지막으로 불러 보았다.

아리랑 고개다 집을 짓고/어머니 오시기만을 기다리네/아리아리랑 서리서리랑 아라리가 났네/아리랑 응응응 아라리가 났네//(p.185)

아버지의 전근으로 인해 함께 하지 못하기에 분열된 는 '그리움으로 절절한 진석의 마음'이었기에 앞에 제시된 '진도 아리랑'이 '진석이 아리랑'으로 패러디되어 작품의 끝을 맺는다. 이렇듯 말하지 못했던 진실이 타대상(objet petit *a*)인 '어머니'임을 작품 서두뿐 아니라 도처에서 확인된다.

차는 빠른 속도로 달리고 있었다. 차창 밖으로 보이는 경치들이 한결같이 쓸쓸하게 보였다.(p.27.)

어머니가 안계신 집이 얼마나 쓸쓸하고 불편한 것인지 지난 몇 달 동안 나는 뼈저리게 느꼈다. 아버지가 돌아가신 찬호보다 오히려 내가 더 초라하게 생각될 정도였으니까.(p.89.)

차창 밖으로 보이는 경치들이 한결같이 쓸쓸하게 보인 이유가 정든 친구들과 헤어지기 때문이라 보였지만 텍스트의 말미를 읽고나서야 그 쓸쓸함의 중심축에 '엄마'란 존재가 있음을 발견하게 된다. 또한 진도바다가 갈라지는 진도영등축제(珍島靈登祝祭)에 대한 할아버지의 이야기에 등장하는 '뽕할머니'의 모성적 담론 속에서 가족회복의식은 절정을 이룬다.

이야기의 시작은…… 조선 성종 때 손동지라는 사람이 제주도로 귀양을 가다가 표류하여 지금의 호동마을에 정착하여 200여 년을 살았는데 호랑이가 나타나 그 피해가 날이 갈수록 심해지자 사람들은 마을을 떠나기로 작정했단다. 너무 서둘러 떠난 오는 바람에 할머니 한 분만 호동마을에 남게 되었단다. 뽕할머니는 그믐날 모도에 가까운 바닷가에 나가 정성껏 기도를 올렸지. 그러자 갑자기 바다가 갈라지면서 호동리와 모도 사이에 바다밑 길이 놓였다는 거야...뽕할머니의 소망이 바닷길을 열었다고 생각했지. 또한 뽕할머니의 영혼이 하늘로 올랐다 하여 영등사리 또는 영등살이라 부르기 시작했다는구나…… (p.64.)

'어머니'의 기도는 하늘조차 감복케 하여 바닷길을 연다. 이후 자식이 없는 사람, 사랑을 이루지 못한 사람이 이곳에서 소원을 빌면 이루어진다는 이야기가 전해진다 이처럼 어머니란 존재는 생명의 원천으로 사람들에게 힘을 실어 주기에 '아버지'와 아울러 가족회복의 구심점이 된다.

3. 삼익우(三益友)의 우정

텍스트에 등장하는 캐릭터를 분석한 아래 표는 작품 이해에 도움이 된다.

	이름		성격
1	다혜	진석이가 그리워하는 여자친구로 단소를 잘 분다.	맑고 순수
2	찬호	4살 때 백조를 잡는 밀엽꾼 총에 아버지를 잃고 식당을 하는 어머니를 도와 신문배달을 하며 '슬기틀, 오똑똑' 이란 별명을 가졌다.	견문이 넓음

3	영욱	아버지가 군의원인 동백나무집 아들로 덩치가 크며 '영유'란 누나가 있다.	믿음직함
4	진석	부모님이 모두 교사로 아버지의 전근으로 진도에 전학하여 할아버지와 지내는 주인공	곧은 성격

진석은 서울에서의 친구인 '다혜'에 이어 진도에서 찬호와 영욱을 새로 사귀게 되어 진석이과 같이 '삼총사'라 불릴 정도로 친하게 지내게 된다. 이에 할아버지는 '사귀어서 도움이 되는 세 가지 이로운 벗'을 일컫는 '삼익우'란 별명을 붙여준다. 4살 때 백조 밀엽꾼 총에 아버지를 잃어 식당을 하는 어머니를 돕고자 자전거로 신문배달을 하는 찬호를 쫓아 두 친구는 일부러 헌 자전거를 구입하여 후 삼익우는 여러 곳을 '자전거 여행'을 하면서 삼별초의 난에서 오랑국의 왕으로 추대되었던 '온왕의 묘'를 털려고 했던 도굴범도 잡게 되어 내무부 장관의 표창장도 받게 된다. 아래에 작가가 가진 친구를 배려하는 성숙한 견해를 엿볼 수 있다.

> 영욱이와 내가 한사코 새 자전거를 사지 않으려고 고집을 피운 것은 찬호 때문이었다. 찬의자전거는 헌 자전거인데 우리만 새 자전거를 타고 다니면 찬호가 마음이 상할 지도 모른다는 생각에서였다. 〔…중략…〕 우리는 비슷한 자전거를 타는 것이 더 잘 어울리고 마음이 편할 것이라는 생각이 들었다./그것이 우리 식의 의리이고 우정이라는 생각도 해보았다.(pp.88~89.)

진석에게 놓여진 외형적인 문제는 새로운 세계에 대한 적응이었다. 아버지가 새로운 학교에 발령에 따라 서울에서 진도란 섬으로 전학을 하게 되지만 어머니와 누이는 기존의 주거지인 서울생활을 선택함으로 예기치 못했던 이산가족이 된 것이다. 또한 정들었던 친구와의 이별과 함께 전학온 곳에서의 적응이 가장 큰 문제였지만 세 친구가 함께 하는 자전거 여행에서 처해지는 여러 위기의 국면마다 세 친구의 우정에 힘입어 슬기롭게 문제를 해결함으로 무난히 고비를 극복한다. 진실은 언제나 '절반의 말하기'(half-said)일 뿐이다. 이처럼 박상재 동화가 가진 장점은 텍스트 속 몰입된 담론을 통하여 무의식에 대해 이야기한다는 것이며 또한 작가가 다양한 캐릭터를 통하여 독자에게 다양한 수용을 허락한다는 점이다. 작품 창작과 작품 분석에서 작동되는 것은 하나의 주체의 경계를 넘어가는 또 하나의 무의식이다. 따라서 분석가의 담론 역시 또 다른 예술가의 담론이 되어지기도 할 것이다.

단단한 서사구조와 교훈성

『춤추는 오리』(삼성당, 1999)

이정석(동시인, 아동문학평론가)

1.

박상재의 저학년 동화집 『춤추는 오리』(1999년)는 「반달이의 겨울여행」 등 단편동화 아홉 편 모두가 초등학교 저학년 어린이의 눈높이에 맞춰진 작품집이다. 이 동화집은 그의 박사학위 논문 「한국 창작동화에 나타난 환상성 연구」를 1998년에 끝마치고 집필한 작품집이어서인지 생활동화 두 편을 제외한 나머지는 우의적 환상(寓意的 幻想) 동화들이다. 그만큼 저학년을 위해 공을 들인 동화집이라고 할 수 있다. 그 중 동화 「반달이의 겨울여행」은 「소쩍새를 사랑한 떡갈나무」와 함께 가장 소설적 구조가 단단하고 완성도가 높은 작품이다. 여기서는 동화 「반달이의 겨울여행」의 분석을 통해 동화집 『춤추는 오리』 전체를 조망하고자 한다.

2.

동화「반달이의 겨울여행」은 아기곰 반달이가 산 속 바위굴에서 태어나 엄마 곰을 따라 일 년 동안 숲 속에서 함께 생활하면서 곰으로서의 생존방식을 터득한 후 홀로 독립하기 위해 겨울여행을 떠난다는 동화로서 아기곰의 사계절 생활을 통해 아동기에서 청년기까지의 성장과정을 압축적으로 보여주고 있는 작품이다.

이 동화에서는 평온한 반달이 가족의 일상을 보여줌으로써 평화로운 우리 가정의 일상과 동일함을 느끼게 하고, 계절의 변화에 따라 자연의 모습이 바뀌고, 먹거리도 달라짐을 보여주고 있다. 엄마는 반달이에게 봄 개울물에서 가재를 잡아 먹이고, 연한 찔레순을 먹이고 있다. 여름에는 벚나무 열매인 버찌를 엄마와 반달이가 함께 먹고, 가을에는 까만 머루를 먹은 뒤 낙엽 위에서 씨름을 한다. 또 겨울에는 반달이 스스로 물고기 사냥에 성공함으로써 확실한 자립의 모습을 보여주고 있다. 하지만 가족과의 행복하고 단란한 시간 뒤에는 벌에게 독침에 쏘여 고생하는 고통의 시간도 있으며 자립을 위한 엄마와의 생이별이라는 아픔도 견뎌야 하는 것이다.

동화집『춤추는 오리』전체에 관통하는 특성을 동화「반달이의 겨울여행」에서 찾아보면 다음과 같다.

첫째. 동화「반달이의 겨울여행」은 단단한 서사적 구조를 지니고 있으며 따뜻한 결말을 보여주고 있다는 특색을 지니고 있다. 저학년 어린이들에게 굳이 완벽한 서사적 구조가 필요가 없을지 모른다. 그러나 허구적인 이야기의 진실성을 획득하기 위해서는 아무리 어린이용 생활동화에서도 구성이 치밀하게 짜여 있어야 한다는 것이다. 동화「반달이의 겨울여행」의 줄거리를 보면 4단계 구성으로 이루어져 있음을 알 수 있다.

① 반달이가 태어난 산 속에 봄이 찾아옴
② 찔레꽃 순을 따먹고, 벚나무 꽃을 구경하다가 벌에 쏘임
③ 여름철 버찌를 엄마와 함께 배부르게 따 먹음
④ 깊어진 가을에 까만 머루를 먹으면서 엄마와 씨름을 함
⑤ 갑자기 엄마가 떠난 뒤 울면서 혼자 물고기를 잡아먹음
⑥ 함박눈이 내린 숲속으로 엄마를 찾아 나서지만 찾지 못하고 겨울잠을 자러 감
⑦ 다음 해 엄마 대신 결혼 대상자 짝꿍 곰을 찾아 떠남

발단(①)-전개(②, ③, ④)-절정(⑤)-결말(⑥, ⑦)로 짜여 있는데 계절의 변화와 반달이의 성장은 밀접한 관련이 있다. 특히 봄(①, ②)-여름(③)-가을(④)-겨울의 사계절(⑤)과 출생-청소년기-결혼기-장년기-죽음이라는 인생의 주기는 동일한 형태를 가진 것으로 해석할 수 있는데 이 동화에서는 아기곰 반달이가 자립을 위한 겨울여행을 떠남으로써 부정적 단절의 양상에서 긍정적 순환의 재생 양상으로 전환되고 있음을 알 수 있다. 저학년 어린이들에게 미래의 희망을 품도록 유도하고 있는 것이다.

이 구성 단계에서 유난히 눈이 띄는 부분이 있다. 그것은 가을(④) 단계에서 생존조건의 충족 정도를 가늠하기 위해 자연스럽게 반달이와 씨름해 보는 엄마 곰의 지혜로움이다.

"엄마, 낙엽이 담요처럼 푹신해요. 우리 낙엽 담요 위해서 씨름하고 놀아요."

"그래, 우리 반달이가 힘이 얼마나 세어졌는지 한 볼까?"

반달이는 낙엽 위에서 엄마와 씨름을 했습니다.

"반달이도 이제 제법이구나."

이튿날 아침, 반달이가 눈을 떴을 때 엄마의 모습은 보이지 않았습니다.

반달이와 엄마의 씨름은 생이별을 위한 체온 나누기, 즉 사랑하는 자식의 자립 가능성을 확인하는 행위로서 소설의 복선에 해당하며 엄마 곰의 지혜를 보여주는 부분이라고 할 수 있다. '반달이도 이제 제법이구나'라고 한 엄마의 말 속에는 어른으로 성숙했다는 기쁨과 반달이의 미래에 대한 믿음이 동시에 내포하고 있는 것이다. 그러나 먼저 생이별을 감행해야 하는 어머니로서 어찌 슬픔이나 눈물이 없겠는가마는 반달이의 자립을 위해 냉정하게 행동할 수밖에 없는 것이다.

동화 「반달이의 겨울여행」의 단단한 서사적 구조가 「소쩍새를 사랑한 떡갈나무」에서도 동일하게 나타난다. 겨울이 와도 숲 속을 떠나지 못하는 소쩍새를 떡갈나무와 까치가 함께 보호해 주는, 이웃과 더불어 사는 아름다운 삶을 보여주는 동화인데, 발단(① 깊어가는 가을 숲에서 꾀꼬리, 소쩍새 등 여름 철새들이 남쪽으로 날아감)－전개(② 숲 속을 떠나지 못한 늙은 소쩍새를 보고 떡갈나무가 자신의 몸에 생긴 빈 공간을 둥지로 내어줌, ③ 떡갈나무 둥지에 들어간 늙은 소쩍새는 겨울바람 속에서 따뜻하게 지냄)－절정(④ 눈 덮인 산 속에 먹을 것이 없는 소쩍새는 점차 기운을 잃어감)－결말(⑤ 떡갈나무가 걱정에 까치가 벌레를 구해 와 소쩍새에게 먹임)의 4단계 구성을 보여주고 있다. 절정에서의 기진맥진한 소쩍새와 떡갈나무의 절규 그리고 결말에서의 까치의 결정적인 도움은 긴장과 이완 속에서 동화의 재미를 듬뿍 느낄 수 있게 한다.

둘째, 「반달이의 겨울여행」은 교훈성이 강한 동화이다. 동화에서 교훈성을 강조하면 재미와 흥미를 잃어 동화의 가치를 떨어뜨리기도 하지만 「반달이의 겨울여행」뿐만 아니라 동화집 『춤추는 오리』 전체 작품에서 교훈적인 내용이 쌀밥에 뉘처럼 불쾌하면서도 생경하게 씹히지 않고, 시골 부엌에 배인 고향 향기처럼 은근히 녹아 스며 있다.

동화작가 박상재의 탁월함을 엿볼 수 있는 대목이다. 「반달이의 겨울여행」에서는 성장 과정에 필요한 의지력과 독립심 갖기 등 동화집 전반에 걸쳐 저학년 어린이들에게 중요한 삶의 덕목을 제시하고 있다. 특히 '자립정신', '독립심' 등 저학년 어린이에게 필요한 생활 태도로서 서너 편의 이야기 속에 반복적으로 묻어 있음을 알 수 있다.

「아기도깨비 또비」는 도깨비와 인간의 공통적인 삶의 터전인 숲을 개발이라는 이름으로 파괴하는 독선적인 인간에 대하여 끝까지 신뢰감을 보여주는 도깨비들의 모습을 보여주는 작품이고, 「인절미 다섯 개」는 자기 집에 틀어박힌 어미 개 쫑과 자주 함께 놀아주지 못한 주인공 석이 사이의 갈등이 어미 개가 새끼를 낳으므로 인해 오해가 풀리는, 인간과 동물과의 사랑을 그린 작품이다. 이 두 동화는 '신뢰'와 '사랑'이라는 인간들 사이에 필요한 도덕적이고 기본적인 삶의 태도나 가치관을 제시하고 있다. 또 「춤추는 오리」는 이웃과 사이좋게 지내기 또는 배려하기, 「소쩍새를 사랑한 떡갈나무」는 봉사와 희생의 아름다움 보여주기, 「숲 속의 사냥꾼」은 독립심, 「올빼미 금눈이」는 상부상조와 친구에 대해 충고하기, 「딱따구리 삼형제」는 가족애와 자립 정신, 「꽃밭지기 순돌이」는 이해하기와 대화 나누기 등의 교훈을 주고 있다.

셋째, 「반달이의 겨울여행」은 저학년 어린이 수준에 맞게 단문 지향적인 문체를 보여주고 있다. 문학평론가 최명표는 박상재 작품론을 통해 그의 동화에는 문장의 길이까지 언어발달 단계에 알맞게 배려하고 있다고 하였다.

> 그의 단문지향적인 문체는 「아기도깨비 또비」, 「인절미 다섯 개」, 「올빼미 금눈이」 등에서 두루 찾아볼 수 있다. 그는 독자의 대상성을 고려하여 문장의 길이까지 세심하게 배려하고 있는 것이다. 이것은 무척 당연한 지

적이지만, 동시대의 동화단에서는 진지하게 문제시되어야 할 요소이다. 대부분의 작품들에서는 동화의 장르적 속성이 드러나지만, 문장의 장단을 심각하게 고려하지 않기 때문이다.[1]

어린이의 언어 발달 수준을 무시한 글을 보여주는 일부 동화작가들의 무분별성을 비판하면서 단문지향적인 문체를 보여준 박상재의 치밀함을 높이 평가하고 있다. '벚나무골은 마치 꽃대궐 같았습니다.', '반달이는 엄마와 함께 버찌를 배부르게 따먹었습니다.' 등과 같이 「반달이의 겨울여행」을 포함해서 대부분의 동화 작품들이 저학년 어린이의 수준에 알맞은 단문으로 이루어져 있다.

넷째, 「반달이의 겨울여행」뿐만 아니라 동화집 대부분의 동화가 우의적 환상 동화[2]라는 점이다. 「반달이의 겨울여행」에는 등장인물이 아기곰 반달이와 엄마 곰뿐이다. 단순한 인물 배치임에도 불구하고 일정하게 작품 수준을 유지하고 있는 것은 작품 전체가 의인화되어 있는 판타지 동화에 힘입은 바가 크다고 할 것이다.

우수한 환상동화는 무한한 꿈의 실현과 상상력의 자유를 확대시켜 현실에 긍정적 변화를 준다. 또한 신비하고 경이로운 세계에 대한 간접 체험을 통해 감동과 삶의 활력소를 제공해 주기도 한다. 독자들이 경험하지 못한 경이의 세계는 그들을 감동시키게 한다. 이 경이는 현실에서 경험하는 것보다 상상의 세계, 공상의 세계에서 훨씬 더 즐겁게 느낄 수 있다.[3]

---

1 최명표, 「동화의 환상성을 드러내는 방식:박상재론」, 『한국현대아동문학 작가작품론 2』, 사계 이재철교수 고희기념논총, 청동거울, 2001. p.771.

2 박상재는 아래의 박사논문에서 한국동화에 나타난 환상의 유형을 전승적 환상, 몽환적 환상, 매직적 환상, 우의적 환상, 시적 환상, 심리적 환상을 분류하였으며, 그 중 우의적 환상은 동식물이나 무생물과 같은 비인격체에 인격을 부여하여 의인화하는 수법이라고 하면서 현실을 초탈하는 상상활동이 활발하게 되며 의인 대상에 대하여 상징적 감정 이입이 행해진다고 하였다(pp.22~23.)

3 박상재, 「한국 창작 동화에 나타난 환상성 연구」(단국대 박사학위 논문), 1998, p.14.

요즈음 발표되고 있는 많은 동화에는 판타지가 사라지고 말았다. 그저 단순히 어린이들의 생활 모습만 나열되어 있다. 그런 면에서 엄밀하게 '동화' 라는 명칭보다는 '소년소설'이라고 해야 마땅하다. 그냥 '생활동화'라고 분류하는 경우도 있으며, 이런 동화문단의 현실은 동화작가의 상상력 빈곤이 빚은 비극이 아닌가 한다. 그런 측면에서 「반달이의 겨울여행」을 포함한 동화집 『춤추는 오리』는 저학년 환상동화의 모범을 보여주고 있다고 할 수 있다. 동화의 즐거움은 어린이들의 일상생활을 기록한 생활 동화보다는 위의 인용 글에서 '독자들이 경험하지 못한 경이의 세계는 그들을 감동시키게 한다.'는 환상 동화에서 더 크게 느낄 수 있을 것이다.

다섯째, 동화 「반달이의 겨울여행」에는 서정적인 표현이 많다. 서정성이 강한 동화에서는 홍미진진한 사건의 흐름 속에서 어린 독자들의 아름다운 정서를 함께 함양시킬 수 있다. 또한 작가의 뛰어난 언어 조형 능력은 부수적으로 동화의 가치를 더욱 높여 주게 된다.

· 찔레꽃 향기가 실바람을 타고 실려 왔습니다.
· 꽃구름처럼 뭉게뭉게 피어 오른 벚꽃을 구경하기 위해서입니다.
· 가을이 깊어지자 나무들은 색동옷을 벗어놓고 흰옷으로 갈아입을 준비를 했습니다.
· 반달이의 외침은 산울림이 되어 눈가루처럼 온 산에 흩어졌습니다.(이상 「반달이의 겨울여행」 중에서)
· 여름새들도 차례로 산을 떠났습니다. 숲속의 나무들은 섭섭한 마음을 단풍잎에 내걸었습니다.
· 소쩍새들의 구슬픈 울음소리에 나무들은 눈물처럼 낙엽을 떨구어야 했습니다.
· 까치의 말을 들은 떡갈나무는 너무나 기뻐서 몸서리까지 쳤습니다.

그 바람에 눈꽃들이 은꽃가루가 되어 눈부시게 떨어져 내렸습니다.(이상 「소쩍새를 사랑한 떡갈나무」 중에서)

「반달이의 겨울여행」과 「소쩍새를 사랑한 떡갈나무」에서 인용한 몇 줄인데 순수한 우리말 문장과 함께 동화 속의 시적인 표현이 이렇게 아름다울 수도 있구나 하고 고개를 절로 끄덕거릴 수밖에 없다.

3.

동화작가 박상재는 넉넉한 사람이다. 마음도 넉넉하고 웃음도 넉넉하고 말투도 넉넉하다. 너그럽고 여유로운 성격이 상대방을 모질게 만들지 못하게 한다. 하지만 그동안 그가 발표한 작품 목록을 훑어보는 순간 결코 한가하고 여유롭고 느릿하지 않는, 외유내강의 독한 사람이라는 생각이 더 많이 드는 것은 어쩐 일인가.

박상재의 저학년 동화집 『춤추는 오리』는 완성도가 높은 「반달이의 겨울여행」, 「소쩍새를 사랑한 떡갈나무」를 포함하여 저학년에 알맞은 우의적 환상 동화가 실려 있다. 이 동화집에서 그가 보여준 동화의 서사적 구성 능력이나 언어 조탁 능력은 현대의 뛰어난 동화작가임을 알려주는 작은 일부 신호일 뿐이다.

끝으로 오늘의 동화작가 박상재, 30년을 축하한다. 하지만 그가 지금까지 쌓아 올린 문학 30년보다는 앞으로 새롭게 개척해야 할 문학 30년을 더 기대해 본다.

아이들이 표현하는 떠남과 남음의 모순 그리고 삶의 역설

『통일을 기다리는 느티나무』(오늘, 2000)

황혜순(아동문학평론가)

1.

우리는 삶을 살아가면서 수많은 일들을 겪는다. 그 중에서 상당부분은 자신의 의지대로 되지 않는 것이 있다. '인간은 사회적 동물'이라는 진부한 명제를 들먹이지 않더라도 타인과의 '만남' 그리고 그 후에 찾아오는 '이별'이 그것이다. '떠난 자'와 '남겨진 자', 이 둘의 감정은 복잡하게 서로를 응시하며 하나 될 수 없는 평행선을 유지하고 있다. 특히 '남은 자'는 떠난 사람이 놓고 간 추억이나 때론 해결해야 할 일거리들과 일방적으로 '남겨진 자'로서의 감정의 무게까지 떠안아야 하기 때문에 고통은 배가 될 수밖에 없다. 삶에서 이러한 관계는 기본적으로는 헤아릴 수 없는 고통을 안겨주지만 결론적으로는 깨달음과 성숙을 이끌 수 있는 통과의례가 되기도 한다. 또한 문학으로 표현될 때는 작품의 예술적 경지를 높이는 사건이나 역설로써 문학의 정수를 보여주는 장치가 되기도 한다.

이별과 그에 관련된 사건들 그리고 이에 대처하는 인물들을 통해서 사람이 인간으로 살면서 느끼는 복잡한 감정을 잘 드러낼 수 있는 소재인 것이다. 인간의 문화와 감정이 녹아 있는 문학적 장치로써 이별에 관한 소재는 현대문학에만 해당하지 않고 우리의 고전문학에서도 많은 작품들에서 확인할 수 있고, 이차적으로 그 모티프를 차용한 작품들에서도 확인할 수 있다. 그 중에 가장 많이 알려졌다고 생각되고 어린이들에게도 재미있는 동화로 읽히는 '선녀와 나무꾼'을 살펴보자. 이 이야기 속에는 원하지 않는 이별을 한 선녀와 나무꾼이 있다. 물론 선녀의 입장에서나 옛이야기라는 기본적 속성에서 오는 여러 가지 해석에서 약간의 무리가 있을 수도 있지만 기본적으로는 원하지 않는 '반강제적'인 '이별의 슬픔'이 담겨 있다. 선녀가 하늘로 올라갔다고 끝나는 '선녀승천담'류와 나무꾼이 선녀가 보고 싶어서 하늘로 따라 올라갔다고 끝나는 '나무꾼승천담'류, 그리고 나무꾼이 하늘로 올라가 장인인 하늘 황제에게 시험을 겨우 통과해서 인정받고 행복하게 산다는 '나무꾼시련극복담'에서는 행복한 결말이라고 알고만 있는 구석에는 지상에 남겨진 나무꾼 어머니의 이별이 숨겨져 있다. 나무꾼 캐릭터를 대부분 성실하고 착한 효자라고 알고 있는데, 그렇다면 그만큼 충격은 더 클 것이다. 또한 가장 많이 현재 가장 많이 알려진 '나무꾼회귀담(수탉유래설)'으로 본다면 선녀와 나무꾼은 처음부터 이루어질 수 없는 관계였던 것이다.

그러나 처음이야 어떻게 만났든지 간에 아이들을 낳고 살면서 쌓인 정만큼 헤어짐의 아픔이 컸을 것이며, 하늘과 땅의 거리와 이루어질 수 없는 무게감만큼 그리움은 더 커질 것이다. 견우와 직녀 또한 일년에 한 번씩은 만난다고는 하지만 그토록 좋아함에도 불구하고 헤어질 수밖에 없는 것은 근본적으로 신분이나 하늘, 땅과 같은 어쩔 수 없는 조건과 현실들의 영향력이 본인들의 잘못이나 아쉬움을 뛰어넘고 있기 때문이다.

문학작품에는 아직도 서로 그리워하며 이별의 정한을 노래하는 소재들이 많다. 눈으로는 볼 수 있지만 직접 만나고 만질 수 없어 대동강 강변에서 한탄하는 인물들, 또는 형체는 있지만 잡을 수 없는 안개나 신기루를 쫓는 것처럼 이상향을 품고 살아가며 때론 발버둥치는 인물들이 아직도 살아 있다. 그들은 우리들의 고통과 외로움 아픔을 대신 이야기해주고 있으며 그것은 문학작품의 역할이자 존재 가치이며 나아가 작가의 역량이자 의무라고 말할 수 있을 것이다.

「학처럼 날아간 아이」는 황순원의 「소나기」를 떠올리게 한다. 병 요양차 시골 외할머니댁으로 전학 온 예쁜 '한유나'와 그녀와 친하게 지내게 되면서 좋아하는 마음을 키워가는 시골소년 '박상구'가 등장한다. 5학년인 상구는 4학년 2반 교실에 자주 기웃거리며 학교생활에 활력이 생긴다. 유나에게는 학교와 동네를 통틀어 가장 친한 사이가 되지만 운동회 날 이후 어느 날 갑자기 유나는 미국으로 떠나게 된다. 병 치료 때문이라고는 하기에 어쩔 수는 없지만 연락도 할 수 없는 머나먼 미국이라는 곳은 그리움과 고통의 크기를 잘 드러내 준다. 상구는 유나집으로 달려가지만 얼굴은 못 보고 대신 "얘야, 포도 좀 가져가거라. 우리 유나가 입이 닳도록 말했었는데……."라고 안타까워하는 유나 할머니의 음성만 가슴 아프게 들린다. 이렇듯 인생은 혼자 계획한 대로 이룰 수 없는 것이 많다. 특히 초등학생처럼 아직 성인이 아닌 경우는 부모님의 뜻에 따라 변하며 주어진 환경에서도 스스로 변화를 일으키기란 쉽지 않기에 그 안타까움은 더하며 받는 상처는 더 직접적이며 거칠게 마련이다.

한편, 전자와는 반대로 아이라 할지라도 계획한 대로 이루어지거나 때론 그보다 더 잘 되기도 한다. 또한 '나'도 내 인생의 주인이 될 수도 있고 주변인이 될 수도 있다. 「갈림길」에서는 '윤지'를 좋아하는 '영호'가 5학년 5반 반장 선거를 치루면서 도와주면서 서로가 호감을 푸는 이야기가 나온다. 공부는 그렇게 잘하지 못하지만 성격 좋고 남자다운 영호는 윤지의 무관심한 척하며 톡 쏘는 작전 덕에 학업성적이 오르게 된다. 결국은 윤지가 부산으로 이사를 가게 되어 헤어지는 결말이지만 영호를 위한 윤지의 계획된 행동이나 윤지를 반장으로 만들기 위해 노력하고, 공부도 열심히 하게 된 영호의 모습에서 몸과 마음이 건강한 아이들의 모습을 보게 된다.

이렇듯 삶은 내 몸과 그림자처럼 둘이지만 하나의 모습으로 각자의 삶에 한 자리를 차지하고 있다. 빛과 어둠은 다르지만 서로를 빛내주는 것처럼, 삶은 동시에 죽음과 다른 것 같지만 하나인 것처럼, 슬프고 고되게도 이와 비슷한 감정의 일들은 인생 전반에 걸쳐서 반복적으로 일어난다. 인생은 홀로 살아가는 것이 아니라 타인과 함께 상호작용 하는 것이기에 '인간'이며 바로 이 지점에서 내 의지와 노력을 벗어나는 상황들이 생겨나는 것이다. 기쁘지만 한 구석에서는 외롭고 무거울 수 있는 삶의 역설, 인생의 모순이 담긴 어쩔 수 없는 '이별'과 '떠남, 남겨짐', 때로는 '사고'나 '죽음' 등의 고통을 아이들의 이야기를 통해서 단편동화로 가볍게 다루는 아이러니를 보여주고 있다. 또한 아이들일 때 겪었으니 앞으로는 더 잘 될 수 있다는 희망을 가질 수 있게 해준다. 작품집 전반에서는 아이들이 시련에 좌절할 거라는 예상을 주는 작품이 없다. 대신 독자는 주인공들이 잘 이겨내리라는 확신이나 바람을 가지게 되며 그것은 '통일'이라는 상징으로 표현되고 이해되기에 이른다.

2.

이 작품집 속에는 박상재의 단편동화들이 15편 들어 있다. 그들은 「천사의 방」, 「장미학교 교장 선생님」, 「어느 원숭이의 죽음」, 「일송

정 푸른 솔」, 「아빠의 고향」, 「학처럼 날아간 아이」, 「혜미의 눈물」, 「한여름 밤에 생긴 일」, 「어머니와 아들」, 「갈림길」, 「우리들의 구세주」, 「꿈꾸는 아이」, 「아름다운 벌레」, 「할아버지의 과수원」, 그리고 「통일을 기다리는 나무」이다. 모든 작품들에서 느낄 수 있는 의식은 '인간에 대한 사랑과 정의, 평화, 행복' 같은 따뜻하고 밝은 기운의 낱말들이다. 이 글에서 작품 하나하나마다 자세한 분석은 어렵지만 전반적으로 분위기를 말하면, 인간에 대한 사랑과 살기 좋은 세상을 꿈꾸는 어린아이의 마음을 느낄 수 있다. 그렇기에 전체적인 주인공은 초등학생과 교사, 마을어른들이며 주된 공간은 학교, 일어나는 사건 또한 학교생활과 관련된 것이 많다.

제일 먼저 나오는 이야기는 「천사의 방」이다. 주인공 민지와 가족들이 여동생의 사고를 통해 더욱 돈독해지는 이야기다. 3대 독자인 아버지가 욕심을 부려 낳은 여동생. 남자였더라면 하고 바라는 마음을 숨기지 않았기에 여동생은 남자처럼 씩씩했다. 민지와 같이 놀던 여동생이 늑목에서 떨어지는 사고를 당해서 응급실에 갔다. 민지와 아버지는 여동생이 높은 곳에서 뛰어내린 것은 서로 자기 탓이라며 속상해 한다. 다음날 학교, 동생 1-5반 교실에 간 민지가 그림그리기 시간에 '기억에 남는 일'을 그리는 동생들을 보며 어제 동생의 사고를 알린다. 두 달이 다 될 무렵 윤지는 퇴원을 하여 집에 온다. 아버지는 술과 담배도 끊으며 돌볼 결의를 다진다. 가족들은 민지의 뜻에 따라 윤지가 쓰는 방을 '천사의 방'이라고 부르며, 매일 잠들기 전에 모여서 윤지의 손을 잡고 기도하는 버릇이 생기게 된다. 이 작품에서도 다행인 건 가족들 서로가 사고 후에 정이 더 돈독해진다는 것이다. 그러나 실제로는 서로 원망하거나 경제적, 정신적인 고통이 커져서 가족구성원 간에 골이 깊어지는 경우가 많다. 이렇게 볼 때 일정 부분 '이상향을 추구'하는 모범 답이라고 볼 수도 있는 것이다.

「장미학교 교장 선생님」에서는 초등학교 교장인 주인공이 환갑을 맞아 서울 생활을 접고 시골로 내려가서 근무하는 모습이 나온다. "남들은 도시로 못 들어가서 안달인데……. 참으로 이상하군……." 이라며 말리는 친구의 말을 뿌리치고 전체 교실이 6칸인 시골 학교로 취임한다. 학교에 온 지 얼마 되지도 않아서 전교생의 이름을 다 외우고, 장미로 울타리를 만드는 일을 직접하며, '수박서리 사건'이 있었을 때는 몸소 머리 숙여 대신 사과하고, 그 다음 해에는 실습지에 수박을 심어서 방학식 날 전교생과 함께 수박 파티도 하는 교장이다. 이런 인물은 실제에서는 아이들이 정말로 꿈에서 만나고 싶어할 법한 교육자의 모습이다. 어쩌면 작가가 자신의 노후 모습을 투사했는지도 모르겠다. 기본적으로 작가는 학교와 그 구성원 간의 사건들을 통해 작가가 꿈꾸는 이상향을 제시하고 있다고 보인다. 그것은 어린이들을 미래의 주인으로 보면 그들을 키워내는 학교라는 공간이 주는 미래에 대한 '희망'의 속성이 커지는 부분이며 동시에 그렇게 될 수 있다는 '바람'이 섞인 것이리라. 이 둘은 사회적으로도 '통일을 바라는' 마음으로 확장시킬 수 있게 된다.

학교는 사회화를 위한 연습의 공간이자 동시에 집단과 구성원으로써 인간 삶이 녹아난 '축소된 작은 사회'로 말할 수도 있을 것이다. 그렇게 볼 때 「혜미의 눈물」, 「한여름 밤에 생긴 일」, 「어머니와 아들」 같은 작품에서 사건의 중요한 모티프로 나오는 '말', '소문', '거짓말' 같은 단어들은 씁쓸함을 준다. 그러나 그것이 전부는 아니다.

전학을 가야하는 혜미는 그 사실을 숨기고 좋은 추억을 만들기 위해 산수경시대회를 열심히 준비해서 성적이 오른다. 그런 사실은 모른 채 아이들은 혜미가 부정행위를 했다고 믿고 그 불씨는 거대한 모함의 소문이 되어 혜미에게 돌아온다. 그럼에도 불구하고 마지막 장면에서는 자신에게 고통을 준 친구들에게 "여러분 그동안 고마웠어요……"라며 친구들마다 하고 싶은 말을 일기장에 써서 각자에게 나누어주고 떠난다. 혜미는 갑자기 떠나는 충격에다가 남은 자들에게 미안함을 배가시키고 있다. 그만큼 성숙한 그녀는 독자들과 남은 자들에게도 성숙과 바람직함을 전하는 모델이 된 것이다. 「한여름 밤에 생긴 일」에서는 학교에 밤마다 괴물, 귀신이 나온다는 소문에 들썩이는 아이들이 나온다. 한편으론 그 아이들에게 반응하는 교사와 교감선생님의 모범적인 모습을 볼 수 있다. 「어머니와 아들」 같은 경우는 학원에 안 가고도 다녀왔다고 거짓말을 하는 아들과 어머니의 관계가 큰 대립구도이다. 귀한 아들을 넘치는 사랑으로 인해 학교생활에서 버릇없고 나약하게 만든 것은 아닌가 고민하는 어머니의 모습이 있다. 이 문제는 지금까지도 풀기 어려운 문제이며 어찌 보면 학교나 가정에서 처한 영원한 모순의 관계가 아닌가 한다.

말은 삶에서 꼭 필요한 것이지만 항상 아픔과 문제를 일으킨다는 것은 사실이다. 마치 어떻게 사용하느냐에 따라 위상이 달라지는 칼처럼 양날을 날카롭게 가진 '말'의 모순성은 인생에서 알면서도 안고 가야 하는 어쩔 수 없는 삶의 무게를 보여준다. 게다가 주인공들이 모험이나 어려움에 대처하는 자세를 보면 현실에서 보편적이라고는 믿기 힘들 정도로 진중하고 모범적인 것이 안타까움을 더 크게 만들어 준다.

작가가 현실을 작품으로 재현하면서 드러내는 주제 의식과 사건에 대응하는 작품 속 인물들의 유형을 볼 때 박상재는 이상향을 추구하는 미래적 세계관과 희망을 꿈꾸는 긍정적인 인물들을 사랑함을 알 수 있다. 이는 평소 그의 교직생활에서 나오는 교육관과도 무관하지 않을 것이다. 이 점은 동시에 작품에서 학교와 교실에서 일어나는 학생들의 이야기가 많이 나오는 결과로도 이어진다고 하겠다. 그러나 소재나 주제 면에서 식상한 교훈적인 이야기라고만 하기에는 주인공들의 캐릭터가 개성이 넘치며, 사건 또한 재미있게 표현되고 있어 전체적으로 재미를 더하고 있다. 「우리들의 구세주」, 「꿈꾸는 아이」, 「아름다운 벌레」 등의 작품에서는 기본적으로 교사와 학생들 간의 신뢰와 사랑이 바탕이 되고 있다. 장난기가 많아서 별명도 많고, 가정 형편도 어렵고 학교생활에서 중심에 있지 못하는 상처 입은 아이를 세심한 배려로 이끄는 담임선생님의 모습, 스스로 깨우치고 노력한 만큼 성적이 올라 '공부벌레'로까지 변하는 학생, 조금은 모자란 것 같은 학생들 개개인의 장점을 끌어내어 모두의 부러움을 사게 만드는 지도력과 동기부여능력 등은 교사로서 작가와, 독자로서 어린 학생들과, 학부모로서 어른들 모두에게 희망을 주기에 충분하다. 그러나 일반적인 건조한 교훈이 아니라 캐릭터의 개성이 별명 등으로 살아 있고, 유머스러운 대화는 작품에서 웃음을 이끄는 주요 동력으로써 작용하기에 작품의 인물들은 현실에서 친구 같거나 현실에서 더 생각나는 존재가 될 수 있을 것 같다.

3.

이밖에 학교가 배경이 아닌 작품들 「일송정 푸른 솔」, 「어느 원숭이의 죽음」, 「할아버지의 과수원」, 「통일을 기다리는 느티나무」 등에서도 다양한 종류의 인간들의 단면과 삶의 평행선에서도 희망과 사회의 역설이 동시에 그려지는 것은 책 전체에서 볼 수 있는 작가의 세계관이 일치함을 알 수 있다.

「어느 원숭이의 죽음」을 살펴보면 친환경 농법의 하나로써 원숭이를 데려와 과수원에서 과일을 따게 해서 원숭이는 동물원 밖이라서 자유롭고 아이들에겐 볼거리도 되고, 유기농법으로 과일을 재배하는 시도를 하려는 주인공이 있다. 그리고 이런 의도와는 달리 계약을 이용해 원숭이를 혹독하게 부리다가 떨어져 죽게 만든 조련사가 있다. 원숭이들은 동료의 죽음을 보고 나무 위에서 두려움 때문에 일을 제대로 하지 못하다가 결국 동물원으로 되돌아가는 결말에서는 인간으로써 씁쓸함과 어른으로써 미안함과 부끄러움이 생기기 때문이다.

「할아버지의 과수원」과 「통일을 기다리는 느티나무」는 학교라는 공간을 벗어난 공간에서 사람들끼리 서로 도우며 행복하게 사는 모범적인 모습을 보이는 이웃들이 등장한다. 주인공 할아버지는 초등학생 손자 정호와 함께 조상의 묘역과 과수원을 고집스럽게 지키며 호수 안에서 산다. 할아버지는 마을이 물에 잠기기 3년 전에 집을 나간 아들을 기다리며 조상의 선영도 지키기 위해서다. 그리고 그 옆에는 친가족보다 서로를 더 잘 챙기는 몇 안 되는 남은 이웃들이 있다. 그들이 사는 곳은 댐이 들어서면서 논밭이 물에 잠기고 환경이 변했다. 그렇기에 대부분의 사람들이 고향을 떠났고, 이 사실은 도시집중화와 '개발'이 중심인 현대의 실상을 상징적으로 나타낸다. 반면 주인공들은 남은 이들로써 옛 모습을 상상하면서 추억에 잠기고 그래도 살기 좋아질 것이라는 희망을 동시에 품으려 하루하루를 힘겹게(?) 살고 있다. 특히 할아버지가 돌아가실 때 정호가 속으로 외치는 정호의 말은 작가가 끝까지 이상향을 포기하지 않고 희망을 얘기하는 것을 볼 수 있다.

> '할아버지, 과수원은 제가 훌륭하게 가꿀게요. 아무 걱정 말고 편히 잠드셔요. 과수원에 과일이 주렁주렁 열리는 날까지는 아버지도 꼭 돌아오실 거에요. 아버지가 돌아오시면 제일 먼저 할아버지를 찾아 뵐게요.' 정호는 입술을 지그시 깨물었다. 그러고는 고개를 들어 멀리 정순이네 집 부근의 호숫가를 내려다 보았다. …… 정호는 남자인 듯한 그 사람이 어쩌면 아버지 일지도 모른다는 생각이 들었다. (194~195면)

따라서 독자들은 준호가 아버지를 만나거나 적어도 과수원을 쉽게 떠나지는 않겠다는 안도를 할 수 있는 것이다. 주인공들이 고향을 생각하는 마음이 남다름은 「장미학교 교장선생님」, 「아빠의 고향」 같은 작품에서도 볼 수 있는데 이 두 작품에서는 결국 돌아왔고, 언젠간 돌아가서 살 것이고 어린 주인공도 아빠에 이어 고향을 애틋하게 품을 것이라는 생각을 가지게 하는 점은 비슷하지만 모두 떠난 자의 입장이라는 점이 다르다. 바로 이 지점에서 떠난 자와 남아 있는 자, 타지와 고향, 도시와 농촌의 대칭적 사고를 할 수 있는데, 그동안 대부분의 해석에서 간과했던 남은자의 무게감과 고독을 진지하게 느낄 수 있다.

고대로부터도 주인공이자 영웅들은 대부분 가족이나 마을을 떠났다. 그리고 떠돌면서 온갖 고난을 겪고, 싸우면서 다시 고향으로 돌아온다. 그 과정에서 조력자도 만나고 다양한 경험을 하면서 연인도 만나거나 보물을 찾기도 한다. 그 과정은 자기와의 싸움이며 동시에 부조리로 가득찬 당시 사회에서 성장하고 성숙하는 과정이며 동시에 성공한 모습은 그 사회를 구할 영웅으로 대접받는다. 그렇기에 우리는 대대로 영웅을 중심으로 생각해 왔다. 그러나 한 가지 잊지 말아야 할 것이 있다. 출발지에는 항상 영웅이 되기 전에 관계 맺었던 인물들이 있으며 그들의 기다림과 그리움 그리고 게다가 떠난 자가 남겨놓은 책임과, 사회로부터 더 주어진 원망의 시선과 의무까지를 떠안은 그들의 어깨는 작품을 전개하는 데 있어서 주인공이 고통을 버티는 다른 한 축이라는 사실이다. 남은 자는 결국 주인공이 돌아오게 만드는 중심 끈이 되며, 처음의 고통을 보상해 주어 카타르시스와 안정감을 주는 중요한 역할이다. 다시 말하면 주인공의 그림자라고도 볼 수 있다.

따라서 이번 작품집에 실린 작품들의 특징을 큰 틀로 정리하면 다음과 같다.

첫째, 소재면에서 전체적으로 학교와 학생, 교사의 설정이 두드러지게 나타난다. 이는 작가가 현직 초등교사로 근무하는 현실을 볼 때 제일 먼저 고개를 끄덕이게 된다. 학교는 주요 사건이 일어나는 공간이며, 주요 인물들은 초등학생과 교사, 학부모들이다.

둘째, 작품의 주제들은 사회적 이상향과 미래 희망을 추구한다. 즉, 학생들은 장난도 잘치고 학교생활을 즐겁게 하며, 공부도 열심히 한다. 교사들은 학생들에게 헌신적이고 사랑을 베풀어 학생들의 사랑을 받으며 관계가 좋다. 마을 어른들은 서로 사이좋게 살면서 이웃과도 가족처럼 지낸다. 이처럼 등장하는 인물들은 순수함과 따뜻한 인간애와 정의로움이 있다. 또한 기본적으로 도시보다는 농촌을 좋아하며 고향을 중요하게 생각하거나 동경하는 품성을 보이는데, 「일송정 푸른 솔」 같은 작품에서는 고집스럽게도 보이기도 한다.

셋째, 삶에서 개인과 사회의 본 모습과 그림자, 고통과 희망을 동시에 볼 수 있는 역설적인 작품들이다. 작품에서 나타난 이상향이 현실과 멀어 보일수록 그 괴리감은 더 커지게 마련이다. 작품들을 읽으면서 '어떻게 이럴 수 있지? 난 못 하겠던데…….'라고 한번이라도 생각했었다면 씁쓸한 감정을 발견했을 것이다.

넷째, 약한 것으로 강함을 얘기한다. 즉 아이들을 통해서 통일까지 얘기하고 있다는 점이다. 흔히들 '아동은 우리들의 미래'라고 말한다. 동화집 속에 나오는 학생들은 다행스럽게도 학교생활을 즐겁게 하고 있으며, 공부도 열심히 하고 친구들과도 정을 돈독히 쌓고 있다. 장난기 또한 많고 개성도 뚜렷해서 여러 별명을 가지고 있고 서로 붙여주기도 한다. 아이들이 모두 이렇게만 자라준다면 무슨 걱정이 있을까? 사회적인 걱정 또한 찾기 힘들다. 하지만 전학 같은 '이별'이나 '원숭이' 이야기, '저수지 마을', '통일을 기다리는 느티나무' 이야기에서는 학교 너머 사회의 모습도 알아야 했다. 이 점들은 앞으로 그들이 사회구성원으로써 알아갈 '모순' 내지 '역설'이라고도 말 할 수 있다. 지금 이 순간에도 아이들과 독자는 조금씩 깨닫고 있을지도 모른다. 이 사회(세상)는 생각하는 만큼 재미있고 단순하지만은 않고 복잡하며 다양한 사람들이 함께 살아가기 때문에 내 뜻대로만 되기도 어렵다는 것을. 그럼에도 불구하고 웃을 수 있는 건 이와 같은 깨달음이 있기에 '희망'과 '기대'가 동시에 생긴다는 역설과 모순이 있기 때문이다.

4.

박상재는 중견작가이다. 게다가 문학박사로서 아동문학을 이론적으로 공부하고 학교 현장에서는 아이들을 지도하는 담임이기도하다. 그래서일까? 21세기의 시작인 1993년에 초판된 이후 2000년에 재출간된 『통일을 기다리는 느티나무』 작품집은 제목부터 예사롭지 않게 느껴진다. 연결된 작품들이 아닌 각각의 단편들을 모아서 하나의 작품집으로 엮어낼 때 할 수 있는 실수는 단편 전체를 하나로 엮을 수 있는 연결 끈을 찾기 쉽지 않다는 것이다. 하지만 본 작품집에서는 작품집의 전체 '통일'과 '느티나무'라는 기표를 가져와 상징적 사고의 확장을 가져오는 제목으로 잘 표현했다.

누가 뭐래도 우리 민족의 염원은 통일이다. 국가적 통일이든 정신적 통일이든, 휴전 이래에 시간이 흘러갈수록 금방 이루어질 것 같던 통일은 멀어져만 가고, 희미해지면 희미해질수록 그 당위성은 커져만 간다. 그러나 일반적으로 통일에 대해 일상에서의 국민들의 느낌은 시간이 갈수록 희미해지는 것이 입에선 외치는 '우리의 소원은 통일'이라는 구호가 이젠 메아리조차 들리지 않는 공허한 외침이 된 현실을 떠올리게 하는 것 같아서 왠지 씁쓸한 느낌이다. 물론 사람들에게 하고 싶은 말도 한 곳에 서 있으면서 대한민국의 아픈 현대사를 온몸으로 겪은 '느티나무'의 설정은 다분히 진부하거나 교훈적일 수 있다. 하지만 그런 설정이기에 현실의 아이들 입장에서는 스스로가 선택할 수는 없고 타인(어른)에 의한 어쩔 수 없는 상황에서의 일방적인 헤어짐처럼 답답하다. 의도했는지는 모르지만 이 작품집의 전체 제목인 '통일을 기다리는 느티나무'의 '통일'이란 '이상향, 낙원'으로 바꿀 수 있으며 '느티나무'는 '초등학교 학생들'을 떠오르게 한다. 즉, 어린이들이 나무처럼 제자리에서 흔들림 없이 무럭무럭 자라면서 마음으로는 살기 좋고 행복한 세상이 오기를 바라는 아이와 어른들 모두의 마음을 '통일'이라는 단어로 표현한 것이라고 느껴진다. 통일은 우리가 하고 싶은 것이기에 바라고 기다리지만 현실적으로는 당장 이루어지기는 어려운 거리가 있기 때문이다. 어쩌면 남북이 지금까지 그리고 앞으로도 만나지 못하고 평행선을 그릴 수도 있다. 과연 우리는 언제 마음에서 자아의 통일과 현실에서의 바람과 실재 사이의 간극을 줄여 통일을 이룰 수 있을까?

작가는 이 작품을 대표작으로 내세우며 전체 제목으로 붙인 이유가 뭘까? 의도가 있었다면 그것이 필자의 느낌과 일치하는가? 아무래도 좋다. 어찌하든 이 작품집은 단편동화들을 묶어낼 때 범할 수 있는 잘못을 피했으니 말이다. 이 15편의 작품들은 몸과 마음, 그리고 세상이 좋아질 때까지 가지고 있어야 할 '바람(희망)'과 삶에서 '어떤 기다림'의 평행선을 어린 초등학생들의 이야기로 풀어낸 시도라고 볼 수 있다. 어쩌면 이 어린이들이 어른이 됐을 때, 세상에서 바람과 기다림은 서로 만나서 '통일-이상향의 실현'이 이루어질지도 모르겠다는 희망으로 설렘을 품어본다.

판타지 동화 장르에 대한 연구와 창작의 상호작용

『그림 속으로 들어간 아이』(예림당, 2000)

김현숙(동화작가, 아동문학평론가)

1.

제목으로 장르가 짐작되는 작품들이 있다. 박상재가 2000년에 출간한 『그림 속으로 들어간 아이』(예림당)도 그러한데, 일상현실을 벗어난 판타지 동화이다. 『그림 속으로 들어간 아이』의 장르를 먼저 지적한 것은, 작가 박상재가 이 작품 출간 직전인 1999년에 판타지 동화 장르에 대한 그의 오랜 연구를 일단락지어 박사학위를 받았다는 사실과 연관시키고자 하기 때문이다. 이 작품은 발표 시기로 보아 박상재가 판타지 동화 연구에 몰두한 채 긴 시간을 보낸 직후에 쓴 것으로 판단된다. 그의 연구 논문과 이 작품을 관계 맺으면 일정한 의미의 장이 형성된다. 즉 한국 판타지 동화에 대한 박상재의 치열한 탐구를 바탕에 깔았을 때, 이 작품은 그의 판타지 동화에 대한 이론적 탐색이 창작으로의 재확장 내지는 수렴된 현장으로 다가온다. 이 지점이 연구자의 관심을 자극한다.

『그림 속으로 들어간 아이』를 유심한 읽기의 대상으로 삼은 것은, 판타지 박사의 창작물을 평가하겠다는 의도와는 전혀 관계가 없다. 창작은 연구 결과를 증명하는 논증물이 아니기 때문이다. 그가 판타지 동화 연구로 학위를 받았다는 사실로 그의 판타지 동화를 평가한다면 그것은 그릇된 인과관계의 성립이다. 그렇다고 한 사람이 한 가지 관심 분야를 놓고 연구와 창작을 진행했다는 것은 가볍게 흘려보낼 현장이 아닐 것이다.

『그림 속으로 들어간 아이』은 판타지물로서 종래 작품을 뛰어넘는 새로운 기법과 영역의 구축을 도모한 흔적은 그다지 강하지 않다. 이 작품의 특징이라면 한 작품 속에 조성한 두 개의 시공간의 제시 원인과 두 시공간의 관계가 다소 모호해 보이는데 작가가 이를 오히려 심상히 넘기고 있다는 점에서 찾아진다. 이것은 『그림 속으로 들어간 아이』가 연구의 장력이 막강한 무렵의 창작물로서 작가가 판타지에 대한 연구에서 획득한 판타지 기법과 원리를 창작품으로 수렴하고자 했음을 강하게 드러내는 지점이다. 이 글에서는 이를 주목하여, 이 작품이 두 개의 시공간을 제시하는 바탕이 어떤 것인가를 살피고자 한다. 한 권의 동화책을 통해 이론 탐색이 창작에 미치는 영향관계를 논하는 것은 무리일 것이다. 그러나 한국 동화사에서 특별한 궤적을 보인 박상재의 동화쓰기인 만큼, 연구와 창작을 병행하는 박상재의 판타지 동화가 어떻게 진행될 수 있을지 희미한 예견을 글 말미에 덧붙이고자 한다.

2.

『그림 속으로 들어간 아이』의 기본 내용은 다음으로 정리된다. 서울 중심가 아파트에 살던 유나네는 서울 끝자락 단독주택으로 이사온다. 푸른 숲을 가까이 한 집인지라 아빠는 시골에서 펼쳐졌던 어린 시절을 자연스레 반추하고, 어느덧 어린 시절에 경험했던 꼬마 도깨

비 초비 이야기를 딸 유나에게 들려 준다. 어느 날 한 노인이 찾아와 시골 고향을 그리워하는 아빠에게 고향 마을을 그려 준다. 아빠의 고향은 수몰지구가 되어 지금은 찾아갈 수 없는 곳이다. 그래서 한결 짙은 그리움으로 남은 곳이다. 노인은 그림을 완성한 후 유나에게는 퉁소도 가르쳐 준다. 노인이 떠난 후 혼자 그림을 바라보며 어린 시절을 추억하던 아빠에게 그림은 살아 있는 것으로 다가온다. 아빠는 그림 속으로 들어간다. 아빠를 찾던 유나는 그림 앞에서 퉁소를 분다. 그러다 그림의 변화를 눈치 채고 안으로 들어간다. 아빠는 어린 시절 친구를 만나지만, 곧 그게 나쁜 도깨비라는 걸 눈치 채고 씨름으로 물리친다. 그림 속에 들어온 유나는 초비를 만난다. 유나는 초비가 아빠가 어린 시절에 보았다는 도깨비라는 것을 알고 자신이 그 사람의 딸이라는 걸 알려준다. 둘은 물고기 잡고, 무지개 끝자락에 있는 샘물을 마시고, 나쁜 도깨비를 물리치면서 재미있는 시간을 보낸다. 유나는 아빠의 고향집을 찾아가서 아빠를 만나 그림 밖으로 나와 두 사람을 애타게 찾던 엄마와 만난다.

이 서사는 유나네 부녀가 그림 속 마을에 가서 도깨비를 만나고 왔다는 것으로 압축된다. 여기에서 이 서사에 두 개의 시공간이 구축되어있음이 확연히 드러난다. 그렇다면 우선 이 작품에서 아빠와 유나가 찾아간 그림 속 마을의 성격과 역할이 어떤 것인지 짚어보아야 한다. 이것은 이 작품의 작의의 파악과 연결된다.

그림 속 마을은 아빠가 늘 그리워하는 장소인 고향 마을이기도 하다. 수몰된 고향은 갈 수 없는 곳인지라 아빠에게는 더욱 간절한 그리움의 대상이다. 그런데 이 곳을 아빠와 유나가 찾아간다. 그들이 발을 디딘 곳은 공간적으로는 아빠의 고향이지만 시간적으로는 과거도 현재 어디에도 속하지 못한 비현실계이다. 이곳이 과거 아빠의 어린 시절로의 회귀적 방문이라면 아빠는 어린 시절로 돌아가 있어야 한다. 그러나 아빠나 그 친구는 어른 그대로이니 과거는 아니다. 현재 상태에서의 고향방문이라면 수몰상태의 고향이기에 땅을 밟고 서 있을 수가 없다. 그런데 이들은 물 속에 묻힌 땅이 아니라 마른 공기가 흐르는 땅을 밟고 있으니 현재 또한 아니다. 이 공간은 과거와 현재가 뒤섞인 곳이다. 즉 과거에나 밟을 수 있었던 땅을 현실의 인물들이 거닐고 있는 것이다. 게다가 이 시공간에서는 사람이 도깨비라는 비실재적 존재들과 교류한다. 이것은 그림 속 마을이 일종의 비현실계임을 분명히 하다. 작가가 이 곳을 그림 속 마을로 설정했던 것은 이곳의 비현실성을 가장 명료하게 드러낸다.

한편 그림 속 마을에서 유나와 아빠가 만나는 존재들은 주로 도깨비들이다. 도깨비는 비현실적 존재이므로 그림 속 마을이 비현실적 공간임을 또렷하게 드러낸다. 도깨비들이 활보하는 공간이란 기계화 도시화로 오염된 현대 사회와는 대척적인 곳이므로 그림 속 마을을 자연이 잘 보존된 소망스러운 곳으로 다가온다. 유나 아빠가 어렸을 때부터 만났던 어린 도깨비 초비가 변함없는 모습으로 있다가 유나를 맞이하는 것은, 과거의 순수함을 유지한 공간으로 이해하게 한다. 이 두 가지 사항을 연결해 보면, 그림 속 마을은 물질성에 지나친 가치를 부여하면서 환경 문제를 비롯한 여러 문제를 유발시키고 있는 현실 사회와 비판적 각을 이루는 곳이 된다.

이곳에 나쁜 도깨비가 있지만 이들은 비교적 수월하게 제압된다는 점 또한 현실과 다르다. 오로지 선만 있고 악은 존재하지 않는 무균의 공간이 아니며, 선과 악이 모두 존재하나 선의 의지로 악의 제압이 실현되는 곳이다. 그렇기에 그림 속 마을은 현실의 부정성이 극복된 곳으로 파악된다. 도깨비를 통해 그림 속 마을은 소망스런 공간이기는 하나 비현실적인 공간이다. 이곳은 바람직하나 지금 여기 실재하는 시공간은 아니라는 점에서 일종의 이상계라고 할 수 있다.

그런데 그림 속 마을을 이러한 곳으로 그리는 작가가 유나를 현실계에서와 달리 적극적인 활동 주체로 제시했음을 유의할 필요가 있다. 현실계에서 유나는 아빠에게 가려진 주변 인물에 불과했다. 그러나 그림 속 마을에서는 유나도 아빠만큼 중요한 행동 주체가 되고 있다. 즉 어린 도깨비와 어울리는 유나의 행적을 꽤 자세히 다루고 있는 것이다. 비현실계에서 어린 인물이 활약하게 하는 것은, 그림 속 마을이라는 하나의 이상계 제시를 뛰어넘어 이 세계가 어린이들이 마음껏 뛰어놀 수 있는 때묻지 않은 세계로 다가서게 한다. 그렇다면 이 작품은 이런 때묻지 않은 세계로 어린 독자들을 안내하기 위해, 아빠와 유나가 그림 속 마을을 다녀오게 했다고 정리할 수 있다. 즉 아빠와 유나를 그림 속 마을이라는 다른 질서를 가진 시공간으로 가게 했던 것은 이러한 작의의 실현을 위해서였던 것이다.

3.

그림 속 마을의 성격과 역할이 밝혀졌으므로, 이번에는 이 시공간이 그 바깥에 있는 시공간 즉 현실계와 관계를 어떻게 맺고 있는지를 살피기로 한다. 현실과 이 현실 바깥에 있는 비현실의 경계는 매우 단단하다. 꾸며낸 이야기 속에서 이 둘의 넘나듦은 얼마든지 가능하지만, 여기에는 그런 사태를 일으키는 이유가 있어야만 한다. 이를 확보하지 못한 채 현실과 비현실을 넘나들게 되면 백일몽으로 전락하기 십상이다. 두 개의 시공간이 제시된 동화에서 시공간 전환의 이유는 크게 두 가지 측면에서 제시된다.

하나는 주인공의 내적 요구에 따른 것이다. 작품에서 주인공은 자신이 원래 속해 있는 1차세계에서 갈등을 겪는데 이것이 그 1차세계 안에서는 쉽게 해결되기 어려운 경우, 이것의 처리를 위해 1차세계와 다른 논리를 가진 2차세계를 요구한다. 즉 주인공의 갈등 발생과 이것의 해결이라는 작품의 내적 논리에 의해서 두 개의 시공간이 구비되고, 그 전환의 이유가 확보되는 것이다. 때로는 주인공의 성숙을 위해 상징성을 띤 고통들을 겪게 할 경우에도 주인공이 자기가 속한 세계를 떠나 새로운 세계의 주유를 하게 된다. 즉 주인공의 성숙을 위한 낯선 세계의 제시가 2차세계를 요구하는 원인인 것이다. 갈등 해결과 성장은 주인공으로부터 제시된 요구라는 점에서는 다음 경우와 구별된다.

다른 하나는 작품 외부에 있는 작가의 의도가 개입하면서 시공간 전환 이유가 형성되는 경우이다. 즉 작가가 우리 현실세계의 부조리함을 드러내거나 이 세계의 모순이 극복된 바람직한 세계를 제시하고자 할 때 이러한 작의를 달성하기 위해, 주인공으로 하여금 그가 속한 1차세계를 넘어서 그와 다른 질서를 가진 2차세계로 들어서게 하는 것이다.

어느 경우가 되었던 두 개의 시공간이 제시된 서사이면서 두 시공간의 연결이 주인공의 이동으로 이뤄진 판타지라면, 다음 사항에도 주의를 기울여야 한다. 두 시공간이 서로 다른 질서를 가지고 있음에도 불구하고, 시공간 전환을 초래했던 요인이 각각의 시공간에서 펼쳐진 서사와 유기적 관계를 맺고 있어야 한다는 것이다. 시공간 전환 요인을 중심으로 두 시공간이 적합한 호응관계를 이루고 있지 못하다면, 두 시공간의 연계는 논리성을 상실했다고 할 수밖에 없다. 서사가 시공간을 전환할 이유를 마련했고, 두 개의 시공간이 그 이유를 중심으로 서로 호응관계를 이루고 있다면, 좋은 판타지의 기본 요건은 마련했다고 할 수 있다.

『그림 속으로 들어간 아이』는 두 개의 시공간을 성립시킨 판타지이다. 하나는 유나네 집을 중심으로 한 현실계이고, 다른 하나는 그림 속 마을이라는 비현실계이다. 유나와 아빠라는 현실계 인물의 방문으로 현실계와 비현실계가 이어져 있다. 그렇다면 『그림 속으로 들어간 아이』은 어떤 이유로 서로 다른 질서를 가진 두 개의 시공간이 이어지게 했는가를 구체적으로 살펴보자.

작품의 초반 부분은 현실계의 서사로 이뤄져 있다. 이곳의 유나네 가족 이야기는 아빠를 중심으로 펼쳐진다. 남편은 아내의 반대가 있었지만 숲이 가까운 단독주택으로 이사를 한다. 그리고 그 집에서 딸에게 자기가 어린 시절에 경험했던 도깨비 이야기를 들려준다. 심지어 고향을 그려준다는 낯선 노인의 뜬금없는 제안까지도 흔쾌하게 받아들인다. 그림 속 마을로 들어가는 인물은 아빠와 유나이고, 그림 속 마을에서는 아빠 못지않게 유나에게도 초점이 드리우고 있다. 그런데 현실 부분의 서사가 아빠를 중심으로 처리되어 있다는 것이 시선을 끈다.

아빠를 중심으로 한 초반의 현실계 서사는 비현실계의 방문이라는 목적에 무리 없이 이르기 위해서였다. 즉 현실계의 중심인물을 고향 마을의 직접적 관계자인 아빠를 중심으로 내세움으로써 비현실계 방문을 위한 목적을 달성하기 위해 다음과 같은 과정을 차근차근 밟아나갈 수 있었던 것이다. 현실계에서 비현실계로의 접근은 다음 과정을 통해 이루어졌다. 숲이 가까운 곳으로 이사를 함으로써 철근 콘크리트로 상징되는 도시와 거리를 두기 → 푸른 자연이 살아 있는 곳인

과거 고향 마을 환기를 통해 푸른 과거로 한걸음 더 접근하기 → 고향에서 듣고 겪었던 도깨비담 풀어내기를 통해 도깨비가 사는 비현실적 시공간으로 가는 통로를 마련하기 → 고향을 그려주는 노인을 등장시켜 비현실계로 들어서는 문 마련하기 → 노인이 그려준 그림을 바라봄으로써 도깨비가 사는 비현실계로 들어서기이다. 이에 따르면 이 작품이 비현실계를 요구하는 가장 직접적인 요인은 고향에 대한 아빠의 그리움으로 지적된다.

비현실계로 진입한 이후의 서사를 살피면, 이 작품의 시공간 전환의 요인은 위와 다르게 파악된다. 앞서서 그림 속 마을이라는 2차세계의 성격이 무엇이고 이 작품에서 어떤 역할을 하는가를 짚어보았다. 이로부터 밝힐 수 있는 것은 이 작품이 이러한 비현실계를 제시한 근본 원인은 독자 아이들에게 그들이 마음껏 즐겁게 뛰어놀 수 있는 청정한 세계로의 안내였다.

이것은 현실계 서사에서 추론해 낼 수 있었던 시공간 전환 요인과 다르다. 이 서사는 1차세계에서 2차세계로 넘어가는 동인은 향수로 삼고 있지만, 2차세계를 통해 궁극적으로 보여준 것은 이상사회의 제시라는 엇나간 응대를 보였다고 할 수 있다. 즉 시공간의 전환을 가능케 했던 1차세계의 아빠의 내적 요구에 2차세계가 적합하게 부응하지 못했거나, 1차세계의 서사가 이상적인 2차세계의 제시를 유인하도록 가꿔지지 못한 것이다. 요약하면 판타지 작품이 가져야 할 내적 논리성을 벗어났다고 하게 되는 것이다.

4.

그런데, 여기서 그친다면 우리는 이 작품을 지나치게 평이하게 읽고 말았다고 하게 된다. 이 작품은 평이한 읽기를 떠나 창작에 얽힌 특수한 배경을 염두에 둔 맥락의 읽기를 요구하는 동화이다. 때문에 이 글을 시작함에 있어서 『그림 속으로 들어간 아이』는 박상재가 연구자의 자세가 견지된 상태에서 쓴 창작품임을 유념했을 때 일정하게 성립되는 의미의 장이 드러난다고 했었다. 여기서 이를 환기해야만 이 작품의 보다 적확한 읽기가 가능하다.

박상재가 『그림 속으로 들어간 아이』는 두 개의 시공간의 성립 요인을 현실계에서 제시한 것과 비현실계에서 제시한 것이 서로 산뜻하게 부합하지 못한 것은 사실이다. 그러나 이 작가가 이 작품의 이런 부분을 부러 심상히 넘겨버리고 있다. 박상재가 이렇게 했던 것은 이 작품의 창작에 얽힌 배경에 이론의 연구가 있기 때문이다. 즉 이 작가가 두 개의 시공간 성립과 그 전환 요인을 산뜻하게 단일 초점으로 정리하지 않았던 것은, 1차세계와 2차세계의 관계를 성립시키는 두 가지 경우를 하나의 서사에서 동시에 제시하고자 한 것이다.

판타지 작품을 써왔고 또 판타지 동화를 대상으로 연구에 박차를 가해 온 박상재는, 1차세계와 2차세계의 관계를 능히 파악했음이 분명하다. 그랬기에 그는 1차세계와 2차세계를 잇는 가장 보편적인 요인 두 가지를 한 작품 안에서 모두 포괄하는 것의 가능성을 점쳐 보고자 했다. 이것은 연구 작업을 진행하지 않았더라면 발생되기 어려운 창작 과정이다. 때문에 이 작품의 읽기에는 이 대목을 염두에 두어야만 이에 대한 적절한 의미 부여가 가능하다.

박상재는 판타지 동화를 연구하며 파악했던 사항들을 동화창작의 장으로 과감히 환원시켰다. 이 작업은 상당한 실험성을 내장한 것이다. 박상재가 의도했던 것은 한 작품 안에서 두 개의 시공간이 성립되는 두 가지 요인을 모두 제시하고도 두 개의 시공간이 존립하는 판타지가 그 기본 틀을 지켜갈 수 있는가로 파악된다. 만일 그렇다면

이 실험의 의도는 성취되었다고 할 수 있다.

이 작품의 그림 속 마을이라는 2차세계는 작중 주요 인물인 유나 아빠의 내적 요구에 적극적으로 부응한 것은 아니나, 이와 결코 무관하지는 않다. 즉 아빠가 그림 속 나라라는 2차세계로 가는 것은, 아빠의 고향에 대한 그리움이 없이는 성립되지 않는다는 점을 소홀히 여길 수 없는 것이다. 박상재는 이렇게 함으로써 판타지 동화에서 2차세계가 가지는 가장 기본적인 역할을 자기 동화에서도 성취시켜 놓고자 했다. 그는 여기서 더 나아갔다. 2차세계가 가질 수 있는 또 하나의 중요한 역할 또한 놓치고 싶지 않았던 것이다. 그리하여 아빠의 고향의 변형인 2차세계를 통해 어린이들을 위한 바람직한 사회상의 제시를 동시적으로 성취할 목표로 잡았다. 아빠를 중심으로 한 1차세계의 서사에서 고향 그리움을 이용한 비현실계 진입으로 매끄럽게 이어가는 데 주력하느라 현실계의 부정성을 살뜰하게 챙기지는 못했지만, 2차세계를 1차세계의 부정성이 극복된 이상향으로 가꾸어 내는 일이 1차세계와 이어지도록 도깨비담을 매개물로 적극 활용했음을 놓쳐서는 안 되는 것이다.

이 작품에 얽힌 두 가지 요구는 공유된 하나의 초점을 형성하지 않고 있다. 때문에 그림 속 마을은 상징적 시공간으로 제시되기는 했으나 1차세계와 산뜻한 대응관계를 이루는 일과는 다소 거리를 두고 있다고 하게 된다. 그러나 이 거리는 작가의 미숙함이 낳은 작품의 한계가 아니라, 두 개의 시공간 성립 요인들에 대한 박상재의 집요한 이론적 탐색과 이것의 창작으로의 수렴하고자 했던 결과이다. 그 거리는 이 작품을 깎아내리는 대목이 아니라, 판타지 작품을 쓰고 연구했던 작가이면서 연구자인 박상재가 가진 특이성을 잘 드러낸 부분으로 오히려 새로운 집중을 요하는 대목이었다고 하게 된다.

5.

『그림 속으로 들어간 아이』를 통해 박상재는 때묻지 않은 세계로 어린 독자의 안내하고자 했다. 때묻지 않은 세계로 어린 독자에게 안내하는 것은 그 자체로 유의미하다. 그런데 어딘가 소박하다는 느낌이 지워지지 않는다. 그간 박상재가 보여준 동화세계가 소박 안온 단순한 편은 아니었기 때문이다. 즉 『원숭이 마카카』, 「통일을 기다리는 느티나무」 등 그의 대표작들은 그를 묵직한 주제의식을 가진 작가로 기억하게 했기에, 『그림 속으로 들어간 아이』는 상대적으로 소박해 보이는 것이다.

박상재가 이 작품에서 자신이 지향해온 가볍지 않은 주제의식을 견지하는 일로부터는 비켜서 있다면 그 까닭을 묻게 된다. 작가 의식의 후퇴로 말미암아 빚어진 현상은 아닌 듯하다. 왜냐하면 이 작품에서는 '무엇을' 말하겠다에 대한 것은 접고, '어떻게' 말하겠다와 씨름하고자 했음이 간취되기 때문이다. 박상재는 '어떻게'를 놓고 자신의 관심을 끝까지 밀어붙여 이를 박사 논문으로 정리해 낸 보기 드문 성실함을 드러냈다. 이 글의 시작은 바로 이 대목이었다.

작가로서 박상재에게 박사 논문이란, 새로운 경지에 이르고자 기왕의 것들을 통찰하는 연구라고 할 수 있다. 연구자에 창작자로 돌아왔을 때에는 자기 연구마저 뛰어넘는 창작에 도전해야 한다. 어찌 보면 연구자이면서 창작자는 가혹한 운명을 자초한 어리석은 존재인 듯하다. 그러나 근원적으로는 보아 이전에는 볼 수 없었던 가장 빛나는 작품을 쓰고자 하는, 그 더할 나위 없는 축복을 구하는 벅찬 욕망의 소유자이다. 박상재는 그 욕망의 충족을 위한 든든한 도약대를 마련한 지혜로운 행위자이다. 즉 종래의 판타지물을 뛰어넘으려는 작가로서 한 획을 그어 보려는 찬란한 욕망을 품었고, 창작과 다른 길인

연구를 마다 않고 도전하여 그 마무리를 내놓고 다시 창작대 위로 돌아온 것이다. 그가 누릴 축복은 그리 머지 않은 곳에서 반짝거리고 있을 터이다.

일찍이 J.R.R 톨킨은 박상재가 구하는 복을 누린 바가 있다. 그는 고대 영국문학 연구자였다. 그러나 예서 그치지 않고 창작에 손을 대었다. 연구에서 얻은 해박한 지식을 바탕으로 세계 3대 판타지 걸작 중의 하나인 『반지의 제왕』을 써냈다. 톨킨이 연구자로 그쳤다면 그의 이름은 열 사람이 알았을 터이지만, 작가의 길을 마다하지 않은 결과 그의 이름은 백 사람이 알았다 할 수 있다. 박상재 또한 톨킨의 영민함을 가진 사람이다. 연구와 창작이 빚는 가혹한 운명과 더없는 축복, 그는 이 드라마틱한 이중주의 연주에 뛰어들었다. 그가 보여준 놀라운 성실함은 그의 연주가 찬란한 결과물을 보여주리라는 단단한 보증물임을 우리들은 알고 있다.

이야기는 힘이 세다

『물새가 된 조약돌』(아테나, 2002)

박영기(아동문학평론가)

1.

아라비안나이트에 등장하는 왕녀 세헤라자데는 이야기가 지닌 힘을 알고 이를 이용할 줄 아는 지혜를 지녔다. 여성을 믿지 못하고 첫날밤이 지나면 참담하게 죽이는 왕 샤리야르의 왕비가 되어 매일 밤 흥미로운 이야기를 들려주었는데, 천 일이나 계속된 그녀의 이야기는 스스로의 목숨을 지켜낸 칼이 되었다. 마침내 왕은 여성에 대한 복수를 단념하고 세헤라자데와 행복하게 살았다는 이야기다.

박상재의 창작동화집 『물새가 된 조약돌』에 수록된 동화들을 한 편씩 읽어가면서 감칠맛 나는 이야기들, 침이 꼴깍 넘어가도록 집중하게 만드는 이야기의 힘을 느꼈다. 작가가 진정한 이야기꾼이라는 것을 알 수 있었다. 그의 동화들은 소소한 일상 속에서 소재를 찾아내고, 담담한 문

장으로 풀어가고 있지만 억지로 꾸민 화려한 문장들보다 마음을 움직이는 힘을 담고 있었다.

2.

「별자리 찾기」, 「꿈꾸는 대나무」, 「무지개를 따라간 달팽이」 「물새가 된 조약돌」은 자연물에 마음을 담아 표현한 의인동화로, 자연에 대한 섬세한 관찰과 애정이 없으면 찾아낼 수 없는 소중한 마음들을 포착해 내었다. 「별자리 찾기」는 어렵지만 함께 하는 힘으로 세상을 아름답게 해주는 다람쥐 가족의 사랑을 보여주었고, 「꿈꾸는 대나무」는 인간과 자연의 교감과 참다운 존재의 가치를 일깨워 주었다. 「무지개를 따라간 달팽이」에서는 진정한 자유를 찾아 나선 달팽이의 여정을 통해서 성장과 깨달음의 문제를 다루었고, 「물새가 된 조약돌」은 환경과 우정이란 주제에 대해 이야기해 주었다.

「약수터의 메아리」, 「어머니와 촛불」, 「물총새 이야기」, 「산 아이」는 어린이의 일상에서 소재를 찾고, 어린이의 눈높이에서 고민을 함께 한 동화들인데, 그 이야기들의 핍진함이 가슴에 와 닿듯이 절절하다. 「약수터의 메아리」는 살이 쪄서 고민이었던 형우가 자신과의 약속을 세우고 이를 지켜나가는 내용이고, 「어머니와 촛불」는 아빠 없이 엄마와 단둘이 살아가는 봄이 모녀를 통해 사랑과 희망의 진정한 의미를 보여주었다. 「물총새 이야기」에서는 누이를 잃은 아픔과 상처, 극복과 우정을 잔잔하게 그려내었고, 「산 아이」도 이와 마찬가지로 엄마와 떨어져 살지만 할아버지의 사랑 밑에서 바르게 성장하는 용구의 이야기를 담아 내었다.

동화는 비교적 단순한 구성이지만, 주제를 표현하는 작가의 시선은 단호하고 진지하다. 결코 가볍지 않다. 한 작품을 읽고 다음 작품을 기대하게 만드는 놀라운 능력은 그의 주제의식에서 나온다. 의인동화들은 우화라는 형식을 통해서 성장과 가족애를 드러내 주었고, 일상에서 소재를 찾은 동화들에는 인생의 슬픔과 기쁨이 녹아들어가 있으며, 사회의 부조리도 조금씩 지적해 낸다. 부드러운 문체로 이야기가 진행되다가 어느 순간 진지해지고 눈물 나도록 감동적인 장면이 나타난다면 그 부분은 작가가 꼭 강조하고 싶어 했던 부분이라고 해석하면 된다. 편안함과 긴장이 교차되면서 이야기에 푹 빠져들게 만드는 방식이 박상재 작가만이 가진 탁월한 이야기의 힘이라고 할 수 있다.

박상재 작가가 동화창작의 길에 들어선 지 올해로 30년이 되었다고 한다. 수많은 상을 수상하고, 모두에게 탁월한 능력을 인정받는 이유를 묻는다면 필자는 작가가 보여주는 천부적 이야기의 힘 때문이라고 힘주어 말하고 싶어진다. 작가는 타고나는가? 아니면 만들어지는가? 박상재 작가는 물론 좋은 동화를 위해서 수십 년 동안 끝없는 노력을 거듭했을 것이다. 그럼에도 불구하고 그는 타고난 작가이다. 이야기꾼이다.

사랑, 세상에서 가장 아름답고 소중한 낱말

『어른들만 사는 나라』(은하수미디어, 2006)

이성자(동시인)

"우리는 주위의 모든 것들을 사랑하며 살아갈 때 큰 기쁨을 맛볼 수 있습니다. 사랑하는 마음은 꽃향기와 같아서 가까이 갈수록 진해집니다. 그런데 그 향기는 너무 진하지 않고 은은할 때 더욱 오래도록 느끼고 싶어집니다."라고 말하는 박상재는 한국일보 신춘문예에 동화가 당선된 후, 30년 동안 변함없이 동화창작을 하고 있다. 또한 박사논문 「한국 창작동화에 나타난 환상성 연구」를 시작으로 판타지에 대한 논문도 여러 편 발표했다. 그 동안 발표한 동화나 논문들을 살펴보면 아동문학에서의 판타지가 학문적으로 정착하기를 바라는 작가의 깊은 사랑을 엿볼 수 있다.

특히 2006년 은하수미디어에서 발표한 『어른들만 사는 나라』 역시 여섯 편의 단편 모음집인데, 그의 판타지 세계를 엿볼 수 있는 좋은 기회라 여겨진다. 최근 몇 년 동안 여러 잡지에 발표했던 작품들을 한데 모아 엮은 것이기에, 작품마다 색깔도 다르고 주제도 조금씩 다르다. 하지만 작품 전반에 작가가 추구하는 '사랑의 마음'이 잔잔하게 배어 있고, 다양한 판타지 세계도 펼쳐진다.

「행복을 가져다주는 가마솥」은 헛간에 버려진 커다란 가마솥과 물을 길어오던 양동이, 쌀뒤주 등을 소재로 다루고 있다. 주인공 캐릭

터인 가마솥은 가족들의 밥을 짓고, 목욕물을 데워주고, 뚜껑으로 전 부치던 시절을 그리워한다. 쭈그러진 양동이 역시 물을 길어오던 일을 떠올리지만, 지금은 콸콸 쏟아지는 수돗물 때문에 천덕꾸러기가 되어 거미줄 천지인 헛간에서 긴 잠을 자고 있다. 드디어 가마솥이 할아버지 할머니 칠순잔치 때 밖으로 나오게 되고, 호숫가 언덕에 있는 버드나무집 주방장으로 임명된다는 이야기다.

우리 동화에서 흔히 만날 수 있는 내용이다. 이처럼 쉽게 만날 수 있는 내용 안에서 또 다른 사랑의 메시지를 찾아낸다는 것은 생각처럼 쉬운 일이 아닌데, 작가는 버려진 물건들에 사랑의 손길을 줄 수 있는 할아버지 할머니 자식들의 태도를 찾아낸다. 가마솥을 주방장으로 임명하겠다는 갈등 해결이 단연 돋보인다. 판타지 문학을 강조한 작가의 이론대로 현실 속에 비현실의 이야기를 매우 합리적으로 끌어들여 불가능을 가능하게 이끌고 있는 것이다. 당장은 쓸모가 없지만 언제 다시 필요할지 모르는 옛것들을 사랑의 마음으로 위로하며, 인간이건 사물이건 주어진 일이 있다는 건 행복하다는 메시지를 담고 있다.

「어른들만 사는 나라」는 어린이가 사라져가는 현실을 걱정하는 작가의 마음이 잘 나타나 있다. 임금님은 좁은 땅덩어리에 아이들이 많아져 고민하던 중 한 명씩만 낳으라는 명령을 하게 된다. 결국 결혼을 않는 게 유행하고, 아이들이 사라지고, 어린이날까지 없어진다. 늙은 노인들만 늘어나자 새들은 노래를 부르지 않고, 산과 들에 나비도 날아다니지 않게 된다. 결국 다른 나라 고아원에서 아이들을 입양, 수입하자는 말이 나오고, 시험관에서 아이를 대량 생산하자는 말도 나온다. 열 살 이하의 어린이를 찾게 되고, 가장 먼저 찾은 어린이를 장차 나라의 임금으로 삼는다는 소문이 떠돈다. 이민 간 아이들이 돌아오지만 언어가 다르고 음식이 달라 아이들은 다시 돌아가게 된다. 노력 끝에 외딴 두메에 묻혀 살던 아이를 찾게 되는데, 천년 묵은 산삼보다 더 기뻐한다. 임금님은 어린이날을 다시 국경일로 정하고 전국적으로 행사를 벌이게 된다.

요즈음 우리나라의 현실을 들여다보는 것 같은 내용이다. 교육현장에 살고 있는 작가가 어린이들의 숫자가 날로 줄어들고 있는 현상을 몹시 안타까워하는 마음을 짐작케 하는 동화다. 불과 30~40년 전만 해도 산아 제한이라는 제도를 두어 아이 낳는 것을 계획적으로 막았던 시절이 있었다. 그러나 사회가 빠르게 변화되어감에 따라 현대인의 의식도 변하게 되고, 여러 가지 이유를 들어 아이 낳는 것을 꺼리게 된다. 또 이민 등으로 아이가 다른 나라로 가게 된다. 아이들이 있다는 자체가 어른들의 삶의 이유가 되는 것인데, 아이가 사라진다는 것은 삶의 의미가 사라지는 것은 물론 한 국가의 존립마저도 불안하게 한다. 최근에는 시·군에서는 출생하는 자녀들에게 각종 특혜를 주어 아이를 낳도록 유도하고 있다. 하지만 좀더 확실한 혜택과 정책적인 뒷받침이 있어야 한다고 본다. 어른들의 이기적이고 근시안적인 마음이 아닌 사랑의 마음으로 아이를 낳아 길러야 한다는 메시지가 담겨 있는, 현실과 미래를 통찬한 동화라고 하겠다.

「훈이와 징검다리」는 훈이가 다섯 살 되던 해 여름, 물에 빠져 허우적거리는 훈이를 구하고 아빠는 하늘나라로 떠나게 된다. 2학년인데도 4학년만큼 커 보이지만 친구들에게 바보, 자폐아라는 놀림을 당하며, 혼자서 병뚜껑과 개미 등과 함께 놀기를 좋아한다. 엄마는 훈이를 놀리는 아이들을 향해 마음으로 흥분하고 부르짖으면서도 직접 말을 하지 못한 채 죄인처럼 지낸다. 엄마는 훈이 얼굴을 바라보며 동화를 쓰게 되고, 훈이가 대답을 하지 않아도 사물에 대해 이야기를 끝없이 들려준다. 어느 날, 엄마는 3년 전에 훈이 아빠와 함께 건넜던 징검다리에 오게 되고, 엄마는 훈이 손을 꼭 잡고 징검다리를 건너며 아빠와 함께 했던 기억을 상기시킨다. 그런데 훈이가 갑자기 "엄마, 사…… 사랑해!"라는 말을 하게 된다. 엄마의 끈질긴 사랑이 훈이를 다시 회복시킨 것이다.

엄마의 사랑은 글 속에 담아도, 담아도 끝이 없는 이야기다. 엄마라는 이름 속에는 따뜻함과 희생이 내포되어 있기 때문이다. 그러므로 유년기에 어머니가 미치는 영향은 대단한 것이다. 링컨은 "나는 어머니의 기도를 기억한다. 그 기도는 언제나 나를 따라다녔고 평생 동안 나에게서 떨어지지 않았다."고 말했다. 그만큼 엄마의 사랑은 위대한 것이다.

3살 어린 나이지만 아빠의 사고를 눈으로 겪은 훈이는 그 충격으로 언어를 잃게 되고, 스케치북에 만날 동그라미만 그리게 된다. 찌그러지고 터진 동그라미들이지만, 여기서 훈이가 그리는 동그라미의 의미는 언젠가는 회복할 수 있다는 것을 상징하고 있다. 이 회복은 끝없는 사랑으로 훈이를 감싸 안았던 엄마의 사랑이었을 것이다. 여성의 사회 진출이 활발해진 요즘 자칫 아이들의 마음에 상처를 남기는 엄마가 없기를 바라는 작가의 조심스러운 마음이 담겨 있는 동화라고 볼 수 있다.

「별이 되고 싶은 아이」는 월악산 찔렛골에 사는 살쾡이 삶의 이야기다. 하늘에 떠 있는 일흔일곱 개의 살쾡이자리를 바라보며, 엄마는 마음이 어여쁜 살쾡이가 죽으면 하늘의 별이 된다고 알려주면서, 찔레꽃처럼 향기 진한 삶을 살도록 권한다. 그리고 살아 있는 목숨을 함부로 죽여서는 안 된다고 가르치며 꼭 필요한 먹이만 잡도록 권한다. 아빠 엄마가 일부러 사라진 후, 삯은 힘겹게 혼자 살아남는 훈련을 하고, 훗날 엄마가 데리고 온 신랑감과 만나 부부가 되어 행복하게 살게 된다.

위의 동화에서는 먹이 사슬의 관계일지라도 최소한 생명의 소중함을 잃지 말자는 메시지가 담겨 있다. 자식의 홀로서기를 위해 부모 살쾡이가 자취를 감추는 부분은 맹목적으로 자식을 감싸고 도는 인간들이 본받아야 할 부분이다. 손에 쥐어주는 것만이 진정한 사랑이 아니라는 것을 말하고 있다. 자식이 자라면 부모 곁에서 떠나 보내야 하는 게 바로 진정한 사랑일 것이다. 자연에서 배우는 참된 사랑법이다.

「향기 나는 종소리」는 깊은 산 속에 오래된 절이 있는데, 이 절에는 아주 특별한 것 세 가지가 있다. 향기 나는 종소리, 오래된 은행나무, 불심 깊은 개 진돌이다. 종소리가 울리면 산 속의 나무들도 좋아했고, 숲 속의 새들도 좋아했고, 토끼와 너구리 산짐승들도 좋아했다. 그것뿐이 아니라 동자승 진식이가 처음 맡게 되는 '향기 나는 종소리' 소문은 온 나라에 퍼지게 된다. 불심 깊은 개 진돌이는 향기 나는 종을 좋아한다. 그러던 중, 불이 나게 되고 진돌이가 근처 개울가에 달려가 몸에 물을 묻혀 와서 종 주변에 뿌려 화마로부터 종을 지키게 된다. 사람들은 아무도 모르지만 눈 밝은 진돌이는 종에서 나는 향기가 어디서 나는지 알고 있었다. 범 종각 추녀 끝에 피어 있는 푸른 꽃에서 나는 향기였는데, 향기 나는 종소리는 사람의 마음을 밝히고 욕심을 가라앉혀 주는 신비한 힘을 가지고 있었다.

세상 사람들은 물욕으로 가득 차 있다. 그 물욕은 인간의 마음까지를 시시때때 변하게 만든다. 이처럼 욕심으로 얼룩진 마음을 깨끗이 씻을 수 있는 것은 변하지 않는 진실일 것인데, 바로 인간의 마음을 씻어주는 향기 나는 종소리다. 그 종소리는 오래된 푸른 꽃에서 나는 향기며, 여기서 푸른 꽃이란 천년이 가도, 삼천 년이 가도 변치 않는 참된 마음일 것이다. 동자승 진식이의 마음이, 진돌이의 마음이, 오백 살이 넘은 은행나무의 마음이 바로 우담발라 같은 향기나는 마음인 것이다. 작가는 은은하게 퍼져 나가는 종소리에서 삶의 진실과 사랑을 찾고 싶었던 것이다.

「서울을 떠난 황조롱이」는 천년기념물 323호인 황조롱이가 바라보는 세상 이야기를 담고 있다. 조롱이와 초롱이는 사람들의 말을 알아듣고 저희들끼리 말을 주고받을 수 있으나, 사람들은 모르고 있다. 황 박사는 조롱이와 초롱이를 연구한답시고 괴롭힌다. 고통을 이겨내지 못한 황조롱이들은 마침내 연구실을 탈출하게 된다. 서울로 간 조롱이와 초롱이는 탁한 공기를 마시는 게 힘들었지만 고생 끝에 낙이 온다는 생각으로 아파트 25층에 둥지를 틀고 귀여운 다섯 아기를 낳는다. 아기 황조롱이들은 나름대로 황조롱이의 명예를 지키며 떳떳하게 살겠다는 각오를 다진다. 그런데 5월의 공원이 데모 때문에 화염과 피비린내로 진동을 하게 되는 걸 보고 고향으로 돌아간다는 이야기다.

연구실을 탈출한 황조롱이가 온갖 어려움을 겪는 과정에서 데모하는 인간 이야기가 나온다. "저 사람들은 지금 자기들의 요구를 들어달라고 시위를 하는 거야.", "싫어, 난 이런 불안한 곳에서는 더 이상 살기 싫어. 저 정신없는 사람들에게는 더 이상 배울 게 없어."라며 불만을 터뜨린다. 결국 황조롱이는 시골로 떠나게 되고, 황조롱이 가족이 사라진 서울 하늘은 불타는 차에서 피어 오른 시커먼 연기로 뒤덮이게 된다. 여기서 잠깐 짚고 넘어갈 부분이 있다. 어린이도 3살 정도가 되면 삶의 희로애락을 함께 느낄 수 있는 정서가 갖춰져 있다고 한다. 그런데 작가가 데모하는 사람들을 더 이상 배울 게 없는 사람들로 단정지어 말하고 있다. 인생이라는 여행길에 겨우 들어서는 우리 아이들이 어떻게 받아들일지 염려가 되는 부분이다.

위의 여섯 편 작품에서는 사건을 통해 갈등을 증폭시키고, 반전을 통해 결말에서 작가가 말하고자 하는 사랑의 의미를 잘 담아내고 있다. 그러나 「서울을 떠난 황조롱이」에서 결말 부분에 작가의 가치관이 행여 객관성을 놓치고 있는 부분이 있지 않나 의구심이 들었다. 물론 문학이 주관적인 것이라고 볼 때, 이 의구심 자체도 정답이 아닐 수 있다는 것을 조심스럽게 밝혀 둔다. 끝으로 박상재 작가가 추구하는 사랑의 향기가 판타지 속에서, 현실 속에서 멀리멀리 퍼져 나가기를 바란다.

사랑과 어우러짐이 있는 세계

『어른들만 사는 나라』(은하수미디어, 2006)

장영미(아동문학평론가)

동화 문학의 기저에는 사랑의 정신이 자리 잡고 있다.
억눌리고 소외되고, 불편하고, 부당하게 대접받는 이웃이 있다면(……)
그들의 아픈 곳을 감싸주고, 가려운 것을 긁어줄 줄 아는 배려가 필요하다.
(박상재, 『동화 창작의 이론과 실제』 중에서)

1.

가오싱젠은 "문학은 전복에 의의를 두지 않고, 발견과 드러냄을 소중히 한다."고 하였다. 진실은 도덕적 교화가 아니라 인간들의 자아를 비롯해 은밀한 부분까지 드러내는 것이라고 하면서 세상의 진실을 발견하고 드러내는 것이 문학에서 절대 깨뜨릴 수 없는 가장 기본적인 품격이라고 한다. 그리고 '붓 끝에 나온 진실'이라는 표현을 빌어 진실이 단순히 문학의 가치판단만을 의미하는 것이 아니라 윤리적인 함의까지 내포하였다. 즉 작가가 진실 여부를 가리는 것은 단순히 창작 방법의 문제가 아니라 창작 태도와 밀접한 관련이 있음을 설파하였다. 결국 가오싱젠은 문학에 있어서 진실을 드러내고 발견하는 것을 작가의 임무로 보았다.

가오싱젠의 창작관과 유사한 작가로 박상재를 들 수 있다. 본격적인 글 개진에 앞서 언급한 그의 창작관에 따르면, 사랑의 정신을 통해 인간 세상의 진실을 드러내려는 신념을 갖고 있다. 그리고 박상재는 실제, 대개의 작품에서 사랑의 정신을 현현하면서 세상의 진실을 드러내고 있다. 우리가 아는 줄 알았지만 사실 잘 몰랐던 혹은 모르는 진실을 발견하고 드러내는 작가이다.

본 글은 여섯 편의 작품이 실린 『어른들만 사는 나라』를 중심으로 전개한다. 작가의 말처럼 이 작품집은 "작품마다 색깔이 다르고 주제도 조금씩 다르다." 그러나 이 작품집은 서로 다르면서 닮아 있고, 닮았으면서도 다르다는 특징을 발견하게 된다. 그리고 또 다른 특징으로 시간의 연속성을 들 수 있다. 박상재는 과거와 현재, 미래를 분절시키지 않는다. 현재를 배경으로 하되, 과거의 그것을 불러와 의미를 부여하면서 미래로까지 연결짓고 있다. 즉 과거가 없었다면 현재도 없을 것이며, 현재가 없다면 미래 또한 존재하지 않을 것이라는 의식을 작품 배면에 깔고 있다.

사실 요즘 동화는 소재, 주제면에서 다양한 방식으로 어린이들이 처한 갈급한 문제를 그리고 있다. 그러나 어린이를 대상으로 하는 문학은 그들이 접하지 않은 혹은 접할 수 없는 세계를 포착하면서 현재를 통해 과거, 미래로까지 연결될 수 있어야 한다. 세대가 단절되고 미래가 불안한 삶을 사는 어린이들에게 다양한 세계의 발현이 필요하기 때문이다. 오늘을 살면서 과거를 반추하고 미래를 내다볼 수 있어야 한다. 그리고 현재의 것을 무조건 부정하고 과거의 것만을 옹호하지 않아야 한다. 현대 사회의 문제성을 통해 과거와 단절(세대 간의 단절을 비롯해 전통 문화, 古來의 것 등을 통칭)하고 사는 어린이(우리)들에게 진정 소중한 것이 무엇인가를 인식케 하여야 한다. 박상재의 작품집 『어른들만 사는 나라』가 그러하다.

2.

박상재는 사랑의 정신을 기저로 하고 있지만 무조건적인 사랑이 아니다. 조건을 내건 사랑이 아니라, 세상을 무조건 따뜻하게만 보지 않는다는 의미이다. 지금 여기서 당면한 문제를 무조건 덮지 않고 열어 보인다.

먼저 「행복을 가져다주는 가마솥」을 보자. 이 작품은 "시골집 헛간에서 아무렇게나 처박혀 있"(12쪽)는 가마솥이 예전에 잘 나가던 시절을 떠올리며 서두를 연다. 예전에 가마솥은 "물을 끓여 목욕을 하고, 밥도 해 먹고, 명절 때는 뚜껑을 뒤집어 전을 부치"(13쪽)는 등 다양한 역할을 했다. 그러나 현대 사회에서 목욕물은 목욕탕이, 밥은 전기밥솥이, 전은 프라이팬이 그 역할을 대신하는 것처럼 이전의 가마솥은 그 기능을 상실하였다. 하지만 가마솥은 "지금 당장은 쓸모가 없지만 언젠가는 다시 필요할지 모르"(28쪽)지 않느냐는 할머니의 말처럼 큰아들 내외가 하는 음식점에서 제 할 일을 하게 된다.

이 작품에서 중요한 전언은 편리하다는 이유로 외면당하는 것들에 대한 의미 되새김이다. 즉 보다 편리하고 화려한 것을 추구하는 현대인들에게 던지는 직언으로 볼 수 있다. 정작 간과할 수 없는 것은 식구들의 목욕물을 데워 주고 밥을 해 주었던 가마솥의 단순한 기능을 넘어서서, 가마솥이 우리 삶의 일부이자 추억의 저장소라는 것이다. 여기서 작가의 사상을 읽을 수 있지 않을까. 물질보다 정신적 행복을 중요시한다는 것을 말이다.

그리고 표제작 「어른들만 사는 나라」는 "땅덩어리는 좁은데 인구는 자꾸만 늘어"(33쪽)서 그 대안으로 아이를 하나씩만 낳거나 낳지 말자고 하다가 결국 아이들이 없는 나라가 되는 세태를 풍자하고 있다. 이는 아이를 적게 낳고 있어서 문제가 되고 있는 지금의 우리 사회를 적확히 들여다본 것이다. "아기는 낳아서 무엇 하느냐, 아이들은 귀찮은 존재, 애써 키워 놓으면 자기들끼리만 나가 살려고 한다. 늙은 이들과는 아예 담을 쌓고 산다"(37쪽)는 등의 젊은이들의 생각은 사실 현재 우리들의 모습을 반영한 것이다. 작가는 요즘 젊은이들의 이기적인 행태를 발견하고 이후에 몰고 올 파장 또한 놓치지 않고 있다.

나라 안에서 아이들의 웃음소리가 사라진 지도 오래입니다. 아이들의 해맑은 목소리도 들을 수가 없었습니다. 산과 들에는 나비들도 날아다니지 않았습니다. 새들도 노래하지 않았습니다. 날씨도 흐린 날만 계속되었습니다. 아름다운 꽃도 피지 않고, 과일나무들도 열매를 맺지 않지 않았습니다.(38~39쪽)

위의 인용문을 본다면 아이들은 귀찮은 존재가 아니라 생명을 불어넣어 주는 존재이다. 아이들이 없다면 자연 또한 생명력을 상실한다는 점이 이를 입증한다. 아이들의 웃음소리가 없기 때문에 나비, 새들의 움직임이 없고 꽃이 피지 않고 과일 나무가 열매 맺지 않는 것은 아이들의 존재를 다시금 생각하게 한다. 가상으로 설정한 이 작품을 통해 순간의 편안함과 이기적인 생각이 얼마나 큰 위험을 초래하는지 알 수 있다. 때문에 「어른들만 사는 나라」는 늘어나는 인구 정책 감안이 빚은 졸속 정책과 현재의 이기적인 젊은이들에게 경종을 울리는 세태 풍자인 것이다.

박상재는 소재 선택은 물론이거니와 주제도 따사로운 것을 많이 취한다. 그래서 그의 작품은 읽는 내내 평온한 마음을 가질 수 있다. 하지만 이 점은 장점이 될 수도 단점이 될 수도 있다. 사실 독자들은 끊임없이 새로움을 추구하고 그 새로움에서 흥미를 느낀다. 이렇듯 새로움을 찾는 욕구 때문에 「서울을 떠난 황조롱이」는 눈에 띈다. 아마 이 작품집에 수록한 것 중 가장 과격(?)한 분위기를 띠고 있지 않을까. 조롱이 초롱이는 시험관에서 부화된 특별한 새이다. 천연기념물이기에 보호한다는 차원으로 생각하지만 조롱이 초롱이는 "사진기로 찍고, 엑스레이는 물론 MRI 촬영, CT 촬영까지 한 달에 한 번씩 건강 검진"(99쪽)을 받는 것이 성가시고 귀찮다. 그래서 조롱이와 초롱이는 자유를 찾아 숲 속으로 갔다가 사람들의 말을 듣고 '아름다운 서울'로 간다. 사람들의 말과 달리 서울은 "공기가 탁하고, 시끄럽고, 어지럽고, 고약한 냄새까지 나는 곳"(103쪽)이지만 "사람들이 많이 모여 사는 것은 좋은 매력 덩어리"(104쪽)가 있을 것이라는 믿음을 갖는다. 그리고 좋은 곳에 터를 잡으면 좋은 먹이를 얻을 수 있으리라 생각하고 서울의 심장인 여의도에 자리 잡고 자식을 낳고 산다. 하지만 그들이 그렇게 믿으려 했던 서울의 화려함은 찾을 수 없다.

> 불붙은 병들이 경찰들을 향해 어지럽게 날아다녔습니다. 이윽고 경찰들이 방망이를 휘두르고, 시위대는 쇠 파이프를 휘둘렀습니다. 방패로 내려치고, 돌멩이가 날아가고, 몽둥이가 활개를 치고……. 광장 안은 삽시간에 아수라장으로 변했습니다. 서로 발길질을 하고, 피를 흘리고, 욕설이 날고, 화염병이 춤추고, 경찰차가 불타고……. 꽃향기 가득하던 오월의 공원은 어느덧 화염과 피비린내로 진동했습니다.(120~121쪽)

한 편의 다큐를 보는 것처럼 선명한 시위 현장 묘사이다. 황조롱이 부부(조롱이 초롱이)가 겪은 서울이, 폭력이 난무하는 시위 현장인 것처럼 표면의 화려함과 달리 자신들의 권익을 내세우며 '발길질'하고 '욕설이 날'아 다니고 '피비린내'나는 곳이다. 그리고 과격한 시위 현장의 모습은 타인을 배려하지 않는 현대인들의 모습이기도 하다.

이렇듯 박상재는 편리하다는 이유로 외면하고 있는 우리 삶의 일부, 아이로 인해 희생당하기 싫어하는 이기적인 현대인들, 그리고 타인을 배려하지 않는 이들의 이야기를 통해 진정 소중한 것이 무엇인지를 생각하게 한다. 세상사의 진실을 발견하고 드러내면서 우리가 잊고 있고 외면하는 것에 대해서 짚고 있다.

3.

다음 두 편의 동화「훈이와 징검다리」,「향기 나는 종소리」는 박상재의 동화관으로 볼 수 있을 것이다. 박상재는 그의 동화문학의 기저처럼,「훈이와 징검다리」에서 또래 아이들과 다르게 생활하는 자폐아 훈이를 따뜻하게 배려한다. 정상과 비정상의 기준이 명확하지 않음에도 사람들은 정상/비정상 기준을 세워 놓고 자신과 다르게 행동하는 사람을 내친다. 하지만 작가는 훈이가 다른 아이들과 다르게 살 수 밖에 없는 처지를 들여다본다. 가령 훈이가 어린 시절 물에서 놀다가 자신을 구하고 대신 죽은 아버지 때문에 세상과 소통하지 않는 심경을 보듬는다. 그리고 작가는 부당하게 대접받는 훈이의 아픈 곳을 감싸고 세상으로 나오도록 한다. 훈이가 그리는 그림을 통해 알 수 있다.

> 훈이는 동그라미가 좋습니다. 큰 동그라미, 작은 동그라미, 동그란 바퀴, 동그란 시계, 동그란 풍선, 동그란 피자, 동그란 솜사탕, 동그란 얼굴……. 훈이가 그린 그림은 모두 동그라미들뿐입니다.(49쪽)

훈이가 그리는 그림은 동그라미 일색이다. 이는 훈이가 바라는 세상이면서 작가가 사회로부터 부당하게 대우받는 이들에 대한 시선이기도 하다. 어린 시절 받은 상처를 안고 사는 훈이가 세상이 각지지 않고 동글동글한 것이었으면 하는 바람처럼 작가 역시 우리 사는 세상이 차이와 다름을 인정하면서 모나지 않는 세상이 되길 바라는 것이다.

이렇게 동글동글한 세상이 되려면 어떻게 해야 할까. 박상재는 「향기 나는 종소리」에서 그 해답을 제시한다. 이 작품은 외로운 처지에 있는 인물을 보듬어 주는 종 할아버지를 통해 욕심을 버리는 마음이 자신뿐 아니라 세상 모두가 행복해질 수 있다는 것을 보여준다. 동그란 세상은 우리 모두의 마음먹기에 달려 있다고 한다.

> 종소리를 따라 향기도 흩어졌습니다. 그 향기는 향을 사를 때 나는 내음처럼 은은하게 퍼져 나갔습니다. (……) 스님들이 이 꽃을 보았다면 삼천 년에 한 번씩 핀다는 우담발라라고 놀라워할지도 모릅니다. 하지만 이 꽃은 우담발라가 아니고 이름도 모르는 그냥 '푸른 꽃' 입니다. (……) '데엥~ 데엥~.' 종소리는 꽃향기를 싣고 멀리멀리 퍼져 나갔습니다. 이 종소리가 사람들의 마음을 맑히고 욕심을 가라앉혀 주는 신비한 힘을 지니고 있다는 것을 아는 사람은 아무도 없습니다.(94~95쪽, 강조는 인용자)

작가는 '향기 나는 종소리'라는 후각과 청각의 복합적인 감각의 어우러짐을 창조하면서, 마음먹기에 따라서 종소리가 향을 내뿜을 수 있다는 것까지 연결짓고 있다. 일반적으로 종은 울려 퍼지는 소리의 기능만 생각하게 된다. 그러나 작가 여기서 강조하는 것은 우리가 생각하거나 마음먹는 것에 따라서 모든 것을 변화시킬 수 있다는 것이다. 소리를 내는 종이 향기를 내뿜으면서 울리는 것처럼 말이다.

앞에서 언급한 그의 창작론을 보면서 글을 마치기로 한다. "억눌리고 소외되고, 불편하고, 부당하게 대접받는 이웃이 있다면, 그들의 아픈 곳을 감싸주고, 가려운 것을 긁어줄 줄 아는 배려가 필요하다."

박상재는 「훈이와 징검다리」, 「향기 나는 종소리」에서 이를 실현하였다. 그러나 그의 동화문학의 기저는 이 두 편으로 그치는 것이 아니라 동화 세계 전체에 관통하는 것이기도 하다. 본 글에서 그의 작품 전체를 살필 수 없었지만, 창작 활동 30여 년의 시간 속에 박상재의 동화 창작 기저에는 사랑의 정신이었다. 그리고 박상재는 훈이가 그리는 '동그라미', 종소리가 퍼지면서 나는 '향기'처럼 모두가 어우러지고 기분 좋은 향기를 오랜 시간 내뿜을 것이다.

아이들의 세계를 다양하게 반영한 동화

『어른들만 사는 나라』(은하수미디어, 2006)

황선열(아동문학평론가)

박상재의 동화집은 아이들이 생각하고 체험하는 다양한 세계를 한꺼번에 만날 수 있어서 좋다. 아이들은 대개 엉뚱한 상상을 많이 하는데, 이 동화에서도 그런 아이들의 엉뚱한 상상이 담긴 이야기를 만날 수 있다. 산아 제한 정책 때문에 결국 어른들만 사는 나라가 되고 말 것이라는 단순한 상상력은 아이다운 발상이다. 이 동화는 아이들에게 이러한 풍부한 상상의 세계를 열어준다. 동화는 아이들이 마음껏 상상할 수 있는 공간이 필요한데, 이 동화는 그런 공간을 활짝 열어준다. 사물과 동물을 의인화한 동화는 동화대로, 현실에서 일어나는 여러 가지 체험들은 그것대로 상상의 날개를 준비하고 있다. 이 동화집은 아이들이 체험하는 다양한 세계를 한꺼번에 상상할 수 있어서 좋다.

그런가 하면, 이 동화집은 작은 생활의 이야기를 소재로 하고 있으면서도 훈훈한 감동을 준다. 이 동화의 소재는 대부분 현실에서 일어나는 작은 일상의 이야기를 다루고 있지만, 이 이야기들은 깊은 감동을 준다. 우리 주위에서 쉽게 만날 수 있는 동물 이야기에서부터 주위의 친구들 이야기까지 모두 아이들이 쉽게 겪는 일들이다. 그런 다양한 이야기들을 재미있게 풀어낸다. 동화의 본질이 아이들에게 재미있게 풀어쓰는 이야기라는 말은 이 동화를 읽으면 금방 알 수 있을 것이다. 그만큼 이 동화집은 동화의 본질에 충실하고 있는 것이다.

자연과 더불어 산다는 삶의 철학이 담긴 동화집

『술 끊은 까마귀』(아테나, 2008)

박성배(동화작가)

박상재 작가는 장편동화 『원숭이 마카카』에서 동물을 주인공으로 한 감칠맛 나는 동화를 선보였는데, 이번에 단편동화집 『술 끊은 까마귀』를 통해 그의 변함없는 관심사가 무엇이지를 인상 깊게 심어주고 있다. 이 동화집은 여러 잡지에 발표되었던 동화 8편을 한데 모은 것인데 흑두루미, 까마귀, 소나무, 지렁이, 뻐꾸기, 굴뚝새, 까치, 산양 등 한결같이 동식물을 등장인물로 하여, 마치 생태동화를 쓰기 위하여 한꺼번에 쓴 작품 같은 인상을 준다. 많은 시차를 두고 써온 작

품들이 이렇게 일관성 있는 성향을 띠는 것은 앞에서 말했듯이 작가가 작품을 통해 말하고자 하는 일관성 있는 관심사 때문이다. 작가가 책의 머리말에서 "우리는 자연과 더불어 살다가 자연으로 돌아갑니다. 우리 사람들도 자연 생태계의 한 가족이므로, 자연을 떠나서는 단 하루도 살아갈 수 없습니다. 자연을 이루는 동식물들과 어울려 함께 살아가야 합

니다."라고 밝힌 글에서 박상재 작가의 자연보호에 대한 방법을 나타낼 수 있는 낱말을 하나 뽑아낸다면 '더불어'가 될 것이다. 말하자면 자연은 사람이 보호해야 하는 것이 아니라 사람과 더불어 살아가는 생명체인 것이다. 마치 연리지(連理枝)처럼 둘이면서 하나인 셈이다.

「날아다니는 소나무」는 대통령이 사는 정원에 있는 일본에서 들여온 향나무가 말라 죽어가는 데서부터 이야기가 발단이 된다. 비서관들은 향나무가 토양에 맞지 않기도 하지만 이참에 일본에서 들여온 향나무를 다른 곳으로 옮기고 대신 우리 나라를 대표할 수 있는 소나무를 심자고 한다.

좋은 소나무를 수소문하던 중 강원도 홍천강 부근에 좀처럼 보기 드문 두 그루의 멋진 소나무가 있다는 소식이 대통령 비서관의 귀에 들어온다. 가서 본 비서관은 이렇게 훌륭한 소나무는 마땅히 대통령이 사는 정원에서 자라야 한다고 생각한다. 사람들은 두 소나무 중 하나를 헬리콥터로 운반하여 대통령이 사는 정원으로 옮겨 심는다. 그러나 소나무는 옮겨 심은 지 얼마 지나지 않아 푸른 빛을 잃고 잎이 누렇게 마르기 시작한다. 소나무에 수액 주사 바늘을 꽂고 돌봐주어도 날이 갈수록 시들어 가기만 한다. 그러던 중 홍천에 사는 한 소년의 편지를 받게 된다.

"남편 소나무를 푸른 기와집으로 옮겨 간 일은 잘못입니다. 지금 이 곳에 남아 있는 아내 소나무도 남편 소나무와 헤어진 것이 슬퍼서 시들어가고 있습니다. 소나무를 제자리로 돌려 보내 주십시오."

이런 글을 읽은 대통령은 바로 소나무를 아내 소나무 곁으로 돌려보내도록 한다. 소나무는 다시 헬리콥터에 매달려 하늘을 날아간다.

작가는 이 작품에서 자연을 사람들 마음대로 이리저리 옮기거나 보기 좋게 가꾸는 것 자체가 자연을 파괴하는 일임을 말하고 있다. 자연은 자연 그대로일 때 가장 생명력이 넘치는 것이다.

「아기뻐꾸기의 의문」은 다른 새들의 둥지에 알을 낳는 뻐꾸기의 습성을 긍정적인 입장에서 이야기하고 있다. 아기뻐꾸기는 태어나면서 엄마새나 다른 아기새들의 목소리와 자기의 목소리가 전혀 다르다는 것을 알고 고민에 빠진다. 엄마새는 친절하게 네 엄마를 닮았기 때문이라고 알려준다. 아기뻐꾸기는 품어서 태어나게 한 엄마새와 자기를 낳아준 엄마새가 다르다는 것을 알게 된다.

> 티티새로부터 이런 말을 들은 아기뻐꾸기는 갑자기 이 세상이 싫어졌습니다. 아니, 어쩌면 엄마뻐꾸기가 미워졌는지도 모릅니다.
>
> "세상에, 자기 새끼를 남에게 맡기다니……."

아기뻐꾸기는 자기를 남의 둥지에 버린 엄마뻐꾸기를 원망한다. 나중에 나타난 엄마뻐꾸기는 티티새아줌마보다 몸집이 훨씬 크고 품위도 있어 보인다. 엄마뻐꾸기는 티티새아줌마에게 아기뻐꾸기를 부화시키고 키워준 은혜에 감사하고, 뾰로통하게 있는 아기뻐꾸기를 달랜다. 아기뻐꾸기는 자기를 귀여워해 주는 엄마뻐꾸기에게 마음을 열게 된다.

그러나 의문은 계속 남아 있다. 왜 다른 새들처럼 둥지를 짓지 않고 살면서, 알도 다른 새들의 둥지에 낳는지 궁금하다. 작가는 엄마뻐꾸기의 입을 빌려 새들의 사는 모습이 다 다르지만 그것 자체가 선하거나 악한 것이 아니라는 것을 말하고 있다. 뻐꾸기의 습성 그대로가 존중받아야 하고 나름대로 큰 뜻이 있다는 것을 보여주고 있다. 말하자면 자연 그대로를 받아들이는 작가의 삶의 철학을 읽을 수 있는 작품이다.

책의 제목으로 쓰인 「술 끊은 까마귀」는 숲 속 마을에 외톨이로 사는 까마귀 까무가 사람들이 즐겨 마시는 술을 마시게 되는 이야기다. 처음에는 물인 줄 알고 마셨지만 씁쓰레한 맛과는 달리 온몸으로 이상한 기운이 짜르르 퍼지는 느낌이 들면서 기분이 좋아지는 술이라는 것을 처음 알게 된다.

> "이리 나와 봐. 송골매인가, 골빈 매인가 어서 나와 보라구? 한 판 붙자 이거야. 지난번엔 내가 꾹 참았지만, 오늘은 따끔한 맛을 좀 보여 주고 말겠다!"
>
> 까마귀는 어디서 그런 용기가 생겼는지 자신도 깜짝 놀랐습니다.

이런 경험을 겪게 된 까무는 술을 가장 잘 마실 수 있는 공동 묘지 주변에 눌러 살게 된다. 까무는 사람들이 다녀간 묘지 앞에 종이컵에 담겨 있는 술들을 마시고 항상 취해서 살게 된다. 그러다가 하루는 술 때문에 일찍 죽은 사람을 보게 된다. 이를 계기로 까무는 술에 취해 사는 자신의 모습을 돌아보게 된다.

> '그 술이라는 게 도깨비 국물이구나. 사람들도 끊으려는 술을 더 이상 마셔서는 안 되겠어. 아, 지금쯤 어머니의 병환은 어떻게 되었을까? 내 대신 아내가 잘 보살피고 있을까?'
>
> 어머니 생각에 갑자기 코끝이 찡해지며 그리움이 밀려들었습니다.

가족들까지 귀찮게 생각하고 외톨이로 지내면서 술에 취해 살던 까무는 술을 끊기로 작정하면서 가족들을 그리워하게 된다. 까마귀 까무를 통해 외톨이로 지내지 말고 함께 어울려 살자는 메시지를 우화적으로 전하고 있다. 조금 아쉬운 점은 까마귀 까무가 날마다 술에 취해 사는 것이 좋지 않다는 것을 묘지에 온 사람들의 대화를 듣고 깨닫게 되었다는 점이다. 주인공인 까마귀 까무의 남다른 경험을 이야기화하여 그 경험을 통해서 술을 끊어야 하겠다는 절실한 깨달음을 얻게 했더라면 더 흥미있는 이야기가 되었을 것이다.

「까치놀」은 참 아름다운 동화다. 티티새는 숲 속에 함께 사는 때까치며 할미새, 할미새사촌, 물레새 등에게 불만이 많다. 사람들마다 각기 남다른 장단점 있듯이 새들에게도 특색있는 좋은 면과 싫은 면 있다. 그런데 티티새는 다른 새들에게서 못마땅한 것만 생각한다. 특히 티티새는 다른 새들의 아름다운 목소리가 부러워서 흉내내보지만 다른 새들의 웃음거리만 되고 만다. 티티새는 이래 저래 불만이 쌓여 숲 속을 떠나고 만다. 티티새는 며칠을 날아 남쪽의 어느 바닷가에 도착한다.

바다 끝 저 멀리 수평선 위에는 주홍빛 햇살을 받은 금물결 은물결이 눈부시게 반짝였습니다.

'아, 정말 아름답구나.'

티티새는 넋을 잃을 지경이었습니다.

"바다 친구야! 저 멀리 수평선을 좀 봐. 저 노을빛이 얼마나 아름답니?"

"응, 저건 까치놀이라고 한단다."

바다티티새는 수평선 위를 곱게 물들인 황홀한 물결을 향해 날개짓을 하며 설명해 주었습니다.

"까치놀? 까치놀……."

그런데 이상한 일이 벌어졌습니다. 아름다운 까치놀의 빛깔을 보고 있으니까 가슴 속에서진한 그리움이 몽울몽울 밀려드는 것 같았습니다. 그것은 점차 눈송이처럼 부풀어오르더니 티티새의 가슴을 꽉 메웠습니다.

좀 긴 부분을 소개한 것은 자연의 아름다움이 마음을 변화시킨다는 것을 깨닫고, 그렇게 되는 과정이 또한 아름답다는 것을 함께 느끼기 위해서다. 이 동화는 자연의 아름다움이 심성을 변화시키는 힘이 있으며 미워하고 싫어하던 것도 그리움으로 변화시키는 능력을 갖고 있음을 보여주고 있다.

박상재 작가는 동식물들을 등장인물로 해서 자연과 더불어 살아가야한다는 메시지를 전달하면서 어린이들에게 친근감 있게 그리고 손쉽고 재미있게, 동화가 갖춰야할 교육적인 면을 잘 소화해내고 있다. 동화작가가 교육적인 면을 없는 것처럼 작품에 녹여 생생하게 갖추는 능력은 기초능력이면서 고등능력이기도 하다. 그만큼 쉽지가 않은 일이기 때문이다. 박상재 작가는 그런 면에서는 달인이 된 작가이다. 앞으로 이런 생태동화들을 더 다양하게 써서 어린이를 둔 가정마다 한 권씩 두고 읽을 수 있는 두꺼운 동화집을 한 권 만들어도 좋을 것 같다.

'집'의 생태동화적 의미

『술 끊은 까마귀』(아테나, 2008)

최명표(아동문학평론가)

1. 서론

근자에 이르러 생태계의 파괴를 걱정하는 사람들이 늘어나고 있다. 지상파 방송국에서는 환경 관련 다큐멘터리를 정기적으로 제작하여 송출하고, 신문도 환경 관련 기사들을 즐겨 다룬다. 여기에 상술까지 더하여 생태 관련 행사가 봇물을 이루고, 아이들을 대상으로 하는 캠프도 운영되고 있다. 대저 한국인이라면 누구나 환경주의자가 되어 생태계의 보존에 앞장설 정도로, 생태 관련 담론은 시대의 화두로 활성화되었다. 이러한 경향은 앞만 보고 달려왔던 과거의 개발 시대가 예정한 부산물일 터이다. 그 시대를 선도했던 사람들은 경제 논리에 매몰될 줄만 알았지, 사람들의 가치관이 훼손되거나 공동체가 궤멸되어 가는 광경을 살필 만한 안목을 갖지 못했다. 그들이 대부분 정치경제를 비롯한 사회과학 전공자들이었다는 사실은, 작금의 환경 문제를 초래할 수밖에 없었던 저간의 사정을 시사한다. 물론 예전의 모습들이 아직도 청산되지 못한 채 도처에서 벌어지고 있는 것도 사실이다. 하지만 그들도 한편으로는 생태 운운하고 있을 정도이니, 한국 생태계의 앞날은 가히 장밋빛이라고 해도 무방할지 모른다.

그렇다고 그들의 책임만 묻고 있거나 더 이상 미루어 두기에는 생태계의 변화가 심상치 않다. 이런 징후들을 포착한 사람들은 각자 맡은 바 소임을 다하느라 열심이다. 문학이라고 해서 예외가 아니고, 아동문단도 기민하게 대응하고 있다. 최근에 들어서 생태계를 다룬 작품들이 양산되는 현상은 바람직하다. 그러나 대부분의 작품들은 환경문학과 생태문학을 혼동하고 있다. 전자가 환경 문제의 고발에 초점을 맞추는 저널리즘적 발상에 기초하고 있다면, 후자는 훨씬 철학적이고 본질적이다. 그것은 피상적인 환경 논리로 지금의 형편을 다독거릴 게 아니라, 개발지상주의를 앞세워서 사회의 각 부문을 장악하던 경제 논리가 언제라도 기승을 부릴 수 있기에 긴장할 것을 재촉한다. 이에 본고는 박상재의 근작 동화집 『술 끊은 까마귀』(아테나, 2008)를 대상으로, 요즘 동화단에 유행하고 있는 생태동화의 현단계를 점검해 보기로 한다. 작가가 이 동화집에 환경 문제가 아니라 생태 문제를 천착했다고 밝히고 있는 만큼, 그 형상화 정도를 살피는 작업은 동시대의 아동문단에서 제출되고 있는 생태동화의 가능성을 점검하는 기회일 터이다.

2. '집'의 생태학과 생태동화의 '집'

요즘 들어서 인기를 누리고 있는 생태학은 19세기 중반에 학문으로 자리잡기 시작했다. 독일의 생물학자였던 에른스트 헤켈은 자연의 경제와 관련된 지식들을 총칭하여 생태학이라고 불렀다. 그의 혜안은 과학기술의 놀라운 발달에 놀란 뜻있는 지식인들의 동조를 이끌어내어 생태학을 지배적 지위의 학문으로 성장시킨 밑거름이었다. 본래 생태학을 가리키는 'ecology'는 'oekologia'라는 그리스어로부터 파생된 말로, 어의상으로 '집(oeko)을 연구하는 학문'이다. 이 사실을 주목해 보면, 생물학자이자 철학자였던 헤켈은 문학적 감수성까지 갖추고 있었던 듯하다. 문학생태학을 본격적으로 논의하기 시작한 미국의 비평가들은 한 작품을 녹색의 나무로 파악하였다. 이런 시각은 미국의 신비평가들이 한 편의 시작품을 '잘 빚어진 항아리'에 견주던 버릇을 생각나게 한다. 또 이런 시각은 괴테가 회색 이론과 녹색나무의 영원성을 견주던 생각을 떠올리게 만든다. 아무튼 분명한 것은 생태문학론자들은 작품과 나무를 동일시한다는 점이다. 나무는 고래로 하늘과 땅을 이어주는 매개물이다. 사람들은 나무를 이용하여 하늘의 계시를 듣거나, 하늘에 하소연해 왔다. 그 나무는 '집'을 사위에서 포옹하여 푸근한 안식처로 기능하도록 도와준다.

일찍이 가스통 바슐라르는 명저 『공간의 시학』에 '집'을 위해서 별도의 장을 마련하였다. 그에 의하면 "집은 몽상을 지켜주고, 집은 몽상하는 이를 보호해 주고, 집은 우리들로 하여금 평화롭게 꿈꾸게 해준다"고 한다. 그는 계속하여 "집은 인간의 사상과 추억과 꿈을 한데 통합하는 가장 큰 힘의 하나"라고 강조한다. 이처럼 중요한 기능을 수행하는 집은 사람들이 세계에 기투되기 전에 내던져지는 곳이다. 사람들은 실존적 존재로 규정되기 이전에, 요람에서 '사상과 추억과 꿈을 한데 통합'하는 것이다. 그에게 집이 필요한 가장 중요한 이유이다. 따라서 생태학이 '집을 연구하는 학문'이라고 스스로의 신분을 밝힐 때, 그것은 본질상으로 문학적 조건을 승인하는 것이다. 이른바 생태동화를 표방하는 작품을 분석할 경우에는 이런 관점이 필히 전제되어야 한다. 동화는 근본적으로 미숙한 아이들을 잠재적 독자로 상정하여 창작되는 까닭에, 그들에게 '집'의 중요성을 강조하는 작가의 태도는 당연하다. 왜냐하면 예로부터 집은 물질적 공간이면서, 동시에 우주와의 교응을 꿈꾸는 몽상의 공간이었기 때문이다. 아이들은 '집'을 자궁이나 요람과 동일시하면서 '집'이 있던 곳을 고향으로 여긴다.

박상재의 동화집 『술 끊은 까마귀』에는 8편의 작품이 수록되어 있다. 그는 '흑두루미, 까마귀, 뻐꾸기, 굴뚝새, 개똥지빠귀, 지렁이, 산양, 소나무' 등의 소재를 차용하여 "앞으로 자연에 더 많은 관심을 갖고 생태를 바르게 이해하는 데 도움"(「머리말」)이 되기를 바라는 충정에서 이 연작 동화를 썼다. 이 작품집에 수록된 8편의 작품들은 고향, 엄마를 다룬 듯하지만, 실상은 '집'이라는 하나의 주제로 귀납된다. 이 점은 작가가 의도하지 않은 것일 테지만, 이 사실만으로도 박상재는 생태문학의 본질을 꿰뚫고 있는 셈이다. 더욱이 그가 소재로 끌어들인 것들은 주위에 흔히 존재하는 것들이라서, 생태에 대한 관심을 불러일으키기에 적합한 요소를 갖고 있다. 사람들의 생태 보전에 대한 관심을 제고하기에는 아무래도 주변에서 일상적 풍경을 구성하는 것들이 제격일 테니 말이다.

먼저 살펴볼 동화 「흑두루미의 후회」는 "태어날 때부터 몸이 허약해서 엄마의 마음을 아프게 했던 흑두루"가 엄마와 재회하는 내용이다. 흑두루미는 바이칼 호수 근처에서 겨울을 나기 위해 한반도로 이동하는 철새다. 지금은 천연기념물 22호로 지정되어 보호받을 정도로, 전세계에 드문 개체수를 유지하는 새다. 주인공 흑두루는 어릴 적에 나는 연습을 게을리 해 체력을 충분한 비축하지 못한 채 비행대열에 합류하였다가 임진강 근처에 낙오한다. 흑두루는 이곳에서 흰두루미들과 어울려 살아가다가, 그들이 캄차카 반도로 이동하게 되자 홀로 남아서 흑두루미 대열을 기다린다. 그가 어미를 기다리는 것은 바이칼호로 돌아가기 위한 것이다. 박상재는 흑두루의 이동 생활을 따라가며 '집'의 귀소성을 강조한 셈이다. 어미는 흑두루의 귀향이 실행되기 위한 필수적인 조력자이다. 이 점에서 모자간의 상봉은 본연의 상태로 돌아가는 자연의 이법이 실현되는 찰나이고, 상태문학의 문법이 구현되는 구체적 장면이다.

표제작 「술 끊은 까마귀」는 '다른 까마귀들과 떨어져 늘 외톨이'로 지내는 까무의 이야기다. 까무는 숲속의 다른 짐승들에게 몹쓸짓을 다반사로 하면서 혈혈단신으로 살아간다. 그는 아내의 잔소리와 '꼬박꼬박 말대꾸를 하며 말썽만 부리던 아들'의 모습이 그리울 적마다 '혼자 사는 게 뭐가 외로워'라고 애써 자위하며 그리움과 외로움을 물린다. 그러던 어느 날 산중에 놀러 온 사람들의 술을 먹게 된 이후로 알코올중독자가 되어 숲의 동무들에게 주정을 부리게 된다. 급기야 그는 사람들이 제단에 올리는 술을 얻어먹는 일에 재미를 붙이고 공동묘지에 근처에 눌러앉는다. 그러다가 모자가 술로 죽은 아버지의 묘소에서 애도하는 광경을 목격한 뒤로 금주를 선언한다. 이 모습을 보고 크게 깨달은 까마귀는 "구슬픈 울음소리"로 아픔 어머니와 가족들을 그리워하게 된다. 까무의 행동은 방황을 끝내고 가족의 품으로 돌아갈 것을 예징하고 있으므로, 이 작품도 어김없이 '집'의 소중함을 일깨워주고 있다.

박상재의 동화 「날아다니는 소나무」는 강원도 홍천강 가에서 살고 있던 소나무 부부가 횡액을 당하는 얘기다. 소나무는 조선시대에 송강 정철이 심은 것으로, 무려 400년 이상을 살아온 고령수였다. 작가는 이 나무가 청와대에 옮겨졌다가 다시 제자리를 찾게 되기까지의 과정을 다루고 있다. 사건은 청와대에 식재되어 있던 향나무가 시들해지면서 벌어진다. 대통령은 나무를 살리라고 명령하고, 비서관은 그 나무를 살리는 대신에 근사한 소나무를 이식할 것을 건의한다. 그의 의견은 채택되고, 전국적으로 청와대에 적합한 소나무 현황을 파악하라는 명령이 사달된다. 그 와중에 홍천강 가에서 풍파를 견디며 행복하게 살아가던 소나무가 명단에 오르게 되는 것이다.

이웃고 튼튼하고 굵은 쇠밧줄이 기둥과 가지를 꽁꽁 묶었습니다.

"도대체 내가 무슨 큰 죄를 졌기에 이런 대접을 받아야 하나? 뿌리를 잘리우고 포승줄로 묶이고……. 난 이 곳에서 400년 동안 뿌리내리고 살았던 죄밖에 없는데……."

소나무는 너무도 어이가 없어서 눈물도 나오지 않았습니다.

얼마 후 하늘 위로 헬리콥터가 나타났습니다. 헬리콥터는 소나무의 머리 위에서 시끄러운 소리를 내며 빙빙 맴돌았습니다.

헬리콥터에서 내려온 굵은 쇠밧줄과 소나무를 묶은 밧줄이 연결되었습니다.

"자, 튼튼하게 묶여졌으니 출발합시다."(69쪽)

소나무가 청와대로 이사 가는 장면이다. 소나무는 아무 잘못도 없이 강압적으로 '뿌리를 잘리우고 포승줄로 묶이고' 이식에 필요한 절차를 따른다. 그러나 그의 항변은 사람들에게 들릴 리 만무하다. 그는 '이곳에서 400년 동안 뿌리내리고 살았던 죄'로, 나랏님의 정원수로 발탁된 것이다. 나중에 소나무는 대통령의 지시에 의해 원래의 자리로 돌아와서 부부간에 해후한다. 이 작품에서 작가가 문제를 제기하는 것도 결국 '집'이다. 작가는 애초에 뿌리를 내리고 살았던 곳을 타의에 의해 떠났던 소나무가 제자리로 돌아오기까지의 이력을 추적하고 있으나, 종국에는 '집'의 문제를 제기하고 있다. 집을 나서는 순간, 모든 생명은 원기를 잃어버리게 된다는 평범한 진리를 이 작품은 소나무 부부를 통해서 전달하고 있는 셈이다.

박상재의 「무지개 연못」은 지렁이의 꿈을 소재로 한 동화이다. 지렁이는 여러 동물들로부터 무지개연못의 소문을 듣고, 가고 싶어서 안달한다. 그의 바람은 야반을 틈탄 도로횡단으로 이어지지만, 그는 연못에 도달하기 전에 탈진하여 쓰러진다. 한 소년의 호의로 지렁이는 꿈에 그리던 무지개연못에 닿는다. 마침내 지렁이는 무지개를 보게 되는데, 그것은 연못에 핀 것이 아니라 "소년의 얼굴에서 피어나는 찬란한 무지개"였다. 물기가 사라진 지렁이가 연못에 이르러 생명을 다시 찾기 위해서는 소년의 도움이 필요하다. 아버지와 달리 아직 정령주의를 버리지 않은 소년은 지렁이를 도움으로써 '찬란한 무지개'를 얻는다. 이처럼 생명 사상은 상호 존중으로부터 비롯된다는 사실이야말로 생태문학의 기반을 이룬다. 박상재는 이것을 작품으로 증명하고 있는 셈이다.

「굴뚝새의 죽음」은 추위를 이기려고 굴뚝을 찾아 들어갔다가 죽음을 맞은 새의 이야기다. 아기 굴뚝새는 엄마가 솔개에게 잡혀간 뒤로, 엄마를 기다리다가 겨울을 맞는다. 주위 동물이나 식물들이 한사코 마을로 내려가기를 강권하나, 아기새는 엄마를 향한 그리움에 추위를 견디며 버틴다. 그러다가 굶기와 기다림을 더 이상 참을 수 없어서 마을로 내려가 굴뚝에서 추위를 녹이다가 변을 맞는다. 굴뚝새가 굴뚝에 살아서 붙여진 이름이라면, 그 새가 굴뚝에서 죽음을 맞은 것은 아이러니다. 굴뚝은 그에게 '집'이기 때문에, 굴뚝새가 굴뚝을 찾는 것은 본능적 행동이다. 굴뚝새가 죽음을 '집'에서 맞은 것은 자연의 섭리다. 이것은 작가가 다른 작품과 달리 죽음을 마련하게 된 근본적인 이유일 터이다.

「까치놀」은 숲에서 때까치, 할미새, 할미새사촌, 물레새들과 살던 티티새가 바다 여행을 떠났다가 집의 귀중함을 깨닫는 이야기다. 티티새는 "귀족이나 되는 양 다른 새들과는 어울리지 않으면서 거드름을 피우는" 할미새사촌들의 행동이 비위에 거슬렸다. 그 중에서도 항상 싸움을 일삼는 때까치가 싫었으나, 뻐꾸기 아줌마의 교훈을 경청한다. 그는 평소에 가보고 싶었던 바다로 떠났다가, 바다티티새를 만나 해후한다. 둘은 혈연상의 친밀감을 공유하면서 바다의 풍경을 완상한다.

> '해질녘 수평선 위의 까치놀을 보고 있을 때부터 나는 이미 때까치를 그리워하고 있었어. 그 친구가 왜 이리 보고 싶지?'
>
> 티티새는 가장 미워하던 때까치가 제일 많이 생각날 줄은 몰랐습니다.
>
> 숲 속 티티새는 생각했습니다.
>
> '내일 아침 날이 밝으면 숲 속으로 돌아가야지. 그리고 이제부터는 씩씩하게 나의 노래를 부르며 친구들과도 사이좋게 지내야지.'
>
> 그때 바다티티새의 노랫소리가 들려왔습니다.(140쪽)

티티새는 바다를 바라보는 동안에 때까치를 그리워하는 자신에게 놀란다. 그것은 '집'으로 돌아가고 싶은 내밀한 원초적 욕망이 움직인 것이다. 집은 언제나 회귀성의 표지여서, 집을 나간 모든 생명들은 되돌아가기를 꿈꾼다. 아무리 까치놀이 아름답고, 바다티티새가 먹을 것을 구해주는 등의 호의를 베풀지라도, 그것들이 집의 평화를 넘어서지 못한다. 집은 태초부터 평화한 곳이다. 집은 생명이 피곤한 일상으로부터 돌아와 휴식을 취할 수 있는 침대이다. 비록 티티새가 때까치의 근황을 궁금하게 여길지라도, 그것은 또래 없는 외로움을 치유하는 수단에 그칠 뿐이다. 티티새에게 그리운 것은 집의 아늑한 수용성이다. 그것은 선험적인 감정이고, 누대에 걸쳐서 반복적으로 내면화된 습관이다. 모름지기 생태동화란 이처럼 본연의 질서를 궁구하는 작품이라야 한다.

「산양 메슬이네」는 고향을 떠나 비무장지대에 터를 닦은 산양의 가족을 다룬 동화이다. 산양 부부는 원래 금강산과 설악산에 살았었는데, 사람들의 위협으로부터 안전을 담보할 수 있는 곳을 찾아 이사한 것이다. 그들은 메슬이와 푸슬이를 낳아 가족을 이루며 단란하게 살아간다. 두 자녀가 성장하자, 부부는 먹이 사냥하는 법과 살아가면서 주의할 사항들을 교육시킨다. 부모로부터 이런저런 얘기를 듣던 중에 자녀들은 부모의 본적지에 대해 궁금증을 표한다. 자신들의 고향을 얘기하던 부부는 회한에 잠겼다가, 더 이상 고향으로 돌아갈 수 없는 이유를 세세하게 설명한다.

> 메슬이는 눈을 동그랗게 뜨고 물었습니다.
>
> "사람들은 짐승들을 죽이는 일을 즐긴단다. 예전 사람들은 먹고 살기 위해서 짐승을 잡았는데, 요즘 사람들은 자신들의 몸을 위해 희귀한 짐승을 마구 잡거나 사냥이라는 취미 생활을 한다며 짐승들에게 총을 쏘아댄단다."
>
> "세상에……. 사람들은 정말 잔인하군요."
>
> 메슬이는 예전에 아빠가 사람들이 늑대나 호랑이보다 더 무섭다고 말씀하신 까닭을 알 수 있었습니다. 그리고 아빠 엄마에게 다시는 고향 이야기를 꺼내지 말아야겠다고 생각했습니다.
>
> 푸슬이도 아빠의 고향에 가보고 싶었던 마음이 한순간에 사라졌습니다.(156쪽)

산양 부부는 '예전 사람들은 먹고 살기 위해서 짐승을 잡았는데, 요즘 사람들은 자신들의 몸을 위해 희귀한 짐승을 마구 잡거나 사냥이라는 취미 생활'을 하는 비교담을 통해서 자식들의 안녕을 빈다. 어린 산양들은 '늑대나 호랑이보다 더 무섭다'는 사람들의 만행을 전해 들으면서 '다시는 고향 이야기를 꺼내지 말아야겠다'고 다짐한다. 그들의 결심은 산양과 사람의 화해가 도달할 수 없을 지경에 다다른 현실을 반영하고 있다. 산양의 거주지 변경은 전적으로 사람들의 위협으로 초래된 것이란 점에서, 그들의 불우한 처지는 근본적인 치유가 불가능하다. 이처럼 박상재의 생태동화는 '집'으로부터 쫓겨나거나 잃어버린 동물들의 상황을 통해서 생태계의 훼손이 야기할 가공할 만한 사태들에 대한 인식상의 전환을 촉구한다. 그의 동화 「아기 뻐꾸기의 의문」도 '집'을 시비한 점에서 함께 수록된 작품들과 문제를 공유하기는 마찬가지다. 이 점에서 박상재의 생태동화들이 확보한 의의는 결코 가볍지 않다.

3. 결론

이상에서 살핀 바와 같이, 생태동화는 환경 문제를 고발하는 작품들과 다르다. 그것들이 폭로 위주의 저널리즘적 성격을 내포한 한계를 띠고 있는데 비해, 생태동화는 그보다 더 본질적인 국면을 취급한다. 생태동화를 쓰는 작가들은 사람들의 그릇된 인식을 교정하기 위해 동화라는 장르상의 도움을 받고 있을 뿐이다. 말하자면 생태문학은 장르상의 차이를 불문하고, 근본적으로 유사한 접근방식을 취하고 있다. 이 점은 생태동화의 성공적 정착을 위해서 언제나 전제되어야 할 조건이다.

박상재의 『술 끊은 까마귀』는 생태동화의 본질에 입각한 작품집이다. 그는 '집'의 서사적 의미를 구현하려는 단일한 주제의식을 앞세우고 있다. 그의 노력은 후세대에 대한 엄숙한 책임의식의 소산이고, 현세대의 부족한 생태의식을 제고하려는 준엄한 발언이다. 그가 종전에 보여주었던 환상적 기법들이 생태동화에서 수면하에 잠복하게 된 것도, 이러한 현실적 차원을 의식한 배려로 보인다. 그렇다고 해도 생태동화에서 환상적 요소들이 외면받거나 감가상각될 소지가 있는 것은 아니다. 도리어 동화의 특질을 고려하면, 그런 요소들은 좀 더 존중되고 과감하게 수용되어도 무방할 것이다.

1985 꿈꾸는 대나무

1986 춤추는 고양이 • 장수골 만세

1988 허수아비가 된 허수아버지

1989 원숭이 마카카

1990 매맞는 나무 • 아빠 곁에 있을래요 • 겨울행진곡

1992 개구쟁이 천방지우

1993 동경 126도 11분 북위 34도 13분에 사는 아이들

1994 보물섬 아이들의 자전거 여행

1999 춤추는 오리

2000 통일을 기다리는 느티나무 • 그림 속으로 들어간 아이

2002 물새가 된 조약돌

2006 어른들만 사는 나라

2008 술 끊은 까마귀

2009 도깨비가 된 장승

이재철_신현득_엄기원_조대현_김종상_강정규_신헌재_최효섭_노원호

박종현_이준관_이준섭_김은숙_배익천_윤이현_박성배_이상교_이동렬

이규희_김옥애_권영상_전병호_손기원_유효진_이창건_임나라_소중애

이영_손연자_신동일_이상문_김영훈_김현애_박민호_유인화_안선희

최정원_정진_조임생_장은정_함영연_장성유_이시구_양정화_송지현

고은별_김평원_이재성_강안_길지연_김경옥_김미라_서석영_박윤경

오원재_오은영_공광규_오타케 키요미_장수명

제3부 내가 만난 작가 박상재

장성렬_유정일_오점곤_공형국_박준온

최명표_이도환_김종헌_노여심_전명희_김용희_김경우_노경수_원유순

정혜원_이지현_김자환_정선혜_이정석_황혜순_김현숙_박영기_이성자

장영미_황선열

나와의 인연 4반세기

이재철(문학평론가, 계간 『아동문학평론』 발행인)

박상재 선생이 동화작가의 길을 길어온 지 어언 30년이 되었다니 우선 축하할 일이다. 나와 박 선생의 인연은 1983년 말로 거슬러 올라간다.

나는 그해 말 어효선 선생과 함께 한국일보 신춘문예 심사를 했는데 그때 당선한 사람이 박상재이다. 그는 전주에 살고 있었는데 「꿈꾸는 대나무」라는 작품으로 응모했었다. 1984년 벽두부터 신춘문예와 새벗문학상 장편동화에 동시에 당선되어 문단의 큰 주목을 받았다.

그해 내가 백병원에 입원하여 위암 수술을 받을 때 박 선생이 꽃다발을 사들고 병원으로 나를 찾아왔었다. 그때 나는 처음으로 박 선생을 상면했다. 그후 나는 박 선생에게 내가 이끌고 있던 현대아동문학회에 가입하라 했는데 한국아동문학회 회원이었던 그는 내 제의를 받아들이지 않았다. 그러다가 3단체가 합쳐질 때야 아동문학인협회로 합류를 했다.

박 선생은 소신이 뚜렷한 사람이다. 그가 단국대학교 문과대학 국문과 대학원에 입학시험을 보았을 때 나는 학과장이었다. 그런데도 사전에 내게 전혀 연락도 없이 시험을 보았다. 나는 면접 때야 그를 보고 깜짝 놀랐다. 그후 나는 박 선생의 논문 지도교수가 되었다. 논제가 '한국 창작동화에 나타난 환상성' 연구였는데 판타지를 다룬 우리나라 최초의 박사학위 논문이었다. 나는 이 논문을 요약해서 내가 주재하는 『아동문학평론』 평론부문 신인상에 응모하라 하였다. 하지만 그는 내 말을 듣지 않았다. 박사 논문을 어떻게 다시 신인상에 응모하느냐는 이유에서였다. 그는 나를 많이 도와주었지만 이렇게 뜻을 굽히지 않는 면도 있었다.

박 선생이 박사학위를 받자 나는 그를 1998년 봄부터 『아동문학평론』의 편집장으로 임명했다. 그후 만 7년 동안 잡지를 발행하는 일에 나를 성심껏 도와주었다. 그는 대인관계도 원만하여 가끔씩 출판사나 기업체의 광고도 곧잘 협찬 받아와서 잡지를 내는데 도움을 주었다.

박 선생은 아시아아동문학학회 부회장으로 2년마다 열리는 아시아아동문학대회에도 거의 빠짐없이 참가했다. 2004년 일본 나고야와 오사카에서 열렸던 아시아아동문학대회에서는 우수논문상을 받기도 하였다. 그는 상금의 일부로 우동을 사서 한국 참가단 전원에게 아침식사를 대접해 주기도 하였다. 또한 2006년 서울에서 열렸던 제7차 아시아아동문학대회 겸 제2차 세계대회에서는 집행위원장을 맡아 대회를 성공적으로 이끄는 데 기여하였다.

그는 동화도 쓰지만 아동문학을 학문적으로 연구하는 데에도 소홀히 하지 않았다. 또한 대학과 대학원에서 후학을 배출하는 데에도 게을리 하지 않았다. 그런 그가 요즘 들어서는 우리 문화를 소재로 한 동화 창작에 열중한다고 들었다. 아무쪼록 그의 뜻대로 동화 창작에도 천착하여 수준 높은 동화를 많이 쓰기를 바라고 한국의 아동문학 발전을 위해 더 많은 일을 하기를 기원한다.

동화에 사랑을 심어 온 30년

신현득(동시인)

필자가 《소년한국일보》 편집을 맡고 있을 때다. 〈마음의 꽃다발〉이라는 동화의 난이 있었는데, 원고지 여덟 장짜리 동화 단편을 10회 연재하는 지면이었다. 그때 박상재 작가가 발표한 작품 중에 학교생활 이야기가 있었다.

"작품을 이렇게도 재미있게 다룰 수 있을까."

작품 내용의 어린이들이 나누는 대화며 표현이 참으로 아기자기해서 편집국 몇 사람이 돌려 읽으면서 감동을 했던 기억이 난다.

그 뒤 나는 아동문학평론 편집동인으로 박 선생과 자주 만났다. 박 선생에 대한 인상은 후덕하게 보이는 미남이다. 키도 체격도 목소리도 미소도 그저 좋게만 갖춘 미남이다. 서두르지도 느긋하지도 않은 동작이 그렇고, 말솜씨까지 표준이다.

일을 하다 보면 더러 짜증나는 경우를 당하게도 되는데, 박 선생은 한 번도 얼굴을 찡그린 일이 없다. 이런 때에 그의 인품이 드러난다.

한민족아동문학대회와 아시아아동문학대회의 일로, 두 차례 중국을 방문한 일이 있다. 몇 사람씩 같은 호텔 방을 썼는데, 박 선생이 먼저 일어나 여럿을 대신해서 이불 밑에 팁을 넣어 두는 일은 빠뜨리지 않았다. 이런 사실에서 박상재 선생의 세밀함과, 남에 대한 배려를 알 수 있다.

그의 학구열이 또한 사람들을 감동시킨다. 직장의 여가 시간을 활용하여 학위를 마치기까지 고생이 많았던 것으로 안다.

박상재 작가는 작품 속에다 이러한 생활철학을 심어 두고 있다. 그의 작품은 어느 것을 대해도 따뜻한 사랑이 배어 있어서, 어린이에게나 성인 독자에게 좋은 자양이 된다. 박상재 박사의 창작 생활 30년은 작품 속에 사랑을 심어온 문학 여정이었다. 앞으로 그의 문학에 더욱 큰 빛이 있기를…….

사람 중에 진국

엄기원(동시인)

박상재 작가를 내가 처음 알게 된 것은 아마도 1980년이 아닌가 싶다. 한국아동문학회 모임에서 인사를 나눈 것으로 기억된다.

그러고 보니 어느새 30년 세월이 흘러갔다.

그 오랜 세월 지나는 동안 (물론 내가 문단의 선배긴 하지만) 박상재 작가와의 우정은 처음이나 지금이나 조금도 거리감 없이 가까이 지내고 있다. 그러니까 내 마음속에 '박상재는 참 사람 중에 진국'이라는 이미지가 각인되어 있다.

또 내가 《한국일보》 신춘문예 출신이기 때문에 같은 신문에 신춘문예로 나온 박상재 작가에 대한 관심도 여느 사람에 비해 조금은 다르다는 것도 한 가지 이유일 수 있지 않나 생각이 든다.

1983년 '새벗' 문학상에 당선된 장편동화 『원숭이 마카카』는 박상재 작가의 출세작이라 볼 수 있는데 내가 최초로 그의 장편을 읽고 '앞으로 동화작가로 크게 성공할 사람'이라고 신뢰하게 되었다.

뿐만이 아니다. 그는 초등학교 교사 생활을 하면서 어려운 여건을 극복하고 석사과정을 거쳐 단국대 대학원에서 마침내 문학박사 학위를 받은 입지적 인물이다.

내가 지금껏 글쟁이로 살아오면서 많은 문인을 사귀다 보니 별별 사람을 다 대하게 된다.

그 많은 문인을 분류해 보면 대충 크게 세 가지로 나누어진다.

첫 번째의 경우, 첫인상과 느낌이 매우 친근감을 주며 신뢰감이 갔는데 시간이 흐를수록 친근감, 신뢰감이 멀어지는 사람.

두 번째의 경우, 자기를 내세우며 은근히 자랑을 일삼아 처음부터 신뢰감이 안 가는 사람.

세 번째의 경우, 매사를 조심하는 듯 겸손하며 자기를 쉽게 들어내지 않으나 시간이 갈수록 친근감, 신뢰감이 가는 사람.

이 중에 박상재 작가는 세 번째 경우의 사람에 해당된다고 하겠다.

1997년 단국대 대학원 박사학위 논문은 「한국 창작동화에 나타난 환상성 연구」이다.

나는 1963년 동시로 등단하면서 계속 동시만 써오다가 1980년대 초부터 동화를 조금씩 써왔는데 동화의 본질도 모르면서 쓴다는 것이 무척 부끄러웠다. 그런데 박상재 작가가 보내 준 학위 논문집을 읽고 많은 공부를 했다. 그 책을 통해 마해송 · 강소천 · 김요섭 · 이영희 · 최효섭 · 유여촌 · 정채봉 작가들의 환상성 동화의 작품세계도 알게 되었다.

1998년에 그가 집문당을 통해 출간한 『한국 창작동화의 환상성 연구』는 앞에서의 논문집 원고에 아동소설과 1990년대 작가들의 동화 양상을 보완한 책으로써 한국아동문학사에 길이 남을 좋은 이론서로 평가받고 있다.

문학박사 박상재! 서력 30년의 동화작가 박상재! 인간 박상재!

그는 언제 어디서 만나도 반가운 사람이다.

문우들과의 술자리에서 곧잘 유머로 좌중을 즐겁게 하는 박상재 박사는 그가 부회장이며 실무를 맡고 있는 한국아동문학학회와 문단의 여러 모임에서 없어서는 안 될 사람이다.

박상재 작가의 문단 30년을 진심으로 축하드리며 건필과 건투를 빈다.

과묵하고 신중한 언행에 신뢰감 높아

조대현(동화작가)

'박상재' 하면 내 머릿속에는 큰 바위의 모습이 떠오른다. 모진 비바람에도 끄떡 않고 묵묵히 제 자리를 지키고 서 있는 바위—. 그가 왜 내 머릿속에 바위의 이미지로 각인되었는지 뚜렷한 계기가 있었던 것은 아니다. 다만 과묵하고 신중한 그의 언행에서 내가 받은 인상이 그렇다는 뜻이다.

그는 바위를 닮은 묵직한 인상답게 무슨 일에 쉽게 화내거나 조바심하는 법이 없다. 사람이 사회생활을 하다보면 대인관계나 업무 때문에 스트레스 받을 때도 있고 무엇에 쫓김 당하는 경우를 접할 때도 많은데, 내가 아는 한 그는 한 번도 얼굴 붉히거나 안달하는 것을 보지 못했다. 아무리 자존심 상하거나 시간에 쫓길 때라도 그는 여유작작하게 씩 웃으며 "세상일 다 그런 거지 뭐 . 천천히 합시다." 하는 식으로 매사를 여유롭게 받아넘기고 만다. 그럴 때 그의 모습은 마치 세상사에 초연한 도사 같은 모습이다.

그러나 공적(公的)인 일로 자존심에 침해받았다고 생각할 때는 거침없이 반론을 제기하는 과단성도 가지고 있다. 10년 전이던가? 대만에서 개최된 아시아아동문학대회에 참석했을 때의 일이다. 한·중·일 등 동남아 각국의 아동문학가들이 모인 세미나 자리에서 일본의 한 번역문학가가 한국의 아동문학을 말하면서 이런 실언을 했다.

"한국 아동문학가들이 작품을 일본어로 번역하여 내보내고 싶으면 작품 수준을 일본만큼 끌어올려야 한다."

누가 들어도 한국 아동문학을 비하하는 발언이었지만 창졸간에 당한 일이라 한국 작가들은 속으로 부글부글하면서도 당장 어떻게 대처해야 할지 몰라 서로 얼굴만 쳐다보고 있었다. 그때 박상재 선생이 분연히 일어나 그에게 항의하고 발언을 취소하라고 요구했다. 그에 힘입어 한국작가들 전원이 일어나 항의한 끝에 마침내 사과를 받아내고 말았지만 그때 박 선생이 한 행동은 참으로 순발력 있고 적절한 조치였다. 만약 그때 언어소통의 불편을 이유로 유야무야 넘어갔더라면 한국 아동문학의 자존심은 뭐가 되며, 그 일본인 번역문학가의 왜곡된 오만을 어떻게 꺾었겠는가.

이와 같이 그는 웬만한 일에는 감정을 잘 드러내지 않지만 꼭 필요한 일에는 거침없이 나서는 용기를 가지고 있는데, 나는 그의 '사나이'다운 그러한 성격에 무한한 신뢰를 가지고 있다. 남의 말을 함부로 이리 저리 옮기지 않고, 남의 단점에 대해서 이러쿵저러쿵 헐뜯지 않는 그의 과묵하고 중도적인 태도가 참으로 믿음직스러운 것이다. 그래서 문단일로 어려운 일이 생길 때면 나이 많은 내가 오히려 아우 같은 그에게 자문을 구하는 일도 종종 있다.

이렇게 말해 놓고 보니 그가 정말 바위처럼 무뚝뚝하고 바늘 끝 하나 들어가지 않는 원리주의자처럼 비칠 우려가 있는데 절대로 그런 것은 아니다.

그는 공석에서나 사석에서나 대화를 독점하기보다 남의 말을 경청하는 유형인데, 어쩌다가 오붓한 술자리 같은 데 앉으면 농담도 곧잘 한다. 묵묵히 남의 말을 듣고 앉았다가 능청스럽게 한마디 던지는 그의 'Y담'에는 배꼽 빠지지 않는 사람이 없다. 그만큼 유머도 풍부한 사람이다. 간혹 회식자리에서 이런 저런 일로 시비가 붙을 때면 그는 누가 시킨 것도 아닌데 자청해서 일어나 한 곡조 구성지게 노래를 열창하기도 한다. 그렇게 해서 분위기를 즐겁게 이끌기도 하는데 이런 데서는 그의 낙천적인 면모를 엿볼 수도 있다.

아마도 이런 낙천적인 기질이 바위를 닮은 의젓함이나 과단성과 합쳐 어지러운 세파 속에서도 그가 다방면에 걸쳐 의미 있는 성취를 이룩하는 동력으로 작용하지 않나 하는 생각을 해 본다. 다 알다시피 그는 생계가 걸린 일선학교 교사 자리에 목매어 있으면서도 10여 년 전 그 당시로서는 보기 드물게 아동문학 작가로서 박사학위를 취득했고, 이어서 대학 강의와 각종 문학강좌에 강사로서, 그리고 『아동문학평론』지의 편집자로서 1인 3~4역의 역할을 수행해 왔다. 보통 체력으로는 감당하기 어려운 일상인데 그는 이제까지 피로한 기색 없이 그 과중한 업무를 차질 없이 소화하고 작품과 비평 활동에도 꾸준한 정진을 보이고 있다. 이런 저력과 내공은 앞으로 그가 동화작가로서, 그리고 아동문학 이론가로서 대성하는 데 큰 자산이요, 디딤돌이 되리라 생각한다.

특히 그가 엄하고 까다롭기로 유명한 이재철 박사 문하에서 학위를 이수하고, 10년이 넘는 긴 세월 동안 사제간의 의리를 끈끈히 지키고 있는 것을 보면 그는 우리의 이 기대를 절대로 배반하는 일이 없으리라고 믿는다.

그런데 유감스럽게도 나는 아직 그의 작품을 체계 있게 읽을 기회를 갖지 못했다. 그래서 그의 작품에 대해서 뭐라고 말할 계제가 되지 못한다. 그러나 그가 학위논문으로 쓴 「한국 창작동화에 나타난 환상성 연구」는 밑줄까지 그어가며 흥미있게 읽었다. 이 논문에서 그는 판타지의 유형을 전승적 환상, 몽환적 환상, 매직적 환상, 우의적 환상, 시적 환상, 심리적 환상 등 6가지로 분류하고 우리나라 동화작가 일곱 명의 작품분석을 통해서 그 예(例)를 검증해 보이고 있다. 우리나라 아동문학계에도 이제까지 판타지에 대한 연구논문이 꽤 여러 편 나왔지만 실증적 연구를 통해서 판타지의 유형을 이렇듯 명쾌하게 분류해 놓은 논문을 보지 못했다. 아마 앞으로도 오랜 기간 동안 그의 이 분류는 후학들이 판타지를 연구하는 데 유의미한 선행자료로 길잡이 역할을 하게 될 것이다. 그것만으로도 그는 한국 아동문학 발전에 크게 기여한 셈이 된다.

이제 그는 전반기 30년간의 창작과 연구 성과를 중간결산하고 다시 후반기 대장정의 새로운 발걸음을 떼려하고 있다. 이 시점에서 그에게 바라는 것이 있다면 그 동안 이론 연구 때문에 후순위로 밀어놓을 수밖에 없었던 동화 창작에 좀더 박차를 가하여 문학사에 길이 남는 동화를 써 달라는 주문을 하고 싶다. 그러기 위하여 그의 건강이 연부역강하기를 기원하면서, 그의 전반기 업적과 후반기 출발에 힘찬 성원의 박수를 보내는 바이다.

겸손과 위트와 신명

강정규(동화작가, 한국아동문학인협회 회장)

나는 특별히 친한 사람이 없다.

사람들과 저만치(소월 김정식의 「진달래 꽃」에 나오는 '저만치'를 동리선생은 '이승과 저승과의 거리'라고 말한바 있지만, 나는 그저 '부부유별'의 '별'만큼의 거리라고 생각한다) 거리를 두고 살아왔기 때문이다. 참으로 몹쓸 버릇이었다.

박상재 선생님과의 관계 또한 마찬가지다. 내가 아직 젊었을 때, 나는 저 서울의 옥수동에 있는 (지금은 어디로 갔는지 모르지만) 한 회사에 다녔는데, 당시 선생은 그 인근의 옥정초등학교에 재직한바 있다. 내가 좀 서글서글한 면이 있었더라면, 그때 이미 함께 술도 마시고, 나중엔 어깨동무라도하고 한밤중 노래연습장에서 나오곤 했으리라.

'방정환문학상'이나 '새벗문학상' 시상식 때 선생이 사회 보시는 모습을 보면 흐트러지지 않은 자세를 견지하면서도 좌중을 즐겁게 만드는 위트도 갖고 있고, 최근 한국아동문학인협회 부산 세미나 때는, '방파제의 식후 공연' 때 아무렇지 않게 일어나시더니 덩실덩실 춤을 추시는 신명을 보여주셨다. 나는 그저 구경꾼에 지나지 않았는데 …….

선생은 1979년《전북신문》에 동화「꽃씨봉투」를 발표하면서 동화를 쓰기 시작했다. 이어서 같은 지면에「꽃나라 별나라」,「봄을 기다리는 아이들」을 쓰시고, 1979년《서울신문》에「가을무지개」를 연재하시기도 했다.

1980년에도 같은 신문에「진달래 꽃」,「잃어버린 마을」,「가을 속 두 빛깔」을 발표하셨고, 1981년엔 동화「하늘로 가는 꽃마차」로『아동문예』신인상을 받으셨다. 1983년『새벗』장편공모에『원숭이 마카카』로 당선, 이듬해 1월에는《한국일보》신춘문예에「꿈꾸는 대추나무」가 당선되었다. 그러니 금년으로 동화 인생 30년을 맞으신 것이다.

선생, 아니 박상재 박사님은 항상 겸손하시다. 대면할 때마다 사람 좋게 웃는 모습이 언제나 한결같다.

내가 좀 일찍이 사람을 가까이 했더라면, 박사님과도 좀더 친해져서 내 인생이 반짝반짝 빛났을 것을 ……. 아쉽기 그지없다.

동화의 본령인 환상동화를 지켜오신 선생님의 건필을 빈다.

동화작가의 길 30년을 걸은 박상재 선생을 기리며

신헌재(한국아동문학학회 회장, 한국교원대학교 교수)

동화작가, 박상재 선생이 아동문학계에 몸을 담고 동화를 써온 지가 어느새 30년 성상을 헤아리게 되었다구요? 하긴 그가 교육대학을 나와 초등교직에 발을 들여놓고서 얼마 안 되어 문단에 등단했는데 그의 교직 경력이 32년이 넘으니 동화 작가의 경륜도 그럴 만하군요. 아무려나 그 긴 세월 동안 작가의 길을 걸으며 많은 주옥 같은 작품들을 남기신 것을 축하하며 그 공을 기리는 뜻에서 몇 말씀 남기고자 붓을 듭니다.

우리 박상재 선생의 약력을 보니, 일찌기 3남 1녀의 장남으로 태어나서 초등학교도 채 마치지 못한 그 어린 나이에 선친을 여읜 상처가 있더군요. 그러고 보니 우리 작가는 사춘기도 겪기 전인 초등학교 때 이미 홀어머니와 세 동생을 거느린 가장이 된 셈이지요. 그러나 작가는 결코 그에 위축되거나 곁길로 가지 않고 오히려 굿굿이 자라서 초등교사와 동화작가의 길을 걸어온 것입니다. 물론 90년도에 상재한 『아빠곁에 있을래요』 같은 동화나, 2005년에 펴낸 『아버지가 그리운 도자기』 같은 그림동화 등으로 자기 내면의 상처를 달랜 듯한 면이 아주 없는 것 같지는 않지만, 그에 조금도 눌리지 않고 도리어 씩씩한 자립심을 가지고 성실하게 살면서 자신의 어려운 처지를 잘 극복해왔다고 하겠습니다.

그 점은 우리 작가가 초등교사로만 자족한 것이 아니라 좀더 알찬 교육에 정진한 경험을 살려 많은 업적을 낸 점으로도 알 수 있습니다. 예컨대 작가는 초등교직에 봉직하면서 얻은 노하우와 문재를 살려 초등국어교육에 도움이 될 여러 참고 도서 자료들을 펴낼 뿐아니라, 나라에서 편찬하는 국어과 국정 교과서의 집필위원, 심의위원으로까지 선임될 만큼 전문성을 인정받았다고 하겠습니다.

그리고 동화작가로만 자족한 것이 아니라, 하는 사람이 적은 아동문학 분야의 학문적 정립을 위해 학구적인 열정을 불태운 결과, 성균관대학교와 단국대학교에서 아동문학 동화 장르에 대한 연구로 석사와 박사학위까지 받을 만큼 그 공을 인정받았다는 점이 또한 작가의 성실함과 끈기를 입증해 주는 것이라고 하겠습니다.

그리고 지금도 그 전문성을 살려서 여러 연수원과 여러 대학의 강사로, 또는 겸임교수로 다니며 지도와 강의를 멈추지 않을 뿐아니라, 아동문학 관련 여러 잡지와 학회에 임원이요, 심사위원이란 직함을 가지고 학계 발전을 위해, 그리고 후진 양성을 위해 몸을 사리지 않고 앞장서고 있다는 점에서 작가의 아동문학에 대한 사랑의 깊이와 열정의 뜨거움을 엿볼 수 있습니다.

이렇게 작가가 어릴 때의 상처를 잘 극복하면서 아름답고 훌륭하게 잘 성장해온 모습을 돌아보면서, 나는 문득 하나님께서 우리 작가에게 베푸신 사랑과 은총을 깨닫고 감사하는 마음이 듭니다. 하나님께서 이 작가에게 어릴 때 편모슬하의 상처를 주신 것도 돌아보면 감사할 일이 아닌가 싶습니다. 왜냐하면 바로 그 상처를 극복하고자 하는 의지야말로 오늘의 작가를 있게 만든 그의 남다른 자립심과 끈기와 열정을 불러일으키는 진원지였기 때문이라고 생각하니까요.

또한 하나님께서는 우리 작가로 하여금 20대 초반에 초등교직에 들어와 30여 년 교직에 봉직하면서 해맑은 어린이들과 함께 지내게 해주셨고, 그 어린이들이 티없는 눈망울에서 동심을 길어와 동화를 쓰는 작가의 꿈을 갖게 해주셨지 않은가요! 그래서 우리 어린이들의 마음을 따사롭게 하고 멋진 꿈을 키우는 좋은 동화들을 써낸 박상재 선생이야말로 복을 많이 받은 복덩이라고 하지 않을 수 없습니다.

작가는 이제 앞으로도 그 복받은 자리에서 복을 누리며, 많은 어린 제자들에게 큰 꿈과 맑은 생각들을 키워내는 멋진 동화들을 계속 쓰기를 기원합니다. 그리고, 낙후한 아동문학계의 학문적인 성장과 문단적인 발전을 위해 앞으로도 계속 아동문학 관련 학회와 문단의 기둥 역할을 해주면서 그 역량을 발휘해 주기를 충심으로 기대하면서 이만 축하의 글월을 가름합니다.

아동문학계의 거목 박상재 박사

최 효섭(재미 동화작가, 목사)

박상재는 무슨 칭호도 그에게 붙일 수 있는 놀라운 존재이다. 그는 동화작가이고 아동문학평론가이다. 초등학교 교사이고 대학 교수이다. 시를 쓰고 소년소설을 쓰고 동화를 쓴다. 이론가이면서 80여 권의 작품집을 낸 초인간적이고 천재적인 문인이요 학자이다. 이론과 작품의 두 세계를 이만큼 넓게 왕래하는 아동문학인을 다시 기대하기는 어려울 것 같다. 문자 그대로 그를 표현할 수 있는 말은 아동문학계의 거목이라는 낱말일 뿐이다.

박상재의 학위 논문인 「한국 창작동화의 환상성 연구」를 자세히 읽어 보았다. 환상성은 필자가 동화의 필수적인 중심 과제로 생각하는 문제여서 학문적으로 어떻게 정리하였는지가 궁금하였기 때문이다. 나는 이 논문을 읽고 정말 놀랐다. 우선 그의 한국 아동문학에 대한 조사와 연구(Research) 활동이 상상할 수 없을 만큼 광범위하고 철저하였기 때문이다. 논문 한 편을 위하여 이렇게 많은 작품을 읽고 정리하고 작품들의 아동문학 발전에 있어서의 위치를 규명한다는 것은 대단히 어려운 과제이다. 그러나 그는 그 대업을 해내고 있다. 그뿐이 아니라 작품들의 테마와 문학성을 유형별로 구분한 것은 아마도 이 논문이 아동문학계에 기여한 큰 공적일 것이며, 앞으로의 작가들이 지향할 방향까지를 제시한 좋은 논문이었다.

박상재 박사는 아직도 50대 초반이니 작품과 이론 면에서 얼마나 큰 발자국을 남길지는 미지수이지만 지금까지의 30년만으로도 이미 거목의 자리를 굳혔다. 바라기는 어린이의 환상의 세계를 도입한 좋은 작품들을 많이 발표해서 후배 아동문학 작가들에게 동화 쓰기의 본을 보여주었으면 좋겠다. 필자는 외국에 거주하고 있기 때문에 박 박사를 자주 접할 기회는 없었으나 내가 받은 인상은 조용하고 차분하며 관찰이 예리하고 말이 논리 정연하며 따뜻함을 주변에 던지는 사람이었다. 내가 국내에 산다면 싫다고 해도 접근해서 친구가 되고 싶은 사람이다. 한 가지 염려되는 것은 활동 범위를 너무 넓히면 늙어서 후회한다는 점이다.

재주가 많은 만능 동화작가

이준관(동시인)

박상재는 못하는 게 없는 만능 재주꾼이다. 동화면 동화, 사회면 사회, 노래면 노래, 그리고 문학박사에다가 평론에도 일가견이 있다. 한 가지 재주도 갖기 어려운데 박상재는 많은 재주를 지니고 있으니 정말 복도 많은 친구이다. 박상재가 그런 재주를 갖고 있는지 처음 만났을 때는 몰랐다. 우리가 처음 만난 것은 1970년대 후반 전북아동문학회 월례 모임에서였다. 지금 이렇게 말하면 믿어지지 않겠지만 그는 별로 말이 없이 얌전히 앉아 있는 편이었다. 처음 만난 첫인상은 미소가 매력적인 미소년 타입이었고 무척 매너가 깔끔하고 세련된 도시풍의 분위기를 풍기는 인상이었다. 깔끔한 인상과 매너에다가 선배들을 깍듯이 대하고 비슷한 연배의 친구들과도 잘 어울려서 모두들 그를 좋아했다. 모임에 나오던 다른 친구들은 무슨 대작을 쓰겠다고 큰소리를 치곤 했지만 그는 그의 트레이드마크인 눈웃음을 살짝 지으며 조용히 앉아 있기만 했다. 그러다가 가끔 특유의 눈웃음을 치며 느릿한 말투로 재치 있는 말을 툭툭 던져서 주변을 웃기곤 했다.

그 무렵 언제였다. 모임이 끝나고 몇 명이 다방에 앉아 문학 이야기를 나누었다. 그때 그는 원숭이를 주인공으로 하는 장편을 쓰고 있다면서 구상한 이야기를 들려주었다. 그가 들려주는 이야기가 재미가 있어서 우리는 모두 귀가 솔깃해서 들었다. 그가 구상한 그 작품이 바로 그의 대표작인 『원숭이 마카카』라는 것은 새벗에 당선되고서야 알았다.

그는 『원숭이 마카카』로 새벗 장편동화에, 「꿈꾸는 대나무」로 《한국일보》 신춘문예 당선하여 화려하게 문단에 등단하였다. 그리고 직장도 서울로 옮겼다. 몇 년 후 나도 서울로 올라왔지만 이미 그는 서울에 자리를 잡고 박사학위를 취득한 후 대학 강사에 동화 창작에 무척이나 바쁘게 지내는 데다가 나하고는 장르가 달라 자주 만나지 못했다. 어쩌다 문단 행사에서 만난 박상재는 몰라보게 변해 있었다. 처음 만났을 때의 박상재가 아닌 박사에다가 대학 강사에다가 평론, 동화 창작법 등등 다방면에서 눈부시게 성장한 박상재의 모습을 보고 나는 깜짝 놀랐다. 그는 서울에 올라와 그 동안 마음속에 담아둔 문학적 끼를 마음껏 발산하여 아동문단의 든든한 버팀목으로 성장하였다.

박상재는 아동문단에서 알아주는 재치 만점의 재담꾼이다. 시상식이 끝나 뒷풀이를 하는 자리엔 그의 주변에 사람들이 많이 모여든다. 그리고 웃음이 끊이지 않는다. 그가 쏟아내는 재치 있는 유머에 모두 배꼽을 잡고 웃는다. 언젠가 박상재가 중국 장가계 여행을 갔다가 함께 동행한 여행객 가운데 그의 말에 너무 웃어서 한 여자 여행객이 배탈이 나서 약을 먹었다는 그의 말에 나는 고개를 끄덕였다. 박상재의 유머와 재치라면 충분히 그러고도 남을 것이라 생각했기 때문이다. 그가 사회를 보면 행사장 분위기가 화기애애하다. 그의 순발력 있는 재치와 유머에 웃음이 폭죽처럼 터진다. 어쩌다 누가 실수를 해도 유머 넘치는 재치 있는 말로 분위기를 유쾌하게 반전시켜 참석자들을 즐겁게 해준다. 참으로 유쾌하고 상쾌한 친구여서 많은 사람의 사랑을 받는 행복한 작가가 바로 박상재이다.

박상재는 동화의 환상성에 관심이 높다. 한국 창작동화의 환상성 연구에는 독보적인 존재이다. 그는 연구 결과를 『한국 창작동화의 환상성 연구』, 『한국 동화 문학의 탐색과 조명』이라는 두 권의 연구서에 담아내었다. 우리 동화에서 점차 환상성을 살린 동화가 사라지고 있는 현실이어서 박상재의 한국 창작동화 환상성 연구가 더욱 소중하고 값지게 다가온다.

그는 환상성 연구뿐만 아니라 동화에서 환상성을 잘 살리고 있는 작가이다. 그는 동화의 본질을 지키는 몇 안 되는 동화작가 중의 하나이다. 동화의 본질이라면 무어라 해도 환상성이다. 그가 쓴 동화는 환상성이 있는 동화가 대부분이다. 그는 동화의 본질과 순수성을 지키는 환상 동화의 지킴이다. 언젠가는 환상성을 잘 살린 그의 동화가 높은 평가를 받으리라 믿는다.

박상재는 대학에서 후진 양성에도 힘을 쏟아 그가 길러낸 제자들이 한두 명이 아니다. 그의 제자들이 아동문학 연구에 큰 활동을 하고 있고 더러는 동화 작가로 등단하여 좋은 작품을 쓰고 있다. 그의 주변엔 늘 제자들이 떠나질 않는다. 그는 『동화 창작의 이론과 실제』라는 책을 써서 동화를 쓰려는 후배들에게 많은 도움을 주었다. 그가 길러낸 제자들이 앞으로 우린 아동문단에서 큰 활동을 하리라 기대된다.

아직도 내 기억 속에 남아 있는 박상재는 깔끔한 인상에 매너가 세련된, 그리고 상큼한 눈웃음이 매력적인 스무 살 후반 무렵의 그의 동화 「꿈꾸는 대나무」처럼 꿈꾸는 문학청년인데 벌써 동화 창작 30년이 되었다고 한다. 동화 창작 30년을 축하하며 부디 그 젊은 시절의 패기와 싱싱함을 잃지 말기를 선배로서 당부한다

유머와 인간미 넘치는 동화작가

박상재 인물론

이준섭(동시인)

1. 출생과 문인의 길

박상재 하면 무엇이 떠오를까? 보는 관점에 따라 조금씩 다르겠지만 많은 사람들 앞에서 유머를 적재적소에 잘 구사하여 많은 사람들에게 웃음을 선사하고 다정다감한 성격으로 친화력을 발휘하고 있다는 점을 꼽을 수 있을 것이다. 더불어 불굴의 의지로 학문에 천착하여 문학박사가 된 후 여러 대학교(단국대, 명지대, 한국교원대, 서울교대 등)에서 강의를 하면서도 놀랄 만한 양의 저서를 줄기차게 발행하고 있다는 점을 들 수 있을 것이다. 이런 능력은 그의 천재성과 무관하지 않음을 알 수 있다. 일찍이 발명왕 에디슨은 천재란 1%의 영감(靈感)과 99%의 노력으로 얻어진다고 말했다. 이를 증명하는 문인들 중의 한 사람이 바로 박상재가 아닌가 생각된다.

그는 문단 데뷔 후 지난 30여 년 동안 발표한 50여 권의 동화집(그림동화 포함), 32권의 위인전, 세계명작, 전래동화, 글짓기 지도서만 보더라도 놀라움을 금할 수 없다. 이는 보통 사람들은 따라잡을 수 없는 그의 성실성과 꾸준한 노력에 기인한다고 보아야 한다.

그는 1956년 2월 3일 전북 장수군 계북면 어전리 886번지에서 부친 박용식 씨와 모친 안용선 씨 사이에서 3남 1녀 중 장남으로 태어났다. 6·25 전쟁에서 전상당한 그의 부친은 가족의 생계비를 정부에서 주는 보훈연금에 의지하며 조그만 논밭다랑을 지으며 연명해야 했다. 다행인 것은 정부에서 보훈대상 자녀들에게 고등학교까지 학비를 지원해주어 그는 대학을 졸업할 때까지 단칸셋방에 살면서도 과외 지도 등의 아르바이트를 해가며 면학을 할 수 있었다.

인물론 청탁을 받고 취재 겸 우정을 북돋고자 구일우성아파트 204동 601호에 들렀더니 그의 선친이 남기신 낡은 일기장을 5권 정도 보여주었다. 달필의 청색 잉크로 써내려간 낡은 일기장 속엔 첫아이(박상재)를 출산할 때의 초조함과 기대감이 잘 표현되어 있었다. 그 어려운 시대에 잊지 않고 꾸준히 일기를 썼다는 것은 문인의 기질을 박상재에게 가장 많이 물려주었을 것으로 추측된다. 아쉽게도 그의 부친은 그가 초등학교 6학년 때 전쟁에서 얻은 숙환을 이기지 못하고 시름을 술로 달래오다가 너무 일찍 작고하셨다.

초등학교 다닐 때 1등을 도맡아하던 박상재는 장수군 계북초등학교에서 최초로 전주북중학교[1]에 당당히 합격했다. 개교 이래 전주북중학교의 최초 합격은 학교의 경사이자 장수 지역의 경사이기도 했다.

박상재의 문학적 재능은 계북초등학교 5학년 때 논개제전 행사의 일환으로 열린 장수군민 백일장에 나가 동시부 장원을 차지한 것으로 촉발되었는데, 이때 그는 이미 문인의 길을 걷도록 예견되어 있었는지도 모른다. 그의 모친은 아들의 전주 유학을 계기로 초가집을 처분한 후 어린 자녀들을 이끌고 전주로의 이사를 감행한다. 박상재는 전주북중학교를 졸업하고 호남의 명문인 전주고등학교에 진학 문예부에 들어가 교지 『노송원』 편집위원으로 활동하면서 문학의 길로 힘

1 이 학교는 전북지방에서 천재들이 들어가는 일류학교였는데, 입시공부에 몰두했던 그는 합격 후 코피를 쏟을 만큼 심한 후유증으로 병을 얻기도 함.

차게 걸어가게 된다. 그가 2학년 때 습작한 단편소설을 김경환 선생님(국어 담당)이 입수하여 수업 시간에 반마다 다니며 읽어주었다는 이야기는 유명하다. 중학교 시절부터 가정형편 때문에 육사나 공사 같은 사관학교 진학의 꿈을 갖고 있었으나 고교 졸업 후 1년 동안 아르바이트를 하면서 진로를 바꾸게 된다. 1975년 전주교육대학에 진학하여 예비교사의 길을 걸으면서 학보사에 들어가 편집국장을 맡기도 한다. 이 무렵 교내 백일장에 출전 시 부문에서 차상을 차지하기도 하고 대학신문에 여러 편의 콩트와 시를 발표하기도 한다. 이렇게 그는 한 사람의 문인으로서 기본 실력을 차근차근 쌓아가고 있었다.

박상재가 데뷔한 것은 1981년 월간 『아동문예』 신인상에 동화 「하늘로 가는 꽃마차」(이준연 심사)가 당선하면서부터지만 사실은 2년 전으로 거슬러 올라가게 된다. 그는 1979년 5월 2일자 《전북신문》에 처녀작이라 할 수 있는 동화 「꽃씨봉투」를 발표하면서 지방 문단의 주목을 받았다. 그후 「꽃나라 별나라」, 「봄을 기다리는 아이들」 등을 발표하고 《서울신문》에도 토요연재 동화란에 1979년 11월 「가을 무지개」, 이듬해 「진달래꽃」, 「잃어버린 마을」, 「가을 속 두 빛깔」 등을 연달아 발표하면서 원고료까지 수령했으니 제도권을 벗어나 생각해 본다면 1979년도를 그의 데뷔로 보는 것이 더 타당하다 할 것이다.

한편 박상재는 재도전의 정열과 불굴의 의지를 갖고 새로운 동화 세계를 개척하기 위해 노력하였다. 그는 등단 후, 《경향신문》, 《농민 신문》, 《전북신문》 등 신문 잡지에 발표하는 것으로 만족하지 않고 1983년 월간 『새벗』에서 모집한 장편동화 모집에서 『원숭이 마카카』(박홍근, 박경용 심사)로 당선하는 영광을 차지했다. 이후 이 책은 대교출판에서 재출판되어 10쇄까지 발행, 이 나라 어린이들에게 많이 읽히는 책의 하나가 되었다. 1983년 박상재에게 특별한 해이다. 부인 양은숙과 혼인하여 그해 아들 현우를 낳았고 2년 후에는 딸 지현을 낳았다.

이어서 1984년 《한국일보》 신춘문예에 「꿈꾸는 대나무」(어효선, 이재철 심사)가 당선되어 가장 화려한 데뷔의 영광을 떨쳤다. 이런 끊임없는 문학 창작의 정열을 사루면서 영광의 나래를 펼치는 것도 그의 99% 노력과 1% 천재성에 기인하다 할 것이다.

2. 학구열과 교과서 집필, 심의

1977년 전주교육대학을 졸업하고 3개월 정도 전주형문전수학교 강사로 일하던 중 그해 5월 전북 순창군 쌍치면 금국초등학교, 김제군 심창초등학교 교사로 발령받아 학생들을 지도하면서 스스로 창작 활동에도 정진하고 있었다. 1984년도 서울 연촌초등학교에 전보 발령을 받아 서울로 이사를 한다. 이로서 박상재의 학구열은 더욱 뜨겁게 불타오르기 시작한다.

그 이듬해인 1985년 3월 서울교육대학에 편입학하여 1987년 졸업하게 된다(교육학사 취득). 이어서 1991년 2월 성균관대학교 교육대학원 국어교육과를(석사학위 논문—「한국 창작동화 아동소설 연구」) 졸업하며 학업 우수상을 받는다. 이에 그치지 않고 단국대학교 대학원 국어국문학과에 진학하여 1998년, 「한국 창작동화에 나타난 환상성 연구」로 문학박사학위를 취득한다. 그의 이러한 학구열은 초등학교 때부터 발휘된 천재성에 기인한 것이 아닌가 생각된다.

이렇게 깊이 있고 체계적으로 탐구한 내용을 단국대학교, 명지대학교 한국교원대학교 등에서 강의를 계속하고 있다. 이런 강의는 아동문학에 대한 막연한 호기심으로 시작하는 젊은이들에게 확고한 아동문학관을 심어 주고 그들에게도 올바른 동시 동화 평론 등 창작의 보람과 긍지를 찾아 주고 있을 것이다.

다음으로는 박상재를 논할 때 여러 기관의 연구위원, 국정교과서 집필과 심의위원의 권위를 빼놓을 수 없다. 그는 1991년 국립중앙교육 평가원 연구위원을 시작으로 창작과 학생지도를 계속하면서도 본격적인 교과서 집필을 위한 연구에 착수한다. 그해 그는 초등학교 1종도서 국어과 특수학교용 집필위원이 되었다.

1994~1995년도에는 서울대학교 국어교육연구소에서 연구위원으로 근무하면서 초중고 학생들의 독서 체계 연구를 위한 본격적인 연구와 프로젝트 개발을 했다. 또한 1998년에는 서울대학교 국어교육연구소에서 사고력 개발을 위한 자문위원으로 일하면서 초등학생들의 사고력 개발에 대한 심도 깊은 연구와 집필을 하여 교육발전을 위해 공헌했다.

1995년에는 초등학교 국어과 교과서 6차 교육과정 심의위원으로 선임되었다. 이에 본격적으로 국어교과서 집필 제작에 참여하여 보다 훌륭한 교과서를 만들기 위해 심혈을 기울였다.

이어서 1998년 제7차 초등학교 교육과정 국어과 교과서 심의위원으로 활동하여 그 공로를 인정받아 부총리 겸 교육인적자원부장관 표창을 2000년도에 받았다. 또한 1998년에는 『한국 창작동화의 환상성 연구』(집문당)로 문화관광부의 우수학술도서로 선정되는 영광을 안기도 했다.

이런 깊이 있는 연구와 새로운 구상력은 공부하는 일이 몸에 배인 그의 특수한 체질 때문이기도 하거니와 학생들을 훌륭한 인재로 길러내야겠다는 그의 신념 때문이기도 할 것이다.

박상재는 학문연구와 교과서 집필 외에도 아시아아동문학회 및 한국아동문학회 부회장으로 일하면서 연구와 강의에 몰두하고 있으며 그 결과 『아동문학창작론』(1997. 학연사 발행 공저), 『한국창작동화에 나타난 환상성 연구』(1998, 집문당 발행), 『한국동화문학의 탐색과 조명』(2002. 집문당 발행), 『창작동화의 이론과 실제』(2002, 집문당) 등을 발행하는 놀라운 성과를 거두고 있다. 이런 교재들은 아동문학을 공부하겠다는 젊은이들에게 훌륭한 지침서가 되고 있다.

이렇게 연구와 창작을 위한 노력의 결과라고나 할까? 그의 수많은 동화작품들 가운데 제7차교육과정 초등학교 교과서에 2편의 창작동화가 수록되는데, 4학년 2학기 읽기교과서에 「소쩍새를 사랑한 떡갈나무」가 6학년 2학기읽기 교과서엔 「연할아버지」가 실려 있다.

3. 주요 문단 활동 및 성과

박상재의 문단활동은 50권이 넘는 순수 창작동화집의 발간, 30권이 넘는 위인전 및 전래동화의 재창작, 그리고 글짓기 지도활동 등으로 압축할 수 있겠다. 그의 나이 아직 50대 중반이니까 요즘 시대의 흐름으로 보아서는 앞으로도 지속적으로 문학적 정열이 타오를 수 있음을 감안하면 앞으로도 족히 20권은 넘는 동화집이 나올 것으로 기대가 되는 작가이다.

그 가운데 주목의 대상이 되는 것은 1983년 새벗사 주최 300만원 고료 현상공모에서 당선한 장편동화 『원숭이 마카카』는 오늘날도 어린이들이 즐겨 읽는 동화 가운데 하나로 10쇄 이상 발행했다. 보르네오에서 살던 원숭이 마카카가 한국인 근로자들의 목숨을 구해준 인연으로 한국의 동물원에 갇혀 살다가 화재로 숨져 하늘나라로 갔다가 슈퍼원숭이가 되어 다시 지리산에 내려와 반달곰, 멧돼지 등 동물 가족과 함께 행복하게 살아간다는 내용을 큰 줄거리로 자유와 생명 존중 사상을 바탕으로 문명 발전을 비판한 장편동화이다.

이 작품은 이야기의 서사구조가 탄탄하고 스케일이 크며 환상성과 함께 생태문학적 요소도 담보하고 있어 문단의 주목을 모은 획기적인 작품으로 평가된다. 이와 같이 훌륭한 문학작품은 현실을 뛰어넘어 환상적인 상상의 세계를 보여줄 뿐더러 미래 세계를 예언하는 역할도 한다. 시작품에서는 더러 이런 예언적인 구절이 있어왔지만 동화에서 미지의 세계를 예언하기란 작가의 예리한 통찰력과 탁월한 상상력, 미래 세계에 대한 심도 있는 분석과 창작력이 발휘될 때만이 가능하다 할 것이다.

한편 박상재는 한국글짓기지도회 사무국장을 거쳐 지금은 부회장으로 일하면서 글짓기지도 분야에서도 남다른 관심을 갖고 참가하여 업적을 달성하고 있다. 글짓기 분야의 저서로서는 『글짓기 완성』(곰), 『논설문 나도 잘 쓸 수 있다』(예림당), 『글쓰기 이렇게 시작하세요』(동아출판사), 『나도 이제 어린이 작가』(중앙교육연구소, 저학년용), 『논설문 설명문 쓰기』(경원각), 『초등학교 시조교실』(예림당), 『우리 옛시조 100수』(재능교육), 『글짓기 나라』(재능교육, 공저) 등의 많은 저서를 발간하여 현장에서 꾸준히 지도하면서 각종 글짓기대회의 심사도 계속하고 있다. 이런 공로를 인정받아 계몽사 독후감 공모 지도교사상을 수상(1985. 6월)했고, 한국방송위원회 주최 어린이 시청감상문 공모 지도교사상(1996. 10월)을 수상하기도 했다.

또한 그는 2년마다 열리는 아시아아동문학대회에도 빠짐없이 참가하여 우리나라 아동문학의 국제화에도 남다른 관심을 갖고 노력하고 있다. 지난 2004년도에는 일본 나고야에서 개최한 제7차 아시아아동문학대회에서 "한국동화에 나타난 반전 평화사상"이라는 주제발표를 하여 오사카 국제아동문학관에서 수여하는 우수논문상과 상금도 받았다. 뿐만 아니라 2006년 8월에 서울에서 개최된 제2차 세계아동문학대회에서는 집행위원장으로 활약하며 매끄럽고 빈틈없는 진행으로 대회를 성황리에 치르기도 했다.

그는 아동문학 심사 분야에서도 단연 두각을 나타내고 있다. 1993년부터 〈새벗문학상〉 운영위원 및 심사위원으로 활동하고 있는 것을 비롯하여 『아동문학평론』 신인상 동화 심사위원, 〈MBC창작동화상〉, 『아동문예』, 『아동문학세상』 등 각종 문학지와 각종 어린이 글짓기 대회의 심사를 맡고 있다.

오늘도 그는 서울특별시교육청 장학위원으로 활동하면서 서울교육연수원, 부산교육연수원들 비롯한 전국 80여 개 도서관, 초등학교 등에서 문학교육 및 독서지도 분야에서 열강을 토해내고 있는 우리 한국 문단의 보배이다. 이것도 다 그의 창작에 대한 꾸준한 정열이 불타오르고 있으며, 보다 차원높은 아동문학 학문을 연구하고자하는 학구열의 발로요, 각 대학에서의 열강과 심사 등으로 인정받고 있기 때문이다.

박상재, 그는 누구보다 우리 아동문학 발전을 위해 크게 이바지하고 있는 사람들 중의 가장 중요한 한 사람이라고 확신한다. 그에게 주어진 〈한국아동문학상〉(1993), 〈방정환문학상〉(2002), 〈한정동아동문학상〉(2008) 등은 그가 이바지하고 쌓아온 아동문학에 대한 공로에 비해 과소평가되었다고 할 수 있다. 하지만 그는 오늘도 아동문학 발전을 위한 다양한 활동을 하며, 타고난 친화력과 따뜻한 인간미, 성실성과 유머 감각으로 한국 아동문학의 중심에 서 있다. 그의 따뜻한 인간미는 그가 대학이나 문단에서 배출한 제자나 후학들의 입을 통해서, 더 구체적으로는 지금도 매년 1~2회씩 꾸준히 실시한다는 헌혈을 통해서도 확인할 수 있다.

어차피 문학작품 창작도 따지고 보면 결국 남들에게 즐거움을 선사하기 위해 다양한 새로운 지식과 정보, 상상력을 근간으로 온갖 정성과 사랑을 다 바쳐야 하는 운명적인 작업이라 생각한다. 이런 가운데 박상재가 우뚝 서서 힘차게 걸어가고 있다고 생각하니 우리 아동문학의 미래가 더욱 기대되고 든든해진다.

오늘은 문우 박상재의 좋은 날

김은숙(동화작가, 아동문학사상 발행인)

박상재는 나의 문학 후배다. 또한 박상재는 나의 문우다.

내가 굳이 그리 칭함은 만남이 있을 때 마다 먼저 다가와 환한 웃음을 선사하고 밝은 덕담을 건네는 사람이라서다. 선후배 사이도 아니고 남자와 여자 사이도 아니고 그냥 안녕? 그동안 잘 있었어? 하고 싶은 거다. 그리고 사랑스럽다. 나이 지긋한 어른보고 사랑스럽다니, 하겠지만 정말 사랑스럽다. 선한 하회탈 같은 모습에 걸음새가 하필 내 아들과 흡사하여 더욱 친근감이 간다.

흔히 문학을 하는 사람을 두고 말할 때 될수록 사람은 접어두고 작품만 보라고 말한다.

혹여, 사람을 가까이 하다가 작품의 속내를 제대로 보지 못할까 저어하여 하는 말일 게다. 바람직한 태도다. 하지만 엄밀히 말해 그것은 불가능한 일이다. 사람이 글을 쓰고 글이 사람을 품어 안고 있는데 글과 글을 쓴 사람을 어찌 칼로 무 자르듯 할 수 있을까 싶어서다. 더구나 박상재를 생각하면서는 이 말에 과민하지 하지 않아도 좋을 성 싶다.

사람을 보고도, 글을 보고도, 참 순한 사람, 참 선한 작품이라는 인상을 갖고 있다.

우리가 지어내는 이야기란 결국 인간이 세계를 인식하는 근본적인 한 방식이다. 그리고 우리의 삶 자체가 무수한 이야기에 둘러싸여 있다. 이것을 생각한다면 박상재의 글은 곧 박상재라는 한 인간이 세계를 인식하는 방식으로서의 이야기이고 그 이야기는 박상재를 둘러싸고 있는 삶의 숱한 질료에서 얻어진 것이다.

그의 작품을 일부러 시간을 내서 다시 읽어보았다.

『원숭이 마카카』는 그의 말대로 그가 처음 써 본 장편동화다. 그런데 그걸로 〈새벗문학상〉을 받았다. 첫 작품으로 유명한 문학상을 받았다 함은 그 자신으로 보아도, 같은 길을 걷는 문우들의 눈으로 보아도, 가히 축복이다. 책의 부제가 제시한 대로 생명의 존엄성과 자유의 소중함을 주인공 원숭이 마카카를 통해 신나고 아리게 펼쳐내고 있다.

첫 작품이란 생각이 들지 않을 만큼 생생하고 짜임 있는 구성력으로 문재(文才)를 드러내보임에 새삼 '사람 좋은 박상재' 위에 '글 잘 쓰는 박상재'를 상재(올려놓음)했다.

이후 그의 작품은 작은 생명들에 현미경을 대고 마음을 건네며, 잘 들리지 않는 작은 생명들의 이야기에 귀 기울인다. 기울이면서 관계의 미학을 간파하기도 하고 생태 지식으로서 동식물들을 안내하기도 한다.

개미가 된 민이가 안내원 개미에게 '체리'라는 이름을 지어주자 안내원 체리가 감격, 하느님의 뜻으로 알겠다며 기뻐한다(「개미가 된 민이」).

우리가 너무나 좋은 일을 얻게 되면 하늘이 준 행운으로 알듯 작품 속 안내원 개미 또한 이름을 얻은 것에 감동하는 것이다. 그로 해서 민이는 체리의 지극한 안내를 받으며 개미나라를 속속들이 알게 된다.

이는 무엇인가. 관계의 미학이다. 이름을 지어줌은 기억을 하겠다는 마음이다. 기억하겠다는 마음은 관심을 갖겠다는 약속이다. 관심은 곧 사랑이다.

「술 끊은 까마귀」에서는 천연기념물로 보호되는 흑두루미, 효도새로 사람들 일깨워주는 까마귀, 작은 몸뚱이로 힘껏 노래하는 굴뚝새 등이 등장, 생태에 부응하는 이야기를 엮어 다양한 메시지를 제시하고 있다.

「꿀벌 삼총사」에서는 아주 작은 생물들의 모험과 열정적인 활동을 통해 오늘의 어린이 그리고 오래전에 어린이였던 사람들에게 많은 깨우침을 주고 있다. 자연의 모든 존재와 현상이 곧 인간의 스승임을 일깨워주기도 한다. 우리 모두의 한 숨 한 숨이 자연의 혜택 속에 이어지고 안개 너머 보이지 않는 판타지의 세계가 정작 보이는 현실의 세계보다 더 큰 용적율을 갖고 있음을 꽃과 벌과 나비와 개미와 새들의 작지만 큰 역할에 대입, 보여주고 있다.

그런가 하면 박상재는 남자라서 아빠인데 지어낸 이야기는 엄마처럼 따숩고 향기롭다. 훈이를 구하려다 물과 함께 떠난 아빠의 몫까지 보태서 사랑하는 훈이의 눈에 색색의 봄꽃들을 담아주고 싶어하는 향기로운 엄마다(「훈이와 징검다리」).

물론 작품에 대한 따끔한 생각도 없지는 않다. 그러나 오늘은 날이 날인만큼 다른 이야기는 접기로 하고 멕시코의 원로 작가 마리아 루이사 멘도사가 한 인터뷰에서 한 말에 나의 생각을 보태서 박상재에게 보내는 축하의 끝인사로 대신하련다.

"소설가는 신이다. 우리가 살아가는 우리의 세계를 구축하는 신이다. 한 편의 동화를 만들어내는 동화작가는 신이다. 동화의 신이다.

왜냐하면 어린이의 언어는 신의 언어에 가장 닮아 있고 또 그래야 하기 때문이다."

장수처럼 장수를 지키는 선생님

배익천(동화작가, 계간 『열린아동문학』 주간)

박상재 선생님.

10월입니다.

문득, 10월은 선생님의 동화나라 세월 30년과 참 어울린다는 생각이 듭니다.

'벌써 그렇게 됐나?'

하면서 『원숭이 마카카』를 떠올렸습니다. 뭐니뭐니 해도 '박상재 선생님' 하면 제 머릿속에서 두더지 머리처럼 불쑥 솟아오르는 게 『원숭이 마카카』이기 때문이지요.

당시에는 동화집이 양장으로 만들어지는 예가 드물었는데, 그 책을 받고 부러워하던 일이 새삼스럽습니다. 뿐만 아니라 머리말도 참 인상적이었지요. '소년소설이 아닌 본격적인 장편동화'를 써야겠다는 그 다짐이 제 마음속에서도 대추씨처럼 여물었습니다. 그래요, 『원숭이 마카카』는 선생님의 그 다짐을 꽃피운 대단한 장편동화였습니다. 혹시, 인도네시아에서 근무하거나 다녀오신 일이 있나 싶을 정도로 탄탄한 배경을 가진 『원숭이 마카카』는 선생님의 의도대로 충분히 '자유'를 가슴 가슴에 새겨주고 있었습니다.

아마, 선생님도 『원숭이 마카카』를 다른 작품에 비해 소중하게 생각하시리라는 생각이 드는데요, 그것은 환경과 열정의 소산일 것 같습니다.

저도 그랬지만, 1980년을 전후한 그 무렵 초등학교 교사로 있다가 도시로 나온 동시인, 동화작가가 참 많았지요. 선생님을 비롯해서 김병규 선생님, 송재찬 선생님, 이동렬 선생님, 노원호 선생님, 박두순 선생님 등 모두 '시골학교 선생님'이셨지요. 지금도 우리는 그때를 생각하면 가슴이 설레이지요. 퇴근하면 오직 글 쓰는 일밖에 모르던 산골 소년 같은 우직함, 그 순수함, 한없이 너른 가슴으로 껴안아 주던 정겨운 산하, 그것에 뿌리를 내리고 계절마다 피고 지던 수많은 꽃들과 지즐거리고 뛰어다니던 목숨들, 그리고 비, 구름, 바람. 『원숭이 마카카』도 그런 환경 속에서 해처럼, 달처럼 둥실 솟아 오른 작품일 거라는 생각이 듭니다. 한적한 시골 학교를 배경으로 그것을 쓰고 계신 선생님을 생각해 봅니다. 그리고 1989년에 펴낸 『원숭이 마카카』에 실린 선생님 사진을 봅니다.

'어쩌면 저렇게 잘생기고 순박한 청년이 있을까?'
하는 생각이 절로 듭니다.

올해 전주, 태안으로 가는 길이 몇 번 있었습니다. 전에도 몇 번 그 길을 다닌 적이 있었는데 그 때마다 이정표에 '장수'가 보이면 커다랗게 떠오르는 얼굴이 선생님 얼굴이었습니다.

'여기가 박상재 선생님 고향인데…….'

선생님을 모르는 분이 곁에 있어도 그렇게 중얼거렸지요. 비록 선생님은 서울에 몸을 담은 지 오래 됐지만 '동화작가 박상재'는 그렇게 홀로, 의연하게 장수처럼 장수를 지키고 있었던 것입니다.

선생님

30년!, 어느 새 여기까지 왔나—하고 뒤돌아보면, 가물가물 동화의 길이 그래도 참 아름답지요! 앞으로도 그 아름다운 길 10년, 20년, 또 30년, 잘생기고 순박한 청년의 마음으로 뚜벅뚜벅 장수처럼 걸어 가시길 축원 드립니다.

동화 속에 묻혀 사는 무지개 소년처럼

윤이현(동시인)

박상재 동화작가!

우리가 만났던 때가 엊그제 같은데, 어느새 30년 경력의 작가시라고. 새삼 참 빠른 세월을 실감해 봅니다.

그러니까 30년 전, 제가 5년여 동안 회장의 임무를 끝 낼 무렵 우리는 '전북아동문학회'에서 동인으로 만났었습니다. 20대 초반의 패기 넘치는 초등학교 선생님으로 입회를 하셔서 회원들 모두 환영의 박수를 힘차게 보냈던 기억이 희미하게 떠오릅니다.

입회를 한 뒤, 오래 되지 않은 1981년에 월간 『아동문예』에서 「하늘로 가는 꽃마차」로 신인상을 받으면서 바람을 일으키더니, 83년에 『새벗』에서 『원숭이 마카카』로 장편동화에 당당하게 당선, 이듬해인 84년 《한국일보》 신춘문예에 「꿈꾸는 대나무」로 우리를 놀라게 했었습니다. 그야말로 몇 차례에 걸친 화려한 데뷔를 거듭하면서 회원들의 부러움을 샀던 것입니다.

큰 고기는 넓은 바다에서 살아야 한다더니, 그 무렵 박 작가는 서울시내 초등학교로 근무처를 옮겨서 바야흐로 서울에서의 활동이 시작되었던 것입니다.

사실 우리 회원들과 나는 보물덩어리 같은 박 작가를 떠나보내는 아쉬움이 컸지만 일찍이 활동무대를 넓혀가는 그의 장도를 빌며 손을 흔들지 않을 수가 없었습니다. 그리하여 형제처럼 지내며 한 달에 한 번 씩 만나서 작품이야기를 나누고 술잔을 기울이며 지내던 일은 끝나고, 지면을 통해서 발표되는 작품으로 그의 왕성한 창작활동을 지켜보며 지내온 세월이 글쎄 바로 엊그제 같은데 30년이라니 감회가 깊어짐을 어찌하겠습니까.

그후, 그는 넘치는 학구열로 서울 교대에 편입, 성균관대학교 교육대학원 석사, 다시 또 단국대학교에서 박사과정을 마침으로써 당당하게 문학박사로 자리를 굳히며 우뚝 서는 모습을 멀리서 지켜 볼 수 있었습니다.

그뿐 아니라 초등학교 국어과 교과서 집필위원, 심의위원, 『아동문학평론』 동화 신인상 심사위원, 명지대학교 강사, 한국교원대학교 겸임교수, MBC 창작동화대상 심사위원 등 굵직굵직한 일을 맡는 등 참으로 많은 일을 해 오고 있음을 전해들을 수 있었습니다.

물론 본업인 교직에 충실하면서, 또 어린이들이 좋아하는 환상의 동화를 쓰면서 말입니다. 그러니 우리 같은 보통 사람들은 흉내도 못 낼 1인 3역, 4역을 해왔던 것입니다.

지금도 서울특별시 교육청 장학위원으로 전국의 80여 도서관 및 초등학교에서 문학교육, 독서지도 영역의 강의를 하면서, 국제행사인 아시아아동문학대회에서 몇 차례나 주제발표를 해온 일 등 실로 그의 능력, 그의 힘에 놀라워하지 않을 수 없습니다.

사실 우린 이따금씩 대규모 국제행사나 문학행사에서 만나기 일쑤였습니다. 또 이렇게 만날 때면 언제나 깜짝 반가워하며, 그 바쁨 속에서도 잊지 않고 고향 선후배들의 안부며 근황 등 따뜻하게, 편안하게, 반가움으로 대해 주는 그의 정스러움에 고맙고 고마움을 지니고 지내온 것입니다.

그런가 하면 변함없는 그의 마음처럼 떡 벌어진 어깨와 건강한 모습, 동안에 번지는 웃음은 늘 똑 같았습니다. 쉽게 말해서 별로 늙을 줄도 몰랐습니다.

이제 30년의 문단경력, 탄탄대로에서 동화작가로써 화려하게 이루어 놓은 금자탑을 60년, 100년 넘도록 이어가리라 여기며, 또 믿고 비는 마음입니다.

우거진 숲과 맑은 물이 자랑스러운 대한민국의 청정지역인 장수에서 보내신 어린시절의 꿈과 젊은 날 함께 했던 전북아동문학회의 인연을 떠올리시면서 한국의 안델센이 되셔서 오래오래 빛날 아름다운 동화를 많이많이 남겨 주시기 거듭 빕니다. 행복하십시오.

자주 만나지는 않지만 다 알고 있는 사이

박성배(동화작가)

먼저 박상재 작가의 동화의 길 30년을 진심으로 축하한다. 문단에는 여러 장르의 작가들이 많은데 꾸준히 작품 활동을 하면서 30여 년을 걸어오는 작가들은 별로 많지 않다. 어느 날 등단을 했다가 여러 가지 연유로 해서 절필을 하거나 미아가 되어버린 사람들도 부지기수이며 작가 명단에 이름은 있지만 작품 한 편 제대로 쓰지 못하는 작가들도 많이 있는 현실에서 후배를 양성하면서 꾸준히 작품 활동을 해온 30여 년의 동화의 길은 마땅히 축하받을 만하다고 생각한다.

나는 나름대로 박상재 동화작가의 팬이기도 하다. 그 출발은 아마 장편동화 『원숭이 마카카』를 읽고 즐거움을 느꼈고, 그 즐거움을 동화평이라는 형식으로 쓴 데서부터일 것이다. 그후, 박상재 작가의 동화를 월평 형식으로 몇 편 다루었는데 최근에는 「날아다니는 소나무」, 「술 끊은 까마귀」 등에 대한 평을 썼다. 그 중 「날아다니는 소나무」에 대하여 쓴 글의 앞부분의 일부분은 이러했다.

'동화나 동시작가들의 작품을 보면 작가로서의 연륜이 어느 정도 쌓여진 후에는 글이 쉽고 단순화되어 가는 경향을 보게 된다. 어떻게 보면 쓰기 쉬운 형태라고 보아지나 그 쉬운 글 속에 깊은 의미를 부여할 줄 아는 경지에 이르렀음을 말해주는 것이라고 본다.'

나는 최근의 박상재 동화작가의 작품을 통해서 그의 작품에 대한 원숙미를 본 것이다. 농구나 테니스, 축구 등 스포츠에서도 아직 미숙한 선수는 힘들게 운동을 하면서도 득점을 올리지 못한다. 그러나 노련한 선수는 아주 쉽게 하면서 득점을 올린다. 동화작품을 쓰는 일도 같은 이치라고 생각된다.

박상재 동화작가의 동화는 「가을 무지개」, 「꿈꾸는 대나무」, 『원숭이 마카카』, 「날아다니는 소나무」 등 제목만 보아도 느낄 수 있는 것처럼 초창기의 동화에서부터 원숙미가 넘치는 최근의 작품들까지 동화의 정도를 걷는 작품들로 일관하고 있다. 초등학교에서 어린이들과 생활하다 보면 자칫 생활문 비슷한 글도 씀직한데 그는 한결같이 '동화는 이렇게 써야 하는 거야!' 하고 그의 작품으로 말하고 있다. 혹 다른 사람들이 그의 작품을 몰라주는 면이 있거나 다른 부수적인 이유로 훌륭한 동화작가에 대한 보상이 지연된다 하더라도 적어도 나는 그의 동화 쓰기의 능력을 인정하고 기꺼히 팬이 되어 있다.

박상재 작가와 나는 정확하지는 않지만 참 오랜 날들을 이런저런 이유로 교류하여 왔다. 그런데 그 교류가 공동작업을 하는 일이나 심사나 모임 등에서 만나는 외에 개인적으로 자주 만나기도 하면서 깊은 대화를 하는 등의 시간을 갖는 형식은 아니었다. 이번 원고 청탁을 하는 그의 메일의 서두도 '바쁘다는 핑계로 전화 한 번 못 드리고 죄송합니다'로 시작 되었다. 반대로 내가 메일을 보내도 마찬가지 서두로 시작했을 것이다. 그러나 서로 전화하고 만나고 하는 관계 이상으로 듬직한 관계가 우리의 관계임을 말하고 싶다. 서울 사는 사람이 남산 타워를 못 가본 사람이 많고 오히려 다른 곳에 사는 사람들이 더 많이 구경하는 현상처럼 언제 불러도 대답하고 언제 봐도 볼 수 있는 사람이라는 믿음이 있기 때문이다. 믿음이라는 말이 나와서 말이지만 박상재 동화작가는 풍채에서부터 믿음직스러움이 풍긴다. 수

다스런 농담이나 남을 흉보는 말이란 전혀 나오지 않을 것 같은 묵직한 입을 가진 작가이다. 대화를 할 때도 이미 말의 앞뒤를 잘 정리하고 꼭 요긴하고 필요한 말만 침착하게 내놓을 듯한 이미지를 느낀다. 고향을 자주 찾아가지 않아도 마음속에 항상 고향이 담겨 있듯이 자주 사적인 만남을 갖지 않아도 언제나 쉽게 만나고 대화하고 가까움을 느낄 수 있다는 '안심'이 자주 만나고 챙기는 이상의 교류감을 대신하고 있는 것이다.

내가 일방적으로 이렇게 쓰는 것은 나 혼자만의 짝사랑이 아님을 알기 때문이다. 그런 느낌은 동물적인 본능으로 느끼는 것이겠지만 객관적인 증거로는 박상재 동화작가가 2000년도에 『아동문학평론』에 쓴 「朴聖培論-疏外된 이웃들에 대한 사랑의 發現」이라는 한국현대아동문학 작가작품론에서도 읽을 수 있다. 박상재 작가는 그 글에서 現實과 幻想의 접목, 공동체적 사랑의 정신, 행동으로 실천하는 사랑의 구현, 인간성 회복과 진정한 자연 사랑 등 내가 동화를 쓸 때마다 고민하고 작품화하려고 고심하던 속심을 잘 집어냈다. 이건 단순히 작품만 가지고는 쓸 수 없는 내용이라고 보았다. '자주 만나지는 않지만 다 알고 있는 사이'여야만 쓸 수 있는 내용이었다.

가끔은 박상재 작가와 나를 헷갈리는 사람도 있다. 언젠가는 전화를 받았는데 '박상재 선생님이시지요?' 하고 묻는다. 박상재 작가에게 전화를 건다면서 번호는 내 번호를 누른 것이다. 박상재 작가에게 갈 우편물이 나에게 온 적도 한 번 있었다. 또 나에게 우편물을 보냈다는데 오지 않아서 확인해 봤더니 "아차, 실수했습니다. 박성배 작가님께 보낸다는 것이 박상재 작가님께 보냈습니다."라고 한 적도 있었다. 작가들과 모임에서 만나 인사를 하다보면 나를"박성배 동화작가님은 장수가 고향이십니다." 하고 소개하는 분도 있었다. 그럴 때면 웃으면서 "장수는 박상재 작가의 고향이고요, 저는 전남 무안입니다.” 하면 “아하! 그렇지” 하고 미안해 한다. 아마 이런 착오는 전화에서 들리는 발음으로는 박상재와 박성배가 비슷하게 들리는 것과 주소록에서 이름들이 이웃하여 있고, 별로 나서지 않는 동화 작가라는 이미지 등이 겹쳐서 나타난 현상이 아닌가 생각한다. 앞으로 기회가 닿으면 ‘박상재와 박성배가 함께 쓴 동화’라도 한 편 써도 재미있을 것이라는 아이디어가 이 글을 쓰면서 갑자기 떠오른다.

박상재 동화작가와 나는 묘한 인연도 있다. 첫째 아들이 결혼을 하겠다고 인사를 하러 데리고 온 처녀가, 내가 동화작가라는 것을 알고는 박상재 선생님을 아느냐고 묻는다. 어떻게 박상재 선생님을 아느냐고 했더니 초등학교 때 담임선생님이었다는 것이다. 당장 전화를 걸어 말했더니 제자를 기억하고 있었다. 며느리는 지금 딸애를 하나 낳고 공무원으로 재직하면서 잘 살고 있다. 제자를 잘 가르쳐 며느리감으로 준 박상재 동화작가에게 감사한다.

세상에는 자주 만나서 술도 마시고 서로 아부도 하지만 돌아서면 인간성을 욕하고 비하하는 교류가 흔하다. 다 줄 것처럼 정답게 만났다가도 바라는 목적이 상실되면 싸늘하게 변하는 교류도 있다. 나는 자주 만나지는 않지만 자기를 이해할 것이라는 믿음을 주는 뜸한 교류를 좋아한다. 이런 교류는 내세우지 않고 잔잔하게 피어 향기를 발하는 들꽃들의 이미지를 풍기기 때문이다.

이런 교류를 소중하게 생각하며, 다시 한 번 박상재 동화작가의 30여 년의 작품활동을 축하한다. 아울러, 이를 대나무의 나이테처럼 굵은 매듭을 짓고, 동화창작의 더 힘찬 새출발을 기약하는 계기로 삼기를 기원한다.

‘상교 누님!’

이상교(동시인, 한국동시문학회 회장)

사람이 좀 모자라선지 반대로 뛰어나선지 이따금 심하게 사람을 혼동하곤 한다. 다행인 것은 혼동하는 버릇이 나만이 아니어서, 어떤 이는 내가 보기에 전혀 다른 인상의 두 사람을 몹시 혼동스러워 하는 것을 보았다. 헷갈려 인사해 놓고는 몹시 미안스러워 하는 모습도 보았다.

그런 경우는 대개 첫인상에서 비롯되거나, 아니면 얼굴 따로 이름 따로 얼핏 눈에 박아 놓았다가 두 번째 보았을 때부터 잘못 알아보고 인사를 건네게 되는 일에서 시작된다.

나 또한 동화를 쓰는 까마득한 두 남자 후배를 두고 심하게 혼동스러워한 적이 있었다. 연령대가 비슷하고 키며 몸집이 비슷한 데다가 둘 모두 같은 장르인 동화를 쓰고 있어 헷갈렸던 것이다. 급기야는 메일을 보낼 일이 있었는데 메일 주소는 바르게 썼으면서 이름을 혼동해서 보내고 말아 대단히 민망하고 미안했었다.

이런 얘기를 길게 늘어놓는 까닭은 우리의 박상재 선생님을 두고서도 처음에 혼동했었으니 이제야 그 미안함을 밝히려 한다. 박상재 선생님과 혼동했던 이유는 모습에서가 아니라 비슷한 이름 탓이었다고 해야 할 것이다. 박상재 선생님보다 훨씬 선배되는 분으로 좋은 동화를 써오시고 계시는 박상규 선생님이 계신다.

박상재 선생님이 박상규 선생님보다 훨씬 후배임에도 혼동스러워 한 까닭은 박상규 선생님을 자주 뵈어오지 못한 데다가 '박상규', '박상재' 두 분의 성함에서 공통적으로 중후한 느낌이 들었던 까닭이 아닌가 싶다.

더구나 박상규 선생님은 나와 잠깐 위아래인 연배로 진작부터 알고 있었음에도. 아아, 앞서 말한 대로 머리가 지나치게 나쁜 것 아니면 반대인 탓이렷다.

새벗 문학상 출신인 나이가 많지 않았지만 중후한 인상의 박상재 선생님. 그를 혼동스러워 하지 않으면서 인사를 나누게 된 뒤로도 나와 박상재 선생님과는 특별히 가까울 일은 벌어지지 않았다. 사실 속으로는 그를 좀 어려워하기까지 했었다.

***

세월은 잘도 흘러갔다.

새벗 문학상 시상식에 자주 드나들면서 말이 없을 듯한 인상임에도 유머러스한 말을 툭툭 던져 내놓는 그를 차츰 알게 되었으니. 그러면서도 밥벌이에 바빠 그는 그대로 나는 나대로 별다른 일 없이 살아가야만 했다. (으음, 좀 서글프군. 살아가야만 했다니.)

이러구러 벌써 칠 년쯤 되었을 것이다. 제 7차 아세아 어쩌고에 6박 7일이던가 아니면 거기다 하루 더 얹혔던가, 스무 명 남짓이 일본 여행을 떠났었다. 오사까로 교또로 어디로 다니던 어느 하루 이른 아침이었는데, 집을 떠난 탓인지 다소 우울한 기분으로 새벽 산책을 나섰는데 산책길 중간쯤에서 박상재, 그와 마주쳤다.

"상교 누님!"

그래, 누님이있지. 친정 남동생이 넷이나 되는 나는야 누님!

까닭이야 어찌 되었든 늘 든든해야 할 누님! 그런데 누님이 좀 기운이 모자라는구나. 어깨를 좀 빌릴 수 있었으면 좋겠구나.

그이의 안경 너머 실눈은 따뜻하다. 몇 해 전 대만 여행도 함께였는데 재담은 끊일 사이가 없었다. 그인들 어찌하여 쉬고 싶지 않으리오.

그는 자신이 속해 있는 곳의 분위기가 폭삭 죽어 있는 경우를 견디지 못한다. 활활 살려내고 싶다. 이야기로든 노래로든 놀라울 지경의 기억력으로든. 대만에서 아주 많은 계단을 딛어 여행 가방을 옮겨야 했는데, 그는 내 무지막지 무거운 가방을 들어 기차 타는 곳까지 들어다 주었다. 다른 남자들은 이쁜 여자 가방 옮겨 주기에 바빴건만.

이제 박상재와 박상규(선생님), 두 사람을 이름으로지만 헷갈릴 일은 벌어지지 않는다. 박상재, 그는 어느 때라도 예의 '상교 누님!'을 외치며 두꺼운 손을 내밀 터이니.

그리하여 그는 덩치 큰 내 친정 남동생 넷에 이은 또 한 명의 친정 남동생이다. 할렐루야! 나무관세음!

학구적인 그 자세에 큰 박수를 보내며

이동렬(동화작가)

박상재, 하면 우선 떠오르는 게 '아동문학 박사'다. 어디 아동문학 박사가 박상재 선생 한 명뿐이랴만 유독 내게는 크게 부각돼 다가오는 이미지다. 이는 아마도 내가 하고는 싶은데 게을러서 박사학위에 도전을 못한 내재돼 있는 콤플렉스에서 오는 부러움 때문일 것이다.

그렇다. 그는 나와 비슷한 환경이면서도 학구열을 불살라 줄곧 공부해 흔치 않은 박사학위를 얻어 머리에 쓰고 다니는 아동문학가다. 그러면서 차세대를 이끌 이론가다. 진짜로 부럽다.

또 박상재, 하면 떠오르는 게 흔치 않은 개그 기질이 풍부한 재담가인 아동문학가라는 사실이다. 이 또한 쉬운 일이 아니다. 자기 캐릭터를 남에게 그리 인식시키는 데는 많은 노력이 따랐을 것이다. 우리가 어느 동화 작품을 보았을 때 작중의 인물 캐릭터가 살아 있으면 작품도 성공작에 가깝다고 보는 경우가 많다. 그만큼 수많은 사람 중에 인상 깊은 이미지를 가진 사람으로 기억된다는 게 쉽지 않은 일이라는 증거다. 그런 의미에서 박상재라는 인물은 이 세상을 큰 틀거리의 한 편 동화로 봤을 때 그는 성공한 주인공이라는 거다. 그렇다면 잘 살은 인생 아닌가! 거기다 대고 더 이상 뭘 중언부언하겠는가?

사실 나는 박상재 선생과는 동년배를 조금 빗나간 나이라 가깝게 접근할 기회가 없었다. 초년병 때는 다른 모임에서 활동을 한 걸로 안다. 그래서 더욱 그렇다. 그저 협회 행사에서 만난 게 고작이다. 고향도 사뭇 다르다. 그런데도 무척 친근감을 갖는다.

그 이유를 나도 모르겠다. 두 사람이 다 시골 출신에, 같은 학교는 아니지만 교대를 나오고, 아버지를 일찍 여의었다는 공통점 때문일까. 그렇게 따지고 보면 좁은 나라에서 50% 정도는 같은 생각을 하고, 같은 일정으로 평생을 살아왔다는 얘기가 될 거다.

아, 가깝게 생각되는 구실거리를 하나 찾아냈다. 내가 1979년에 《한국일보》 신춘문예에 동화가 당선되었는데, 박 선생은 5년 후인 1984년 바로 그 신문에 같은 장르인 동화로 당선되었다. 《한국일보》 출신만의 모임이 있는 것도 아니고, 그 신문 출신들이 주로 그 신문의 어떤 심사를 하는 것도 아니다. 그런데도 우리는 영 남 같지 않다. 아니 나는 그렇게 느낀다.

몇 년 전 내가 강의를 나가면서 학생들한테 내가 겪었던 경험 위주의 동화 창작서를 한 권 냈으면 좋겠다고 생각했다. 그런데 사실 그 당시로는 문창과에서 아동문학은 구색 맞추기로 한 학기씩 강의가 끼어 있는 판이라 책을 내기가 어려웠다. 이론도 잘 몰라 그렇고, 책이 팔린다는 보장이 없으니 내 주겠다는 출판사도 없었다.

그래서 나는 편법으로 각 대학에서 강의하던 분을 한 책에 모시면 어떨까 하고 출판사를 섭외하니 긍정적이었다. 그래서 신현득·조대현·강정규·이준관·박상재·선안나·본인 등 일곱이 힘을 합쳐 『아동문학 창작론』을 학연사에서 냈다. 이때 박상재 선생님이 고맙게도 아동문학의 총론 부분을 맡아주어 책을 냈다. 그래서 조금 더 가까워졌다.

그런 후 박 선생님은 서울에, 나는 서울서 술 먹을 때는 서울 사람으로 치고 다른 일이 있을 때는 빠지는 인천이라는 변방 사람으로 치는 인천에 살다 보니 거의 만나지 못했다.

나는 더 용기를 내어 8년 떨어진 경험만으로 내 이름을 얹은 동화 창작서를 써야겠다고 마음먹고 준비를 하기 시작했다. 나보다 이런 책을 먼저 쓴 이는 없겠지 하며 부지런히 책을 내고 보니 박상재 선생이 먼저 『한국 동화의 환상성 연구』라는 책을 냈다. 나는 그것도 모르고 혼자서 회심의 미소를 지으며 냈던 기억이 난다.

더구나 웃기는 일은 박 선생님의 책이 나온 지 몇 년 됐는데도 난 그 사실을 전혀 모르고 혼자 즐거워했던 것이다. 나라는 인생이 그렇게 세상을 산다. 주변도 둘러보고, 정보에도 귀를 귀 기울이며 살아야 하는데 그걸 못하고 산다. 그저 내 앞만 보고 사는 옹졸함이라니…….

나는 그 다음부터는 박 선생의 책에서 많은 내용을 인용해 학생들한테 가르치면서 지금을 살고 있다. 그만큼 박상재 선생님은 나보다 앞 세상을 보며 사는 사람이다. 요즘 열심히 연구하고 강의하는 것을 보노라면 앞으로도 많은 후배들이 그의 이론과 책 내용을 인용해 가르치면서 아동문학 부문을 발전시켜 나갈 것이다.

나는 그저 선생의 학구열에 놀람을 금치 못하며 아울러 찬사의 박수를 보낸다.

앞으로 30년쯤은 더

이규희(동화작가)

문득 생각해 보니 나는 박상재 선생과 그다지 추억할 만한 일이 없다. 단둘이 만나 커피를 마신 적도, 오붓하게 이야기를 나눈 적도, 그렇다고 전화를 주고받은 일도 내 기억으로는 없는 것 같다. 그런데도 그가 늘 친한 사람, 가까운 사람으로 여겨지는 건 무슨 까닭일까? 아마도 물색없이 사람 좋아하고, 한잔 술을 마시면 자꾸 웃게 되고, 때로는 인생을 낙천적으로 살아가는 것들이 어딘가 나와 비슷하기 때문이리라. 그러고 보니 박상재 선생이 있는 자리는 늘 즐거웠다. 몇 년 전 일본 나고야에서 열린 '아시아아동문학대회'에 참가했을 때였다. 한국, 중국, 일본 등 아시아 작가들이 모인 자리에서도 그는 짧은 외국어 실력에도 불구하고 그 특유의 재치와 너스레로 외국작가들을 웃게 만들었다. 뿐만 아니라 그는 회의가 끝난 후 몇몇 작가들끼리 함께 간 조그만 일본식 선술집에서도 그 넉넉한 품새만큼이나 구수한 입담으로 주변 사람들을 즐겁게 해주었다. 사람과 사람이 소통하는 건 어설픈 외국어 몇 마디보다 진솔한 마음이 더욱 가슴에 와 닿는 법이라는 게 새삼 느껴졌다.

그렇다면 그가 이처럼 사람들을 자기 주변으로 불러들이는 비결은 무엇일까? 결코 목소리를 높이지도 않고, 다른 사람을 뾰족한 가시처럼 찌르지도 않고, 잘난 척 자신을 내세우지도 않는 그의 태도 때문에 그의 곁에는 늘 선배, 후배, 동료 작가들이 모여드는 게 아닐까. 하다못해 지루한 세미나나 시상식조차 그가 사회를 볼 때면 사람들 입가에 저절로 웃음이 걸리게 만드니, 그는 그야말로 타고난 사회자이기도 하다.

그런 그가 어느 덧 문단에 나온 지 30년째라고 한다. 그동안 『원숭이 마카카』, 「술 끊은 까마귀」, 「통일을 기다리는 느티나무」 등 생명과 자연의 존엄성, 가족의 사랑, 인간성 회복 등을 주제로 한 수많은 동화를 써온 것이다. 그 중에서도 그는 자신의 이메일 아이디를 'macaca'로 할 정도로 자신의 작품에 애착을 갖고 있다. 핑크색을 좋아하여 'pinklee'라는 아이디를 갖고 있는 나와는 정말 차원이 다른 작가가 아닌가. 어쩌면 'macaca'라는 아이디 속에는 보르네오 섬에서 잡혀와 동물원에서 안타깝게 죽어간 '마카카'가 다시 태어나 이 땅으로 돌아온 것처럼, 세상의 모든 아름다운 것들, 진솔한 것들, 잊혀져간 것들이 되돌아오길 바라는 그의 간절한 마음이 담겨 있는 것이라 여겨진다.

그러고 보면 그는 참 부지런한 사람이다. 초등학교 교사로, 대학의 겸임교수로, 잡지 편집자로 일하며 그렇게 많은 동화와 동화이론서며 논문, 평론들을 발표하며 30년을 쉼없이 앞만 보고 달려왔으니 말이다.

하지만 나는 문득 생각해 본다. '동화작가', '교사', '교수', '평론가' 등 그 수많은 이름표 중에서 그가 가장 좋아하는 말은 무엇일까 하고. 아마도 '동화작가'라는 말이 아닐까?

나는 그저 그가 앞으로 한 30년쯤은 더 좋은 동화를 쓸 수 있기를, 그 누구도 따라갈 수 없는 '박상재 표' 동화를 쓸 수 있기를, 그리하여 이 땅의 동화작가로 오래오래 그 이름이 빛나기를 간절히 빌어본다.

사람들에게 웃음을 나눠 주신 분

김옥애(동화작가)

선생님 이름을 떠 올리면 항상 여유가 있고 재미있는 분이라는 느낌을 받습니다. 사석에서나 공석에서나 대개 사람을 잘 웃기시잖아요. 적당한 제스처와 표정과 재담이 한데 어울린 진행이며 모임자리를 끌고 가는 분위기는 정말 짱이시지요.

2008년 가을 세미나 때 괴산 고사리 연수원에서 있었던 일이 문득 떠오르네요. 보물찾기 하고 남은 몇 개의 상품들을 회원들이 가위, 바위, 보를 해서 타 갔었지요. 그때 우린 맨 마지막으로 맞섰습니다. 이상배 선생님 손에 쥐어진 쪼고만 상품을 보면서 생과 사를 걸듯 주먹 내고 손바닥을 폈던 기억이 또 웃음을 자아냅니다.

제가 선생님 동화를 처음 접한 것은 십오 년 전쯤 될 거네요. 그때 늦은 나이에 지방 대학에서 대학원 공부를 한답시고 뛰어들었지요. 논문 같은 것을 써야 졸업을 하니까 이것저것 궁리를 하다 80년대 동화 작품들을 가지고 혼자 공부를 했었어요.

동화에 나오는 환상의 세계와 현실 세계와의 관계를 알아보는 일이었는데 그러다 선생님의 환상동화 「꿈꾸는 대나무」도 읽게 되었지요. 그런데도 그후로 저는 선생님 이름과 비슷비슷한 이름들이 있어서 확실하게 기억을 못 했습니다. 박상배인지 박상재인지 박성규인지 얼굴과 이름의 줄긋기가 힘들었어요. 언젠가 선생님이 제 동화집 『엄마의 나라』 서평을 쓰셨을 때야 '박상재' 이름과 얼굴을 확실하게 입력했답니다. 그리고 제가 기억할 수 있는 문우님이 되셨지요.

선생님의 평론은 사이사이 읽은 적이 있습니다. 하지만 동화를 읽은 것은 2006년이 두 번째였던 것 같아요. 계림출판사에서 나온 한국대표창작동화 10권에 열두 명이 한데 묶여 있더라고요. 거기에 우린 한 팀이 되어 있었어요.

책을 받았던 날 저는 맨 먼저 선생님이 쓴 「아빠와 콩나물」이란 동화를 읽어 보았답니다. 이 작가는 그 흔한 '콩나물' 소재를 어떻게 소화했을까? 그게 궁금했거든요.

사실 저는 아직도 콩나물을 잘 먹지 않습니다. 열여섯 살 때부터 광주에서 자취 생활을 했었어요. 학창 시절 거의 콩나물 반찬만 먹고 살았지요. 콩나물이 싫어서가 아니고 그 시절 너무 지긋지긋하게 먹어서 지금도 썩 반갑지가 않습니다. 콩나물은 힘들게 고생했던 시절을 들여다보게 하는 하나의 상징이라고도 할 수 있거든요.

그런 제가 콩나물을 멀리 하니 우리 집 식탁에도 콩나물은 거의 오르질 않습니다. 그래서 저는 남편에게 늘 핀잔을 들어요. 콩나물 좀 무치지 그래. 콩나물 국 좀 끓여 봐. 남편은 꼭 선생님이 쓰신 동화에 나오는 미나 아빠와 같아요. 콩나물을 무척 좋아하는 사람이지요. 하지만 어쩌겠어요. 음식 담당인 내가 시큰둥한 반응인걸.

「아빠와 콩나물」은 하찮은 콩나물을 예쁘고 정이 간 반찬으로 형상화시킨 동화였어요. 우리 것, 우리 것 하는데 콩나물이야말로 바로 우리 것이라는 엉뚱한 생각까지 들대요. 민초들이 먹은 우리 반찬 콩나물. 콩나물은 옛날에도 있었고 앞으로도 영원히 사라지지 않을 거라는 믿음. 뭐 그런 느낌이었지요.

선생님.

금년 일월 어느 날 밤이었습니다.

『새싹문학』에 실린 배익천 선생님의 「잠자는 고등어」를 읽었어요. 읽고 나서 후배 문우에게 곧 문자를 보냈지요. 〈참 좋다. 배익천의 잠자는 고등어 꼭 읽어보길〉 그리고는 줄곧 멍하니 앉아 있었습니다. 밤 자정이 지난 시간이었는데 내 자신에게 분통이 터지더라고요. 거기에 갑자기 「아빠와 콩나물」까지 떠올랐어요. 고등어와 콩나물이란 어휘가 머릿속에서 들락날락 했었습니다.

콩나물, 고등어.

고등어, 콩나물, 콩나물, 고등어.

콩나물이나 고등어나 거기서 거기인 반찬들 아닌가. 고등어는 생선이고 콩나물은 식물이란 것 외엔. 그런데 참 우습네. 주부도 아닌 남정네들이 식탁에 오를 반찬을 소재로 동화를 왜 이렇게 잘들 써 내나? 자신을 향한 분통에 이어 저는 실소를 머금었어요.

그리고 세 번째 만난 선생님의 동화가 「장승을 찾아서」입니다. 이 동화는 아주 최근에 《서울신문》에 발표되어서 인터넷으로 읽었답니다.

선생님

장승 소재는 저도 좋아해서 제 동화에도 몇 번 나온 적 있답니다. 장승이라 하지 않고 저는 벅수라고 부르는데 솟대나 벅수나 우리 조상들의 숨결이 배어 있어서 앞으로도 많은 관심을 둬야겠지요.

이제 동화 이야기는 그만 할게요. 아무튼 선생님이 앞으로 엮어 내실 책의 내용들은 얼마나 다양할까요. 동화는 좀처럼 자신의 모습이 잘 드러나지 않지만 이번 기념 문집에서는 적나라한 선생님의 모습이 그려질 것 같네요.

그래도 선생님.

또 30년 후에 한 번 더 엮으세요. 이번엔 상권. 다음엔 하권. 어때요? 아직 선생님 삶이 펄펄한데 60년 동화의 길로 이어 가셔야지요.

60년 동화의 길이면 선생님 나이는 몇 살이실까? 그건 쓸데없는 물음이겠지요. 사람에게 육신의 나이가 무슨 의미가 있겠어요? 초롱초롱한 정신으로 건강하게 좋은 글 쓰면 백 살도 젊음인 것을. 선생님. 그렇지요?

두서없이 이것저것 편안하게 그냥 썼습니다. 너무 저를 진솔하게 토해 버린 것 같아요.

선생님.

30년 동안 동화의 길 걸어오신 것 축하 드려요. 저는 그 길이 복 받은 길이었다고 생각합니다. 동화라는 조강지처와 앞으로도 오순도순 행복하게 살아가시길 바랍니다.

앞으로의 일이 지나온 일처럼 순조롭기를

권영상(동시인)

동화작가, 박상재 씨가 벌써 글을 쓰기 시작한 지 서른 해가 되었다. 글쓰기 삼십 년이 말이 쉬워 삼십 년이지 글쓰기로 서른 해를 살기란 어렵다. 그야말로 바윗돌을 갈아 바늘을 만드는 삶과 같은 게 글쓰기 인생이다. 하루도 게으를 수 없다. 쉬지 않고 바윗돌을 갈아야 그 삼십 년 뒤에 옷을 기울 바늘이 될 터이니까.

그러므로 글쓰기 삼십 년은 다른 직종의 삼십 년과는 다르다. 그간에 부동산을 사고 팔고 하는 일을 글쓰기만큼 했다면 아마 지금쯤 박상재 씨는 수만 평의 땅덩이 위에 올라 앉아 떵떵 큰소리치며 살지도 모른다. 하꼬방에 앉아, 글 쓰는 일처럼 열심히 장사를 시작했다면 지금쯤 어떻게 되었을까. 아마 커다란 마트 서너 개를 가지고 있을 거다. 아니, 어쩌면 우리나라 유통업계를 쥐락펴락할 만한 사업체를 키워냈을 것이다.

근데 그는 큰돈 버는 일을 포기하고 책상 맡에 불 밝히고 앉아 밤새며 글쓰기를 택했다. 참 어리석다. 글 써서 배부른 자 없다는 오래된 금언도 있는데 그걸 무시하고 그 일에 매달렸다니! 그것도 글쓰기 중에서도 화려한 시나 소설이 아니라 동화작가가 되었으니 그는 세상의 명리에 관심이 없다.

오히려 자신보다 착하기 이를 데 없는 어린 영혼을 살찌우기를 스스로 바라고 이 길로 들어섰다. 그게 가상하다. 다들 저의 이익과 저의 배불리기에 급급한 세상에 저보다 남의 내면의 삶을 책임져 보겠다니 기특하지 아니한가.

그런 삶을 살아 그런지 내가 아는 박상재 씨는 성정이 착하다. 아마도 동화를 제대로 써온 분 같다. 그의 머릿속에는 으스대거나 잘난 체 하거나 오만하거나 머리를 치켜들고 깝죽대려는 거만함이 없다. 모임이든 어디서든 한 소리 하려 들지 않는다. 제 존재감을 과장해서 드러내지 않는다. 그러나 그의 말은 느린 듯하면서 의미 있다. 그의 입에서 나오는 말은 유머로 가득 차 있고, 남에게 차가운 말을 하지 않는다. 늘 주위 사람을 웃길 준비가 돼 있다.

아까 말하지 않았는가. 그는 착하다. 착하기 때문에 한 소리 하기보다는 그 대신 웃음을 준비한다. 웃음이 지나칠 때 보면 능청스럽기까지 하다.

나는 그가 최근에 낸 『술 끊은 까마귀』를 읽고 참 많이도 웃었다. '꼭 작가를 그대로 빼어 닮았군' 했다.

하루는 가족들을 먹여 살리는데 저를 바쳤던 까마귀 '까무'가 집을 나왔다. 빈둥빈둥 놀기만 한다고 바가지를 긁어대는 아내가 싫고, 꼬박꼬박 말대꾸를 하며 말썽만 부리는 아들이 싫어 뛰쳐나온 거다. 그 까무가 어느 날, 깊은 산에 놀러와 흰 종이컵에다 '이상한 물'을 받아먹고 노는 사람들을 봤다. 목마른 까무는 그들이 남겨 놓고 간 '그 이상한 물'을 마셨다. 쓰고 맛없는 물이었지만 마시고 나니 기분이 좋아졌다. 세상에 무서운 것이 없어졌다. 송골매도 골빈 매도 무섭지 않았다. 오히려 그놈과 한판 붙고 싶다는 생각마저 울컥울컥 치밀었다. 이건 정말 놀라운 일이 아닌가.

저보다 센 놈과 맞붙어 보고 싶다는 생각이 까무의 내면에 있었다니. 생각만으로도 얼마나 기막히게 행복한 일이고 찬란한 일인가. 세상에 제가 제일 약자인 줄 알았는데, 그게 아니었다. 강자와 맞짱 뜰 배짱이 생겼다. 비록 그게 한 순간이라 할지라도 그건 얼마나 큰 위안인가. 그 힘은 바로 그 '이상한 물'인 술에서 나왔던 것이다.

술 한 잔 들어간 까무는 숲이 떠나가라고 소리소리 지르며 노래를 부르고, 잠들어서는 숲이 날아갈 듯 드르렁드르렁 코를 골았다. 남들로부터 손가락질만 당하는 까마귀가 숲이라는 세상에서 두려울 것이 없다. 노랫소리와 코 고는 소리로 숲을 지배한다.

술은 약자의 것이다. 객기를 부릴 수 있는 원천이 거기서 나온다. 숨죽여 살던 약자의 목구멍에서 노래가 쏟아져 나오게 하고, 고분고분하며 사느라 굽어졌던 허리를 쭉 펴지게 하고, 언제나 두 손을 모아 비굴하게 살던 두 팔이 어깨 위로 날아올라가 덩실덩실 춤추게 하는 힘이 술에서 나온다. 대놓고 따지지 못하던 말이 거기에서 솟아나온다.

까무는 자식들의 한 아버지이며, 병든 어머니를 모시는 한 힘없는 아들이며, 구박이나 받고 사는 한 보잘것 없는 남편이다. 그런 그의 몸에서 나오는 객기는 바로 까무가 살아온 서러움의 눈물이며 아픔이며 고충이며 울분이다.

세상의 힘없는 모든 아버지들의 객기를 까무가 부리고 있었다. 아, 그건 어쩌면 그 글을 쓴 박상재 씨의 객기가 아닐까. 아니, 박상재 씨가 술자리에서 껄껄거리며 풀어헤치던 그 음기에 가까운 유머, 그게 까무의 '객기'일 수도 있겠다.

사람에겐 다 객기가 있고, 객기를 부리며 산다. 술 안 마시는 자는 노름으로 경마로 객기를 부린다. 그것도 아니면 카레이싱이나 번지점프로, 암벽타기로, 공중낙하로 객기를 부린다. 어떤 자들은 정치인으로 둔갑하여 국회에서 객기를 부리고, 어떤 자들은 기업을 하며 객기를 부린다. 그들이 모두 객기를 부리지 않고 산다면 세상은 지금보다 더 골치 아픈, 흙탕물 같은 세상이 될 것이다.

까무는 비록 그 형상이 까마귀지만 저의 소모적인 행위를 깨닫는다. 술의 힘이 왜 그렇지 않은가. 까무는 술이야말로 '도깨비 국물'이라는 사실을 알고 다시 집으로 돌아간다. 병석에 누운 어머니지만 나의 어머니고, 구박을 하는 아내도 내가 함께 살아야 할 아내며, 꼬박꼬박 말대꾸를 하는 얄미운 아들도 나의 아들이다.

결국 까무는 집으로 돌아오고 만다. 좀 시원한, 펑, 뚫린 그런 고민 없는 세상으로 나아갈 수 없는 게 또한 현실이 아닌가. 그러나 그간의 객기만으로도 까무는 위로받을 수 있었다.

박상재 씨 문학에는 그런 객기가 있다.

그만큼 그의 내면에는 뜨거운, 뭔가를 분출하지 않고는 못 배길 고뇌가 있다는 거다. 하기는 그런 고뇌 하나씩 없다면 어떻게 험난한 세상에서 작가로 목숨을 부지하며 살아갈 수 있겠는가. 그가 지나온 삼십 년 동안 쉬지 않고 글을 쓴 데는 바로 그런, 세상을 향한 고뇌가 있었기에 가능했으리라 본다.

필경 인간이 안고 있는 삶과 죽음과 빛과 어둠, 부유함과 빈곤에 대한 원초적인 질문이 그의 문학세계를 풍요롭게 살찌워 나갈 것이다.

박상재 씨는 풍채도 좋다. 말솜씨도 탁월하고, 그 본디 성정 또한 순결하고 착하다. 문학이란 것이 저의 몸과 마음에서 우러나오는 것이니까 그의 문학 또한 그렇게 발전해 가리라 믿는다. 그의 글쓰기 삼십 년을 다시 한 번 축하하며 앞으로의 일이 지나온 일처럼 순조롭기를 기원한다.

박상재 선생은 욕심이 참 많다

전병호(동시인)

박상재 선생은 욕심이 참 많다. 어느덧 중후한 멋이 풍기는 중년의 남자답게 약간 훤해지려는 이마와 능수능란하게 구사하는 언변과 감추려 해도 감추어지지 않고 슬그머니 불러오는 아랫배 때문이 아니다. 문학과 학문, 이 두 분야에서 어느 것 하나 놓치지 않고 한꺼번에 모두 일가를 이루려고 하니 말이다. 사실, 솔직하게 말하면 보통 사람들은 이 두 가지 중에서 어느 것 하나라도 제대로 이루기 어려운 것이 아닌가. 그런데 그는 이 두 가지를 모두 이루려고 한다. 그러니 욕심이 많다고 할 수 밖에. 그것도 엄청나게 많이!

그가 박사학위를 취득한 것이 1998년 2월이다. 아마 그 무렵이었을 것이다, 종암동 이재철 박사님 댁에서 열린 편집회의에 참여했다가 박상재 선생이 학위를 취득했다는 소식을 들은 것은. 그때 그 자리에 앉은 사람들은 모두 열렬히 박수를 치며 축하를 했던 것으로 기억한다.

'이제는 학문의 길로 나가려고 하나?'

그렇지만 축하하는 마음도 잠시, 문득 이런 생각이 들었다. 지금이야 아동문학 분야에서 창작 활동을 하면서 학위를 취득한 사람이 꽤 여럿 되지만 그때만 해도 매우 드물었다. 그래서 아동문학을 전공해서 학위를 취득한 사람들은 모두 대학으로 옮겨가려고 했던 것 같다. 그 때문일까. 박상재 선생이 학위 취득한 것을 축하하면서도 한편으로는 왠지 아쉬운 생각이 자꾸 들었다.

'이제 원숭이 마카카는 어떻게 될까?'

『원숭이 마카카』는 박상재 선생이 1983년 〈새벗문학상〉 장편동화 부문에 응모해서 당선한 작품이다. 그는 이 작품으로 자신의 문학적 역량을 내보이며 단번에 문단의 주목을 받는 젊은 작가로 떠올랐다. 아니나 다를까 그는 곧 남들이 부러워할 만한 왕성한 필력을 보여주었다. 그리고 오랜 세월 학업에도 꾸준히 정진한 보람이 있어 마침내 단국대학교에서 학위를 취득하게 된 것이다. 그러나 막상 그가 학위를 취득했다는 소식을 들으니 문학과 학문, 이 둘을 어떻게 병행해 나갈 것인지가 궁금하지 않을 수 없었다. 물론 당사자야 이 둘을 모두 성공적으로 병행시켜 나가고 싶을 것이다. 그러나 사람 사는 일이 그렇게 호락호락한 것만은 아니다. 신은 한 사람에게 많은 것을 모두 몰아주지 않는다. 살다보면 피치 못하게 결심을 꺾어야 하는 일이 비일비재하게 일어난다. 그래서 나는 만에 하나 '원숭이 마카카'가 미아가 되면 어찌 하나 하고 안타까운 마음이 들었던 것이다.

그러나 얼마 지나지 않아 나는 박상재 선생에게 가졌던 의문과 걱정이 한낱 기우였다는 것을 깨달았다. 그는 학문에서도 훌륭한 업적을 쌓아가고 있었고, 작품 또한 수준작을 왕성하게 변함없이 발표하고 있었기 때문이다.

그래서 이제는 박상재 선생을 대하게 되면 이런 생각을 하게 된다. '그래, 능력이 있다면 자신이 추구하는 모든 분야에서 매진하는 것도 좋으리라. 그만큼 남보다 덜 자고 덜 놀고 열심히 살아간다는 말이리라.'

이렇듯 박상재 선생은 늘 바쁘게 사는 사람이다. 그 중에서도 특히

『아동문학평론』 편집장을 맡았던 시절에는 매우 바쁘게 지냈던 것으로 생각한다. 나 같은 사람이야 지방에 산다는 핑계로 그야말로 가뭄에 콩 나듯이 어쩌다가 한 번 편집회의에 참가했다가 바삐 돌아오곤 했지만 그는 서울에서 이재철 박사님을 모시며 『아동문학평론』 편집장을 몇 년이나 맡아왔으니 얼마나 바빴겠는가. 그렇지만 나는 그에게서 단 한 번도 일이 많다거나 힘들다고 하는 말을 들어본 적이 없다. 그러면서도 항상 여유를 잃지 않고 긍정적으로 일을 처리해 나가는 그를 보면 슬그머니 부러운 생각이 들기도 했다.

나는 항상 박상재 선생에게 고마운 마음을 갖고 있다.

1990년대 초이다. 박사과정까지 마치겠다는 포부를 중간에서 접고 내려와 시골에서 조용히 묻혀 사는 나에게 그는 『아동문학평론』에 서평, 계평, 작가론 등을 쓰라는 일거리를 끊임없이 안겨주었다. 그때는 평문을 쓰는 일이 몹시 힘들었지만 지금에 와서 생각하니 그 덕분에 책도 열심히 사다 읽고 고민도 많이 하고 동시와 시인에 대한 공부도 많이 하게 되었으니 고맙기 그지없다. 나 역시 언제나 시간과 일에 쫓기는 생활의 연속이었기 때문에 그가 원고 청탁을 해오지 않았다면 별 볼일 없는 세월을 보냈을지도 모른다는 생각이 들기도 하는 것이다.

그도 그렇지만 나도 선생이다. 나이가 나이인지라 승진에 관심이 없을 수 없다. 그러니 언제부터인지 그를 만나면 안부처럼 서로의 승진 문제에 대해서 묻곤 했다. 그에게는 곧 좋은 소식이 있을 것 같았지만 그뿐, 별 다른 일 없이 그렇게 몇 년이 흘렀다. 몇 해 전인가는 내가 궁금증을 이기지 못해 그에게 또 물었다.

"언제쯤 승진해요?"

"연구 점수가 더 있어야 해요."

"?"

세상에 무슨 승진 제도가 이런가. 박사학위를 갖고 대학에서 강의도 하는 사람에게 연구 점수가 부족하다고 발목을 잡고 있으니 도대체 이게 말이나 되는 소리인가. 그래서 순간 나는 욱! 하는 마음으로 현재의 제도가 크게 잘못 되었다고 목소리를 높였지만 그는 별 대꾸없이 내 말을 묵묵히 듣기만 했다. 그러면서도 그는 쉴새없이 누군가와 전화를 주고받으면서 학교 일을 처리하는 것 같았다. 아마 모르긴 해도 그는 평소에도 학교 일로 매우 바쁘게 보낼 것이다. 그런 만큼 이제 곧 좋은 소식이 있을 걸로 믿는다.

그가 이처럼 바쁘게 지내면서도 자신의 역량을 유감없이 펼쳐 보일 수 있었던 것은 아마 수없이 많은 크고 작은 일을 맡아 처리해본 사람만이 가질 수 있는 경험과 여유 때문이리라. 그는 이런 자세로 자신이 세운 목표를 끝까지 훌륭하게 달성할 것으로 믿는다. 그는 욕심을 더 부려도 좋으리라.

우리 시대 영원한 '마카카'

손기원(동화작가)

'박상재' 선생하면 외모에서 우선 듬직하다는 인상을 받는다. 반면에 무뚝뚝한 것처럼 보인다. 그러나 처음 다가가기는 힘들어도 한번 커뮤니케이션이 통하면 절대 배신하지 않는다. 그만큼 믿음을 주는 사람이다. 필자가 여기서 박 선생님을 사람이라고 하는 것은 작가이기 전에 그는 인간미를 갖춘 사람이라는 의미를 강조하기 위해서이다.

그와 나는 일 년차를 두고 『새벗』을 통해 등단했다. 그것도 나는 단편으로, 선생님은 장편으로 당당히 문단에 발을 디딘 것이다. 처음부터 장편으로 등단한 것은 대단한 일이다. 그 만큼 문학적 소양과 자질을 함께 검증받은 것이다. 그후 선생님은 맹렬하게 지면을 장식한다. 어찌 보면 정복자라고나 할까. 그 증거로 지금껏 70권에 가까운 책을 저술했으니 말이다. 나는 도중에 잠시 붓을 놓은 적이 있다. 그러나 선생님은 학문과 집필을 하며 꾸준히 자신의 길을 걸어왔다. 그것이 선생님의 뚝심이라고 믿는다. 박사로서, 또 두 번이나 문단의 등용문을 거치면서 지적, 문학적 인정을 받은 셈이다. 어찌 보면 참 욕심도 많지만 대단한 사람이며 작가이고 학자이다. 그래서 난 선생님을 존경한다. 우리 문단에 이만한 이웃이 있다는 것은 참으로 행복하다.

선생님의 인간미는 〈새벗문학회〉를 통해서도 알 수 있다. 지금껏 경주에서 세 번 〈새벗문학회〉를 가진 적이 있다. 그때마다 멀다않고 와서 밤새껏 후배들과 함께 정담을 나누었다. 그의 이야기는 구수하다. 말 주변도 그의 이력만큼이나 화려하다. 그래서 언제나 좌중을 웃긴다. 그래서 분위기를 이끌고 모임을 리드한다. 몇 년 전 경주에서 모임이 있었을 때이다. 달맞이꽃이 핀 밤에 개울에 발을 담그고 동이 틀 때까지 몇몇 동인들과 이야기를 한 적도 있다. 그의 끝없는 이야기에 웃음이 그치지 않았다. 여기서 그의 재담과 인간미를 맛볼 수 있었다. 아마도 이러한 평소의 삶이 모두 그의 작품 속에 녹아 있다고 생각한다.

선생님은 어느 모임에서건 절대 자만하지 않고 자랑도 하지 않고 동지자적 입장에서 후배를 대하고 선배를 받든다. 이 이야기를 하는 것은 그의 작품을 논하는 것보다 먼저 그의 사람됨을 먼저 아는 것이 작품을 아는 지름길이기 때문이다.

그의 작품에는 인간에 대한 깊고 끈끈한 사랑과 증오가 함께 담겨져 있다. 이는 인간이나 동물이 똑같이 생명은 고귀하다는 선생님의 평등사상을 말하고 있다. 특히 그의 작품에는 동물에 대한 사랑과 인간의 오만을 경계하는 작품이 많다. 대표작 『원숭이 마카카』만 해도 그렇다. 이것은 그가 동물에 대해 얼마만한 관심을 지니고 있는가를 말해 준다. 단편 「산양의 고향」에서 그는 말한다. '산양에게 가장 무서운 것은 사람이다'라고 하며, 이 땅에서 인간이 지니고 있는 무례함을 경고한다. 그 근저에는 그의 생명 사랑의 메시지가 담겨져 있다.

이제 그의 외적인 이미지와 걸어온 길, 그리고 작품 세계가 하나로 어우러져 있는 것을 단편적으로 살펴보았다. 참으로 선생님에 대한 나 자신의 무지로 오만하게 선생님을 그리고 있지나 않았는지, 혹 오해가 있었다면 선생님의 이해를 구하고자 한다. 짧게나마 선생님에 대해 이미지만 훑어보았다. 기회가 되면 분야별로 자료를 정리해 보고자 한다.

선생님은 영원한 '마카카'이다. 메일의 ID로 쓸 만큼 그에겐 〈마카카〉가 중요하게 자리잡고 있다. 지난날처럼 앞으로도 참 대단한 일을 하실 거라 믿으며 외람되이 믿어 본다. 우리 문단에 찬란한 탑을 우뚝 세우리라는 것을…….

사랑하는 박상재 선생님께

유효진(동화작가)

참 이상한 일이다.

누군가 인연이 돼서 사람을 처음 알게 되면 기억이라는 게 있는 거 아닌가?

그런데 나는 별스럽게 특별한 경우 아니면 남들 있는 뇌 하나가 없는 것처럼, 사람을 어떻게 만났는지에 대한 기억이 잘 없다.

메일을 접하고 내가 언제 선생님을 처음 뵈었더라, 생각해도 기억이 나질 않는다. 참 이상도 하지. 그냥 옛날, 그 옛날 고려 짝부터 알고 지냈던 것 같은 느낌이라고 해야 하나?

이거 참, 전생에 선생님은 높은 가문의 대감이었고, 나는 대청마루 닦고 다니는 삼월이를 했다든지, 아니면 선생님은 임금님이었는데 나는 궁궐 후미진 곳에서 무수리를 했다든지 그런 건 아니었을까?

그렇다면 아마도 나는 무수리에서 신분 상승을 하여 숙의, 숙경은 커녕 후궁 반열에도 오르지 못했던 것 같다. 그랬으면 기억에도 없을 리 없다.

아, 뭐 그런 것도 안 시켜 주셨으면서 뭘 숙제까지 내 주시는 건지…….

무수리로 눈물 빽세게 흘릴 때 모른 척, 머리에 왕관을 척 올려 쓰시곤 아는 척도 안 하셨으면서 어려운 숙제를 안겨주신다. 내가 그 마귀할멈 같은 상궁마마한테 눈총 받느라 지나가는 내시 옷자락도 만져보지 못하면서 애달픈 세월을 보낼 때도, 저녁마다 중전 마마 비녀 뽑느라 무수리 손등이 터지는지, 볼따구니가 찬바람에 떨어져 나가는지도 모르고 계셨으면서.

게다가 감기 몸살에 콧물 질질 흘리며 이거 또 신종 플루 아닌가, 걱정하고 있는 내게 말이지.

히히힛.

선생님의 축하 인사를 요렇게 담장 위에 금방 날아 앉은 참새마냥 종알종알, 재깔거리며 하는 것은 죄송한 일이나, 근엄과 위엄을 갖춘 멋진 인사는 이미 다른 선생님들께서 다 하셨을 것 같아 슬그머니 분위기 바꿈의 인사를…….

선생님은 여러 많은 선생님들 중에서도 특별히 편한 분이시다.

늘 이웃 오라버니 같은, 당숙 어른 같은, 사촌 형부 같은 선생님이라서 특별히 격식을 갖추지 않아도, 내가 좀 뭘 잘못해도 용서해 줄 것 같은 분이라서 편한 선생님!

그렇기 때문에 집에 앉아 다른 여자 선생님들과 더불어 촌스런 나물에 된장찌개나 먹는 밥상에 선생님을 초대할 수가 있었을 거다.

맛있는 요리가 없어도, 좋은 반찬이 없어도, 내가 누군가에게 같이 식사하자고 말할 수 있는 사람이라면 사람 관계에서 성공한 것 아닐까?

그래서 나 스스로는 보수 공사가 필요한 하자 많은 사람이나, 선생님의 이웃이 되는 데는 성공했다고 말할 수 있다. 나의 하자를 선생님은 꼬집지도, 나무라지도 않으며, 묵묵히 보아 주시니 간혹은 나의 하자를 스스로 느끼기도 하면서, 선생님의 좋은 옷자락에 가려 보이지도 않는다.

저녁 초대를 했던 그날 밤, 박상재 선생님을 비롯한 몇 분 선생님들과 무슨 이야기로 하하, 까륵거리며 늦은 밤까지 시간을 보냈는지 내용은 희미하나, 몇 장 남긴 사진을 보노라면 그날이 생각나 배시시 웃음이 나온다.

글을 쓰고 있으나 사실은 문학과는 상반되는 의상학을 공부한 나는, 국문학이라든지 문예창작 강의실에서는 무엇을 공부하고 있을까, 참 많이 궁금했었다.

그래서 뒤늦게 들어갔던 명지대학교에서 어느 날, 대학원생들의 강의를 맡아 출강하시는 선생님과 마주쳤다.

선생님의 강의를 듣는 학생은 아니었으나, 반가운 마음에 청강생이 되어 강의실 문을 열고 들어가 앉은 뒷좌석. 영계들이 모여 있는 강의실 뒷편에, 중닭처럼 앉아 청강을 하고 있으려니 슬그머니 웃음이 나겠지.

술자리에 있으나, 회의장에 있으나, 강의실에 있으나 늘 같은 모습, 같은 목소리 톤으로 같은 미소와 눈빛을 하고 있다는 것도, 커다란 장점이자 능력이란 생각이 처음 들었기 때문이다.

그러다가 한 큐에 딱! 아주 색다른, 아주 새로운 선생님의 모습을 보곤, 얼마나 깜짝 놀랐던지 눈동자가 한 바퀴 뱅글, 꽈당!!

몇 년 전!

누구도 드러내 놓고 가타부타 나서지 않을 만한 사건과 일이 벌어졌을 때, 그래서 나서면 좋은 소리를 듣지 못할 상황인 그때!

가만, 조용히, 오랜 세월 묵묵함과 순함을 유지하던 땅이, 갑자기 수면 위로 떠오르듯 떡하니, 비양도처럼 나타난 선생님.

비양도는 '날아온 섬'이라는 뜻을 갖고 있는 제주의 화산섬으로, 6개의 봉우리로 된 비양봉과 2개의 분화구가 있으며 주변 어장이 풍부한 섬으로 참 아름다운 섬으로 기억된다.

날. 아. 온. 섬!

갑자기 폭발음이 들리는가 싶더니 섬 하나 우뚝 솟아오르면서 '박상재'란 이름 하나가 활자화되었는데, 마치 그 상황이 비양도를 떠오르게 했다는 것!

난 한 번도 선생님이 용기가 많은 분이라든가, 내 한 목소리 던져 진심을 말할 만큼 대담성을 가진 선생님이라고 생각해 본 적이 없었다. 그것은 선생님이 소심하게 보여서가 절대로 아닌, 인간의 습성과 속성이, 특히 자기 방어에 능하고 철저한 사람일수록 본인 일이 아닌 것에 나서기 싫어하니까. (더우기 그것이 좋지 않은 말을 들을 수 있는 상황이라면)

그런 데다 선생님은 까칠한 분이 아닌 착하고 순한 모습으로만 머릿속에 입력되어 있었기 때문이다.

그런 순간에 전위부대처럼, 비양도처럼 나타났는데 어떻게 놀라지 않을 수 있을까!

선생님은 나에게 그후, 더 좋은 사람으로, 듬직한 사람에서 더욱 듬직한 사람으로, 용기 있는 우직한 사람으로 입력이 되었다.

그래서 안경을 쓰지 않아도 모임에 참석한 박상재 선생님은 참 잘도 보인다.

후배인 내게 바른 생활, 아주 편안한 선생님으로 자리하고 계신 선생님!

지금까지의 동화의 30년 길이 교육의 현장에서 뛰고 씨름하느라 바쁜 시간이었다면, 새롭게 출발하는 남은 시간 속에서는 기필코! 비양도의 여섯 개 아름다운 봉우리 비양봉을 세우는 동화의 길을 사시길 바랍니다.

편안한 선배님이 되어 주셔서 참 고맙고 감사합니다. 내내 건강과 건필을 빕니다.

부럽기만한 박상재 형

이창건(동시인)

나는 박상재 형을 부러워한다. 내색은 하지 않지만 속으로는 무지 무지 부러워한다. 지금으로부터 30여 년 전쯤으로 기억한다. 내가 1981년 『한국아동문학』에 「어머니」가 추천될 무렵, 박상재 형은 벌써 문단에 나와 작품 활동을 활발히 하고 있었다. 나도 무척 글을 쓰고 싶어 했었는데 박상재 형은 나보다 두어 걸음 빨리 빛나는 동화를 쓰고 있었다. 첫째로 그게 부러웠다. 서너 해 후쯤, 나는 박홍근 선생님을 대부로 모시고 있었는데, 가끔 충무로에 나가 술자리를 같이 할 때면 박상재 형도 그 자리에 있었다. 아마 〈새벗문학상〉에 응모했을 때 박홍근 선생님께서 심사를 했던 인연으로 그리 된 것 같았다. 내가 서울에 올라온 것이 1978년이었는데, 박상재 형이 서울에 올라온 것도 아마 나보다 한두 해 앞이거나 뒤인 것으로 알고 있다. 그래서 문단에 아는 사람이 별로 없던 터라 문단 모임에 나가면 시골 촌뜨기 신세를 면치 못하던 때였다. 그래서 박상재 형과의 만남이 더 각별한 인연으로 기억되는지도 모른다.

몇 해 후인가, 박상재 형은 공부를 계속했고, 나도 공부를 하느라 만남이 뜸했다. 그런데 나는 더 이상 공부를 하지 않았는데 박상재 형은 소처럼 우직하게 느릿느릿 학문의 길을 걸어 대학원을 두 군데

나 마치면서 문학박사 학위를 받았다. 그리고 자신만의 문학 이론을 꿋꿋하게 정립해 나갔다. 박상재 형을 부러워하는 두 번째 이유다.

요새, 문학 행사로 가끔 만나면 학습물 출판사 일로 함께 원고 쓰던 때를 가끔 회상하곤 한다. 그때가 나나 박상재 형에게는 삶의 힘든 시간이었던 같다. 사실 글을 쓴다고 하나 원고료 벌이가 시원치 않으니 선생으로 할 수 있는 일은 학습물 원고를 쓰는 것밖에 별다른 방도가 없었다. 박상재 형과 만나면 꼭 그 얘기는 빼놓지 않는다. 그만큼 박상재 형은 만남을 귀하게 여긴다. 그런 마음의 보석이 부럽다.

나는 박상재 형의 중량감이 부럽다. 박상재 형은 체격도 좋은데 나는 왜소해서 그런지 많은 사람 앞에 나서는 것이 두려워 쭈뼛거리기도 한다. 신체적인 중량감도 그러하거니와 대인관계에서의 무게감과 깊이에서 박상재 형과 나는 많은 차이가 난다. 박상재 형은 사람과의 만남과 인연을 참으로 중요시한다. 그 소중한 만남과 인연으로 학문을 하고, 문학을 하고, 인생을 경영한다. 아주 아주 멋지게. 그것이 부러운 것이다. 나는 작고 여리고 쓸쓸한 곳에 시선을 두고 시작(詩作)을 하는데 박상재 형은 크고 강하고 대담한 곳에 마음을 두고 동화를 쓴다. 그래서 그의 동화에는 중량감이 있다. 내가 부러워하는 것이 특히 이 부분이다. 나의 초기 시 「풀씨를 위해」와 박상재 형의 초기 작품인 『원숭이 마카카』를 대비시켜 보면 이런 점이 금세 드러난다.

> 봄 하늘 구름은/빨리/봄비가 되고 싶다.//땅 속/촉촉이 젖어들고 싶다/바위틈/촉촉이 스며들고 싶다//흙 속/여기 저기 묻힌/바윗돌/이틈 저틈 끼인/지금 막 눈 뜸/이름 모르는/풀씨를 위해.

등단해서 처음으로 발표한 시다. 오늘도 나는, 눈앞에서 아른거리는 어린이들의 모습에 삶의 의미를 느낀다. 나이를 먹어가는 탓일까, 지금 내가 힘들어도 어린이들의 미래는 밝을 것으로 나는 생각한다. 지금도 이런 마음으로 시를 쓴다. 그래서 언제나 어디서나 막 싹을 틔울 어린이들을 위해 비가 되어 내리고 싶은 것이다.

"그래 그분은 하느님이신데, 나에게 세상에 내려가 약하고 불쌍한 자들을 도울 때 쓰라고 큰 힘을 주셨어. 조금 전에 내가 사람에게 보여주었던 그런 신비로운 힘을 주셨어. 이제야 이해가 되니?"

—「눈높이 어린이 문고. 82」, 『원숭이 마카카』, 110쪽

반달가슴곰을 사냥하기 위해 산으로 숨어들었던 상처받은 밀렵꾼을 반달가슴곰이 보살피고 있을 때, 원숭이 마카카가 나타나 함께 치료해 주는 장면이 나온다. 그때 원숭이 마카카가 반달가슴곰에게 자신을 소개하는 내용이다.

박상재 형에게는 큰 힘이 있다. 동화문학을 일으킨 큰 힘, 교단에서 어린이들을 훌륭하게 가르치는 교육의 큰 힘, 동료와 선후배들을 밀어 주고 끌어 주고 존경하는 인간관계의 큰 힘. 나는 그 힘도 부럽다. 앞에 인용한 내용은 아마 박상재 형이 스스로를 마카카에 빗대어 말하는 것인지도 모른다. 그런 큰 힘들이 박상재 형에게는 있다. 그것은 박상재 형의 인간에 대한 깊은 철학에서 비롯된 것으로 알고 있다. 박상재 형은 『원숭이 마카카』를 통해 착한 마음으로 남을 배려하며 우리로 하여금 함께 살아가는 것이 무엇인지 깊이 깨닫게 해준다.

문단 30년을 맞은 박상재 형의 문운(文運)이 더욱 빛나기를 바라며……, 요즘도 가끔 나는 박상재 형이 생각난다.

타고난 이야기꾼의 매력

임나라(동화작가)

중심에 서기보다 언저리를 맴도는 것을 더 편해 하는 나는 아는 사람이 그다지 많지 않다. 모임에 나가는 일도 드물다. 어쩌다 참석을 했어도 부랴부랴 서둘러 오기 일쑤인데, 글 쓰는 일을 게을리한 채 몸만 가 있는 느낌이 들어서이다.

그래서 마음은 그렇지 않은데, 얼굴 마주 대하기도 부끄러워 눈인사도 제대로 하지 못하고 떠나오면서 나는 늘 '군중 속의 고독'을 읊조리곤 하였다.

그런 내가 자칭 팬이라고 할 수 있는 이가 생겼는데, 그가 바로 동화작가 박상재 선생님이시다. 물론 선생님을 만난 지 아주 긴 세월이 흐른 뒤였지만.

문학은 내게 오랫동안 그리스 신의 아들인 탄탈루스의 고통과도 같았다.

신의 노여움을 사서 지옥 호수의 물이 턱까지 잠겨 일어설 수도, 도망갈 수도, 물 한 모금 마실 수도 없는 고통의 탄탈루스처럼 나는 문학이라는 굴레 안에서 놓여날 수가 없었다. 차라리 잊으며 살자 다짐을 두지만 어느 결에 다시 그 언저리에 돌아와 있는 자신을 발견하곤 소스라치게 놀란 적이 얼마나 많았는지.

이제 나는 나이가 좀더 든 후에야 내 안에 깊이 드리우고 있던 탄탈루스의 그림자를 벗어버릴 용기를 갖게 되었다. 그러자 모든 사물들이 문학의 빛깔을 띤 채 내 눈에 비쳐들기 시작했다. 그들은 나와 상관없이 끝없이 소곤소곤 이야기를 주고받고 있었던 듯했다.

친근하게 다가오기 시작한 것들에 힘입어 나는 굳게 닫혀 있던 마음의 문을 열고 조심스럽게 발걸음을 내딛었다. 그리고 동화집인 『무화과나무집』을 낸 후, 얼마 안 있어 대만에서 개최된 제9차 아시아아동문학대회에도 참가하였다.

그곳에서 박상재 선생님의 진면목을 엿볼 수 있는 행운을 갖게 되었다.

그가 거대한 체구만큼이나 인품이 넉넉한 줄은 간간이 보아 알 수 있었으나, 그토록 유쾌한 작가 선생님일 줄은 몰랐다. 해학과 재치가 넘치는 달변에 장난기 또한 개구쟁이 소년 버금가는 수준급이어서 나는 모처럼 마음 터놓고 깔깔거리며 재미있게 시간을 보낼 수 있었다.

그는 타고난 이야기꾼이었다. 작가에게 이야깃거리가 많다는 것은 얼마나 큰 축복일 것인가.

작년 여름 어느 날, 우연히 동화작가이신 김은숙 선생님을 만나 옆자리에 앉게 되었다.

선생님과는 직접 발간하고 계시는 『아동문학사상』 구독 관계로 몇 번 전화를 주고받았었으나 뵙기는 처음이었다.

선생님은 고인이 되신 김요섭 선생님께서 펴내시던 『아동문학사상』을 이어받아 복간 출간하게 된 과정과 고충을 이야기하면서 끝엣말에, 김요섭 선생님은 신춘문에 심사도 많이 하시고 했을 텐데 정작 책 만드는 일을 함께 해줄 제자나 작가는 별로 없는 거 같애요, 하며 안타까워하셨다. 나는 무심코 그 얘기를 듣다가 그 중에 나도 한 사람 끼어 있다는 사실을 깨달았다. 오래 전에 《서울신문》 신춘문예를 통해 등단을 했는데 그때 심사해 주신 분이 바로 김요섭 선생님이셨던 것이다.

"도울 일이 있으면 도와드릴게요. 저도 역시 김요섭 선생님의 심사를 통해서 등단했는데 연락조차 드려본 적이 없어 마음으로 늘 죄송스러움을 갖고 있었어요."

김 선생님이 잘됐다 하시며 내 손을 꼭 잡았다.

그렇게 해서 몇 번 모임을 갖기 시작했고, 11월 말에 〈아동문학사상 복간 5주년 기념 및 김요섭 선생님 추모의 밤〉 행사를 하게 되었다.

이 행사 진행을 박상재 선생님이 함께 하게 되었는데 예의 그 넉넉함과 따뜻한 배려로 시종일관 묵묵히 해나가던 모습을 옆에서 지켜볼 수 있었다.

어떤 일을 할 때 목적만을 앞세운 나머지 매사에 불평을 하면서 조급한 분위기로 이끌어가는 사람들을 여럿 보아 왔으나, 선생님은 특유의 언변과 부드러움으로 주변을 늘 환하게 해주는 힘을 갖고 있었다. 그래서 함께 하면 기분이 좋았다. 나는 또 한 번 그의 팬이 될 것을 자청하였다.

그 마음이 서로 통해서였을까, 얼마 전에 'macaca'란 아이디로 박상재 선생님이 이메일을 보내 오셨다. 동화의 길 30년을 기리는 기념집을 내는 데에 글을 좀 써 주시면 어떻겠느냐 하는.

흔쾌히 대답은 하였으나 나는 동화를 많이 읽어 온 편도 아니었고, 더불어 박상재 선생님의 글을 자주 접할 기회도 갖지 못했으므로 쓰신 책을 좀 보내 주실 것을 부탁드렸다. 그리고 무려 여섯 권의 동화집을 받았다.

올 가을이 나는 아주 행복했던 계절로 오래 기억될 것 같다.

때로 가슴이 시려 서점엘 가도 아동문학 코너엔 차마 발길을 할 수 없을 만큼 글을 쓰지 못하고 있는 아픔이 컸는데, 이제 편안한 마음으로 선생님의 여러 동화를 독파하고 있는 것이다. 읽으면서 내내 미소를 짓기도 하고, 고개를 끄덕이기도 하면서 선생님의 무궁한 동화나라를 마음껏 날아볼 수 있었다.

왜 이메일 아이디가 'macaca'인지도 비로소 짐작하게 되었고, 또 나의 무지스러움에 실소를 하기도 했다. 일찍이 장편소설 『원숭이 마카카』를 발표하여 새벗문학상을 수상한 선생님의 대표작 중의 대표작을 그 동안 알지 못하고 있었기 때문이다.

글은 글쓴이의 생각과 마음을 담는 투명한 그릇임을 다시금 느낄 수 있었다.

선생님의 작품을 통해서 나는 자연 안에서 살아온 그의 어린 시절을 볼 수 있었고, 또 푸근한 아버지의 모습과 따뜻하고 올곧은 인간애를 지닌 교육자의 정신을 읽게 되었다.

그런데 나는 어떤가? 어느 세계를 부유하며 살고 있었는가?

'동화의 길―30년'이라는 짧지 않은 세월 동안 타고난 열정으로, 타고난 이야기꾼으로 쉼 없이 작품 활동을 해오신 선생님의 자취를 보며 나는 이제 조금 부끄러워하려고 한다. 또 장인의 정신으로 옷깃을 여미고 겸허한 자세로 글 쓰는 일에 임할 수 있기를 스스로 다짐도 해본다.

그리고 오랜 세월 정성과 사랑으로 가꾸어 온 문학의 숲에서 아름다운 동화 더 많이 쓰시길 바라며, 나아가 한국 아동문학의 새로운 지평을 여는 데에도 앞장서 주실 것을 당부 드린다.

내게 오래도록 매력 넘치는 동화작가가 박상재 선생님으로 기억되길 기원하면서.

에너지와 의지력이 대단하신 분

소중애(동화작가)

박상재 선생님과는 일부러 시간 내어 만난 적은 없으나 문학행사에서는 자주 뵙는다. 특히 세미나처럼 숙박을 하는 프로그램에 참여하게 되면 선생님을 하룻동안 가장 오랜 시간 만나는 것이 나인데 까닭은 이렇다.

세미나라는 것이 공부도 열심히 하지만 노는 것 또한 만만치 않다. 그러니 평소보다 더 많이 먹고 마시게 된다. 다 알다시피 그렇게 많이 먹고 마시면 술과 음식이 세포 속속 스며들어 살이 되니 기분학상 좋은 일이 아니다. 그래서 새벽 일찍 일어나 산책을 나가곤 했는데 그때마다 만나는 것이 박상재 선생님이다.

아시아 작가 회의 참석차 일본에 갔을 때도 어둠이 가실 무렵, 동네나 한바퀴 돌려고 나가니 선생님은 이미 땀에 젖은 모습으로 호텔로 돌아오시고 계셨다. 일본에 있는 동안 매일, 내가 먼저 나가거나 선생님이 먼저 나가시거나 아침 운동할 때마다 만났다. 하루 일정이 끝나면 늦은 밤까지 연회를 하거나 삼삼오오 모여 술을 마시는데 그때 보면 좌석에 끝까지 남아 계시는 분이 선생님이시다. 물론 그걸 아는 나 또한 끝까지 앉아 있으니 하루 동안 가장 오래 얼굴을 뵙게 되는 것이다.

2008년 괴산에서 있었던 세미나에서는 선생님께 다음 날은 어느 쪽으로 운동을 나가시겠습니까 여쭈어 보았다. 그랬더니 폭포 쪽으로 가신다고 하여 다음 날 폭포에서 만나기로 하고 헤어졌다. 다음 날 폭포에 가니 선생님이 안 계셨다. 시간상 먼저 다녀가셨을 리는 없고 안 오셨을 리는 더더욱 없는데……. 주위를 둘러보며 기다려도 오시지 않았다.

아침식사 때 만나니 전날 과음을 하셔서 못 일어났다고 하셨다. 연회 시간이 다른 세미나 때하고 비슷했는데 건강에 이상이 생기셨나 걱정이 되었다.

2009년 부산 세미나에서 다시 뵙게 되니 체중 조절을 잘 하셔서 배가 들어가고 더욱 건강한 모습이셨다. 새벽까지 노래를 하셨다니 체력 또한 여전하셨다. (나는 바닷가를 헤매느라고 못 뵈었음)

선생님은 동화도 쓰시고 아동문학 연구도 하시는 분이다. 언변이 뛰어나셔서 행사에 사회를 자주 보시는데 유모러스한 말씀에 모두들 감탄하고 좋아한다. 선생님은 많은 일을 하시면서도 대인관계가 좋으시고 폭발할 것 같은 에너지를 갖고 계시면서도 자신을 컨트럴 할 수 있는 의지력이 대단하신 분이다. 우리 후배들이 본받을 점이 많은 선생님이시다.

영원한 마카카

이영(동화작가)

난 새벽 5기, 그리고 박상재 씨는 새벽 2기.

엄연한 문단 선배다. 그런데도 난 그와 맞먹는다. 하지만 그는 얼굴 한번 찌푸리는 일 없다. 대범하고 화통한 그를 난 좋아한다. 윗사람과 아랫사람을 잘 어우르는 그를 싫어하는 사람은 없을 것이다.

그는 리더십도 풍부하다. 새벗 세미나 날은 그의 잔칫날이나 마찬가지다. 화기애애하고 유쾌하게 행사를 주관한다. 무엇보다도 해박한 학문으로 우리들을 일깨워 주는 그는 진정한 리더십의 소유자다.

또한 유머 감각도 넘치는 그다.

흔히 이동렬, 박상재, 이영을 아동문단의 개그맨 3인방이라고 한다.

나도 웃지 않고 남을 잘 웃기는 편인데, 그는 나보다 한 술 더 뜬다. 마이크를 잡은 그를 바라만 봐도 괜히 웃음이 나온다. 그처럼 유머와 해학이 풍부한 동화작가 박상재다.

어느 회식 자리에서 그가 토한 유머 한 마디.

"요즘 시골 할머니들, 흑염소처럼 머리 염색을 하고 다니더라고."

하하하하, 난 지금도 혼자 웃는다.

그가 등단한 지 어언 30년.

어느새 그처럼 세월의 강이 흘러갔단 말인가!

하지만 그는 결코 천착하지 않는다. 오히려 더 당당한 모습으로 문단에 우뚝 서 있다. 그는 앞으로도 평탄대로를 걸어갈 것이다. 물지개를 진 사람처럼 기우뚱기우뚱, 틀림없는 발걸음으로…….

난 그의 장편동화 『원숭이 마카카』를 좋아한다.

동화작가, 박상재! 영원히 살아 숨 쉬는 마카카이길 빈다. 그리고 우리의 우정도 변함없길 함께 빈다.

그가 웃는다

손연자(동화작가)

오래 전에 4만 원을 주고 샀다는 검은 뿔테 안경알 속에서 그가 웃는다.

그러니까 그는 눈부터 먼저 웃는다.

눈이 웃으니 얼굴이 웃고 그의 마음이 따라 웃는다.

입춘 전날이 귀빠진 날이어서인가 그의 웃음은 이른 봄날의 햇살을 연상케 한다. 밀짚모자 눌러 쓰고 바짓가랑이 겹겹이 접고 논으로 철벙 들어가는 농부를 연상케도 한다. 열두어 살 언저리에서라면 저녁노을에 눈길을 빼앗겨 몰고 가던 소는 가거나 말거나 풀밭에 벌렁 누워 한쪽 발을 꼬았음직도 하다. 그러곤 실눈을 뜨고 어린 인생의 먼 미래를 암중모색했음직도 하다.

이래저래 그의 앞에 있으면 왠지 마음이 놓인다. 유독 나만 그리 느꼈다 한들 그게 무슨 상관인가.

그의 웃음은 막걸리라든가 아침이슬이라든가 하는, 딴에는 홀가분한 술잔을 기울이고 났을 때부터 시작된다. 한 잔 또 한 잔 오가는 술잔에 시간이 실리고, 그의 웃음은 문득 반쯤 해탈한 듯도 하여 보는 이의 세상 근심을 내려놓게 한다.

그렇게 웃기만 했을까?

아니다.

저 할로겐 등보다 약간 작은 안경알 속에서 어느 때인가는 그의 눈이 인간에 대한 연민의 눈물을 줄줄 흘렸을 수도, 턱없이 천박한 자에게 분노했을 수도, 어느 시인이 쓴 「민달팽이」에서처럼 섣부르게 덤비는, 또는 버거운 가식을 향해 '치워라! 그늘!' 그러면서 두 눈을 부릅떴을 수도 있었으리라.

그와 내가 한자리에 앉게 된 것은 아동문학인협회 모임이 끝나고 가진 근래의 회식 자리가 처음이었다. 공교롭게도 마침 며칠 전에 그의 작품 「그 늑대는 어디로 갔을까」를 읽은 터라 쉽사리 말문이 열렸다.

이야기는 대공원에서 수목원으로 이송 도중 아비 늑대가 탈출을 감행하는 장면에 집중되었다. 가족을 끌려가는 차 속에 몽땅 남겨둔 채 단독 피신하는 부분이 마음에 걸렸던 나는 아비 늑대가 남고 어미와 새끼들을 피신케 함으로서 지극한 부성애를 보여줄 수는 없었는가를, 탈출에 성공했다 해도 죄책감과 그리움에 못견뎌하는 아비 늑대를 드러낼 수는 없었는가를, 그에게 물었다.

내가 작가 본인에게 세상에 내어놓은 피붙이 같은 그들 작품의 독후감을 말할 때 전에는 다소 허심탄회한 편이었다. 그러나 그 허심이 난감한 부메랑이 되어 날아온 뒤부터 아예 입을 다물어 왔다. 그럼에도 그것도 어느 결엔가 몸에 밴 배냇짓이라고 뜻대로 되지를 않곤 했는데 그날 안경알 속의 그의 웃음이 홀연 내 본연의 기백(?)을 되살려내어 모처럼 기고만장할 수 있었던 것은 지금 생각해도 기분 좋은 일이다.

긴장이 풀린 김에 늑대에게 붙인 이름들의 소견을 고지식하게 털어놓았다. 그 작품이 실제 사건을 다루었다는 것과 더불어 간간히 작품 전반의 이해를 도우면서도 그는 시답지 않은 내 말에 경청했다. 그 모습이 엄중하고 겸손했다. 우리말을 살려 쓰려고 노력했다는 대목에서 나는 기꺼이 그에게 동의했다. 그 작품은 현재 대교출판에서 발행한 『꼭 읽자 우리동화 20』에 실려 있다. 고마운 일이다.

그는 아동문학을 한두 해 해온 분이 아니다. 자그마치 강산이 세 번이나 바뀌도록 외길을 걸어온 분이다. 이름 있는 연구소가 조사한 보고서에서 아동이 선호하는 첫 번째 인물 1위가 안델센이고 그가 2위였다는 것 역시 우리네 아동문단을 위해 여간 다행한 일이 아니다.

그는 흥이 많다.

이번 2009년도 부산 세미나의 회식처인 방파제에서 보니 많아도 아주 많다.

그날 그는 눈보다 먼저 손이 웃었다. 야무락지게 쪽찐 판소리 소리꾼의 붉은 입술에서 사설이 주저리주저리 엮어질 때마다 그는 허공으로 팔을 구부정 뻗고 열손가락을 상모 돌리듯 요리조리 돌려댔다, 머리도 질세라 곤댓짓이 한창이다. 그가 온몸으로 신명의 정도를 극대화했을 때, 다른 이들은 그저 밋밋하게 손바닥 박자를 맞추었을 뿐이다.

그날 나는 보았다. 출연진의 한쪽은 어화둥둥 쥘부채를 폈다 접었다 하고, 한쪽은 막대로 북을 칠 때 그들 가락에 박자를 맞추고 있던 그의 손이 까딱까딱 웃는 것을. 손이 웃다니, 어불성설이라고 재까닥 브레이크를 건들 그게 무슨 상관인가. 멀찍이 떨어진 밥상머리에서 본 그의 손이 내 눈에는 한사코 싱글벙글 웃는 품새로 보였음에랴.

앞으로도 그는 동화 창작에 전념할 것이다. 아동문학에 대한 연구와 창작의 열정이 한데 어우러져 차곡차곡 쟁여 있는 30년의 세월을 그냥 버릴 그가 아니다. 나는 그에게 바란다. 그의 눈이 외로움에 짓무르고 그의 손이 고독에 절어들기를. 어떠한 장르이든 절대 고독에 맞닥뜨리지 않은 문학은 허위이다. 문학이, 아동문학이, 어디 그리 호락호락한 것이던가. 그 사실을 아는 데는 외로움만한 게 없다. 그러고서 맨 나중에 마침내 그가 까만 뿔테 안경 속에서 회심의 미소를 짓기를, 노을이 아름다운 하늘에다 두 손을 펴 까딱까딱 홍소를 터뜨리기를, 나는 지금 진심으로 그에게 바란다.

성실, 그리고 흥과 여유

신동일(동화작가, 현대아동문학작가회 회장)

필자가 박상재 작가를 만난 것은 1991년으로 기억된다. 그 전부터 작품상으로 이름 정도는 알았었고 각종 문학 행사에서 몇 차례 스쳤음직도 하지만 서로 속해 있던 문학 단체가 달라 제대로 조우할 기회를 얻지 못하다가 통합을 계기로 만날 기회가 빈번해진 것이었다.

1991년 여름, 세 단체로 나누어져 있던 아동문학가 단체를 통합하자는 의도 하에 각 단체에서 동수로 추진위원회를 구성하였는데 박상재 작가와 필자가 위원 명단에 포함되어 있었다. 추진위원회에서 초대 회장으로 추대되신 석용원 회장님은 통합된 한국문학인협회를 융합시키고자 무던히도 애를 많이 쓰셨다. 새로 통합된 세 단체 임원들의 낯을 익히기 겸해서인지 그때는 거의 매월 월례회처럼 모이던 집행부 모임이 끝나면 으레 술자리로 이어졌었다. 느긋하고 상대방을 편안하게 만드는 박상재의 면모는 그때부터 읽혀졌다.

술자리가 시작되면 끼리끼리 모여 앉은 옆자리에서

"우리도 한 잔 들지요!"

빙그레 웃으며 느긋하고 스스럼없이 첫마디를 꺼내는 작가는 대개 박상재 작가였다.

석 회장을 모시면서 술자리는 참 많이 했지만 서로의 사생활에 대하여는 관심을 가진 적이 별로 없었다. 당시 그가 태어난 장수 쪽을 잘 아는 전북의 어느 작가에게서 '그가 일찍 아버지를 여이고 편모슬하에서 어렵게 성장했다.'는 정보가 박상재에 대한 정보의 전부였다. 그렇지만 그의 얼굴이나 태도에서는 어두운 면을 조금도 찾아볼 수 없었다. 늘 여유 있고 상황에 따라 유머를 쓸 줄 아는 마음 씀씀이가 넉넉한 작가였다.

십여 년이 지난 어느 날, 모 출판사에서 나오다가 그를 만났다. 예의 서둘거나 크게 동요 없이 느릿하게 던져주던 말이 인상 깊었다. 그가 던져준 말에 나는 그의 얼굴을 다시 보았다.

대충 정리하면 '오늘 저녁 집안에 모임이 있는데 자신이 뒷바라지하여 독립시킨 동생들이 자신의 집에 모여 있을 것'이란 이야기로 기억된다.

내가 그의 얼굴을 다시 본 까닭은 홀어머니를 모시고 스스로도 공부하며 게다가 동생들을 뒷바라지하여 분가시킨다는 일들이 결코 만만한 일이 아니기 때문이다. 전철역을 향하는 그의 얼굴이 환한 달빛을 받아 더욱 환하게 보였다. 그후 관심을 가지고 그의 온 길을 눈여겨보니 캐면 캘수록 실한 고구마처럼 그가 이룬 알차고 값진 열매들이 눈에 잡혔다.

박상재 작가는 참으로 성실한 작가다. 그의 성장과정을 들여다볼수록 그의 성실성은 유난히 돋보인다. 그의 성실함은 그가 걸어온 여정에 잘 나타나 있다.

초등학교 6학년 때에 아버지를 잃은 그의 여정을 살펴보면 힘들거나 고단한 역정을 걸었다기보다 오히려 '의연하게 걸었다'라는 표현이 더 어울릴 것 같다. 그가 아버지를 여의고 전주 중학교에 입학했을 때, 그의 가정은 아예 전주로 이주한다.

1977년 전주교육대학 졸업한 그는 당년 5월 순창 쌍치 금국 초등학교 교사로 교직의 길에 첫발을 딛고 1983년에는 양은숙 씨와 가정을 이루었으며 그 해에 아들 현우를 얻는다. 안정된 가정을 이루고 1984년 서울로 진출한 그는 그의 성실성이 빛을 발하는 전기를 만든다. 1985년 3월 서울교육대학 편입 후 졸업, 1991년 성균관대학교 교육대학원 석사과정을 마치고 1998년 2월 단국대학교 대학원 국어국문학과에서 현대아동문학을 전공하여 문학박사 학위를 취득한다. 그가 산고 끝에 이룬 50권이 넘는 순수 창작동화집과 30권이 넘는 위인전 및 전래동화의 재창작도 보통 작가로서는 넘기 어려운 '높은 산'임에 틀림없다.

편모의 장남으로 태어나 교직에 종사하며 동생들 뒷바라지도 하고 글도 쓰며 학문에 정진하여 박사 학위를 받고, 그 중 한 가지 일도 성취하기 버거울 법한데 이런 다양한 일들을 성취할 수 있었던 힘은 '성실' 외에 다른 표현으로 나타내기 어렵다.

60~70년대 어려운 시대를 살아온 우리에게는 익숙한 얼굴들이 있다.

어려움 속에 무엇인가 이룬 인물들의 표정이나 언행에서부터 그의 역정을 읽을 수 있는 고단함이나 근엄함, 비장함 등 굳은 표정들이다.

그러나 그 많은 어려운 일들을 해내며 분초도 쪼개어 썼을 정도로 바쁘게 살아왔을 박상재의 표정이나 언행에서는 그의 역정을 읽을 만한 그 어떤 단서도 찾아볼 수 없다.

오히려 흥과 멋을 제대로 아는 아동문학인으로 우리 앞에 다가선다.

딱딱한 자리에서는 친화력이 흐르는 느린 말투에 시의 적적절한 입담으로 분위기를 부드럽게 녹일 줄 알고 어디서든 흥이 나면 자연스레 마이크를 잡고 장소나 좌중에 어울리는 유머와 농담으로 좌중의 분위기를 돋운다. 그래서 아무리 경직되고 어려운 자리에서도 그가 참석한 모임이나 그의 옆자리는 늘 편안하다.

흥을 제대로 즐길 줄 아는 그의 밑천은 어떤 일에도 당황하거나 초조해 하지 않는 느긋한 마음의 여유에서 나오는 듯하다.

흥을 아는 멋과 여유, 그리고 여유에서 오는 부드러운 미소와 유머들……. 이런 그의 마음 한 자락에 매년 1~2회씩 헌혈까지 한다는 숨겨진 미담들은 그의 마음 씀씀이가 이웃을 향한 배려와 사랑의 끈과 이어져 있음을 짐작케 한다.

성실함으로 이룬 박상재의 값진 자산들, 그리고 숨가쁘게 달려온 여정 속에서도 자기만의 흥과 멋의 끈을 놓지 않은 여유 있는 박상재 작가!

"박상재 작가—동화의 길 30년" 축하 자리에 아낌없는 박수를 보낸다.

진정으로 하는 말

이상문(동시인)

동화작가 박상재는 소중한 내 벗이다. (그와 나는 새벗문학회 회원으로 20년 가까이 교분을 맺고 있다.) 나는 어떤 모임에서든 벗을 만나면 '아 참 내가 여기 잘 왔구나.'란 생각이 드는 만큼 벗을 만남이 반갑다.

언젠가 벗이 부산 광안리에 머물고 있다는 소문을 접하고 만사를 젖혀놓고 벗에게로 달려갔었다. 거기서 둘은 고향 지기라도 만난 듯이 어울려 떠들어댔다. 그 바람에 함께 있던 사람들이 뜬금없이 우리들 분위기에 휩쓸렸다. 그때는 즐거웠었지만 내가 참 채신머리없게 군 것이 틀림없다. 그 자리가 벗의 대학동기들끼리 정담을 나누는 자리였던 것이다.

박상재 동화의 길 30년을 진심으로 축하드린다. 그런데, 벗이 이제 무슨 자리를 만들겠다는데 그 자리에도 내가 달려가 채신머리없게 굴게 될까 은근히 걱정이다.

이같이 글을 써 보냈더니 메일로 아래와 같이 답신이 왔다.

만날 때마다 가장 반갑고 그때마다 신세만 지고 마는 철없는 아우입니다. 이번 글 청탁도 철없는 행동인지 모르겠지만 기꺼이 응해 주셔서 감사합니다. 그런데 제가 말씀드리기는 A4용지 한 장 분량을 말했는데 원고지로 생각한 것 같습니다. 그냥 두셔도 괜찮지만 혹시 더 하실 말씀이 있다면 조금만 더 붙여주셔도 좋습니다. 바쁘시면 그대로 싣도록 하겠습니다. 한가위 잘 보내시고 나중에 연락드리면 반갑게 뵐 수 있었으면 더 행복하겠습니다.

메일을 받고 나는 또 고민에 빠진다. 〈그냥 두셔도 괜찮지만 혹시 더 말씀하실 것이 있다면 조금만 더 붙여주셔도 좋습니다.〉 이 은근한 부탁을 듣고 그냥 넘길 수가 없어 나는 또 벗에게 편지를 쓴다.

박 박사, 지난 26일 밤 부산 광안리 방파제 횟집(한국아동문학회 세미나 뒷풀이 자리)에서 마주 앉아 술을 마시지 않았소. 그날 이후 술 올가미에서 벗어난 게 30일이었소. 30일이 원고 마감일이라 부랴부랴 쓴 게 그 모양이오. 난 사실 〈박상재 동화 30년〉을 매끈하게 써낼 재간 없소. 그렇지만 〈박상재 동화 30년〉에 뭔 말이라도 하나 남겨야겠다는 일념에 이렇게 또 사족을 붙이는구려.

이제는 채신머리 없는 말도 아니고 사족도 아닌, 진정으로 하는 말 하나 남겨야겠소.

그 동안 박 박사, 이룬 것도 참 많소. 이제 숨을 고르고 다시 담금질할 때가 아닌가 싶소. 술이란 다 독이요. 절주하시고, 몸도 좀 줄이시고 건강 다지며 건필 하소서. 지금부터 30년이오. 파이팅!

작품성과 문학 이론이 탄탄한 동화작가 박상재

김영훈(동화작가, 한국아동문학연구소장)

필자가 동화작가 박상재를 안 것은 꽤 오래 전의 일이다. 그렇다고 그와 사적으로 깊은 인연을 맺은 것은 아니었다. 그가 전북 태생이라는 점, 그래서 대전과 인접해 있다는 긴밀성이 고작이었다. 그리고 처음 문학 활동을 시작했을 때 같은 한국아동문학회 소속 회원이었다는 동질감도 작용했었다. 그뿐이었다. 그런데도 그는 필자의 오랜 지기와 같은 친밀한 느낌을 가지게 하는 훌륭한 작가이다. 아니다. 그보다 작가 박상재는, 필자의 마음 밑바닥에서 동경하는 마음이 우러나오는 작가 중의 한 사람이다. 그래서 그는 필자의 의식 속에 아주 깊이 자리를 잡고 있다.

그렇다고 필자가 동화 작가 박상재와 자주 친교하고, 직접 대면하면서 의사소통을 하는 편도 아니다. 그와 어쩌다 만나는 것은 1년 아니면 2년에 한 번쯤이다. 행사장에서이다. 세미나장이나, 시상식 등 공식적인 자리에서의 만남이라는 것이 원래 형식적인 것이라 눈인사 밖에 할 수 없다. 기껏해야 근황을 묻는 안부를 전하는 정도이다. 그것도 문단 연결고리를 맺어주는 소속 단체가 다르니 서로 스쳐지나갈 뿐이었다. 그런데도 그는 여전히 필자의 마음속에 자리한 작가였다.

필자는 그러한 박상재와 지난 추석 직전 참으로 오랜 만에 긴 시간 함께 하였다. 사계 선생도 함께 한 고려대 앞 모 카페에서였다. 우리는 오랜 만에 생맥주를 마시며 이야기를 나누었다. 필자는 그와 대화를 나누는 동안 평소 가졌었던 박상재를 향한 동질감과 공감대를 느끼게 하는 것에 대하여 '아, 이것이구나!' 하고 혼자서 스스로 확인했다.

필자는 그와 헤어지면서도 그 친밀감이 어디서 오는 걸까를 다시 한 번 곰곰이 생각했다. 그건 한 마디로 그의 문학 세계를 향하는 열정에 대한 동경 때문이었다. 그의 굳게 다문 입, 그리고 미래지향적인 눈빛, 무게 있는 언어 속에 배어 있는 문학적인 삶의 향취가, 같은 길을 가는 필자에게 외경심을 느껴지게 한 것이다. 바꾸어 말하면 필자의 가치관이 그와 공감대를 형성한다는 생각에 이르렀다는 결론이다. 그렇기 때문에 자주 만나지 않았어도 필자의 의식 속에서 그를 가깝게 느끼도록 한 것이 아닐까하고 생각했다.

박상재, 그는 주옥과 같은 동화를 빚어내는 언어의 마술사이다. 그리고 탄탄하게 아동문학 이론을 다져온 사람이다. 다른 이들도 그렇겠지만 필자는 평소 우리 아동문학 문단의 동화와 동시인들의 작가의식이 좀더 강했으면 하고 바라는 사람 중의 하나이다. 프로패셔널한 정신으로 작품을 형상화하는 작업에 더 치열하게 접근하여 빛나는 문학 혼을 발휘했으면 좋겠다고 생각하는 사람이라는 말이다. 그렇게 바라는 작가 중 대표적인 한 사람이 바로 박상재이다. 즉, 작가 박상재가 문단에서 돋보이는 것은 그의 작품성 때문이다. 작가는 작품을 떠나서는 바로 설 수 없다. 아니 존재할 수 없다. 그러니 좋은 작품을 대하면 그 작가에게 친근하게 느껴지는 것은 어쩌면 당연한 일이다.

그런 뜻에서도 박상재는 아동문단을 굳고 단단하게 세우는 데 기여하는 사람이다. 동화작품으로서, 그리고 아동문학 이론 정립 차원에서, 또한 아동문학학회 일까지 주선하고, 늘 앞장선다. 더 나아가서는 아동문학가 김용희와 함께 계간지 『아동문학평론』을 편집하는 일까지도 성실하게 수행하면서 이 땅에 아동문학 발전의 초석이 되기 위하여 헌신하고 있는 중이다. 그런 그를 필자가 가깝고도 외경스럽게 생각하는 것은 어쩌면 당연한 일인지도 모른다. 그는 결코 안주하는 사람이 아니다. 최근에 들어 우리 아동문단이 한국문단에서 그 위치가 더욱 굳건해지는 것은 박상재와 같이 역할을 다하는 이들이 다수가 있기 때문이다.

그런 공적인 치원 말고도 동화작가 박상재는 필자와의 사적인 대화 중에서도 자상함을 엿보이고 있었다. 그는 필자가 써레 동인의 일원임을 물론 잘 알고 있었고, 1, 2년에 한 번 만날까 말까 하는 사이인데도 대전에 도마동 배재대학 부근에서 거주한다는 것을 용케도 기억하고 있는 사람이었다. 그는 필자의 동화 『달섬에 닻을 내린 배』에 대하여 소상하게 말하면서 옛날 80년대 초를 회상하기도 했다. 그건 상대를 위한 일종의 배려였다. 그런 자상함을 느끼면서 필자는 박상재에게 더욱 친근감을 느낄 수밖에 없었다.

그런데도 지금 필자는 박상재와의 사적인 만남보다는 그의 작품을 통하여 그를 좋아하고 싶고, 또한 그가 꾸준히 가작을 생산해내는 작가이기 때문에 그의 독자가 되고 싶은 것이 솔직한 심정이다. 필자는 『월간문학』 월평에서 평자의 입장에 서서 그의 작품을 잠깐 읽은 적도 있지만 앞으로는 동심을 회복하기 위한 순수한 독자로서 그의 작품을 대하고 싶다. 그의 작품은 소재의 선택, 인물과 사건의 갈등과 대립구조 그리고 성격 창조에 해당하는 캐릭터 설정까지의 내용 생성 과정이 늘 주도면밀하다. 독자에게 재미를 주는 소재는 물론 조직이 치밀하여 긴장감을 갖게 하기 때문이다. 그래서 필자 역시도 그의 동화를 읽으면서 그가 작품 속에 담아 놓은 주제에 자신도 모르는 사이에 녹아들어가 감동의 세계로 흠뻑 빠지고 싶다.

필자는 이번 그와의 만남을 통해, 독자들이 박상재가 빚어놓은 동화들에 심취하면서 작품 세계를 만끽하기 시작한지, 어느덧 30년의 세월이 지나고 있음을 알았다. 믿기지 않는다. 마냥 젊고 힘찬 느낌과 싱싱함만을 주는 젊은 작가로만 알고 있었는데《전북일보》에 동화 「꽃씨 봉투」를 발표하면서 작가로서의 길을 걸은 지 벌써 서른 돌을 지나고 있다고 한다. 그후, 1981년 월간 『아동문예』 신인상에 동화 「하늘로 가는 기차」, 1983년에는 월간 『새벗』지에 장편동화 『원숭이 마카카』, 그리고 이듬해인 1984년에 《한국일보》 신춘문예에 당선된 동화 「꿈꾸는 대나무」가 주목을 받으며 그 이후에도 지속적으로 일취월장하면서 꾸준히 성장해 온 작가이다.

그런 박상재가 동화 말고도 학문에 뜻을 세워 석사과정과 박사과정을 거치면서 학위를 획득한 일은 참 개인의 영광이기도 하지만 아동문단을 위해서도 퍽 잘한 일이다. 이론서 『한국동화의 환상성 연구』, 『동화 문학의 탐색과 조명』 등을 발간하여 한국 아동문학의 이론을 정립하는 데 크게 기여하고 있기 때문이다. 이는 누가 흉내낼 수 없는 뜨거운 열정이고, 뛰어난 문학적 능력이다. 그래서 필자는 같은 길을 걷는 사람으로서 그의 삶에 동참을 하고 싶어 하면서 닮고 싶은 마음으로 이후 활동에 대하여 더욱 기대를 걸어본다.

그리고 이 지면을 통하여 필자는 동화작가 박상재의 첫 동화 작품 「꽃씨 봉투」 발표로 문학 활동을 시작한 지 서른 해가 된 것을 진심으로 축하한다. 아울러 이 뛰어난 능력과 열정을 겸비한 박상재의 문학이 더 활짝 꽃을 피워 그의 삶을 풍요롭게 함은 물론 한국 아동문학 발전의 대들보가 되어 줄 것을 바란다. 먼훗날 박상재라는 작가는 흙 밑에 가라앉아도 그가 쓴 문학 작품 그리고 그가 남긴 문학적인 공적은 흙 위로 걸러져 남기를 간절히 바란다.

마음의 여유를 전해 주시는 박상재 선생님

김현애(경기대 외래교수, 한국독서지도연구회 회장)

너도 나도 바쁘게 살면서 다른 사람에 대한 배려심이나 느긋하게 기다려 주는 마음가짐이 점점 사라지고 있는 요즘, 박상재 선생님처럼 주변을 돌아볼 수 있는 마음의 여유를 전해 주시는 분을 만나면 참 반갑고 귀하게 생각됩니다. 선생님을 떠올리면 제일 먼저 선생님만의 멋이 느껴지는 여유로운 웃음과 좌중의 분위기를 유쾌하게 만들어 주는 풍자화법이 생각납니다. 또 어디서나 표나지 않게 주변 사람들을 챙기며 무리 없이 일이 추진될 수 있도록 궂은 일을 마다않고 애쓰시던 모습도 인상에 남습니다.

8년 전 석사학위 논문을 준비하면서 아동문학을 공부하게 되었고 여러 아동문학인 선생님들과 인연을 맺게 되었습니다. 자신의 작품과 닮아 있는 작가 선생님들을 뵙는 것이 제게는 즐겁고 신선한 경험이었습니다. 그 중에서도 박 선생님은 선생님의 대표작 『원숭이 마카카』에 나오는 너그럽고 지혜로운 주인공 마카카와 정말 많이 닮아 있는 분이셨습니다.

아동문학 초년생으로 난생 처음 5월 5일 소파묘역 참배행사에 참여했을 때, 어떻게 처신할지 몰라 당황하던 저를 따뜻하게 맞아 주시고, 주위 분들과 즐겁게 어울리며 격조 있게 대화를 주도해 나가시던 선생님의 모습을 보며 '진짜 선비 같은 멋과 풍류를 지닌 분이시구나' 느꼈던 기억이 납니다.

그런 분들께 아동문학의 이론과 실제를 배우고 대화를 나누며 '아동문학을 하시는 분들은 순수한 아이의 마음처럼 진솔하고 담백하시구나! 이런 분들이 만드는 세상은 큰 고통이나 슬픔을 겪을 일이 없는 참 좋은 세상이 될 텐데……' 하는 생각을 자주 했었습니다.

오랜 역사와 부흥 노력에도 불구하고 그 가치와 역할을 제대로 인정받지 못하는 한국 아동문학계에서 선생님은 뛰어난 작가이자 중견 연구자로서 무엇보다 교육현장에서 아이들을 만나는 훌륭한 교사로서 일인 다역의 역할을 감당하며 모든 일에 최선을 다하는 모습으로 저를 비롯한 주변 사람들에게 본이 되고 있습니다.

특히 지난 2006년 한국에서 열린 제 2차 세계아동문학대회에서 보여주신 박선생님의 활약상은 대단한 것이었습니다. 주관국의 집행위원장 역할을 맡아서 대회기획단계에서부터 최종 마무리까지 전 세계 참가자들의 요구와 필요사항들을 꼼꼼하게 점검하며 차질 없이 진행되도록 하는 일은 결코 수월한 것이 아니었습니다. 저도 대회홍보위원으로 참여하며 작은 도움만 드렸을 뿐인데도 준비과정에서, 대회가 진행되는 도중에도 예상치 못한 돌발변수와 크고 작은 장애물들이 수없이 생겨나는 것을 목격하며 몹시 난감했던 기억이 납니다.

그러나 박 선생님은 특유의 여유로운 대처와 유머감각으로 어긋나 있던 사람들의 마음을 풀어주며 큰 문제없이 대회가 마무리될 수 있도록 지혜로운 조정자의 역할을 잘 감당해 주셨습니다. 선생님은 정말 삶과 작품이 하나로 어우러지는 생활을 하는 분이라는 생각이 듭니다. 선생님의 작품들이 자연과 생명의 귀함을 이야기하듯이 실제 삶 속에서도 사람을 배려하는 마음과 여유 있게 삶을 대하는 자세를 가르쳐 주시기 때문입니다.

아동문학에 대한 애정과 실천으로 정진해 오신 선생님의 30년은 제게 존경과 부러움의 대상의 대상입니다. 선생님의 30년 아동문학 인생을 진심으로 축하합니다. 마음의 여유를 전해 주는 삶과 작품으로 사람들에게 기쁨을 주시는 선생님의 건필과 건강을 늘 기원합니다.

소중한 물

박민호(동화작가)

박상재 선생님,
선생님 글은
동심의 푸른 싹을 틔우는
소중한 물입니다.

박상재 선생님,
선생님 글은
푸른 싹을 바르게 키우는
소중한 물입니다.

박상재 선생님,
선생님 글은
키워 튼실한 열매를 맺게 하는
소중한 물입니다.

박상재 선생님,
선생님 글은

열매의 씨앗을 널리 퍼트리는
소중한 물입니다.

박상재 선생님,
선생님 글은
앞으로 또 삼십 년 거름되는
소중한 물입니다.

박상재 선생님 동화의 길 30년을 축하드리며

그건 정말 사실이 아니었을까?

유인화(어린이책 편집자)

'박상재 선생님' 하면 먼저 아직도 채 확인이 되지 않은 전설의 주량이 떠오른다. 그땐 나도 젊어서(아니,어려서) 술을 좋아하고 제법 밤새워 먹는 축에 속했다. 하지만 당시 선생님이 우리 출판사에 오셔서 함께 대작한 실장이 전하는 말을 듣고는 그 음주법에 너무나 질려서 그랬는지 이후 선생님과 단독으로는 아예 술자리는커녕 변변한 식사자리도 만들지 못한 것 같다.

아무리 그래도 그렇지, 1989년부터 2000년까지 10년에 걸쳐 그동안 선생님이 예림당에서 낸 책이 8권(『허수아비가 된 허수아버지』, 88년/『개미가 된 아이』, 93년/『논설문,나도 잘 쓸 수 있다』, 94년/『고사성어1 · 2』, 94년/『초등학교 시조교실』, 96년/『꿀벌삼총사』, 96년/『그림 속으로 들어간 아이』, 2000년)에 능인 이름으로 나온 책이 1권(『동경 126도 11분, 북위 34도 13분에 사는 아이들』, 93년)인데 그 책임을 맡았던 자로서 작가 관리 차원에서도 이건 뭔가 잘못되었다. 왜 그렇게 박상재 선생님하고는 친해지지 못했던 걸까. 순전히 술에 대한 두려움 때문에?

그런데 무슨 무슨 행사 뒤풀이에서 술 드시는 선생님 모습을 살펴보매 고개가 갸우뚱해진다. 어느새 볼이 발그레해지신 채 특유의 삐딱한 고개와 입을 작게 벌려 말씀하시는 모습을 보면 주량이 그리 세어 보이지도 않았다. 마침내는 모처럼의 가벼운 저녁 자리에서 사실을 확인해 보고자 했다.

—점심 식사 때 반주로 밥주발에 소주를 가득 부어 드셨다던데 사실인가요? 하니, 선생님은 한사코 아니라신다. 정말이냐고 캐물으려니 가슴이 왠지 뜨끔해진다. 세월 대비 선생님과 그리 돈독치 못한 관계를 애꿎은 '밥주발 술잔' 탓으로만 돌리려는 자신이 보여서다. 그 옛날 선생님이 이미 고도전술을 발휘하신 것일 수도 있는데. 더러 술상대가 부담스러우면 초장에 제압하라듯이, 시작을 밥주발로 해서 상대가 겁에 질려 더 이상 권하지 못하게 하셨던 건 아닐까? 어쨌거나 박상재 선생님의 주량의 진실만큼은 나로서는 명쾌히 확인하지 못한 사항이니 아시는 분은 귀띔을 해주시기를.

저 멀리 지난 시간 속을 들여다본다. 하얀 와이셔츠에 깨끗한 얼굴의 호감 가는 미남 작가께서 편집실에 오셨다. 그런데 점심을 함께 하고 온 실장이 불쾌한 얼굴로 들려주는 얘기라니? 이런! 얘기가 자꾸 어디로 샌담. 하지만 대인 관계에 있어서는 언제나 초보 수준인 이 까칠이가 그 뒤로 줄줄이 선생님 책을 낸 것을 보면 선생님을 많이 의지했었고 나름 최선을 다하고자 했던 게 아닌가 싶다.

세월 속에 많은 책들이 선을 보이고 또 스러져 갔지만 선생님 책 중에 20년 가까이 아이들의 사랑을 받고 있는 책이 있다. 『개미가 된 아이』이다. 예림당이 낸 창작동화 중에 몇 안 되는 장수하는 책 중의 하나이다.

박상재 선생님! 작가의 길 30년에 박수를 드립니다. 앞으로도 좋은 작품 많이 내시고 예림당의 역사와도 쭈욱 함께하시기를 바랍니다.

뿌리 깊은 느티나무 선생님

안선희 (서울영일초등학교 교사)

박상재 선생님의 아동문학 등단 30주년을 축하하는 마당이지만 저는 아동문학에는 문외한인지라 선생님과 같은 학교에 근무하는 동료 교사로서 박상재 선생님에 대하여 말씀드리고자 합니다.

제가 선생님을 처음 뵙던 날이 생각납니다. 삼년 전 저는 대전에서 서울로 전보발령을 받아서 서울영일초등학교에 부임하게 되었습니다. 대전도 광역시라 도시이지만 서울과는 비교할 수가 없지요. 서울에는 어찌나 차도 사람도 높은 빌딩도 많은지 눈이 휘둥그레지고 주눅이 들었습니다. 게다가 전학교의 교장선생님께서는 "서울은 눈뜨고 코 베어가는 곳인데 안 선생은 너무 순해서 탈이야. 정신 똑바로 차리고 살아야 하네." 농담반 진담반으로 이렇게 걱정해 주셨습니다. 첫 등교일에 장공주 교장선생님과 함께 떨리는 마음으로 부임인사를 할 때 당시 교무부장이시던 선생님은 "봄이면 살구꽃이 만발하는 우리 영일 꽃대궐이 비로소 주인을 찾았습니다. 두 분의 공통점은 미인이라는 겁니다."라고 소개하셔서 좌중을 웃게 하셨어요. 그 화기애애한 웃음들 속에서 잔뜩 긴장했던 마음이 스르르 풀리며 편안하게 서울생활을 시작했습니다. 어느 자리에서건 선생님은 유머와 재치있는 위트로 주위 사람들을 즐겁고 편안하게 해주십니다. 그래서 많은 선생님들이 박상재 선생님을 좋아합니다. 같이 근무한 지 한참이 지난 후에야 선생님이 동화작가인 것을 알았어요. 교과서에도 작품이 실린 대 작가임에도 별 내색을 하지 않으셨어요.

선생님은 넉넉한 풍채처럼 언제나 여유롭습니다. 연구부장으로서 학교에서 큰 일은 다 하시고 여기저기 특강을 다니시고 대학 강의를 하시면서도 하루가 48시간인 양 서두르거나 허둥대는 법이 없습니다. 바쁘다고 투덜대거나 당황하는 모습도 뵌 적이 없어요. 학교에서 어려운 일이 있을 때 교사들은 먼저 선생님을 찾아갑니다. 그러면 쉽게 해결책을 제시해 주십니다.

선생님은 매사에 긍정적이며 낙천적이고 다정다감한 성품을 가지셨습니다. 아마 그 힘의 원천은 선생님이 국민학교(초등학교) 6학년 시절에 돌아가신 아버님의 사랑이 아닐까 생각합니다. 선생님의 자전적 소설인 「나의 등불 나의 하나님」을 읽어 보면 선생님의 국민학교 시절 교과서가 부족하여 책을 받지 못하게 되자 선생님의 아버지는 이렇게 하셨습니다. "아버지는 이웃집에 사는 종호 집에 가서 국어책을 빌려오라고 하셨다. 내가 책을 빌려다 드리자 아버지는 하얀 모조지를 잘라 책을 만들기 시작했다. 펜에 잉크를 묻혀 정성껏 또박또박 글씨를 써 나가셨다. 아버지는 앉은뱅이 책상 앞에 앉아서 밤늦도록 글씨를 쓰셨다. 마침내 표지도 근사하게 만들고 그림까지 멋지게 그리셨다" 저는 이 글을 읽으며 아버지의 아들에 대한 사랑, 병마에 시달리는 아버지를 위하는 마음, 아버지를 일찍 여윈 소년의 의젓함이 너무도 아름다워서 눈물을 펑펑 흘렸습니다. 비록 일찍 돌아가셨지만 남들이 평생 받는 사랑보다 더 큰 아버지의 사랑을 받으셨습니다. 요즈음 아버지가 있어도 아버지 부재라는 사회문제가 있는데 선생님은 아버지가 계시지 않아도 길을 비춰주는 등불 같은 아버지를 가슴에 두셨습니다.

선생님은 풍류를 제대로 아시는 분입니다. 하롱하롱 벚꽃이 날리는 날에는 이슬잔에 벚꽃잎을 띄워 마시면서 구수한 목소리로 시를 읊으시거나 노랫가락을 흥얼거리시지요. 선생님은 문학에만 조예가 깊은 것이 아니라 운동도 잘하십니다. 배구대회, 탁구대회, 배드민턴 대회 등이 열리면 무조건 우리 학교의 첫 번째 대표선수이십니다. 그렇게 갖가지 운동을 잘하시는데 어떤 운동도 레슨을 받은 적이 없다고 합니다. 어깨 너머로 남이 하는 것을 보고 혼자 배웠다고 하시더군요. 글뿐만이 아니라 운동에서도 타고난 재주꾼이지요. 커다란 몸집이 얼마나 날렵한지 동에 번쩍 서에 번쩍 운동하는 모습을 보면 감탄이 저절로 나오지요. 운동 시합을 할 때 선생님과 한편이 되면 승리는 따놓은 당상입니다. 체력 또한 강인하여 젊은 친구들이 지쳐서 헐떡일 때에도 선생님은 끄떡없이 마지막까지 남아 계십니다. 운동할 때에도 선생님 주위에서는 역시 하하 호호 웃음소리가 끊이지 않는답니다.

선생님이 담임하는 반은 공부하는 실력도 1등이요, 반대항 축구시합에서도 1등입니다. 선생님 반의 아이들은 천진하고 순수하고 해맑은 모습들입니다. 선생님은 잘못이 있으면 아주 엄하시지만 주로 아이들에게 칭찬을 많이 하십니다. 다소 어두운 표정의 아이도 선생님 반이 되면 밝고 생기가 넘치는 아이가 됩니다. 선생님의 교실은 또 얼마나 아기자기하게 예쁜지 모릅니다. 요즈음에는 천장까지 매달아 놓은 줄을 따라 나팔꽃이 활짝 피었습니다. 선생님은 아이들에게 꿈과 용기를 주는 진정한 교육자이십니다.

제가 선생님을 만난 것은 행운입니다. 저의 고향이 전주이고 선생님은 전주의 명문학교인 전주북중과 전주고를 졸업하신 인연으로 선생님을 뵈면 고향의 오라버니 같은 푸근함을 느낍니다. 선생님의 격려로 지천명에 이른 나이에 시작한 대학원 공부를 무사히 해나가고 있고 동화도 알게 되었습니다. 어려운 일이 있을 때마다 의논드리다 보면 저절로 일이 풀리곤 합니다. 저의 멘토라고 생각했는데 알고 보니 선생님을 멘토로 모시는 분이 여럿이더군요. 선생님의 삶이 곧 다른 사람의 안내자인 것입니다.

지난 해인가 일이 있어서 장수에 들렀다가 선생님의 모교인 계북초등학교를 방문한 적이 있습니다. 교문에 들어서니 삼사백 년은 됨직한 커다란 느티나무가 있었습니다. 그 느티나무를 보는 순간 선생님과 닮았다고 생각되었습니다. 뿌리 깊은 꿋꿋하고 듬직한 느티나무, 비바람에도 끄떡없는 느티나무, 새가 포근하게 깃들고 다람쥐가 노니는 느티나무, 사람들이 꿈을 키우고 편히 쉴 곳을 내어주는 느티나무…….

선생님을 존경합니다.

아동문학과 함께 한 30주년을 축하하오며 앞으로 좋은 글 많이 쓰셔서 앞으로 40주년, 50주년, 100수까지도 이런 축제의 장을 여시기를 바랍니다. 건강하시고 내내 행복하십시오.

동화계의 버팀목, 박상재 선생님

최정원(동화작가)

1987년이었던 것으로 기억한다. 난생 처음 아동문학인협회 여름 세미나에 참석하게 되었다. 책에서만 볼 수 있었던 유명작가 선생님들을 만날 수 있다는 사실에 나는 한껏 들떠 있었다. 방명록을 관리하거나 일회용 컵을 나르고 정리하는 등 새내기답게 심부름을 하면서 담소 나누는 작가들을 가까이서 살펴볼 기회를 가졌다. 언제나 벙글벙글 웃으시는 이영호 선생님, 독립군 장군처럼 보이던 김종상 선생님, 그리고 전형적인 작가의 모습을 지니신 이준연 선생님, 풋풋한 모습으로 떠오르는 젊은날의 이규희 선생님 등등……. 당시를 돌이켜 생각하면서 이제야 비로소 미소짓게 된다. 기억 속의 심후섭 선생님이나 박상재 선생님은 수줍어 보이는 청년이었다. 왠지 코끝이 찡하다.

『아동문학평론』 일을 도우면서 박상재 선생님을 다시 뵙게 되었다. 어느새 선생님은 중후한 중년 작가가 되어 있었다. 그리고 오랜만에 만난 후배에게 덕담을 아끼지 않으셨다. 오로지 글 쓰는 일만 하면서 사는 것이 내 꿈이었지만 현실은 그렇지 못했다. 삶을 영위한다는 것은 늘 우연한 사고들로 흐름이 바뀌기 일쑤였고 다른 일에 모든 정력을 낭비해 버려 더 이상 작품 활동을 할 수 없을 것처럼 보였다. 하지만 '앞으로는 작품 활동을 포함한 모든 일이 다 잘 될 것'이라는 박상재 선생님의 격려는 내 삶을 단순화시켜 주었다. 그 이후로 나는 비관적인 상황에 처하게 되면 당장 닥친 일부터 하나하나 풀어나가며 선생님 덕담만큼이나 긍정적인 결과를 혼자 속으로 중얼중얼 외어 보곤 한다.

박상재 선생님은 드물게 강의와 비평 창작을 모두 훌륭하게 해내는 분이다. 동화창작론을 공부하는 사람 치고 선생님의 책을 읽어 보지 않은 사람은 별로 없을 것 같다. 이런 창작론을 쓰게 한 원동력은 등단 이후부터 지금까지 초지일관, 동화라는 한 길만을 걸어온 전문가의 자신감일 터이다. 선생님의 약력을 정리해 보면 이제껏 내가 해온 활동이 얼마나 보잘것 없었는지 반성하게 된다.

선생님은 1956년 전북 장수에서 3남 1녀 중 장남으로 출생하셨다. 1977년 전주교대를 졸업한 후 1981년 월간 『아동문예』 신인상에 동화 「하늘로 가는 꽃마차」가 당선되면서 동화와 처음으로 인연을 맺게 된다. 앞서 아동문학인협회 세미나에 대해 언급했는데, 그때 엄지손가락을 치켜세우며 이영호 선생님께서 하시던 말씀이 아직도 귓가에 생생하다.

"이준연 선생은 우리나라에서 제~엘루 동화를 잘 쓴다!"

동화를 가장 잘 쓰시는 바로 그 이준연 선생님께서 지금으로부터 거의 30년 전인 1981년에 박상재 선생님의 재능을 인정하신 것이다. 글은 재능만으로 쓰는 것이 아님을 새삼 말할 필요도 없을 것이다. 신춘문예를 통과해 한때는 샛별처럼 빛을 발하다 흔적도 없이 사라진 작가들이 얼마나 많은지. 그러나 선생님은 재능을 인정받은 날부터 지금까지 교육계에 몸담고 생생한 교육현장의 목소리로 창작활동을 하고 있다. 재능을 타고 났더라도 노력해야만 성공할 수 있다는 사실을 몸소 보여주고 계신 것이다. 1983년 〈새벗문학상〉 장편동화 부문에 『원숭이 마카카』가 당선되고 1984년에는 《한국일보》 신춘문예 동화 부문에 「꿈꾸는 대나무」가 당선됨으로써 재능을 다시 한 번 증명하게 된다. 거기 그치지 않고 쏟아 부은 노력은 1991년 한국간행물윤리위원회가 한국갤럽조사연구소에 의뢰하여 실시한 "어린이 독서경향 및 독서환경 실태조사 보고서"에서 선호하는 국내 동시 동화 작가 1위에 뽑힘으로써 결실을 맺는다.

선생님은 일복도 많으시다. 길고 긴 약력 중 몇 가지를 간추려 보아도 어떻게 이 많은 일을 다 하셨는지 의아할 따름이다.

1994년~1995년 서울대학교 국어교육연구소 연구위원(독서체계연구)
1995년 초등학교 국어과 교과서 심의위원
1998년 2월 단국대학교 대학원 국어국문학과에서 문학박사학위 취득 (논문-한국 창작동화에 나타난 환상성 연구)
1998년~2004년 단국대학교 및 동대학원 강사
1998년~2004년 서울국제아동문학관 부설 아동문학평론사 편집장
1998년 한국아동문학학회 부회장 겸 아시아아동문학대회 한국본부 부회장
1998년 '한국 창작동화의 환상성 연구' (집문당, 문체부 우수학술도서로 선정)
1998년 7차 교육과정 초등학교 국어과 교과서 심의위원
1998년 서울대학교 국어교육연구소 자문위원(사고력 개발)
2004년 한국아동문학인협회 동화분과회장
2004년 명지대학교 강사
2004년 제8차 아시아아동문학대회(일본 나고야) 주제발표(우수논문상

수상)

2005년 이후 지금까지는 또 한국교원대학교 겸임교수를 맡고 계시다. 후배들을 한결같이 챙기고 이끌어주는 박상재 선생님의 목소리는 작품 속 캐릭터의 모습에도 스며들어 있다. 선생님은 원숭이 마카카, 춤추는 고양이, 두루미, 너구리, 산양, 다람쥐 등등 여러 가지 모습으로 나타나 상처받은 이들을 치유하는 따뜻한 말과 고난을 극복하는 용기를 베푼다. 동화를 쓰는 우리에게 박상재 선생님은 든든한 버팀목이다. 이 짤막한 글이 선생님의 작가 인생을 조금이라도 헤아릴 수 있는 지표가 되기를 바란다.

물 같은 스승

정진(동화작가)

2002년 가을에 나는 단국대학교 문예창작 대학원에 입학을 했다. 그곳에서 만난 스승이자 새벗 문학회 선배이신 박상재 선생님의 수업을 석사 과정 내내 계속 들었다.

그후로 박사 과정에 들어갔을 때, 선생님은 우리 학교를 떠나 교원대학교에 출강을 하게 되셨지만, 선생님한테 아동문학 강의를 들었던 대학원 제자들은 지금도 선생님과의 인연을 소중하게 이어나가고 있다.

만약 누군가 나에게 "박상재 선생님은 어떤 분이세요?" 하고 묻는다면 난 이렇게 대답할 것이다. "선생님은 제 인생에 전환점을 만들어 주신 분입니다"라고.

2002년 초가을이었다. 어느 날 뜻밖에 새벗 문학회 선배이신 박상재 선생님이 전화를 주셨다. "정진 씨, 대학원에서 아동문학을 공부하고 싶은 마음이 있어요?"

그때 난 아이들에게 글쓰기 지도를 열심히 하며 거의 글을 쓰지 않던 시절이었다.

"선생님 물론 공부하면 좋겠지만, 저는 영어를 잘 못해서요."

그러자 선생님이 등단한 작가에게는 특별전형이 있으니 한번 응시해 보라고 하셨다. 그래서 난 떨리는 마음으로 특별전형에 응시를 했다. 학교와의 인연은 그렇게 시작이 되었다.

나에게 박상재 선생님은 '물 같은 스승'이시다. 물에 들어가면 모든 사물의 빛깔이 더 선명하게 드러난다. 그처럼 박상재 선생님은 제자들이 자신의 빛깔을 찾도록 도와주시는 교수법을 가진 분이다.

선생님은 수업 시간에 자신의 사상이나 이론을 특별히 강조하지 않으셨다. 학생들이 써온 글이나 논문을 보실 때에도 크게 야단을 치거나 잘못을 강하게 지적하신 적이 없다. 국문학과에서 오래 전에 박사학위를 이론으로 받으셨고, 판타지 이론을 누구보다 빨리 연구하고 공부하셨던 분인데도 선생님은 자신의 빛깔을 강조하지 않으셨다. 그래서 공부에 겁을 잔뜩 먹고 있던 나는 기꺼이 숨을 쉴 수 있었다.

'스스로 길을 찾아가는 것을 묵묵히 지켜보시는' 그런 스승이셨다. 덕분에 '틀릴까 봐, 정답이 하나만 있을까 봐' 무서웠던 나는 선생님의 넉넉한 눈길 아래 마음 놓고 공부하고 소논문도 여러 편 썼다. 사실 박상재 선생님이 아니라 아주 엄하고 자신의 세계가 강한 스승을 만났더라면 소심한 나는 공부를 중간에 포기했을지 모른다.

그때 선생님한테 처음 배웠던 교수법의 영향이 컸는가 보다. 그 뒤 강의를 할 일이 생길 때면 난 학생들에게 '물 같은' 사람이 되고 싶다는 생각이 든다. 나의 정신과 빛깔을 옮겨 주기보다는 학생들 스스로가 자신의 빛깔을 찾아나가는 역할을 하고 싶다는.

그래서 학생들이 "정진 선생한테 이것, 저것을 배웠어!"라기보다는 "그 시간에 내 자신을 더 알게 되었어!"라고 말할 수 있기를.

왜냐하면 내가 박상재 선생님한테 배워서 얻은 것이 바로 그것이었기 때문이다. 선생님의 수업을 3학기 내내 들으면서 '내가 내 자신을 찾아가는 시간'을 가져서 행복했다.

대학원에 가서 좋은 스승을 많이 만났고 진정한 벗들도 얻었다. 무었보다 작가로서 정체성이 생겼다. 지금도 학교에 가길 참 잘했다고 생각한다. 그 인연의 다리를 놓아 주신 박상재 교수님 항상 감사합니다!

변함없는 童顔

조임생(동화작가)

박상재 선생님 하면 금세 떠오르는 이미지가 있다. 세상 물정 모르는 소년 같은, 이른바 동안(童顔)이다. 거기에 후덕해 보이는 느낌이 처음 만나는 사람에게도 오래 친분을 나눈 것 같은 착각을 일으키게 한다.

내가 처음 박상재 선생님을 알게 된 것은 선생님이 내 동화의 심사위원을 맡으셨기 때문이다. 벌써 15년 전 일이다. 당시 선생님은 논문 준비로 바쁘셨는데 수상식장에 오셨다가 부랴부랴 떠나시며 몹시 미안해 하던 모습이 지금도 생각난다. 수상식 뒤에는 뒤풀이가 있기 마련인데 혹여 자신으로 인해 흥이라도 깨지면 어쩌나 하시던 표정이었다. 상대방을 배려하는 그 표정이 마음을 참 따뜻하게 했다.

선생님을 자주 뵙지는 못했지만 늘 가까이 계시는 듯한 친근감이 든다. 지난 해였다. 〈한정동아동문학상〉을 수상하신다는 소식에 꽃다발을 들고 '문학의 집'에 갔었다. 오랜만에 뵙는 얼굴이지만 여전히 변함없는 동안이셨다.

'재주도 참 용하시지. 세월도 선생님을 비껴가는구나.' 하는 마음이 들었다. 무슨 명약을 드시는 걸까? 아니면 동화의 세계가 선생님을 온통 동심으로 물들여서 그럴까? 아무튼 오래오래 건강하게 동화의 나라에서 행복하시길 빈다. 박상재 선생님 화이팅!

박상재 선생님을 추억하며

장은정(동화작가, 치과의사)

박상재 선생님 안녕하세요? 참, 오랜만이지요?

떠나올 때 인사도 제대로 못 드리고 와 오래도록 죄송했는데 얼마 전 선생님의 아동문학 인생 30주년을 기념하는 행사를 한다는 소식을 듣고 또 참석할 수 없을 것 같음에 죄송하고 안타까운 맘 그지없습니다.

세월이 유수 같다더니 역시 그 표현은 틀리지 않은 것 같습니다.

벌써 제가 선생님을 뵌 지 십 년이 되었으니 말이지요. 그때 선생님께서는 '천착'이라는 제게는 아주 생소한 단어를 처음으로 알려주셨지요. 낯설었던 그 단어를 마음에 품으며 되새겼던 일이 엊그제 같은데 이제 또 선생님께서는 30년이라는 긴 시간을 통해 제게 '천착'이란 단어의 의미를 몸소 보여주고 계십니다.

저는 한 길을 가는 사람들의 열정과 고집과 세월 속의 무수한 수고와 눈물은 그 어느 것에도 비견할 수 없는 아름다움이라 생각하고 있습니다. 때론 그 등 뒤로 번지는 쓸쓸함이, 고독함이 느껴질지라도 그것 또한 은은한 빛을 발하는 아름다운 인생의 흔적이라고요.

그런데 어떻게 된 일인지 한 길을 걸어오신 선생님의 뒷모습에서 전 쓸쓸함과 고독함은 느끼지 못했습니다. 그건 아마도 제가 고정된 시각과 관념으로 인생을 조금은 회의적으로 바라보고 있지 않았나 하는 생각을 항상 사람들과 함께 하시며 넉넉하고 편안한 얼굴이셨던 선생님을 뵈면서 생각해보곤 했었답니다.

선생님은 아동문학 행사가 진행되는 곳이면 언제나 어김없이 만날 수 있었던 분이셨습니다. 아동문학가 몇 분만 모여도 항상 그 자리에 함께 하셨습니다. 행사를 진행하시고 행사를 도우시며 분주하셨던 모습, 사람을 좋아하셨고 사람들과 만나는 것을 좋아하셨고 가끔씩 위트와 유머로 사람들을 즐겁게 해주셨고 또 사람들과 함께 나누는 것을 좋아하셨지요.

항상 주연이셨고 때론 그림자이기를 자청하시기도 하셨던 선생님을 대할 때면 전 모든 걸 포용하고 보듬고 함께 흘러가는 강물이라고, 그렇게 너른 바다를 향해가는 강물이라고 생각했습니다. 선생님의 목소리는 크지도 격하지도 않으셨지요. 분석하면 할수록 원형은 깨지고 결국 남는 건 의미가 사라진 허망한 질책만 남는 목소리가 아니라 그저 그대로를 받아들이고 그래서 울려나오는 선생님의 목소리는 든든한 격려의 파장이 되어 넓게, 멀리멀리 그리고 오래도록 긴 여운을 남기셨습니다.

그런 선생님의 모습에서 쓸쓸함이라니요! 아닙니다. 선생님의 넉넉함과 여유로운 유머와 그리고 선생님의 멋들어진 노래 가락은 한 길을 가고 있는, 그 길에서 아름다움을 발견한 사람들의 모습이라고 수정되어야 할 것 같습니다.

선생님은 가끔 절 만날 때면 생활에 매몰되어 가는 걸 참 많이도 안타까워하셨지요. '글을 쓰느냐고?' 지나가는 말처럼 하셨지만 '열심히 하면 좋을 텐데' 하시며 안타까워하시는 마음을 제가 모르진 않았습니다. 또 선생님은 말씀하셨지요. 목표와 시간을 정해 놓으면 글이 더 잘 써질 거라며 문학상에 대해서 다른 작가들의 작품에 대해서도 말씀도 해주시면서 절 시상식에도 데리고 가기도 하셨지요. 대학원 공부에 대해서도 말씀하셨고 기획출판 그림책 원고도 써보라고 하셨고…….

지금 생각해 보니 제가 아동문학에 어줍잖게 발을 담그고 참여했던 행사나 모임에는 항상 선생님의 전화와 말씀이 있었습니다. 사람들이 베풀 수 있는 애정과 배려라는 건 시간이란 존재를 견뎌내기 어렵고 또 그 시간을 견뎌내는 것이야말로 신뢰고 또한 인격이라면 선생님이 제게 보여주시는 신뢰와 인격은 제게 불로소득 같은 행운처럼 느껴집니다.

이렇게 선생님과의 만남과 인연을 추억하니 또 선생님 30주년 행사에 참여하지 못하는 게 정말 배은망덕 같다는 생각이 듭니다. 많이 축하드리고 싶고 다른 여러분들과 함께 행복하고 즐거워하시는 모습도 함께 나누어야 하는데 말입니다.

참, 선생님! 건강은 어떠신지요?

언젠가 선생님께서 잇몸이 아프고 별로 좋지 않다고 하셔서 다행히 그때 선생님 근처에서 일하고 있던 저와 뵌 적이 있었지요. 아시는 것처럼 잇몸 질환은 전신건강 상태와 관련이 있고 모든 병이 그렇듯 피로와 감당해야 하는 많은 일, 스트레스로 인해 서서히 진행되어 만성에 가까워져야 자각하게 되는 것처럼 그 당시 선생님의 치아 주위 조직인 치조골과 잇몸에도 치주염이 서서히 진행되고 있었습니다.

그때 전 정확히 알았습니다. 많은 아동문학 행사를 치러내시고 사람들을 챙기시고 신인들을 격려하고 또 공부하고 강의하시는 그 많은 일들을 어깨에 짊어진 선생님의 얼굴은 기분 좋게 웃고 계셨지만 선생님의 몸은 그렇게 견디고 있었다는 걸 말입니다. 서서히 염증을 만들며 그렇게 묵묵히 치주염이 진행되고 있었다는 걸 말입니다.

지금은 어떠신지요? 사람들에게 관대하듯 선생님 건강에도 조금만 더 관대함으로 돌보시면 좋으실 텐데 걱정도 됩니다.

또 생각납니다. 대학원에서 선생님께 수업 받던 날 말입니다. 선생님은 판타지 강의를 통해 제 무지를 깨우쳐주셨고 특히 J.R.R 톨킨에 관한 강의는 제게 또 새로운 도전이기도 했습니다.

11월 늦은 가을날이었던 걸로 기억합니다. 해가 짧아져 창가에 이미 어둠이 가득한 마지막 강의시간은 아침부터 수업을 들었던 모두에게 아주 힘든 시간이었지요. 물론 선생님도 피곤하셨겠지요. 피곤한 모두는 수업을 빨리 끝내주기를 기다렸는데 선생님은 그런 학생들의 얼굴을 읽으셨음에도 수업을 계속 진행하셨습니다. 제가 알고 있던 선생님 성품은 타인 배려가 큰 분이셨기에 끝내주겠지 했는데 끝까지 그 수업을 마치셨습니다.

그때 전 선생님의 열정과 의지를 다시금 보았답니다. 그건 아마도 학생들에게 판타지 영역을 장르문학의 판타지를 넘어 오랜 시간 동안 사람들에게 고전으로 읽혀지고 있는 J.R.R 톨킨의 판타지 세계에 대한 이해와 도전을 주시기 위한 것이 아니었나 하고 말입니다. 요정과 거인과 난쟁이와 의인화하는 동식물의 세계를 떠나 어떤 철학이 존재하는 새로운 세계를 건설하고 질서를 부여하고 그 안에서 인간들이 철학을 가지고 그 질서에 따라 움직이는 폭넓고 확장된 판타지의 세계를 이해하고 공부하고 만들어 보라는 선생님의 의지 말입니다.

인문학이란 참 끝이 없고 어렵지만 인간의 본능, 본질, 진실, 광기, 열정, 꿈들을 알아가고 확인하는 매력적인 학문임은 분명한 것처럼 아동문학도 아이들에게 그것들을 재미있게 들려줄 수 있기를 그런 작품들이 많이 나오기를 선생님 수업을 들으면서 내내 생각해 보기도 했었답니다.

제 개인적으론 제가 이런 말씀을 드려도 된다면 선생님께서 공부하시고 또 많은 시간을 아동문학 일에 헌신하시느라 정작 선생님 개인적인 작품은 많이 쓰지 못한 게 안타깝다는 겁니다. 분석과 논리보다는 포용과 유머의 즐거움을 아시는 선생님은 아이들에게 총체적인 아름답고 신나는 세계를 더 많이 보여줄 수 있다는 생각이 들어서 말입니다.

선생님은 행복한 분임에는 틀림없는 것 같아요. 선생님의 30년 뒤를 돌아보면 아름다운 손을 흔들고 있는 선명한 시간과 사람들과 오래도록 기억되고 있는 작품들이 있잖아요. 넉넉하고 풍요로운 선생님의 아동문학 세상을 다시금 축하드리며 또한 경의를 표합니다.

그리고 또 꿈꿔 봅니다. 학교생활을 은퇴하시고 본격적으로 글을 쓰시는 선생님의 모습을 말입니다. 매미 소리 따가운 시골 마당에서 매년 선생님의 출판기념회가 열리고, 아니 매월도 좋겠네요. 다달이 지인들의 출판 기념회가 돌아가며 열리고 음식을 나누고 이야기를 나누고 책을 나누면서 즐거운 만남이 펼쳐지고 사람들은 함께 하고파 몰려들고…….

그런 날이 오면 참 좋겠습니다.

『동화 창작의 이론과 실제』를 다시 읽으며

함영연(동화작가)

박상재 선생님, 선생님의 동화 나라 연혁 30주년을 진심으로 축하드립니다. 1979년 5월 2일자 《전북신문》에 「꽃씨봉투」를 발표한 이래 『술 끊은 까마귀』[1] 출간까지 선생님의 창작 활동 또한 꾸준하셨지요.

선생님을 떠올리면 모임이나 행사에서 후배들을 반갑게 맞아주는 온화한 미소가 생각납니다. 그래서 전 선생님과 연이 닿은 게 없지만 뵙고 오면 기분이 참 좋았습니다.

그러던 차에 문예창작 박사 과정 공부를 시작하고 선생님께 감사할 일이 생겼습니다. 저는 성인문학 하는 동료들 틈에서 아동문학을 해내느라, 스스로 잘 해야 한다는 결심이 컸습니다. 그래서 과제를 할 때마다 심적 부담으로 전전긍긍하곤 했습니다.

그 무렵 과제를 하다가 막혀 선생님께 전화를 드린 적이 있습니다. 평소 안부를 여쭌 적도 없고 왕래가 있는 것도 아닌데 선생님께서는 문단 후배라는 이유 하나만으로도 반가워하시며 궁금해 하는 부분을 설명해 주고 자료들도 말씀해 주셨지요. 그 덕에 연구 과제의 방향을

1 박상재, 『술 끊은 까마귀』(도서출판 아테나, 2008)

잡고 충실하게 과제를 해낼 수 있었습니다. 감사한 마음을 표하지 못했지만 그때부터 스승으로 생각하고 지냈습니다.

그런 마음이라 어느 행사에 갔을 때, 선생님과 찍은 사진이 한 장 있으면 좋겠다, 싶어 둘이 사진을 찍다가 선생님의 진짜 제자들의 원성(?)을 사기도 했습니다.

또 선생님은 집 방향이 같아서 같이 올 경우가 있는데, 그때마다 좋은 말씀을 많이 해주시고 공부 방향도 말씀해 주셨습니다. 지금도 1호선을 타고 구로역을 지날 때면 선생님 생각이 나곤 한답니다.

돌이켜 보니 선생님을 알기는 그보다 더 거슬러 올라갑니다. 오래전, 문학아카데미 세미나 때 정채봉 선생님이 초대를 해서 '동화의 환상성'에 대한 강의를 들었지요. 캠프파이어를 할 때는 제 옆에 앉아서 동화창작에 대한 말씀을 해주셨던 걸로 기억납니다. 그러고 보니 선생님은 저에게 가르침을 많이 주신 분이에요.

선생님의 직접적인 가르침 외에도 참 소중한 가르침을 받았는데, 바로 『동화 창작의 이론과 실제』[2]라는 이론서였습니다. 동화 창작자가 되어서 갈급했던 것이 바로 동화창작에 대해 정립된 이론이었습니다.

글 쓰는 게 좋아서, 내 아이에게 직접 쓴 글을 들려주고 싶어서, 나를 찾고 싶어서 시작한 동화지만 바탕이 얕아, 이게 과연 동화인가? 라는 의구심이 생겼습니다. 그러던 중에 만난 선생님의 책은 정리가 잘 되어 있어 갈증을 풀어주는 길라잡이가 되어 주었습니다. 그래서 동화 공부를 하고자 하는 후배들이 있으면 다른 분들 이론서도 추천을 하지만 선생님의 이론서를 우선으로 권해 주곤 했습니다. 이 글을 쓰며 다시 펼쳐 보니 밑줄을 그으며 읽었던 흔적들이 친근하게 보입

2 박상재, 『동화 창작의 이론과 실제』(집문당, 2002)

니다.

이렇듯 선생님은 저에게 스승의 모습으로 자리잡고 있습니다. 한 번도 감사한 마음 표한 적이 없었는데, 지면을 통해 감사를 드리고 싶습니다. 아울러 선생님이 일구신 동화나라 30주년을 거듭 축하드립니다. 늘 건강하셔서 좋은 작품 많이 써 주시고, 후배들에게 좋은 가르침을 많이 주시기 바랍니다.

마카카 님, 안녕하세요?

휴먼의 진정한 정신을 추구하는 작가에게 부침

장성유(동화작가)

"마카카님, 안녕하세요?"

박상재 선생의 닉네임은 마카카이다.

마카카는 선생이 1984년 제2회 〈새벗문학상〉을 받으셨던 장편동화 『원숭이 마카카』의 주인공 원숭이 이름이다. 생명을 존중하고 자유를 찾기 위해 목숨을 무릅쓰고 모험에 나선 원숭이 마카카는 휴먼의 진정한 정신을 추구하는 박상재 동화작가의 분신일 거라고 나는 생각한다.

마카카라는 독특한 캐릭터를 세상에 내어놓고 어언 25년, 동화작가로서의 길을 튼실히 다져온 박상재 선생께 참으로 존경과 경하의 축포를 던진다.

내가 선생을 처음 뵙기로는 1998년 『아동문학평론』지로 등단하여 신인 딱지를 붙이고 다닐 때였다. 그때 선생은 내가 등단한 모지의 편집장을 맡고 계셨는데, 월급도 없는 그 일을 10년이나 묵묵히 지키고 계셨다. 금전에 얽매이지 않고 뜻이 있는 일에 시간과 역량을 쏟는 선배 작가의 헌신적 모습을 지켜보면서 나는 아동문학 세계를 접하기 시작했다. 그러면서 나 역시 어언 중에 그런 습성을 내 것으로 만들어 가고 있었다.

2006년 서울에서 개최된 〈세계아동문학대회〉는 선생의 진면목을 피부로 느낄 수 있었던 소중한 계기였다. 선생은 대회 집행위원장을 맡으면서 행사를 총괄하셨는데, 나는 그를 보좌해야 하는 부집행위원장으로 그야말로 모든 일을 의논하고 함께 해야 하는 실과 바늘과 같은 입장이 되었다. 사실 그렇게 큰 대회를 치르다 보면 서로 의견이 충돌하여 갈등이 빚어지고 섭섭한 일도 더러 생길 법도 하겠지만, 나에게는 그런 기억이 전혀 없다.

배짱(?) 두둑한 특유의 넉넉한 여유, 분위기를 화사하게 만드는 돌연한 유머 감각, 탁월한 경영 능력……. 한 번도 조급함이 없이 마치 물이 고여 저절로 흘러넘치듯이 문제를 해결해 주시는 모습……. 너무나 배포만만 여유로운 것이 오히려 흠이라면 흠일까. 호랑이처럼 무섭고 장내가 떠나갈 듯이 야단치시는 대회장과는 딴판으로 특유의 여유와 유머 감각으로 잔뜩 경직되어 있던 회의 분위기를 녹여 주곤 하셨다. 일을 대함에 있어 선생은 실마리가 무엇인지 곧잘 파악해 내시는 분 같았다. 무리수를 두지 않고 순리에 따라 굳이 과욕하지 않는 선생은 내가 닮고 싶은 하나의 인간형이기도 하다.

2004년일 것이다. 일본 나고야에서 열린 〈아시아아동문학대회〉를 참석했을 때였다. 한국 대표단 일행은 본 대회를 마내고 답사 코스로 신라 明神 장보고 사당이 있는 교토의 온조지 사찰 신라선신당을 향해 가던 중이었다. 이때 마이크를 잡은 선생께서 장보고 탄생의 비밀에 대해 들려 주셨다.

"장보고가 어떻게 태어났는지 아세요?"

우리 모두는 일순 귀가 솔깃해졌다. 장보고 출생의 비밀에 대해서 아직 정설로 알려진 것이 없었기 때문이다.

"장보고 어머니가 장보고 오다가 장보고를 낳아……."

채 말이 끝나기도 전에 버스 안은 웃음바다가 되어 버렸다.

이렇게 남들이 발견하지 못하는 언어의 이면을 들추어 뜻밖의 기지를 찾아내시곤 우리들을 즐겨 한바탕 웃게 하셨다.

예술은 곧 작가 그 자신이라는 말이 있듯이, 선생의 동화 작품 속에서 나는 문득문득 선생의 인간적 냄새가 느끼곤 한다. 푸근한 문체로 결코 과속하는 법이 없이 정직한 구성법으로 차근차근 서사를 끌어가는 이야기 솜씨가 그것이다. 대상을 관조하며 천천히 어루만져 주는 선생의 작품 한 편 한 편마다에는 소박 담백하여 질리지 않는 동화세계의 맛이 깃들어 있다. 현실과 환상을 직조하는 그 문장의 결은 참 섬세하고 넉넉하다. 새로 읽어 보아도 역시 좋았다. 생경하고 자극적인 소재를 취하기보다 우리 주위의 역사와 자연, 토속적인 소재로 지혜가 가득한 이야기를 들려주시기 때문이다.

선생은 실로 다양한 동화 세계를 창조하셨다. 자연에 대한 독자적인 관찰과 문명사회의 비판(『원숭이 마카카』), 사라져 가는 전통에 대한 깊은 애정(「행복을 가져다주는 가마솥」), 결손 아동에 대한 휴먼의 정신(「훈이와 징검다리」), 민족의 아픔과 역사 의식(「통일을 기다리는 나무」), 현실의 풍자와 해학적 동심(「어른들만 사는 나라」), 동 · 식물의 생태적 관찰과 우화적 기법(「술 끊은 까마귀」) 등……. 그리고 이들 작품 세계를 관류하는 힘은 바로 판타지이다.

아마도 선생은 앞으로의 작품 세계를 새 마음으로 맞이하기 위해 지금까지의 30년을 장정(裝幀)해 두시려는가 보다. 그렇다면 이제 마카카 이상으로 호흡이 길고 감동적인 판타지를 좀더 많이 써 주셨으면 하는 바람을 전해 본다. 그러나 마카카가 다시 자유를 찾아 모험을 떠나게 될 그곳을 우리는 알지 못한다.

"마카카 님, 조만간 한 번 뵙지요."

인연

이시구(동화작가)

'인연'이란 말이 있습니다. 인연(因緣). 사전적 의미로는 어떤 사물과의 관계 또는 사물들 사이에 맺어지는 연줄입니다. 불교적으로는 원인을 이루는 근본 까닭이 있어 그로 인해 결과를 빚어낸다는 말입니다. 세상살이나, 살아가면서 만나는 사람들이, 우리가 원하든 원하지 않든 이전의 인연에 의한 것이고, 또 미처 인식하지 못하는 사이에 앞으로의 인연을 만들어 가기도 합니다. 누구나처럼 저에게도 많은 인연이 있었습니다. 그 중에 제 인생을 바꿀 인연이 바로 동화와의 인연이고 선생님과의 인연이었습니다.

글쓰기와는 무관한 제가 어느 날 이끌리듯 동화를 만났습니다. 저는 알아보지 못했지만 동화는 먼저 저를 알아보고 와락, 껴안았던 것 같습니다. 그렇게 처음 간 곳이 '아동문학평론사'였고 선생님께서 저의 작품을 심사하고 뽑아주셔서 동화작가라는 제2의 이름을 갖게 되었습니다. 참, 멋진 인연이 아닌지요? 인연은 계속되어 단국대학교 대학원 문예창작학과에 입학해서 선생님의 수업을 듣기도 했습니다.

등단 후에도, 작가로서 미흡하고 어디서든 어색한 저를 따뜻하게 보살피고 마음 써주셨습니다.

"이시구라고, 동화 쓰는데 잘 좀 봐주라고."

허허 웃으면서 저를 인사시키셨지요.

"이시구, 자 한 잔 하라구."

하면서 건네는 소주잔에 투명한 소주를 가득 부어 들기도 했지요. 다시 생각해 봐도 참 감사한 마음입니다.

대학원 처음 입학한 1학기 때, 안양천변에서 했던 수업이 생각납니다. 꽃들이 만발하고 바람이 살랑대는 야외수업은 그때가 유일했습니다. 그만큼 선생님은 낭만이 있고 멋이 있는 분이라 생각됩니다. 그리고 수업 후에 갔던 꼼장어 구이집! 그 맛은 아마도 그곳에 갔던 사람은 다 잊지 못하지 않을까 합니다. 지금도 그 집이 있는지요? 다시 그곳에서 선생님과 이슬 같은 소주를 한잔 하고 싶습니다. 또 흥도 많은 선생님이 노래도 멋들어지게 잘 부른다는 건 아는 사람은 다 아는 일이지요. 특히 저는 '꽃바람 여인'이 생각납니다. 그 노래가 제 개인적으로는 제일 멋지게 들렸는데 이제 처음 고백을 합니다.

몇 년 전 어느 해 겨울, 약주 한잔에 얼큰한 취기가 올라 나와 보니 함박눈이 펑펑 내리고 있었습니다. 까만 밤에 주황색 가로등 빛을 타고 하얗게 하얗게 쏟아졌지요. 추운 줄도 모르고 다른 분들과 함께 참 즐거워하였지요. 그때 선생님도 마치 소년처럼 웃으셨습니다.

자식은 부모 마음을 다 헤아리지 못하고 마음을 아프게 하듯이, 저는 제자로서 스승님의 마음을 살피지 못하고 그 감사함을 다 전하지 못했습니다. 아마도 스스로 부족함을 알아, 죄송한 마음에 주저앉고 더 죄송해서 못 일어나고 그랬던 것 같습니다.

선생님의 등단이 30주년이 되셨다니 저에게는 까마득한 선배님이 되시기도 합니다. 제게도 기념할 수 있는 멋진 30주년이 올지 지금은 아주 먼훗날 같습니다. 진심으로 선생님의 등단 30주년을 축하드립니다. 선생님의 『원숭이 마카카』가 오래도록 남을 것을 또 축하드리고 저도 그렇게 되도록 따르고 싶습니다. 앞으로 50, 60주년도 건강하게 맞으시기를 바라며 그때는 저도 선생님의 부끄럽지 않은 제자의 모습으로 축하해 드리겠습니다. 언제나 파이팅! 울 선생님!

이 시대의 풍류객이십니다!

양정화(동화작가)

'이번에는 선생님께 인사드리러 갈 때, 뭘 준비해 가야 하나?'

30대 중반의 나이가 되니 때가 되면 인사를 드려야 할 사람이 참 많다. 여러 학교에서 공부를 하다 보니 은사님도 많고, 여러 단체에서 활동을 하다 보니 선생님도 정말 많다. 그러다 보니 매번 고민을 해야만 하는 일이 바로 인사치레이다. 빈 손으로 가자니 예의가 아니고, 제대로 준비하자니 눈동자만 커진다. 솔찬한 준비를 하고서도 또 다른 고민꺼리가 스믈스믈 올라오는 것이 진상품의 주인을 정하는 일이다.

어느 분이든 무얼 마다하고, 무얼 가리겠느냐만은 언제부턴가 유독 한 가지만큼은 이미 정해진 자리가 있다. 바로 술이다.

가깝든 멀든 여행을 자주 다녀야 하는 일, 유명 기업들의 사보 만드는 일을 5년 넘도록 했다. 그 지역의 특산품으로 만드는 술을 가끔씩 사기도 하고, 면세점을 거치면 꽤 비싼 양주를 주저않고 샀다. 특히 기억나는 술은 두 번째 금강산 여행에서 꽤 많은 달러를 주고 사온 들쭉술이었다.

진열장에 얌전히 앉아 있던 술병이 갑자기 애절한 눈빛을 보이며, 제발 자기를 데리고 가 달라는 듯 조르는 것 같았다. 발길이 멈추자 함께 있던 친구가 "또 재(술병을 가리키며)가 널 부르지? 조만간에 선생님 만나겠네?" 하고 말하는데, 도저히 그냥 갈 수가 없었다. "우리 선생님들께 금강산의 향을 느끼게 하려면 이 정도는 있어야겠지?"

친구들 사이에서 '선생님'은 내가 타지에서 직접 고른 술을 함께 마실 수 있는 몇 안 되는 사람을 이르는 대명사였고, 함께 있던 친구는 자기를 선생님으로 넣어주지 않는 것에 가끔은 삐치기도 했다. 많이 사 와서 두고두고 선생님들과 나누고 싶었지만 1인당 두 병까지로 제한되어 있었고, 함께 갔던 사람들의 이름을 빌려 한 병을 더 살 수 있었다.

그렇게 해서 한 병은 창원에 사는 언니, 또 한 병은 2년 넘게 했던 환경단체 식구들과 떠들썩한 자리를 만들어 즐겼다. 그리고 나머지 한 병, 그 술을 기억하는 사람이 있을지도 모르겠다. 단국대학원 아동문학을 전공한 사람들의 모임인 '단아'가 몇 년 전까지 학교가 있었던 한남동에서 모임을 가지기로 했다. 그날 박상재 선생님께서 오신다는 소식을 듣자마자 이미 들쭉술은 가방 속에 들어가 길을 재촉하고 있었다. 웬일인지 '단아'가 모임을 할 때마다 항상 지각을 하곤 했는데, 그날은 어찌하다 보니 먼저 도착하게 되었던 것 같다.

자리가 거의 찼을 무렵, 조금은 생색을 또 조금은 자랑을 하는 듯 들쭉술을 꺼냈고, 한 자리에서 기분 좋은 이야기를 나누며 분위기를 한껏 띄웠다. 그리고 그날 박상재 선생님께서 아주 걸출한 노래 솜씨를 보이고야 말았던 것이 기억난다. 한 자리를 이렇게 사람들의 시선과 마음을 끌어들이시는 모습, 함께 있는 모든 사람들이 마음을 열고 한꺼번에 즐거울 수 있도록 만드는 힘을 가진 분이 아닌가 했다.

그 들쭉술을 두고 선생님은 "양정화 빨간 지갑에서 나온 돈으로 산 맛이 기똥찬 술"이라 하셨고, 그 빨간 지갑은 이후에도 종종 꺼내져서 즐거운 기억은 고리처럼 이어졌다. 선생님과 함께 있는 자리면 술

잔을 든 손 끝까지 즐기면서 함께 웃었고, 나누는 이야기는 이야기대로 가볍지도 그렇게 무겁지도 않지만 이마를 톡치며 감탄사를 던지는 무언가를 남기시곤 했다.

사람들마다 각자 다른 성격과 다른 취향을 가지고 있지만, 묘하게도 박상재 선생님과 함께 있는 자리에서는 그 사람들이 참 잘 어우러졌다는 기억도 있다. 가을바람처럼 시원한 웃음소리로 함께 한 자리에 있는 사람들을 어우러지게 하셨다.

하루는 대학원 수업을 안양천변에서 가진 적이 있었다. 깨끗하게 정돈된 안양천은 돌돌돌 흘러가고, 멀리 떨어진 곳에서는 학생으로 보이는 무리가 풍물을 치고, 노란 유채꽃이 바람에 살랑살랑 몸을 흔들고 있었다.

내 기억으로는 그 무렵, 함께 공부하던 학생들 사이가 이전에 함께 했던 분들에 비해 그다지 다정다감하지 않았던 것 같다. 무슨 일이나 사건이 있어서 멀어진 것도 아닌데, 그렇다고 딱히 누군가가 나서서 분위기를 만들려고 한 것도 아니었던 것 같다.

그런데 그 안양천변에서의 짧은 수업 이후, 분위기는 사뭇 달라졌고 서로를 대하는 마음이 많이 부드러워졌다. 물론 그 일의 원천은 박상재 선생님의 술잔과 웃음과 재치였다. 안양천 근처에 있는 작은 술집에서 수업보다 훨씬 더 많은 시간 동안 더 많은 이야기를 나누면서 서로에 대한 생각을 공유하고, 이해하기도 하면서 지금까지 보지 못했던 서로의 인간미를 발견할 수 있었던 건 아닐까 한다. 선생님의 이야기에 귀가 솔깃해지고, 선생님의 웃음소리에 따라 웃고, 선생님의 해학과 재치의 세계에 휩쓸리다 보니 어느새 그렇게 되어 버렸다.

어느 자리인들 즐겁지 않겠느냐만 선생님과의 자리는 더 오랜 시간 동안 흥겹고 시원한 기분이라는 여운이 남는다. 대학원이라는 울타리에서 시작된 선생님과의 인연이 이제는 더 다채로운 곳으로 연결되어 있다. 그리고 더 다양한 사람들 속에서 선생님의 모습을 보고, 선생님의 세계를 만나고 있다. '지나온 다리를 불태우지 마라'는 서양의 속담이 말하듯이 선생님과 함께 만들어 온 인연의 다리는 결코 끊어버리지 않을 것이라 다짐한다. 짧든 길든 사람이 가진 자신의 생을 어떻게 다듬어 가야 하는지를 선생님으로부터 배울 수 있었고, 많든 적든 내 옆에 있는 사람들과 어떻게 어우러져야 하는지 보여주시는 분이시기 때문이다.

어떤 상황에서도 넉넉한 마음만 있으면 무엇이 즐겁지 않겠느냐는 선생님의 말씀처럼, 어떤 사람에게든 좋은 모습이 없겠는가 하면서 사람들을 대하고 있다. 특히 대학에서 학생들을 가르치는 요즘, 선생님의 모습을 많이 생각하고 기억해 내려고 한다. 스승과 제자의 관계에서 그렇게 허심탄회한 사이가 될 수 있는 방법, 그 관계에서 제일 중요한 것이 하나 있다는 것을 요즘 조금씩 알게 되는 것 같다.

시간과 장소를 막론한 어떤 상황에서라도 즐김과 누림을 이끌어 낼 줄 아는 사람이 풍류객이라 생각한다. 신분의 틀을 깨고 자유로운 삶을 누빈 조선 최고의 풍류객이 백호 임제 선생이고, 삼천리 방방곡곡 발 가는 곳이라면 어디든지 누비고 다닌 김삿갓도 둘째가라면 서러운 풍류객이다. 그리고 여기, 또 한 사람. 무엇을 위한 자리든, 어떤 사람들과 어떤 상황에 있든 사람들을 술 한 잔을 사이에 두고 걱정과 고민에서 자유롭게 해 주는 웃음소리를 가진 박상재 선생님, 세상을 즐겁게 누릴 수 있는 넉넉한 마음을 가진 선생님께 드리고 싶은 한 말씀.

"선생님이야 말로 이 시대의 풍류객이십니다!"

세월이 흐른 뒤, 언젠가는 나 역시 수많은 제자들에게 이런 말을 들을 수 있기를 바라며, 선생님처럼 나 역시 내 앞에 놓여진 시간을 마음 넓게 누빌 수 있으면 한다. 그리고 선생님께서 풀어내시는 더 많은 즐거움과 어우러짐이 내 작은 그릇에 소복하게 쌓여 나 또한 그런 사람으로 물들 수 있기를 바란다. 더불어 기나긴 날 동안 동화라는 아름다운 이야기 꾸러미를 풀어 오신 박상재 선생님의 30년이라는 발자취를 축하드리며, 언제나 좋은 인연으로 한 자리를 지켜주신 선생님께 깊은 감사를 드립니다.

봄꽃 교수님

송지현(단국아동문학회 회원)

어린 시절부터 글을 쓰는 사람이 되겠다는 희망이 있었다. 그래서 나의 유년 시절은 수많은 동화책을 읽으며 꿈을 키웠다, 슬픈 주인공을 만나면 안타까움으로 빠져나오지 못할 정도로 동화에 허우적거렸다. 나이가 들어 대학에 입학했다. 문예창작을 전공으로 선택했지만 아동문학을 배울 기회는 많지 않았다. 소설, 시, 희곡 위주였던 수업은 항상 아쉽기만 했다. 그러던 중 졸업반 1학기에 아동문학 창작을 수강할 수 기회가 왔다. 읽기만 했던 동화를 직접 쓴다는 게 새로웠지만 창작의 과정은 어려웠다. 그래서 더 큰 도전을 하기로 결심했다. 그것은 대학원 진학이었다. 대학원에 진학해 동화 창작을 배우고 싶다는 생각으로 학교 문을 두드렸다. 그러나 그 생각은 오래가지 못했다. 대학원 수업은 체계적인 이론을 배우고 접근하여 정립하는 과정이었기 때문이다. 막연한 창작 의욕만 갖고 무모하게 돌진했던 태도는 수업을 들으며 더욱 약해졌다.

대학원 첫 수업으로 기억된다. 따뜻한 봄 햇살보다 건조하고 차가운 햇살로 채워진 3월의 강의실은 긴장감이 감돌았다. 신입생들의 긴장한 마음을 알기라도 한 듯 초봄의 바람은 매섭게 강의실을 휘감아 썰렁하게 만들었다.

교수님에 대한 궁금증과 내가 잘 할 수 있을까? 하는 생각으로 머리 안이 복잡했다. 강의실 문이 열리고 교수님 한 분이 들어오셨다. 근엄하게 보이시는 전형적인 교수님의 모습이었다. 수업 시간 내내 심장이 두근두근 뛰고 모든 것이 낯설기만 했다. 칠판에 쓰시는 교수님의 존함이 또렷하게 들어왔다. 대학원 입학 전 공부했던 이론서와 동화책에서 봐왔던 낯익은 존함이었다. 박상재 교수님. 낯설기만 했던 수업 시간이 조금은 친근하게 다가오는 순간이었다.

첫 수업의 과제는 아동문학 작품 분석으로 시작 되었다. 수많은 아동문학 작가들의 이름이 보였다. 칠판에 적혀진 이름을 꼼꼼하게 살펴보았다. 부끄러웠다. 내가 아는 작가는 거의 없었다. 생소하기만 한 작가의 이름 앞에 스르르 무너졌다. 그리고 절망적이었다. 아동문학을 공부하는 학생의 자세가 아닌 것 같다는 생각에 자신감이 없어졌다. 그래서 더욱 열심히 자료를 찾아 분석했던 것으로 기억된다. 나에게 생소했던 작가의 이름을 들고 서점과 도서관을 샅샅이 뒤졌다. 자료가 하나씩 모아지고, 작가의 작품을 읽을 때마다 성취감이 들기 시작했다. 그리고 준비한 자료를 수업 시간에 발표하였다. 묵묵히 듣고 계시던 박상재 교수님의 표정을 살피는 순간, 불안함과 두려움이 교차했다.

'교수님께서 내 발표를 어떻게 생각하실까?'

발표가 끝나고 교수님께서 잘못된 점을 지적해 주셨다. 작품에 접근하는 태도와 내가 알지 못했던 여러 부분을 덧붙여 설명해 주셨다. 과제를 준비하며 답답한 부분이 맞추지 못한 퍼즐 같았는데 하나씩 조각 그림이 완성되는 순간이었다. 발표가 끝나고 자리에 들어갈 무렵 교수님께서는 격려와 칭찬도 잊지 않으셨다. 혹시라도 어린 제자가 마음을 다치지는 않았을까 하는 생각으로 세심하게 마음을 다독여주셨다. 제자의 발표 과제가 조금 부족하더라도 자신감을 북돋아

주시는 교수님의 수업 방식이었던 것이다. 그리고 잘못된 점은 정확하게 지적해 주시고 고쳐 주시는 수업 방식은 훗날 졸업 논문에 큰 도움이 되었다. 이처럼 박상재 교수님의 수업은 적절한 당근과 채찍질의 조화였다. 잘못된 점은 바로 잡아 주시지만, 잘된 점은 칭찬을 아낌없이 주시는 분이셨다. 또, 교수님께서는 아동문학 창작뿐 아니라 다른 작품을 분석·비평할 수 있는 능력을 강조하셨다. 남의 작품을 볼 수 있어야 나의 작품도 잘 쓸 수 있다는 전문가적 태도를 원하셨다.

교수님의 수업은 대학원 시절 내내 여러 각도로 진행되었다. 작품 분석, 연구, 작가론 등 논문을 쓰기 위한 기초 작업을 교수님께 배워 가며 다져갔다. 교수님의 작품 또한 공부할 기회가 있었다. 그 중 『원숭이 마카카』를 찾기 위해 온 서점을 뒤졌던 기억도 새록새록 떠오른다. 그리고 교수님께 책 첫 장에 사인을 받던 순간은 잊을 수가 없다. 지금도 『원숭이 마카카』를 읽다 보면서 교수님의 어린이를 사랑하는 마음과 순수함이 묻어나온다. 나도 교수님의 가르침과 작품을 본받아 좋은 동화를 쓰고 싶다는 생각도 함께 키울 수 있었다.

그렇게 나는 대학원 시절 박상재 교수님의 훌륭한 가르침을 받아 차음 성장해 나갔고 입학 전 키워 왔던 꿈을 놓지 않고 계속 이어 갔다. 그리고 무사히 대학원을 마치고 졸업을 하였다.

졸업 후 시간이 흘렀다. 교수님을 대학원 시절처럼 자주 뵐 수는 없었지만 가끔 뵐 기회는 있었다. 그 때마다 교수님은 내게 여전히 어려우신 분, 가까이 하기 먼 분이셨다. 그런데 근엄하고 멀기만 했던 교수님을 가까이 모실 기회가 찾아왔다. 인생의 가장 큰 행사인 결혼식 주례 선생님으로 모시게 된 일이다. 근엄하시고 어려운 교수님이 나의 결혼식 주례를 서 주신 것은 정말 영광스러웠다. 대학원 내내 가르침을 주신 교수님께서 주례를 서 주시겠다는 말씀은 마치 신입생 시절 첫 수업을 듣는 기분이었다.

교수님의 주례사는 마치 선생님의 작품과도 같았다. 밝은 인생을 열어가는 첫 테이프를 교수님께서 아름답게 문장으로 끊어주셨다. 결혼식 내내 떨려서 들리지 않을 것 같았던 주례사 한 마디 한 마디가 내 가슴에 들어왔다. 밤새 제자의 행복을 위해 고심하여 쓰신 문장의 흔적에 감사한 마음이 앞섰다. 지극히 평범한 결혼식에 너무나도 특별한 주례사로 결혼식을 빛내 주신 박상재 교수님. 제자의 행복한 앞길을 축복해주셨던 교수님께 다시 한 번 감사 인사를 드리고 싶다.

언젠가 교수님께 써주신 책 앞장의 문구가 떠오른다.

'꿈과 희망의 문학, 동화는 봄꽃이다'

마지막으로, 무한한 가능성을 갖고 있는 봄날의 꽃, 동화를 30년 동안 지켜 오신 교수님께 존경과 축하의 인사를 드립니다.

풋풋한 사과 향기 같은

고은별(동화작가)

박상재 선생님, 선생님을 처음 알게 된 것은 2008년 9월 가을 충북 괴산에서 열린 한국아동문학인협회 세미나에서였지요. 친교의 시간에 제가 기타를 치며 회원들과 함께 동요를 불렀는데 그때 사회를 보신 분이 선생님이셨어요. 그래서 그랬는지 아주 자연스럽게 선생님을 알게 되었습니다. 처음 만났는데 낯설지 않았고 마치 오래전부터 알고 지낸 사람처럼 친하게 느껴졌어요. 그것은 아마도 선생님이 갖고 계신 특유의 친화력 때문이겠지요. 누구나 선생님을 만나면 편안함과 친근감을 느낄 거예요.

세미나가 끝나고 서울로 돌아오는 버스 안에서 선생님과 저는 같은 자리에 앉게 되었지요. 그때 선생님께서는 제게 동화에 대해 이야기해 주셨는데 아동 문학 창작론을 사서 공부하면 좋고 누구누구의 책은 꼭 읽어봐야 한다 하시며 작가 이름과 책 제목도 일일이 알려주셨지요. 선생님의 이야기를 들으면서 저는 선생님이 따뜻하고 정다운 분이라고 생각했습니다.

시간 가는 줄 모르고 재미있게 이야기를 듣는데 어느 분이 사과 한 개를 선생님께 드렸습니다. 선생님께서는 반으로 나눠 먹자며 손으로 사과를 쪼개려 애쓰셨는데, 사과 껍질이 미끄러운지 여간해서 쪼개지지 않았지요. 혼자 드시라고 말씀드렸는데도 사과를 쪼갤 만한 것이 뭐 없나 하시며 이것저것 찾으셨습니다. 그때 제 가방 속에 실을 자를 때 쓰는 3센티 정도 되는 작은 가위가 있어서 꺼내 드렸더니 선생님은 그 조그만 가위로 몇 번씩 눌러 사과를 잘라서는기어이 제게 반쪽을 주셨습니다.

선생님, 저는 그 사과를 맛있게 먹었습니다. 작은 사과 한 개라도 나눠 주려는 선생님의 고운 마음이 담겨서인지 사과가 참 달았거든요. 지금도 선생님을 생각하면 사과 향기가 피어납니다.

며칠 전 추석 선물로 택배가 왔는데 빨갛게 잘 익은 상큼한 사과입니다. 상자를 열자마자 청향(淸香)이 솔솔, 순간 선생님의 얼굴이 어른거리지 않겠어요? 그래요 선생님. 언제부턴가 사과를 보면 풋풋하고 싱그러운 사과 향기를 맡으면 선생님이 생각납니다.

박상재 선생님!

등단 30주년을 진심으로 축하합니다.

송무백열(松茂栢悅)

김평원(동화작가)

내가 박상재 친구와 특별한 인연을 맺게 된 것은 1975년 전주교대 학보사 편집실에서부터 시작된다.

그 편집실 벽 높은 곳에 송무백열[1]이라는 액자가 걸려 있어 학창 2년 동안을 같이 하며 지냈었다. 그때야 그런가 보다 아무 생각도 없이 지내 왔건만 오늘 친구를 대하면서 문득 그 문구가 새삼스럽게 다가오는 것은 무엇 때문일까?

등단 30주년을 축하하는 글에서 마땅히 그의 작품세계에 대한 심층적인 이야기를 올려야 격에 맞을 것 같은데 신변 이야기를 늘어놓아야 할 것 같아 좀 쑥스럽다. 하지만 친구를 35개 성상 겪어오면서 느끼는 바는 남다를 거라고 자부한다.

나는 친구에게 있어서 그림자 같은 존재이다. 친구와 같이하며 그림자같이 따랐던 일들이 파노라마처럼 스치기에 숱한 일들 중에 몇 가지 것을 되새김질 해보고자 한다.

1975년 전주교육대학에 입학하여 학보사 편집실 수습기자로서 김

1 소나무가 무성하면 잣나무가 기뻐한다는 뜻으로, 벗이 잘 되는 것을 기뻐함을 비유적으로 이르는 말.

만곤 주간교수님의 총애를 한몸에 받으며 역량을 유감없이 발휘하던 친구. 주간교수님으로부터 남다르게 사랑을 받을 수 있었던 것은 나와 박혜영, 김미라 동기 기자들과는 뭔가 다른 분위기를 느꼈기 때문이었으리라. 그러기에 교수님께서는 항상 큼직한 일감을 척척 맡겼던 걸로 기억된다. 그 때문에 박복규, 양회인, 최기선, 하영숙 선배 기자는 물론 우리 동기 기자들에게 부러움의 대상이었음은 확실하다. 그 해 여름방학 때 남해안 여행을 가서 해수욕장에서 교수님 등목을 시켜 드리는 박기자에게 "나도 옛날에는 덩치가 좋았다"라고 과시하시며 웃으셨던 생각이 난다. 또한 장대비를 맞으며 광주 충장로를 누비고 다니다가 고속터미널 대합실을 흥건하게 적시니까 청소하시는 분이 우리 뒤를 졸졸 따라 다니며 바닥을 닦으셨던 일이 조금은 쑥스럽게 떠오른다.

우리가 2년차일 때 친구는 편집국장으로서 우리 동기기자와 수습기자 홍석기, 장병수, 김연주, 이양순을 잘 이끌어 갔다. 나는 문예부장으로서 학생들 작품 정리하고, 사진 찍고 하는데 친구는 굵직한 타이틀의 기사를 다루고 교수님이나 특별한 게스트와의 인터뷰를 하는데 제법 목에 힘을 주고 듬직하게 진행해 가는 것을 보면 누구에게나 선망의 대상이 아닐 수 없었다. 지금도 어느 모임이든 사회자로서 마이크를 쥐고 진행을 잘 해가는 것을 보면 타고난 소질을 가진 것 아닐까 싶다.

또한 전주교대 신문사 2기 최현 선배님을 회장, 황현택 선배님을 부회장으로 추대하여 여러 기수 기자들의 연락처를 알아내어 기우회[2]를 태동시킨 주인공이 박상재 편집국장이었다는 사실을 아는 기자는 몇이나 될까?

2 전주교육대학교 신문 편집실 역대 기자들의 모임. 지금도 해마다 여름방학, 겨울 방학에 가족들과 함께 1박 2일 세미나를 계속하고 있다.

국어과 은금련 교수님의 남다른 사랑을 받아오던 친구가 황학 축제 때 '고도우를 기다리며' 연극 연출을 맡았던 일이며, 친구는 사회자로서 마이크를 잡고 문학의 밤을 진행하고, 나는 졸작시 「고향초」〈고갯길 재촉하던 발길/마을 어귀를 돌아 서면/눈앞에 그리던 고향 ~ 안스러이 안스러이 쓸어안으며/어루만지고 있었지.〉(감사합니다. 훅훅!) 촛불을 끄며 멋지게 시낭송을 마쳤던 일. 가을사내(오칠생) 친구가 후배 Y양을 연모해 오며 멋지게 노래로 마음을 사로잡으려고 벼려오던 '고독'이라는 노래를 시작하면서 삑소리가 나버려 한동안 가슴 아파하던 추억은 우리들 사이에서 두고두고 잊지 못하던 화두였다.

나는 교대 2년 학창 시절과 졸업 후 몇 년 동안 친구를 그림자처럼 따라다니며 용머리 고개 언덕 위에 있던 친구 집에 문턱이 닳도록 들락거렸다. 그때 곱던 어머니, 고등학생이었던 희숙, 중학생 호기, 초등학생 영재가 우리 때문에 불편했던 일도 많았으련만 어찌나 반겨주는지 눈치 없이 마구 드나들었다. 지금은 친구 부인이 된 양은숙은 동생 희숙이 고등학교 시절 친구로 우리가 그 집에 놀러 갈 때마다 그림자처럼 붙어 다니더니 결국 한집 식구가 되다니. 동생 희숙이 고등학교 졸업식에 친구가 직장일 때문에 참석을 못해 나와 강영원이가 가서 축하해 주고, 사진도 찍어 준 일은 기억이나 하고 있을까? 또한 친구가 결혼할 때 함잡이를 하느라고 오징어를 얼굴에 쓰고 함을 멘 채 진북동 처가 동네에서 소란을 피웠던 일도 나로서는 처음이자 마지막의 경험이었다.

친구를 그림자처럼 따라다니며 그의 범상함은 수없이 느껴왔지만 나에게 가장 크게 놀랐던 일은 『원숭이 마카카』의 탄생이다.

어느 날 아침 약간 수척해진 얼굴로 "3일 금식하고 장편 동화를 하나 썼는데 원고지에 좀 옮겨주소" 하면서 종이 뭉치를 건네주기에 대수롭지 않게 받아 줘고 집에 와서 200자 원고지 250여 장을 옮겨 적기 시작했다. 옮겨 적으면서 한 문장 한 문장이 어쩌나 수려하고, 전개되는 사건이 너무너무 재미있고 신나면서, 판타지가 넘쳐남에 수 없는 탄복을 하였다. 그런데 다 옮겨 적고 났더니 손가락이 쥐가 날 정도로 아파왔다. '그대로 옮겨 적는데도 이렇게 힘든데 그 이야기를 꾸며내는 일은 얼마나 힘든 일일까?' 깨닫고 그 이후로 친구의 글이라면 무조건 고개부터 숙였던 부끄러운 기억이 새롭다. 친구가 『원숭이 마카카』에 대한 비밀 하나 공개하는 것을 허용한다면, 이 이야기를 만들기 전에 세계지도를 펼쳐놓고 동남아시아에 있는 인도네시아에 눈이 꽂혀 마카카를 상상해냈다는 말에 나는 그저 신비롭기만 했다.

그 원숭이 마카카가 '새벗' 문학상에 당선되었고, 나는 개인적으로 내가 옮겨 적어준 작품이기에 두고 두고 애착이 가는 이야기이며, 후속 편까지도 사랑스럽다.

이듬해에 「꿈꾸는 대나무」 동화로 《한국일보》 신춘문예가 당선되어 또 한번의 대박을 터뜨리며 같은 지역 전주에서 환호를 올렸는데 친구는 홀연히 서울로 떠난다.

이후로 여러 작품을 만들고, 책을 만들고, 박사과정에서 논문을 만들고, 대학 강단에 서고 하는 과정을 보면서 나는 경외심마저 느껴졌다. 그 엄청난 재능과 창작욕과 부지런함은 어디서 오는 걸까? 그 힘의 원천은 아무래도 산 좋고, 물 좋고, 인심 좋은 고장인 친구의 고향 장수 계북면이었으리라 생각된다. 내가 교대 2학년 때 친구의 고향이자 외가인 장수에 따라가서 하루 묶고 올 때 운무가 가득한 깊은 계곡에 가서 알몸으로 같이 목욕을 하면서 어찌나 차갑던지 거시기가 딱 오그라 달라붙었던 기억이며, 친구의 외삼촌댁에 가서 융숭한 대접을 받았던 일도 두고두고 추억거리다.

친구가 나의 고향 남원군 이백면 효기리도 여러 차례 왔었다. 우리 집에 오면서 동행했던 나의 배우자가 된 김은숙이 자장면을 대야로 먹어댔다는 이야기며, 김양춘 형을 만나 진탕 술을 마시고 내가 실수하는 바람에 오칠생 동생 오점수가 곤혹을 치뤘던 일, 효기리 방죽 둑에 불을 붙여 산불 날 뻔했던 일, "니 모와 그 여성은 저 방에서 자고 너희들은 이방에서 자라." 라 했던 내 아버지의 준엄한 말씀 등이 친구와 함께 했던 추억거리가 엊그제 같다.

끝으로 다시 한번 송무백열 문구를 떠올리며 친구의 화려한 이력에 박수를 보낸다.

친구 상재에게

이재성(동시인)

가을 빛살이 감도는 고즈넉한 오후일세.

파란 하늘은 눈이 시려오네.

30여 년쯤 되는 인연이 새로운 감회로 다가와 내 마음을 저은 까닭일세.

바바리코트에 문학상을 안고 전주 시내버스에서 내리던 문학청년 박상재. 그날 이후, 반백이 넘도록 환상을 먹인 동화를 쉬임없이 날리는 모습을 보았네.

마카카란 이름을 붙여 주면 원숭이는 아이들에게 다가가 꿈과 용기를 심어 주더군. 개미에게, 대나무에게, 까마귀에게 때로는 조약돌에게 입김만 불어 넣으면 물상들이 펄펄 살아서 아이들을 손짓하여 동화의 세계로 이끌어 갔네.

정말 마이더스 같은 마술의 손이였어. 하지만 어찌 그게 마술 같겠는가?

밤잠을 줄이며 보이지 않는 고뇌와 땀의 결정체이겠지. 천일야화에 나오는 왕비처럼 이야기는 계속 되리라 믿네. 아이들은 세상을 잠깐씩 빠져 나갔다가는 책장을 덮고 다시 현실로 돌아오곤 할 걸세. 그리고 일어 날 때마다 아이들은 빛깔과 향기를 머금게 될 걸세.

봄이었네.

안양천변에 친구 몇몇이 만났던 5월이었어.

밤기운이 슬쩍 건드리기만 해도 벗나무는 분분 꽃잎을 흩뿌려 놓았던 밤이었네.

꽃 등불 아래 자리를 깔고 돌려가며 막걸리를 마셨는데 자넨 잔에 꽃잎을 띄운 거야.

봄밤이 무르녹아 내리고 이야기가 꽃 위에 꽃을 피울 즈음엔 노랠 흥얼거렸지. '연분홍 치마가 봄바람에 휘날리더라…….'

글만 쓰는 게 아니라 봄밤에 낭만도 쓰는 사람이었네.

전주에서 문학상을 안고 시내버스에서 내렸을 때, 겁없이 '뒤 따라 갈께' 하고는 어언 30년이 지나 버렸네.

십수 년 전 가까스로 아동 문단에 발을 들여 놓고는 이내 시위를 당기지 못했지 뭔가.

그래도 '이 시인' 하고 나를 불러 줄 때마다 가슴이 철렁철렁 하이.

회한이 여운처럼 다가 와서는 나를 잡아매곤 한다네.

연말에 나를 초대해 준다니 고마우이.

혹 뒷풀이에 소주가 있다면 알싸한 얼굴로 박수를 칠 것이네.

창 밖 하늘을 보니

벌써 노을이 져 내리네.

따뜻한 형님

심상우(동화작가)

내가 박상재 선생님을 만난 해는 1988년이다. 이때는 나의 첫 직장인 대교출판에서 편집자로 열심히 어린이 책을 만들 때였다. 당시 어린이 책은 대부분 전집 출판이 주류를 이루었고, 단행본 어린이 책은 동시집, 동화집의 두 갈래밖에 없었다.

어린이 책으로 성인도서처럼 다양한 읽을거리를 제공하는 것을 목표로 삼고, 단행본 기획과 편집, 마케팅 방식을 새롭게 구성하여 일정한 성과를 내고 있을 무렵이었다. 추리동화, 성교육동화, 공포 시리즈, 과학 동화, 경제 동화, 주제별 모음 책, 손 안에 잡히는 동시집 50권, 동화집 50권, 영한 대역(英韓對譯)동화, 그림동화 등등 다양한 기획과 편집을 곁들인 책들을 선보였다.

그 무렵 우리 역사를 새롭게 재구성하여 '가상 역사 이야기'를 만들자는 기획을 하게 되었다. 필자를 구성하면서 박상재 선생님과 전화통화를 하였다. 박상재 선생님은 당시 이수초등학교에 계셨다. 이수초등학교는 방배동에 있었으며, 출판사에서 아주 가까운 곳에 있었다.

"이렇게 전화만 할 것이 아니라 한 번 봅시다."

박 선생님의 말씀에 "그럼 오늘 저녁은 어떠시냐?"고 해서, 처음

통화를 한 그날 바로 만나게 되었다. 나와 동료 편집자 두 명이 동행하였다. 박 선생님을 만나기 전에 나는 이미, 『꿈꾸는 대나무』, 『원숭이 마카카』같이 좋은 동화를 읽은 터라 참 반가웠다. 박 선생님의 첫인상은 반듯한 선생님 그 자체였다. 악수를 하는 손이 따뜻하고 부드러웠다.

첫 만남이었음에도 마치 오랫동안 알고 지낸 사이처럼 많은 이야기를 나누었다. 박 선생님은 동화 이야기는 물론 초등학생을 가르치는 이야기, 아들과 딸 키우는 이야기, 책에 대한 이야기를 참 재미있게 하였다.

특히 박 선생님의 출세작이라고 할 수 있는 『원숭이 마카카』에 대한 이야기를 나눌 때 선생님은 한없이 고무되어 맥주로 2차를 쏘겠다고 하셨다. 호프와 치킨이 맛있는 집에서 이야기는 이어졌다.

"대교출판에서 여러 가지 분야를 기획하여 책을 만드는 것은 어린이들에게 다양한 읽을거리를 주는 것 같아 좋긴 한데……. 동화작가 입장에서는 창작동화를 많이 냈으면 하고 바라지요."

그것은 편집자인 나로서도 충분히 공감할 수 있는 말씀이었다. 그날 나는 박상재 선생님이 다양한 관심을 갖고 있으며, 공부를 참 열심히 하는 선생님이란 느낌을 강하게 받았다.

이후 박 선생님과는 1991년에 『사과나무 하나가 지구를 흔들었다』를 펴냈다.

대교출판을 그만 둔 뒤부터 8년간 박 선생님과 만나지 못했다.

내가 옮겨간 출판사에서 인문학과 예술, 자연, 환경 관련 책을 주로 펴내는 일을 하게 되었다.

누군가 "한국 편집자에게 직업병 같은 게 있느냐?"고 묻는다면 나는 이런 말을 하고 싶다. "자신이 몸담고 있는 출판 분야밖에 관심이 없는 것"이라고.

물론 예외적인 사람도 있을 것이다. 나는 그 예외적인 사람이 못돼서 그런지 어린이 책을 만들 때는 어린이 책 분야의 사람과 예술 관련 책을 만들 때는 또 그쪽 동네 사람과 어울렸다. 내가 편집자로서 갖고 있던 소신은, 작가가 갖고 있는 능력을 끊임없이 자극하고 충동질하여 세상에 없는 책을 만들어내는 것이었다.

그러다가 나는 어느 순간 책을 편집하며 사는 것보다, 세상에 없는 책을 쓰는 작가가 되는 것이 낫지 않을까 여겨 작가가 되었고, 생고생을 하며 살게 되었다. 그건 그렇고.

2000년 이후부터 한국아동문학인협회에 출몰하면서 자연스럽게 우연을 가장한 필연으로 박상재 선생님을 만나게 되었다.

나의 영원한 동반자인 책읽기를 통해서 간간이 박 선생님의 책을 읽었으며, 박 선생님이 공부를 열심히 해서 국문학 석사박사 과정을 마치고 「한국 창작동화에 나타난 연구」로 박사학위를 받은 것도 알게 되었다.

8년 만에 만나면서도 바로 어제 만났다 다시 만난 듯 격조의 세월을 뛰어넘고 환담을 하게 된 것은 전적으로 박 선생님의 유쾌 발랄함에서 비롯되었다. 협회 뒤풀이 장소에서 만나자마자 박 선생님이 먼저 아는 척했다. 나는 그리 사교적인 인간이 못 됐다.

"어이, 심상우! 반가워. 『경복궁 마루 밑』은 잘 읽었다."

아동문학계에서 스스럼없이 내게 이렇듯 담백한 말씀을 해주시는 분이 몇이나 될까? 나는 그것이 너무나 고마워 넘치게 술을 따랐다. 그날 이후로 박 선생님과는 세월의 간극 따위는 아무런 문제가 되지도 않을 뿐더러 심정적인 거리 또한 사라진 사이가 되었다고 믿는다.

직접 드러내놓고 말하지는 않지만, 작품으로나 학문으로나 늘 자신을 독려하며 정진하는 사람을 나는 존경한다. 특히 인간의 성취라는 것이 진실로 무한한 것은 아닐진대, 살아서 열심히 노력하는 모습을 보여주는 분들은 모두 다 나의 스승이다.

더구나 드물게 만나더라도 반가움에 어깨를 쳐주고 설레게 하고, 생각날 때마다 읽고 싶은 글이 곁에 있는 작가는 내게 너무나 소중하다.

박상재 선생님이 지나온 자취를 뒤돌아보고, 새로운 발걸음을 내딛고자 하는 이러한 시도를 나는 참 좋게 본다. 분명 새로움에 대한 추구의 기회로 삼고자 한 것이 분명하다.

불교에서는 이러한 것을 회광반조(廻光返照)라 했던가? 마음의 거울에 비추면 자신의 지혜가 빛을 발하여 자신을 반성하고 본래의 자신을 발견한다는 회광반조!

옛글을 읽다 보면, 글쓴이가 처음으로 찾아간 어느 곳의 풍경과 인심에 반해 그곳에 눌러 살게 된다는 내용이 심심찮게 나온다. 오늘날이라면 실로 가당찮은 일일 것이다. 경치 좋고 인심 좋은 곳은 이미 누군가 다 자리잡고 있어서 낯선 방문객이 비집고 들어가기가 어려울 것이다.

허나 작품과 학문의 세계에 있어서는 경치 좋고 인심 좋은 곳은 예전이나 앞으로도 넉넉할 것이기에, 박상재 선생님은 더 큰 자신을 발견하여 뒤따르는 후배들에게 큰 귀감이 되고 가르침을 주실 것을 감히 바란다.

언제나 반갑고 따뜻함을 보여주는 형님, 박상재 선생님, 사랑합니다.

추억의 뒤안길

강안(동화작가)

선배님.

삼십 년 가까이 된 이야기입니다. 동화를 쓰겠다고 전북아동문학 모임에 나가더랬지요. 그곳에서 여러 선배님들을 만났습니다. 그곳에서 많은 분들의 사랑을 받았습니다. 모든 선배님들 문학에 대한 열정이 대단하셨지요. 매달 작품 합평회도 했고요. 다양한 행사를 마련해 회원들간의 정을 쌓아 갔습니다.

단골 막걸리집에 모여앉아 이야기꽃을 피웠드랬지요. 생각나세요? 그때 그 막걸리집 아줌마, 참 인심이 후하셔서 쉬지 않고 뚝배기에 국물을 내오셨어요. 말린 북어에 찍어먹었던 그 간장 소스 맛이 지금도 생생합니다. 깨알같이 적혀 있던 선배님들의 외상장부는 어찌되었던가요? 막 글밭에 발을 내딛었던 제게는 아주 신선한 즐거움이었습니다. 문학을 떠나 집안의 대소사까지도 챙겨주며 기쁨과 슬픔을 함께 나누었지요.

그 당시 제일 막내였던 제 위로 총각이셨던 선배가 두 분 계셨는데 동화작가 김용문 선생님과 선배님이었어요. 두 분이 체격과 키가 비슷해서 구분이 잘 안 될 때가 많았는데 선배님은 통통한(?) 볼살이 인상적이셨어요. 욕심이 많으셨다고 기억해요. 글에 대한 욕심 말이지요. 매달 모여 합평회를 할 때마다 할 얘기가 가장 많으셨어요. 그만큼 열심히 사셨던 거지요. 매달 박수를 가장 많이 받으셨죠. 아직도 눈에 선하군요. 회원들의 박수를 받을 때마다 두 볼이 발개지셨어요. 수줍음도 많이 타셨지요. 어린애 같은 선한 얼굴이 부끄러워 어쩔 줄 모르는 새색시 같았어요.

줄기차게 글을 쓰시어 여기저기 발표하고 책을 내고 물론 많은 상도 받으셨지요. 삶이 폭포 같았어요. 시원스레 쏟아지는 물살처럼 안에 있는 것을 모두 쏟아내는 열정을 갖고 살아가는 분이라고 생각했지요. 삶과 문학에 대한 열정과 진정성을 선배님에게서 보았습니다. 그뿐 아니었어요. 장난기 또한 가득했지요.

어느 날 젊고 아름다운 신입 여자 회원이 들어왔어요. 그 회원이 처음이라 얼마나 낯설었겠어요. 다소곳이 앉아 있는 그 여자 회원을 향해 선배님이 '아가씨, 어느 다방에서 왔어요?' 하고 물었어요. 그 당시에는 다방에서 여자분들이 커피를 배달하는 일이 흔했으니까요.

무안해서 내가 신입회원이라고 소개하자, '농담 좀 했어!' 하셨죠. 정말 농담을 하신건지 옆에 있던 제가 몹시 당황했답니다. 얼굴색 하나 변하지 않고 천연덕스레 농담을 하는데 뒤로 나자빠진다니까요. 재미난 얘기나 농담을 잘 해서 많은 분들이 좋아했지요. 얘기를 맛깔스레 하셨어요. 유머와 재치가 넘쳐나 어디를 가나 화기애애한 분위기를 만들었지요. 총각이셨는데도 어쩜 그리 여유가 있었는지 참 부러웠답니다.

그뿐 아니라 자기 관리를 참으로 잘 하셨다고 생각해요. 언젠가 제게 이런 말을 해주셨어요. '작가정신이 투철해야 한다'고 말이지요. 글을 열심히 써야한다는 말씀이었어요. 제가 그동안 많은 시간 외유하는 동안 선배님은 차근차근 쉬지 않고 나아갔습니다. 멈추는 법이 없었지요. 한눈 팔지 않고 한 삽 한 삽 파내려가 물을 찾으신 겁니다. 그리고 마르지 않은 우물이 되신 거지요.

그 열정으로 연구 작업 또한 게을리 하지 않으셨어요. 선배님이 연구한 많은 논문과 이론서 등은 연구자들에게 큰 힘이 되고 있답니다. 아동문학연구뿐 아니라 동화를 통해 문학의 다양성을 추구해가고 있다는 생각이 듭니다.

교육의 일선에서 순수와 열정으로 문학과 학문의 지평을 넓혀 오신 지 벌써 30년이 넘었다니 참으로 놀랍군요. 그 풋풋했던 이십대 청년이 볼을 붉히며 힘주어 문학을 논하던 시간들을 되돌릴 수는 없겠지만, 아직도 교육에 대한 헌신과 문학에 대한 열정은 그 젊은 시절보다 더하면 더했지 덜하지 않다는 생각이 듭니다. 언제나 순수를 잃지 마시고 볼 붉은 청년으로 영원히 남아 계시길 바래요.

꽃을 든 남자

길지연(동화작가)

발걸음을 뗄 때마다 노란 은행잎들이 앞서 종종거리던 어느 가을, 〈세종아동문학상〉 시상식이 끝나고 이어지던 뒤풀이는 인사동 어느 노래방이었다.

감기 기운을 단 채 나간 자리였기에 머리가 지끈거리고 콧물이 훌쩍거렸다.

이 방 저 방에서 흘러나오는 노랫소리를 뒤로한 채 조용하기만 한 옆방 문을 열었다.

딱 벌어진 풍채에 한 남자가 홀로 앉아 선곡을 하고 있었다. 꾸벅 인사를 하고 엉거주춤 의자 끝에 걸터앉는데 "먼저 선곡하시지요?" 하며 노래책을 내민다. 낯선 선배 앞이기에 조심스러워 사양을 했다.

"그럼 나부터 해야지." 하면서 선곡한 곡이 바로 '꽃을 든 남자'였다. 설운도 뺨치는 목소리에 그만 '와!' 소리를 지으며 '재창'을 외쳤다. 박상재 선생님의 인연은 그렇게 시작되었다. 그 뒤로 공적인 자리에서 뵙게 되는 선생님의 모습은 언제나 예의바르고 깍듯했다.

그리고 몇 년 뒤, 정채봉 선생님의 5주기 뒤풀이 자리였다. 호프집에 앉아 너도나도 술잔을 기울이는데 창 밖으로 눈이 날리고 있었다. 길 안내를 맡은 후배가 펄펄 나리는 하얀 눈을 고스란히 맡으며 추위에 떨고 있었다. 스카프를 챙겨 나가니 이미 선생님이 후배에게 따듯한 커피를 먼저 건네주고 있었다. 이렇게 눈에 보이지 않는 따뜻함이 녹녹한 선배, 어른에게 예의바르고 후배에게 단정하면서 훈훈한 선배, 어려운 자리에서 슬쩍 재미난 이야기를 끌어내어 분위기를 화기애애하게 녹여줄 줄 아는…… 그런 선생님이기에, 나도 마음을 열고 '상재 오라버니'라고 부르게 되었다.

그런 선생님은 어느 자리에서건 실망시키는 일이 없다. 대선배들만 소개시키는 공적인 자리에서도 당당하게 후배를 멋지게 소개시켜 주는 배려에 고개가 숙여진다.

그리고 잊을 수 없는 2008년 가을 세미나, 돌아가면서 부르는 노래 순서가 다가왔다. 밝은 외모와는 달리 사람들 앞에 서기를 그다지 좋아하지 않는 나는 얼떨결에 선생님에게 SOS를 청했고 그야말로 얼떨결에 끌려 나오신 선생님은 내가 신청한 곡을 듀엣으로 불러야만 했다.

무슨 곡인지도 모르고 마이크를 잡아야 하는, 황당하기 그지없는 상황이었는데…… 선생님은 조금도 망설임 없이 아주 멋지게 화음을 맞춰 주셨다. 그래서 또 하나 즐거운 기억의 노래가 되어 버린, '넌 바람 난 눈물'.

언제, 어느 장소에서 만나 건 반갑게 손을 내밀 수 있는 상재 오라버니가 나는 친형제만큼 좋다. 든든하고 멋지다.

'오라버니!' 30주년 잔치, 진심으로 감축 드리옵니다. 좋은 날 다시 한 번 '꽃을 든 남자' 멋지게 불러주실 거지요?

마음이 넉넉하고 어진 선비, 게다가 유머와 센스까지

김경옥(동화작가)

내가 박상재 선생님과 가까이 지내게 된 계기는 단국대학교 대학원에서였다. 그때 선생님은 강단에 선 교수님이셨고, 나는 공부를 하러 간 학생이었다.

대학원에서 박상재 선생님은 한마디로 인기가 많은 분이었다. 아동문학 전공자들 중에 박상재 선생님을 싫어하는 사람을 단 한 사람도 보지 못했다. 대부분의 학생들은 선생님에게서 '한 식구' 같은 강한 동질감을 느끼고 있었는데 그건 선생님의 넉넉한 인품과 함께 교수로서 또 아동문단의 선배로서 진심으로 학생들을 이끌어 주려는 마음을 느낄 수 있었기 때문이었을 것이다.

선생님은 수업 시간에 조곤조곤 강의를 하신다. 어찌 보면 특별할 게 없는 일반적인 강의 같기도 하고 목소리가 포근해서 때론 달콤한 잠에 취하기도 한다. 하지만 모든 학생들은 열정적으로 공부해 오고, 재미있게 토론이 진행됐으며, 나중에 결과물은 알찼다. 왜 그럴까? 대학원 수업 방식이야 다른 교수님들도 다 비슷하지만 박상재 선생님은 특별히 깔아주는 역할을 잘해서가 아닐까 생각이 된다. 학생들이 깔아주고 그 위에서 교수가 군림하는 것이 아니라, 선생님이 바탕을 깔아주고 학생들은 그 위에서 펄펄 뛰게 만드는 것이다. 몇 년이 지난 지금도 박상재 선생님과 했던 수업들이 생생하게 기억난다. 그리고 그때 했던 공부들은 내 동화창작에 많은 자양분이 되었다.

나는 박상재 선생님과 수업을 하면서 여러 번 이분의 인품이 어떠한가를 느꼈었다. 양반 중에 양반이며, 마음이 순하고 어진 선비 중에 선비이다. 내면 깊숙한 곳으로부터 사람에 대한 예의를 갖춘 분이라는 생각이 든다. 선생님과 했던 수업은 아동문학 창작 연구와 작가 작품론 등이었다. 수업의 특성상 때론 작품이나 작가에 대한 날이 선 비판이 있음직한데도 작가와 작품들에 대해 최대한의 예의를 갖춰서 말씀하시고 대접하신다. 그건 바로 이분이 지닌 인격이라고 생각한다. 그러면서도 이론가다운 날카로운 시선이 분명 있었음을 나는 숨은 그림 찾기 하듯 여러 번 느꼈었다.

그때 대학원에서 만났던 아동문학 전공 학생들과 선생님과의 인연은 지금까지도 이어져 오고 있다. '단아'라는 모임에서 박상재 선생님은 우리들의 영원한 스승이다. 선생님의 책이 나오면 우리들은 책도 사드리고, 출판기념회도 해드린다. 어느 신년에는 선생님 댁으로 놀러 간 적도 있다. 한 가정 안에서 뵌 선생님의 모습은 든든하고 인자한 남편이었으며 아버지였다. 우리들은 실컷 먹고 한참 놀다가 사모님이 싸준 음식까지 챙겨들고 나왔어도 불편한 마음이 없었는데 그것 역시 박상재 선생님의 넉넉한 인품 탓일 게다. 언제나 사람을 진실하게 대해 주고 편안하게 해주는 인품.

대학원생 하나가 선생님께 주례를 부탁한 적이 있었다. 나는 그때 박상재 선생님이야말로 주례를 서시기에 참으로 적임자라는 생각이 들었다. 가정으로나 직장으로나 편안하고 훌륭한 분이기 때문이다. 모든 것이 만사형통하며 편안한 복을 가지신 분이기에 그 복을 나눠줘도 부족함이 없으리라 생각되었다.

내가 아는 한, 박상재 선생님은 그 누구와도 적이 없으며 사람과 어울리기를 좋아하고, 상대방을 푸근하게 해주는 분이다. 이렇듯 점잖으신 박상재 선생님께도 반전이 있으니……, 그건 바로 술자리에서의 모습이다. 동화에서도 반전은 작품의 묘미를 살려주듯, 인간관계에서도 반전은 사람의 매력을 발산시키는 숨겨진 보물 아닐까. 평소 점잖으신 박상재 선생님은 술자리에서는 개그맨이 된다. 호탕하고 유머러스하며 분위기를 휘어잡는다. 어느 모임에서건 선생님이 앉은 곳의 분위기는 늘 살아 있음을 느낀다. 나는 강단에서의 선생님 모습도 좋고, 가정에서의 선생님 모습도 좋지만 무엇보다 술자리에서 선생님 모습을 좋아한다.

선생님과 함께 했던 기억나는 술자리는 두 번이다. 한 번은 일산에 오셔서 나에게 연락을 하신 적이 있는데 나는 연락을 받자마자 화살처럼 튀어나가 엄청 마셨다. 화살처럼 튀어나간다는 건 그만큼 선생님과의 술자리가 즐겁기 때문일 것이다. 또 한 번은 용산의 허름한 감자탕 집에서 먹던 술맛도 잊을 수가 없다. 선생님은 단 한 번도 술에 취해 상대방에게 막말을 하거나 실수를 하신 적이 없다. 박상재 선생님은 한마디로 '술 맛 나고, 사람 맛 나는 분'이란 생각이 든다. 이런 분을 어떻게 좋아하지 않을 수 있겠는가.

가끔 박상재 선생님께 "선생님, 요즘 배둘레햄이 더 굵어진 것 같아요."하며 장난스럽게 말을 걸면 사람 좋아 보이는 그 얼굴로 껄껄껄 웃으시며 위트 있는 농담으로 맞받아치신다. 배둘레햄(?) 만큼이나 마음도 넓으신 박상재 선생님! 그러나 뱃살이 많다고 센스가 무딘 분이 절대 아니다. 이분이 얼마나 '센스쟁이'인지 아는 분들은 알 것이다. 어느 자리에서건 분위기에 맞게 행동하시고 넘치지도 모자라지도 않게 도리에 맞게 행동하시는 분이라 생각한다. 또한 상대방에 대한 감정도 어찌나 섬세하게 잘 헤아리시는지……, 이런 센시티브한 감성의 소유자이기에 30년을 한결같이 아름답고 품격 있는 동화를 써오신 게 아닌가 싶다.

자신만의 문학세계를 굳건히 다져 오신 선생님의 30년 동화 인생……. 훌륭하게 살아오신 그 길에 맘껏 박수를 쳐드리고 싶다.

작은 인연, 큰 인연

김미라(동화작가)

박상재 선생님을 처음 만난 것은 아동문학을 공부하는 소모임이었다. 그날은 선생님이 동화 창작에 대한 강의를 해주셨는데, 그 즈음 야근이 많았던 나는 박상재 선생님의 목소리를 자장가 삼아 졸고 말았다.

"김미라, 자나?"

잠이 확 달아나긴 했지만, 어찌나 죄송하고 창피하던지 고개를 제대로 들 수가 없었다.

내가 다니던 직장은 선생님이 재직 중이던 초등학교와 멀지 않은 곳에 있었다. 하루는 시간이 늦어 디지털단지 역에서 택시를 타고 출근하던 길에 선생님을 스치듯 뵌 적도 있었다. 양복을 가지런히 차려입으시고, 한 손엔 검은 가방을 손에 들고 점잖게 걷고 계셨다. 택시 창문을 열고 선생님을 불러볼까, 잠시 고민도 했지만 금세 멀어지는 모습에 인사도 못 드리고 지나치기도 했었다.

그후로도 몇 번 선생님을 만나면서 편안하고 재치 있는 모습을 보게 되었고 조금씩 선생님께 친근함을 느끼게 되었다.

얼마 뒤 나는 진학에 대한 고민을 하게 되었는데, 회사 근처에 계시는 박상재 선생님을 떠올리게 되었다. 선생님이라면 내 고민에 긍정의 힘을 불어주실 거라 생각했던 것 같다.

"너무 걱정하지 말고, 생각하는 곳에 원서 내 봐."

그리고 나는 용기 내어 원서를 냈고, 그곳에서 박상재 선생님을 다시 만나게 되었다. 선생님은 강의 시간에 회식자리와는 조금 다른 모습을 보여주셨다. 밖에서는 재밌는 농담도 잘 하시고 껄껄껄 잘 웃으셨는데, 강의실에서는 정말 교수님다운 모습이셨다. 개인적으로는 회식자리에서의 선생님 모습이 훨씬 인간미 있고 행복해 보이셔서 좋다.

동화작가가 되겠다고 학교에 들어갔던 나는, 졸업을 하고 나서도 몇 년째 신통한 글을 쓰지 못하고 있었다.

'내가 잘 하고 있는 걸까? 이 길이 내 길이 맞나?'

글쓰기에 대한 고민을 하고 있던 어느 날, 한 통의 전화가 왔다.

"김미라, 그 동안 작품 써놓은 거 나한테 보내 봐."

박상재 선생님이셨다. 순간 정신이 퍼뜩 드는 것이었다.

'작품? 아, 그 동안 내가 몇 편이나 썼지?'

나는 몇 편을 골라 일주일 내내 외출도 하지 않고 수정 작업에 매달렸다. 작품이 좋아지는 게 눈에 보였다.

'이렇게 고칠 수 있었는데, 그 동안 왜 하나도 안 했던 거지?'

그랬다. 멀찍이서 나를 지켜보시던 선생님은 여전히 서성거리고만 있는 내게 정신이 바짝드는 말씀을 해주셨던 것이다.

그리고 내 글은 선생님의 심사로 '등단작'이라는 이름을 얻게 되었다. 부족한 작품이었는데도 힘 내라고, 열심히 하라고 뽑아주신 듯하다.

이 자리를 빌어 한 말씀 드리고 싶다.

—선생님, 감사합니다. 술 꼭 한 번 사드릴게요. 그리고 아동문학과 함께 하신 30년이 앞으로 40년, 50년 계속 이어지길 바랍니다. 참, 저하고의 인연도 쭈욱이요. 30주년 진심으로 축하드립니다!

만남은 우연이 아니야

서석영(동화작가)

가요 〈만남〉은 노래방에서 인기다. 멜로디도 좋지만 '우리 만남은 우연이 아니야 그것은 우리의 바램이었어 잊기에 너무한 나의 운명이었기에 바랄 수는 없지만 영원을 태우리……' 로 이어지는 가사가 사람의 가슴을 파고들며 흔들어놓기 때문이 아닐까.

맞다, 만남은 이렇듯 소중하고 각별하고 의미 있을 때가 많다. 박상재 선생님하고의 만남도 내게는 소중하고 각별했다. 우연이 아니었다.

어느 가을이었다. 지방에서 열리는 세미나에 참석하기 위해 광화문으로 갔다. 버스를 타는 집결지였기 때문이다. 벌써 작가님들 여러 분이 와 계셨다. 선생님들은 여기저기 무리지어 환담을 나누었지만 난 친분 있는 이가 없어 '안녕하세요?'라는 인사만 건네고 한쪽에 서서 버스가 오기를 기다렸다. 낯가림을 하는 데다 시를 쓰며 형성된 아웃사이더적인 기질로 무리에 쉽게 껴들어가지 못하고 외로운 섬이 되어 있었다.

그렇게 오 분 정도 지났을까. 남성 작가 한 분이 맑게 웃으며 내게 다가왔다.

"서석영 선생님이시죠? 박상재입니다."

이 한 마디에 난 깜짝 놀랐고 감동을 먹었다. 이분이 바로 『원숭이 마카카』, 『물새가 된 조약돌』, 『개미가 된 아이』를 쓴 박상재 선생님이시구나 하는 발견과 여기저기 얼굴을 내민 적도 없는데 어떻게 날 아셨을까 하는 궁금증, 그리고 먼저 알아보고 인사를 드리지 못한데 대해 죄송스런 마음이 뒤엉켜 속이 복잡한 채 버스에 올랐다.

세미나 장소에 도착하자 선생님께서 사회를 보셨다. 원로 선생님들의 날선 의견 표출로 좌초 위기를 겪곤 했지만 선생님은 그때마다 재치 있는 유머로 침몰 직전의 배를 구조해내곤 하셨다.

이어진 뒤풀이 시간이다. 신참이니 이 테이블 저 테이블 껴들어가 인사를 드리고 잔을 올려야 하지만 숫기가 없어 내 자리만을 고수하고 있는데 선생님이 웃으며 다가오셨다. 소주 한 잔을 건네시고는 주변에 계신 선생님들께 내 소개를 하셨다.

"서석영씨인데요, 이분은 아동문학계의 황석영씨예요. 이름만 같은 게 아니라 정말 동화를 잘 쓰거든요."

난 낯이 뜨거워 얼굴을 들 수 없었다. 몇몇 선생님들도 나 못지않게 당황하고 의아스럽다는 얼굴이었다.

숫기 없는 후배임을 알아채고 챙겨주고 싶은 마음에 농담 삼아 한껏 띄워준 멘트라는 걸 알면서도 그건 내게 주문이 되었다. 문학의 고단함과 지리멸렬함, 성과 없음에 지쳐 무기력해질 때마다 나를 일으켜 세우는 힘이 되었으니까. 착각은 자유라고 했다. 남에게 피해를 주지 않는 한 내게도 착각을 즐길 자유는 있다.

그 뒤로 얼마가 지났을까. ○○문학상 시상식장에서 선생님을 뵐 수 있었다. 은둔해 있길 좋아하는 내게는 작가들과의 만남도 이렇듯 뜸하고 어렵다. 용무가 있어 문학상 자리에 참석한 선생님을 뵈러 간 길이었지만 선생님은 맡은 일이 많아 '내 차지'(?)가 될 수 없었다. 인사만 나누고 자리에 앉아 짬이 나길 기다리며 선생님을 지켜보았다.

얼굴을 옆으로 들 때 안경 너머로 느껴지는 학구적인 모습(이럴 때 내 고향에서는 '學이 몸에 뱄다'는 표현을 썼다. 선생님한테는 그 표현이 훨씬 잘 어울리는 것 같다), 연륜과 이력에도 불구하고 여전히 배어나는 총명한 소년의 이미지, 잘 포장되어 있지만 언제라도 분출할 것 같은 예술가의 풍류를 감지할 수 있었다. 같이 있기 어려운 세 이미지가 한데 어울려 있는 아스라함이 특이했고 여러 사람들 속에서도 선생님을 확연히 구분시키며 빛을 발했다. 아쉽게도 난 선생님과 제대로 만나지 못하고 자리를 떠야 했다. 피할 수 없는 지인의 결혼식 시간이 다가오고 있었기 때문이다.

이 글을 쓰기 하루 전이다. 나는 또 몇 년 만에 가을 세미나에 참석 중이었고 돌아오는 버스 속에서 선생님과 나란히 자리를 같이 했다. 솜리, 소양, 용머리 고개 등의 친근한 지명들과 그에 얽힌 이야기는 시간 이동, 공간 이동을 해 날 고향땅으로 데려갔다. 선생님의 타고난 친화력과 재미있는 화술은 대선배님과 함께 앉아 있다는 사실을 잊게 만들기 충분했고, 오랜만에 고향마을의 듬직한 오빠를 만난 듯한 착각을 불러일으켰다. 하마터면 반가움에 팔을 치며 이야기를 할 뻔한 위험한 순간이 몇 차례나 있었다.

앞으로는 선생님을 뵈어도 전처럼 어색하지 않을 것 같다. 고향마을의 오빠에게 뻗어나가려는 팔만 잘 간수하면 될 것 같다. 그러면 무궁무진 매장되어 있는 다른 모습들을 만날 수 있으리라.

선생님은 이러저러한 경력을 들먹이지 않아도 다재다능하시다. 그럼에도 불구하고 동화의 길을 30년이나 지속해 오신 걸 생각하면 존경스럽다. 그리고 감사드리고 싶다. 선생님의 삶은 그 자체로 뒤따라가는 우리 후배들에게 지표가 되기 때문이다.

선생님은 내게 숙제다. 동화가 그렇고 친화력이 그렇고 후배한테 먼저 다가가 챙겨주고 이끌어주는 아량과 배려가 그렇다. 어릴 때나 자라서나 숙제는 힘들고 하기 싫다. 하지만 이 숙제는 다르다. 내가 스스로 정한 숙제이고 가까스로 건진 숙제이기에 즐거운 마음으로 할 수 있을 것 같다. 언뜻 보아서도 목표치에 다다를 수 있을 것 같진 않다. 하지만 노력하는데 의미가 있다고 하지 않는가.

내가 바라는 게 있다면 이번 같은 자리가 40년, 50년, 60년, 70년으로 계속 이어지는 거고, 그때마다 자리를 함께해서 선생님의 유머 감각에 허리가 휘어져라 깔깔대는 거다.

선생님, 내내 건강하시고 행복하세요!

지금 그대로의 모습처럼

박윤경(단국아동문학회 회장)

선생님,

벌써 7년 전이네요. 대학원에서 스승과 제자로 만난 게요. 언제 이렇게 시간이 흘러갔을까요? 정말 새삼스럽습니다. 처음엔 많이 어려웠습니다. 유명한 동화작가로, 교수님으로 만나게 되었으니까요. 주변에서 들려오는 "참 편하고 좋은 분"이란 말이 제겐 실감나지 않았어요. 그런데 그리 오래지 않아 저도 그 말에 공감하게 되었습니다.

수업 후 첫 술자리에서였을 거예요. 강의실에서 듣던 박윤경 선생이란 호칭이, 박윤경으로, 윤경으로 불려지면서 저 또한 편해지고 있었지요. 어색해 하는 제자들에게 술 한잔씩 건네며 조언과 덕담을 해주시고 잔이 비워지고 채워지기를 여러 번, 선생님은 아주 큰 소리로 "우리 2차 가자."를 외치셨지요. 선생님은 그렇게 편하게 다가 오셨어요.

선생님, 기억하시는지요? 그날 술자리에 있던 사람들 모두 노래방까지 가고 말았다는 사실을요. 그리고 그때 알았습니다. 이런 자리가 앞으로도 계속 이어질 거라는 것을요.

선생님,

대학원에서의 인연들이 제겐 무척 소중합니다. 공부했던 사람들 역시 같은 마음이어서 '단아' 라는 모임을 만들었습니다. 슬픈 일과 기쁜 일을 함께 나누며 끝까지 좋은 인연으로 남고 싶은 바람으로요. 그 안에 선생님도 계십니다. 자주 뵙지는 못하지만 일이 있을 때마다 그 자리에서 기쁨을 함께 하고자 하는 게 저희들의 마음인 거 알고 계시죠?

선생님 또한 '단아'와의 인연이 각별하다는 생각이 듭니다. 선생님을 통해 동화작가의 길을 걷게 된 제자들이 있고, 인생의 첫 발을 뗀 제자도 있으니까요.

선생님,

스승의 날에 저희에게 보여준 편지 기억하시지요? 수줍게 웃으며 양복 안 주머니에서 꺼낸 건 그동안 선생님께 배웠던 제자들이 보낸 것이었어요. 선생님을 좋아하는 아이들의 마음이 그대로 읽히더군요. 찔끔 눈물이 나오려고 했어요.

"선생님, 인기 많으신데요?"

"부러워요. 좋겠다."

여기저기 들려오는 칭찬에 허허허 웃으시며 "내가 좀 그렇지."라고 하셨지요. 그 대답이 어찌나 자연스러운지 그 모습에 웃음이 났어요.

선생님이 계신 곳은 항상 유쾌합니다. 넉넉하고 여유로운 성품 때문이겠지요.

시간이 조금 더 흐른 후에 "어머? 선생님, 벌써 등단 50년이시라고요? 그때나 지금이나 별로 변한 게 없으시네요?"라고 묻는다면 허허허 호탕하게 웃으며 "내가 좀 그렇지."라고 하실 선생님의 모습이 선합니다.

선생님,

앞으로도 지금 모습처럼 계셔주세요. 손을 내밀면 언제든 잡아 줄 듯한 넉넉하고 든든한 모습으로요.

등단 30년 정말 축하드립니다. 언제나처럼 파이팅입니다.

그 해, 조금 일찍 우거진 녹음

오원재(정읍시 산외초등학교장)

그 해, 초봄은 추웠지만 마음만은 유독 따뜻했다.

상재와 나는 초임을 전북 순창군 금국초등학교(지금은 폐교, 당시는 금국국민학교)에서 함께 하였고 쌍치면 피노리라는 작은 마을 같은 방에서 하숙을 하며 생활했다. 자연스럽게 일상의 대부분의 일들을 거의 함께 하게 되었고, 그 과정에서 케케묵은 情이 다 들었다.

그러다 내가 1979년 3월 7일자 정읍시 능교초등학교로 발령이 나 이별을 하게 되었다. 교원인사는 원래 3월 2일자로 하는데 그때 이동 소식이 없어 기대를 않고 있다가 느닷없이 3월 7일 자로 발령을 받아 이별에 대한 아쉬움이 더 컸었던 것 같다.

우린 발령 소식을 듣고 이별의 아쉬움을 달래기 위해 특별한 이별의 밤 행사를 준비했다. 아직까지도 나는 그 추억을 잊지 못하고 있다.

발령이 나자 상재는 그간에 나눈 정을 담은 아름다운 이별의 시 한 편을 써 주었다. 그 글을 읽고 크나큰 감명을 받아 나 또한 답시를 썼던 기억이 난다. 우리는 가까이 지내는 젊은 직원들을 불러 다과 행사를 열고 이별의 자작시를 한 편 들려주기로 계획하였다.

행사 전날, 우리는 시 낭송 녹음을 하게 되었다. 녹음기 두 대로 배경음악까지 깔아 녹음하였는데 마음에 차지 않아 수 차례나 반복하였다. 당시 우리에게는 특출한 녹음 기술도 없거니와 녹음기 성능도 그리 좋지 않아서, 낭송음에 지글지글 끓는 잡음이 섞여 듣기에 매우 거북하였다. 마음에 쏙 들지는 않았지만 가까스로 녹음을 마친 후, 드디어 낭송된 시를 듣는 시간이 찾아왔다. 녹음된 목소리가 흘러나오는 것을 들으며 우리는 분위기에 젖어 눈물의 포옹을 했고, 이는 아직까지 내게 일생을 두고 잊지 못할 추억으로 남아 있다. 지금 생각해 보니, 우리가 초봄에 녹음(錄音)했던 것은 희망의 다른 이름인 녹음(綠陰)이 아닐까 하는 생각이 든다.

다음날 아침, 퉁퉁 부은 눈을 보며 어젯밤 무슨 일 있었냐는 하숙집 할머님의 말에 겸연쩍어 쥐구멍이라도 있으면 들어가고 싶은 심정이었다.

그리고 마침내 행사가 시작되었다. 초대한 직원들의 여흥이 한창 무르익을 무렵, 그들에게 전날 녹음했던 시낭송을 들려주게 되었다. 그들 또한 한동안 감동에 젖어들어 나와 상재 사이의 끈끈한 정에 부러움을 표했고, 우리는 서로를 바라보며 못내 이별의 아쉬움을 달랬다.

젊음이 충천했던 초임 때의 추억은 다 소중하고 아름답다. 봄이면 진달래꽃술은 담았다가 첫눈이 내리면 동료 교사들을 하숙집에 초대하여 함께 마시던 일, 문학에 관심는 쌍치면 관내 초중학교 교사들을 규합하여 쌍치면 상록수 찻집에서 시화전을 열었던 일, 여름이면 물고기와 징거미를 잡아 매운탕을 끓여 교사들을 초대하여 함께 마시던 낭만……. 그 밖에도 해가 져서 어두울 때까지 배구시합을 하고 냇물에 멱감으러 가던 일, 배구네트를 쳐놓고 테니스에 몰두하던 일, 마당바위 소에서 동료들과 메기, 쏘가리를 잡으며 수영하던 일 꽁꽁 언 방죽 위에서 스케이트 타던 일…… 등 상재와 함께 했던 2년여 동안의 많은 추억들이 주마등처럼 스친다.

당시에 함께 했던 그들도 이제 지천명의 나이에 접어들었으니 세월의 무상함을 다시 한 번 느끼게 되는 오늘이다.

흔들리지 않는 것

오은영(아동문학가)

나는 흔들린다. 불혹이라는 마흔이 넘치게 넘었는데도 여전히 흔들린다. 예쁜 옷을 봐도 흔들리고, 곱게 물든 단풍을 봐도 흔들리고, 펑펑 쏟아지는 함박눈을 봐도 흔들리고, 슬픈 영화를 봐도 흔들리고, 나보다 잘 쓴 동화를 봐도 흔들린다. 아직 많이 모자라나 보다. 그래도 어떨 땐 흔들리는 게 좋다. 안 흔들리는 거목보다 흔들리는 꽃이 더 예쁘듯.

하지만 내 마음속에는 절대 흔들리지 않는 것이 있다. 고마움이다. 옛말에 고마움은 돌에 새기고, 원망은 물에 새기라는 말이 있다. 이런 말이 있다는 건 고마움은 잊기 쉽고, 미워하는 마음은 새록새록 깊이 새겨지기 때문일 것이다. 그러기에 머리 검은 짐승은 거두는 것이 아니라는 속담도 있겠지. 그래서 난 더욱더 고마움에 대한 마음만큼은 흔들리지 않으려고 노력하고 또 노력한다.

박상재 선생님은 내가 고맙게 생각하는 분 중 한 분이다. 우선 새벗문학회 세미나에서 가무를 책임져 주셔서 고맙다. 영양가 있는 세미나와 맛있는 식사 뒤, 가득 채워진 머리와 몸으로 인해 모두 늘어져 있을 때 선생님은 그 가벼운 몸(?)으로 가뿐히 일어나 마이크를 잡는다. 그리고 풍부한 성량으로 지치지 않고 노래를 뽑아낸다. 그 덕분에 우리 머리가 가벼워지고 또 분위기도 가벼워져 모두 흥겨워진다. 이 어찌 고맙지 아니한가?

그뿐이 아니다. 〈새벗문학상〉 시상식이나 모임에서 언제나 재밌는 입담으로 사회를 봐주셔서 고맙다. 나는 식이 싫다. 학교 다닐 때 월요일 아침마다 열렸던 아침조회부터 식이란 식은 모두 지겹다. 하지만 박상재 선생님이 사회를 보면 재밌는 입담으로 조금 아주 조금은 덜 지루해진다. 이 어찌 고맙지 아니한가?

그리고 새벗문학회 초차회원으로 어찌어찌하다 회계일을 맡게 되었다. 문학회 분위기도 파악이 안 된 상태에서 일을 하려니 모르는 일투성이였다. 그럴 때 선생님께 의논하면 바쁠 텐데도 늘 선선하게 답해 주셨다. 이것도 어찌 고맙지 아니한가?

무엇보다 제일 고마운 건 나를 새벗 회원으로 뽑아주셨다는 거다. 선생님은 식사를 배불리 먹은 뒤에도 지치지 않고 또 술을 드신다. 배 안 부르냐고 물으면 '밥 배 따로 술 배 따로'라고 말하셨다. 나도 그렇다. 동시 배 따로 동화 배 따로다. 동화로 〈새벗문학상〉에 응모했을 때 나는 이미 동시로 등단을 해서 동시집도 낸 뒤였다. 그런데 나는 동화 배가 고팠다. 동시를 잘 쓰고 있으면서 왜 동화까지 기웃거리냐, 라는 말을 듣기도 했다. 하지만 동화로 고픈 배는 동화로 채워야 했다. 한 번은 신춘문예에 응모해서 최종심에서 떨어졌다. 그것도 경합을 다투다 떨어졌다는 거였다. 속이 무척 상했다. 도대체 부족한 점이 무얼까? 고민을 해도 답이 안 나왔다. 잔뜩 풀이 죽어 있던 차에 새벗문학회에서 연락이 왔다. 당선이 됐다는 거다. 얼마나 기뻤는지 모른다.

그때 심사위원장님이 박상재 선생님이었다. 나중에 심사 후일담을 본선 심사를 했던 선생님한테 들었다. 최종심에 내 작품을 포함한 두 편이 올라왔다고 했다. 한 편은 환상동화인 내 작품과 달리 소년소설이었다고 했다. 한 분은 동화의 특성이 잘 나타난 내 작품을 뽑자고 했고, 다른 한 분은 현실성을 높은 다른 작품을 뽑자고 했다고 했다. 두 작품이 서로 경향이 달라 장단점을 가지고 있어 결정하기 힘들었다고 했다.

"심사위원장이신 박상재 선생님이 조금 늦으셨거든요. 그래서 우리 둘은 결정을 유보하고 박상재 선생님이 오시길 기다렸어요. 박상재 선생님 결정에 따르기로 한 거죠. 그런데 박상재 선생님이 오은영 씨 작품을 당선작으로 결정하셨어요. 아동문학상에 걸맞게 동화적 상상력이 더 높은 점수를 준 거지요."

이처럼 박상재 선생님은 상황에 따라 안 뽑힐 수도 있었던 내게 동화의 문을 활짝 열어주신 분이다. 이 어찌 고맙고 고맙지 아니한가?

물론 그때 당선이 안 되었어도 조금 늦었을 뿐 다른 문학상에 당선되었을 거다. 나는 미련이 많은 사람이라서 그렇다. 성격이 미련해서 미련이 많은가 보다. 그래서 쉬이 포기하지 못하니까 언젠가는 되었을 거다. 하지만 그게 언제였을지 모른다. 곧바로 아님 한참 뒤? 그건 아무도 모를 일이나 별로 상상하고 싶지 않다. 어쨌건 당선된 뒤로 장편 창작동화책을 3권이나 출간했다. 이 모두 선생님 덕분이고, 앞으로 더 좋은 작품을 쓰는 것은 온전히 내 몫의 짐이다.

나는 빚지는 것을 싫어한다. 은행 빚도 싫고, 마음의 빚도 싫다. 하지만 고마움이란 빚은 싫지 않다. 그래서 그 빚만큼은 내 치부책에 꼭 적어놓는다.

이 글을 쓰는 지금도 나는 흔들린다. 아침에 내게 짜증을 내고 나간 아이들을 이해해 줄까 말까 흔들리고, 내게 서운한 말을 한 남편을 미워할까 말까 흔들리고, 나는 앞으로 더 좋은 글을 쓸 수 있을까 없을까 자꾸만 흔들린다. 하지만 박상재 선생님에 대한 내 감사의 마음만은 채널 고정, 절대 고정이다.

박상재 선생님과의 추억

오타케 키요미(日本 純心女子大學 敎授)

내가 아시아아동문학대회를 좋아하는 이유의 하나는 박상재 선생님과 보내는 버스 여행 시간이 매우 즐겁기 때문이다. 박상재 선생님이 버스 안에서 마이크를 쥐시면, 이제부터 어떤 재미있는 이야기를 해주시는 것일지 마음이 울렁울렁한다. 박상재 선생님의 유머 가득 찬 농담은 언제나 우리를 웃게 만든다. 어째서 저렇게 유머가 있는 이야기를 많이 알고 계시는지 매우 감탄해 버린다.

나는 언제나 박상재 선생님의 농담에 마음속으로부터 웃지만, 그 웃음의 다음은, 마음이 따뜻해져, 부드러운 기분에 싸여지는 것이 보통이다. 왠지 모르게 행복한 기분이 되고, '박상재 선생님과 함께 여행을 할 수 있어서 좋구나'라고 느껴진다.

거기에 박상재 선생님은, 여행 단체를 통합하는 일이 능숙하시다. 제가 보기에, 한국 여행자들은 아주 욕심이 많다. 개인마다 자신이 하고 싶은 것이나 의견을 확실하게 주장한다. 어떻게 보면 솔직해서 좋은 것이지만, 여러 갈래의 주장들을 매듭짓는 것은 결코 쉬운 일이 아니다. 단체 속에서는 언제나 사양하는 일본인과는 아주 다르다. 그럴 때, 박상재 선생님은 모서리를 세우지 않고 상냥하게 대담하게 모두를 기분 좋게 문제를 정리해 주신다.

나는 이러한 선생님의 리더십에도 언제나 감탄했었다. 그리고 언제나 박상재 선생님만 계시면 분위기가 상냥하고 화기애애했었다. 모두가 온화한 기분이 되는 이상한 포용력을 가지고 계시는 것 같다.

나는 언제나 생각한다. 이것은, 한국인의 기질일까? 아니면 박상재 선생님만이 가진 특별한 능력일까? 어쨌든, 박상재 선생님에게는, 웃음 속에도 따뜻함이 있고 다른 사람을 위한 배려가 있고 다정함이 있다.

나는 유학 생활의 고독함 속에서 언제나 박상재 선생님의 유머와 따뜻한 인품에 위로를 받았었다.

감사합니다. 박상재 선생님! 또, 선생님 따라서 즐거운 여행을 하고 싶습니다.

박상재 선생님의 동화나라

장수명(동화작가)

"키득키득"

아이들이 웃는 소리가 여기저기에서 슬쩍슬쩍 흘러나온다.

'개미가 된 아이.'

저학년 아이들을 지도할 때 읽기 동화책으로 『개미가 된 아이』를 언제나 선택해서 읽곤 한다. 그럴 때마다 아이들은 책을 읽으면서 매번 키득거리며 웃는 소리를 내고 책을 서로 읽겠다며 아우성을 친다.

그때 난, 아이들에게 자랑을 한다.

"이 책을 지으신 박상재 선생님은 선생님의 선생님이시란다."

동시적으로 아이들에게서 '야~' 하는 탄성이 흘러나온다. 나의 어깨는 으쓱해지고 더할 나위 없는 자부심 가득 찬 얼굴로 수업을 진행한다. 읽을 때마다 재미있고, 읽는 횟수가 더해지면 더해질수록 동화책 속 내용으로 이입되는 나를 만나게 된다.

박상재 선생님 동화는 진지하고 아름답다. 언젠가 선생님 처녀작이라고 하시던 「꽃씨봉투」를 읽을 기회가 있었다.

「꽃씨봉투」를 읽으면서 「리디아의 정원」을 연상하게 된 것은 나만의 생각을 아닐 것이다. 30년 전에 박상재 선생님이 쓰신 동화가 미국의 데이비드 스몰과 사라 스튜어트가 1998년에 발표한 「리디아 정원」을 어쩌면 탄생하게 만든 모티프일지도 모른다는 생각을 했다면 과장 된 표현일까? 어쩌면 정말 그런 우연의 기회가 있었는지도 모를 일이다.

이처럼 박상재 선생님의 동화세계는 앞서 있다. 그래서 동화를 쓰고 공부하는 우리는 선생님의 작품을 읽을 때면 '그래, 그래, 맞아, 맞아'라는 단어들을 절로 내뱉게 된다.

가끔 나는 수많은 동화작가 선생님이 계신 가운데 어떻게 선생님과 인연 지어졌을까? 이런 생각을 하면 가슴이 떨리고 작은 흥분이 밀물처럼 북받쳐 오른다.

언젠가 어떤 선생님께서 물으셨다.

"장수명 선생에게 있어서 선생님은 박상재 선생님뿐이지?"

기쁨의 질문이었다. 나는 조금도 서슴지 않고 대답했다.

"네, 제 스승님은 박상재 선생님 한 분뿐이세요!"

시선이 고정됨을 느꼈지만 내심 기뻤다. 한 치의 머뭇거림도 없이 대답을 할 수 있었고, 내게 있어서 박상재 선생님이 어떠한 분이시라는 것을 말할 기회가 주어진 것이 너무나 감사할 따름이었다.

얼마 전부터 내가 있는 이곳에서 문화학교 '동화쓰기반' 강좌를 맡아 강의를 하게 되었다. 너무 이른 감이 없지는 않지만, 내가 고전해온 것만큼 고전하고 오래 머뭇거릴 예비 동화세상 사람들을 만난다는 기쁨에 강의를 수락했고, 강좌를 맡았다.

첫 시간에 내가 던진 첫 마디를 소개해 보려 한다.

"여러분은 참 운이 좋은 것 같아요. 절 만났다는 사실이 말이에요. 일반 세상살이도 문중이 있고 가문이 있듯이 우리 작가들에게도 그런 것이 있지요. 저랑 우리 문중의 일원이 되는 그때까지 열심히 노력하고 그 꼭대기에 올라가 보자고요! 저도 열심히 노력하는, 언제나 고민하고 천작하는, 쓰는 선생님이 되겠습니다!"

박수가 터져 나왔다.

그렇다. 나는 나도 열심히 쓸 것이다. 그리고 박상재 선생님의 귀한 문중으로 들어가 선생님의 문중을 빛낼 또 한 사람이 꼭 되리라 다시금 다짐을 해본다!

동화나라의 귀한 열쇠를 제게 건네 주시고 동화나라 문을 활짝 열어주신 선생님께 이 자리를 빌어서 깊이 감사드리고 감사드립니다!!

모교 아이들 가슴에 꿈을 심는 선배

장성렬(장수 계북초등학교 교사, 시인)

맨 처음 나는 전주교대 신문사 선후배 기자들의 모임인 기우회(記友會)에서 박상재 작가를 처음 만났다. 입학하던 해에 우리 신문사 수습기자 사이에서는 선배들로부터 들은 이야기로 '선배 중에 동화를 쓰시는 선배가 있는데 얼마 전에 아동문예 신인상을 받았다더라.' 하는 정도의 풍문만 듣다가 기우회에서 처음 만나게 된 것이다. 넓은 이마와 뽀얀 피부가 부잣집 둘째 아들쯤으로 보이는 넉넉한 얼굴에 이웃집 형처럼 편안하게 웃으시며 후배들에게 격의 없는 덕담을 들려주시던 박상재 선배와 첫 대면의 기억이 지금도 기분 좋은 그림으로 떠오른다.

당시 기우회모임은 두어 달에 한번씩 만나다가 1년에 한번 정도는 경치가 아름다운 호숫가나 강가, 선배들이 근무하는 작고 아름다운 학교를 찾아다니며 1박 2일 정도로 열었는데 박상재 선배는 항상 좌중의 꽃이었다. 술이 거나해질수록 풍기는 풍류는 주변 경관과 가장 조화로웠고, 순간순간 던지는 말마다 위트가 넘쳤다. 모닥불이 사위어가고 밤이슬이 내리면 글깨나 갈기고 논쟁에서 밀리고 싶지 않던 혈기왕성한 대학 신문사 기자라는 사람들의 집단은 밤새도록 시대와 사회를 논하면서도 문학에 대한 자기 피력들이 끝이 없었는데, 그럴 때도 박상재 선배는 무겁거나 어렵지 않게 후배들의 가슴을 짓누르던 무게와 궁금증을 명쾌하게 덜어내주곤 하여 늘 인기의 중심에 있었다. 내가 졸업하던 이듬해 박상재 선배가 한국일보 신춘문예에 꿈꾸는 대나무로 당선되었다는 소식은 한동안 후배들을 임시 동화작가로 만들어 나름대로 몇 편씩 써대게 하는 등 요즘 말로 박상재 신드롬을 부르기도 했다.

박상재 선배는 응대가 명쾌하고 시원하다. 내가 하고 있는 장수문학 동인지 편집을 위해 작품을 요구하거나 고향 모교의 문집에 실릴 글을 청탁하면 언제나 가장 먼저 원고를 보내 오신다. 간단한 글은 오전에 청탁하고 우후 메일을 열어 보면 벌써 와 있기도 하고, 좀 길거나 논평을 원하는 글도 이튿날이나 그 다음날이면 도착한다. 국정교과서 국어과 연구위원으로 참여했던 7차 교육과정 시절이나 심의위원으로 참여하는 지금도 가끔 선배에게 전화로 혹은 메일로 조언을 구하면 즉시 마음을 후련하게 하는 답변으로 '역시 선배구나.' 하는 생각이 들게 한다.

지금은 서울에 살고 있는 선배는 명절에 가끔 외가가 있는 우리 마을에 들르곤 한다. 부창부수인지 가녀린 코스모스를 연상케 하는 사모님도 감성이 풍부해서 추석 명절에 외가에 들르셨다가 우리 집에 오시면 집으로 들어오는 길가에 핀 코스모스에 얼굴을 가까이 대고 향기도 맡아보고, 새털구름 흐르는 하늘을 가늘게 쳐다보시기도 하는데 그럴 때면 곁에는 늘 빙그레 웃는 선배가 함께 서 있었다. 담에 얹혀 가을 해바라기를 하고 있는 늙은 호박, 붉게 익어가는 대추며, 베어서 세워놓은 볏단과 옛 돌담을 타고 노는 다람쥐까지 모두 선배의 자상한 설명감이기도 했다.

그렇게 가까이 하고 싶던 선배가 나랑 고향이 같다는 사실은 또 하나의 기쁨이었고 자부심이었다. '어쩐지 남 같지 않더라니…….' 좋업하던 해에 불행하게도 발령 상황이 좋지 않아 몇 년을 외지로 돌다가 10년 만에 고향 소재지 학교인 장수 계북초등학교에 부임하였다. 1928년에 개교하여 작년에 개교 80주년 행사를 치렀고 4,064명의 졸업생을 배출한 학교, 학계, 재계, 법조계, 문학계 등에 명성 자자한 많은 인물을 배출하여 인재양성의 요람으로 자타가 인정하는 학교, 이 학교가 박상재 선배가 졸업한 학교이다.

나는 2005년도에 이 학교에 부임하자마자 박상재 선배의 초등학교 학적부를 펼쳐 보았다. 누렇게 빛바랜 학적부에는 검정 양복을 단정히 입고 머리를 짧게 깎은 아이의 반명함판 흑백사진이 눈을 맞추는데 누가 봐도 지금의 박상재 선배다. 한 장을 넘겨 뒷면 성적표를 살펴보았다. 초등학교 6년 성적이 모두 대부분 '수'이고 교과발달상황과 행동발달상황란에 담임선생님은 '밝고 명랑하며 전 교과 성적 우수하고 책임감이 강하며…….' 쓸 수 있는 모든 긍정적인 말을 모두 모아 놓았다. 한참 동안 학적부를 보면서 웃었던 기억이 난다.

그렇게 6년을 공부하여 당시 전북의 최고 명문이었던 전주북중에 유일하게 합격하여 주변의 선망을 받던 박상재! 그가 졸업한 장수 계북초등학교 중앙 현관에 가면 '자랑스런 선배님들'이라는 게시판에 '34회, 박상재. 문학박사, 교사, 동화작가'라고 선명하게 새겨져 있다. 꿈꾸는 대나무의 작가 박상재 선배가 이제는 그의 이름 석자만으로도 모교의 까마득한 후배들의 가슴에 야무진 꿈을 심어주고 있다.

왕대나무 같으신 나의 선생님!

유정일(수필가)

며칠 전 유난히도 파란 가을 하늘을 자랑하는 고향에 다녀왔습니다. 그 하늘과 잘 어울리는 하늘하늘한 코스모스 사이에 킥킥킥 웃음을 참으며 수줍게 숨어있는 바람과 "나 한 번 잡아볼래?" 하며 코스모스 위로 윅~윅~대며 장난치는 잠자리를 차창으로 스치며 '나도 예전에는 저 속에서 함께 킥킥대고 윅~윅 댔었는데……'라고 생각하며 작은 미소를 흘렸습니다. 온통 보이는 것은 하늘이고, 산이고, 들이였고, 냇가였던 고향은 30여 년의 세월 속에 이제 그 모습은 대부분 없어지기도 하고 새롭게 바뀌기도 했지만 여전히 나를 기억하고 반겨 줍니다.

특히, 5학년 때 소풍을 갔던 냇가는 잊을 수가 없습니다. '이제부터 고향입니다.'라고 알려주는 순창군 도로 표지가 붙은 그 아래로 큰 냇물이 흐르는 언제 보아도 참 아름다운 것은 어린 시절 추억이 그대로 남아있기 때문이 아닐까요? 그곳을 지날 때마다 목을 길게 빼고 자꾸만 뒤돌아보는 그곳에는 잊고 있었던 친구들의 해맑은 웃음소리와, 노랫소리와 왁자지껄 대던 소리들이 하늘높이 울려 퍼져서 가슴이 벅차오르고 나도 모르게 자칭 빨강 머리앤을 닮은 소녀가 튀어나와 가슴을 웅웅거리게 하곤 합니다. 그 냇가에서의 소풍이 초등학교 시절에서 제일로 재미있었던 것은 아니지만 초등학교 시절 제가 가장 아끼는 사진 한 장을 갖게 한 곳이 그곳이기에 아직도 정겹기만 합니다. 그 시절 소풍은 지금처럼 버스를 타고 놀이공원을 가거나 특별한 계획이 있는 것도 아니었지요. 학교에서 좀 떨어진 산이나 냇가가 소풍 장소였고, 1시간 정도 걸어서 간 곳에서 전교생을 모아놓고 개인기 하나씩을 하게 하거나 보물찾기를 하고 소풍이라고 특별 할 것도 없는 그저 그런 점심도시락을 까먹고 하는 그런 소풍이었는데 참새마냥 재잘 대고 까르륵 거리던 계집애들과 정말로 존경하고 좋아하는 선생님과 "자! 여기 봐라. 하나, 둘, 셋. 찰칵!" 했던 그 시절, 나의 선생님…….

1979년, 5학년 새 학기가 시작되는 날.

60여 명의 아이들이 옆 반에서 혹은 같은 반에서 갈리어, 좋아하는 친구와 헤어져서 울상이기도 하고 또 같은 반이 되고 싶었던 친구가 같은 반이되기도 해서 설레던 그날. '과연 우리 선생님은 누가 되실까? 부디 무서운 선생님이 아니어야 하는데……' 가슴을 졸이면서 기다리며, 왁자지껄 하던 교실이 갑자기 친구 누군가가 날다람쥐처럼 쌩~하니 달려 제 자리에 앉으며 "야! 선생님 오신다."를 외치자, 교실은 순간 찬물을 끼얹은 듯이 조용해지고 우리들은 아직 선생님을 잘 파악하지 못한지라 눈치를 서로 보아가며 숨을 죽이고 있었습니다.

박상재 선생님! 선생님의 첫 모습은 또렷하게 기억나지는 않지만 왠지 무서운 척하신 것으로 기억됩니다. 동글동글하게 귀여우신 모습에 웃으실 때도 크게 웃지 않으셨고, 말씀도 별로 없으시고 점잖으셨는데 자주 창밖의 하늘을 올려 보시며 지그시 생각에 잠기는 듯한 모습이셨습니다. 선생님의 모습을 오래 보지 못하고 흐른 세월 속에서도 선생님을 그리워하노라면 그 모습이 선하게 떠오르곤 했습니다.

저는 수줍음이 많고 내성적인 성격으로 다른 친구들보다 조숙해서 사춘기가 벌써 시작된 나이였었습니다. 선생님과 친해지고 싶은 마음은 있었지만 조금은 어렵게 마음을 열어가며 선생님을 멀리서만 지켜보았었는데, 선생님과 친해진 것은 순간이었습니다. 공부시간에는 엄하시고 모두들 열심히 이기를 원하셨지만, 선생님은 늘 잔잔하게 웃으시며 우리들과 늘 하나이고자 하셨습니다. 음악시간에 우리 5학년 2반은 금국초등학교에서 제일 씩씩했고 또 제일 행복했었습니다. 선생님과 함께라면 우리는 무엇이든 다 해낼 수 있을 것이라는 자신감이 있게 하셨습니다. 매일의 시간 속에 내가 제일 기다리는 시간은 음악 시간이었습니다. 오르간을 신나게 반주 하시는 모습도 너무나 멋있었지만, 무엇보다도 선생님은 교과서에 나오는 동요뿐만 아니라 우리들이 모르는 새로운 동요를 들려주셨고, 가르쳐 주셨고, 부르게 하셨지요. 저는 가끔 음악시간이 끝나갈 무렵 선생님의 부름을 받아 선생님이 연주하시는 오르간 옆에서 제 노래 실력을 뽐내는 영광을 내심 기다리고 행복해하며 자랑스레 하곤 했었습니다. 그런 저를 선생님은 금국초등학교의 스타로 만들어 주시기도 하셨습니다. 교내 노래 부르기 대회에서 '독창 1등'이라는 영예를 안게 해주셨습니다.

♬♪'진달래 꽃피는 봄이 오며는 나는야 언니 따라 화전놀이 간다.~♬?'라는 노래를 배우고는 일요일에 동네 친구들을 모아서 밀가루 담당, 후라이팬 담당 등을 정하고 진달래꽃을 따서 직접 우리들끼리 화전을 부쳐보는 모험도 감행했었고, 또 옆 반 친구들에게 "너희는 이런 거 없지? 우리는 선생님이 반가도 만들어주셨다." 자랑하기도 했었지요. 5학년 2반만의 특별한 추억이며 평생 가슴에 보석처럼 박히게 한 노래가 〈꽃동네 새 동네〉입니다. 가끔 친구들을 만나면 그

시절을 회상할 때 꼭 빼놓지 않고 불러보는 노래이지요. 그리고 친구들과 선생님이 함께 자리하면 다시 불러보고 싶은 노래이기도 합니다. 그때 우리는 그 노래를 함께 부르며 하늘높이 나는 새가 되고, 꽃도 되고 또 그 위를 나는 나비도 되고 잠자리도 되고, 빗방울도 되고, 흰 눈도 되고, 나무도 되고, 바람도 되었었음을 이제 알 수 있습니다.

뜰아래 반짝이는 햇살 같이
창가에 속삭이는 별빛 같이
반짝이는 마음들이 모여 삽니다.
오손 도손 속삭이며 살아갑니다.
비바람이 불어도 꽃은 피듯이
어려움 속에서도 꿈은 있지요.
웃음이 피어나는 5학년 2반 (꽃동네 새 동네)
행복이 번져가는 5학년 2반(꽃동네 새 동네)

그때의 우리들은 선생님과 함께 했던 시간들이 행복한 것이 전부였지, 행운아들이라는 생각은 한 번도 못 해 봤었습니다. 선생님이 가슴으로 달아주는 날개로 퍼덕거리며 날면서도 깊이 새겨 담지를 못 했었습니다. 선생님은 몇 번인가 선생님이 쓰신 동화가 신문에 났다며 읽어주시곤 했는데 그것이 정확히 무엇인지를 몰랐었습니다. '우리 선생님은 동화라는 것도 쓰시는 구나.' 였었습니다. 동화가 무엇인지 정확히는 모르지만 동네친구 선주, 보현이 와 같이 동화 써보기를 하면 어떻겠냐고 해서 이야기 하나씩을 지었었는데 선생님이 읽어보시고는 "보현이가 쓴 글은 신선한데, 정일이가 쓴 글은 인공적인 냄새가 난다."하셨었습니다. 내심 칭찬을 바랬었는데 그것이 마음속에서 선생님을 닮고 싶다는 생각의 시초였던 것 같습니다. 그렇게 행복

1979년(5학년) 화창한 봄날에 소풍에서 박상재 선생님과 함께

한 1년이 어떻게 지났는지 모르게 훌쩍 지나고 6학년이 되었습니다. 5학년 선생님들이 그대로 6학년을 맡으셨는데 저는 선생님과 다른 반이 되어야 했습니다. 선생님이 저를 일부러 다른 반이 되게 하셨다고 생각했습니다. 선생님이 너무나 미워서 한 동안 일부러 선생님을 피하곤 했었지요. 선생님을 얼마나 좋아했는데…….

그때 이미 제 가슴에는 꿈의 씨앗이 하나 떨어져 있었습니다.

'나는 커서 선생님이 돼야지. 박상재 선생님처럼 아이들에게 동요도 많이 가르쳐주고, 손수 동요도 만들고, 또 동화도 쓰는 초등학교 선생님이 될 거야.'

흐르는 세월 속에서도 변함없이, 선생님을 존경하며 선생님을 닮아 자랑스러운 제자가 되리라 다짐하면서 가슴에 모시고 살기는 했지만, 12살 소녀가 30년이란 세월을 보낸 지금 간절하게 꿈꾸었던 선생님인 남자와 결혼을 했고, 두 아들의 엄마가 되었습니다. 선생님을 오랜 세월 뵙지 못한 시간들이 있지만 선생님이 쓰신 동화들을 서점에서나 또 아이들의 국어책에서 볼 때 가슴에 따뜻한 눈물이 고이고 때때로 내 안에 어린 소녀와 만나게 되고 삶에 닳아지거나 깨진 상처의 부분들이 동심으로 치유가 되고 힘이 되고 희망이 되곤 합니다. 제 아이들에게 "이 글이 엄마의 스승님이 쓰신 동화야."라고 말 할 때

참 많이 선생님이 걸어오신 길이 자랑스럽고 감사하기만 합니다.

박상재 선생님은 선생님의 동화 「꿈꾸는 대나무」에 나오는 왕대나무 같으신 분으로 서 계셨습니다.

"아마 올 여름쯤엔 우리들 중 누군가가 꽃을 피울 수 있을 게다. 생각이 깊고 가슴속에 큰 뜻을 품고 사는 대나무는 꽃을 피울 수가 있지."

부모님을 잃고 방황하며 참 많이 울던 사춘기 시절도 편지로라도 곁을 지켜 주시며 희망이 있는 세상을 보여주셨고, 묵묵히 내 모든 이야기들에 귀 기울여 주셨습니다.

저는 선생님이 계셔서 갓대처럼 솔개가 되어 하늘을 나는 꿈을 꾸기도 하고, 얼룩대처럼 아름다운 목소리를 가진 휘파람새가 되어 고운 노래를 부르는 꿈을 꾸기도 하였습니다. 꿈을 가진 사람으로 언제나 씩씩하게 서리라 다짐하며 살아왔습니다.

2006년 겨울 동창회에서 26년 만에야 선생님의 모습을 뵐 수 있었습니다. 그 긴 시간이 무색할 만큼 그 때 그 시절 가슴속에만 남은 정경들이며 동창들의 이름까지 다 외우고 계셨습니다.

"선생님! 한 번만 안아 봐도 돼요?"

용기를 내어 말할 수도 있는 나였지만, 선생님 앞에서 저는 여전히 30년 전의 수줍은 소녀였습니다. 친구들도 40이 넘어 어엿한 가정들을 꾸리고 있었지만, 선생님 앞에서는 아직도 산골 소년, 소녀들이었습니다. 자연 냄새나는 선생님의 동화 속에서 막 튀어나온 그런 아이들이었습니다.

선생님과 우리들이 〈꽃동네 새동네〉를 힘차게 불렀던 금국초등학교는 이제 폐교가 되어 그 흔적들조차 찾을 수 없어 구름도 지난날을 기억하지 못하지만 저희들의 가슴은 선생님께서 불어넣어 주신 희망과 꿈을 안고 살고 있습니다.

존경하는 박상재 선생님의 제자라는 것이 저는 정말로 자랑스럽습니다. 짧지 않은 30년 세월, 동화와 함께하신 선생님의 인생을 가을하늘에서 봅니다.

선생님의 동화인생 30주년을 진심으로 축하드립니다. 동화는 이 세상에 꿈이 없는 이들을 위해, 또 꿈꾸기를 멈추지 않는 사람들을 위해 하늘같은 것입니다. 공기 같은 것입니다. 앞으로도 선생님의 이야기를 자주 자주 만나기를 간절히 소원해 봅니다. 참새 같은 아이들이, 빗방울 같은 아이들이, 눈송이 같은 아이들이 꽃으로 웃을 수 있게, 하늘에 꿈들을 조롱조롱 달 수 있게 주옥 같은 동화들을 더 많이 펴내 주시기를 기원 합니다.

선뜻 글을 쓴다고 해놓고 선생님께 누가 되지 않을까 걱정이 많았습니다. 정리하고 보니 가슴이 따뜻해지네요. 선생님이 보고 싶기도 하고…….

"영원한 나의 박상재 선생님!"

추억의 책장

오점곤(YTN 문화과학부 기자)

가을은 나무의 계절이라네.
가을이 되면 나무는
오색찬란하게 옷을 갈아입네
가을이 되면 나뭇잎은 우수수 떨어지네
가을이 되면 우리는 색깔비를 맞는다네.

—2학년 2반 오은지, 「가을 나무」

지금은 초등학교 4학년이 된 제 큰딸이 2년 전, 그러니까 초등 2학년 때 쓴 '시'입니다. 아내는 이 시를 보고 몇 번이나 저에게 '잘 썼지?' '2학년이 너무 잘 썼지' 하면서 좋아했습니다.

아빠인 제가 보기에도 기특했습니다. 저는 '색깔비'라는 단어가 너무 맘에 들었습니다. 물론 다른 아빠나 엄마가 보면 다르게 볼 수도 있지만 우리 아이의 작품이라 이렇게 생각했을 겁니다.

이 얘기를 하자는 것은 아니구요. 우리 아이처럼(?) 글 잘 쓰시는 저의 초등학교 6학년 때 담임 선생님, 박상재 선생님을 얘기를 하려구요. 저는 제 딸이 배우는 4학년 2학기 국어(읽기) 교과서에 선생님의 동화 「소쩍새를 사랑한 떡갈나무」가 실려 있다는 것도 늦게야 알았습니다. 뿐만 아이라 6학년 2학기 읽기교과서에도 「연할아버지」라는 동화가 실려 있다는 것도 알았습니다.

아내가 아이의 시에 대해 기특하다고 했을 때 선생님이 떠올랐습니다. '그래, 국민학교 6학년 때 담임 선생님, 박상재 선생님'

부드러운 웃음, 그리고 지금 말로 하면 아주 동안(童顔), 26년 전 선생님의 모습은 저에게 이런 기억으로 남아 있었습니다. 그리고 무엇보다 중요한 거. 글을 잘 쓰시는 선생님!

광주사태도 나중에 대학 들어가서야 알아야 했던 시골 깡촌에 살았지만 우리 담임 선생님이 상을 탔는데 글을 너무 잘 써서 아주 높은 상(?)을 탔었다는 것만은 초등학교 당시 너무나 잘 알았습니다. 그런데 26년이 지나서 그런지 무슨 상이었는지, 어떤 글이었는지 잘 떠오르지 않았습니다. 다만 '무슨 마차였는데…….'가 제 기억 저편의 끝이었습니다.

그 선생님을 28년 만인 올 여름에 만났습니다. 초등학교 동창 모임이었는데 당시 학생회장이 6학년 담임 선생님을 전부 초청한 자리였습니다.

졸업 이후 처음 마련된 자리였습니다. 그래서 어떻게 변했을까 너무 궁금했는데 하나도 안 변하셨더라구요. 부드러운 웃음. 그리고 아직도 동안(?), 물론 흰머리 빼고…….

저뿐만 아니라 그 자리에 있던 우리 모두는 너무 좋았습니다.

'추억의 책장을 넘기는 기쁨이 이런 것이구나' 느낀 거죠.

선생님도 너무 오랜 만에, 기억도 아스라한 꼬마 제자들을 만나서 너무 기분이 좋으신지 술을 많이 드셨습니다. 김제 심창초등학교를 떠난 뒤 지금까지 어떻게 지내셨는지 조금이나마 들을 수 있었습니다. 계속 글을 써 오셨다는 것도 알았습니다.

저는 그날 회사 야간 근무 때문에 거의 술을 마시지 못하고 또 일찍

자리를 털고 일어나야 해서 너무 서운했습니다. 대신 선생님께 가까운 시일 내에 꼭 찾아뵙겠노라고 다짐을 했었죠.

그런데 지금까지 생활 습관 못 버린다고, 바쁘다는 핑계로 이후 연락도 못드렸습니다.

그리고 오늘에야 ,그것도 글을 통해, 그것도 선생님으로부터 원고 숙제(?)를 받고서 연락을 드립니다.

"선생님, 죄송합니다"

무엇이 죄송하다고 꼬집기 민망해서 말씀드리지 못하겠는데 그냥 다 죄송합니다. 너무 죄송해서 뒤늦게나마 죄를 사할려고 선생님과 선생님의 책을 네이버 지식인에게 물어봤습니다. 그런데 또 죄송스럽게도 제가 아는 그 무슨 마차, 「하늘로 가는 꽃마차」 말고는 제목부터가 다 처음이었습니다.

그런데 선생님 너무 야단치지 마세요. 저는 아니지만 제 아이는 선생님의 동화를 읽었을 겁니다. 그래서 맨 처음 말씀드린 대로 저 기특한 시를 썼을 겁니다. 제 딸 친구도 읽었을 거구요.

아마 제 조카도 읽었을 겁니다. 동화작가 선생님들이 없었다면 제 딸이, 그리고 오늘날 대한민국의 아이들이 어디서 그런 기특한 글쓰기를 배웠겠습니까. 그래서 저는 확신합니다. 선생님의 30년 동화작가의 길은 너무 행복했을 거라고…….

선생님, 그 행복했던 길을 황금들녁밖에 몰랐던 28년 전 심창의 초등 꼬마들에게 다시 조금씩 나눠주세요.

약주 한 병 들고 그 행복 나누러 곧 찾아 뵙겠습니다.

가장 행복한 기억들

공형국(회사원)

가만 생각해 보면 유년시절의 기억을 더듬는 것만큼 행복한 것은 없을 것 같다.

내가 초등학교 5학년 때 그 시골에 별 다를 것 없는 그런 일상에 참으로 크게 인상될 것도 없는 그런 선생님이 부임해서 나의 담임선생님이 되었다.

다른 선생님이 반학기를 가르치고 박선생님이 나머지 2학기를 가르치셨다. 그 무렵 나는 이모가 고모의 반대였고 그걸 모르는 친구들에게 나는 안다고 잘난 척하는 게 좋은 그런 철부지 어린아이였었다.

선생님이 6학년 담임이 되시고 나는 다른 멋진 선생님의 반이 되었었다. 그 선생님은 풍금도 잘 치시고 잘생기시고……. 그런데 자기가 좋아하는 특별활동을 정하는 시간이었다.

나는 그냥 문예반이 좋았다. 그냥 생각하고 끄적이고 하는 것이 좋았을까?

집에 오면 항상 아버지가 그랬다. 신문지에 무슨 뜻인지 모를 한자들을 쓰시면서 흐뭇해 하시던 모습. 그게 두보의 시고 왕휘지의 필체고 했던 것을 알았던 건 한참 지나서였다.

암튼 난 문예반에 들었고 박상재 선생님에게 배웠던 첫 번째 가르침이 지금도 생생하다.

지금 생각해 보면 뚜렷이 배웠다고도 할 수 없다. 그냥 선생님은 시를 읽으면서 느낌만을 얘기했을 뿐……. 멀리 공부하러 떠난 아들이 모처럼 고향을 찾은 그 애절함 산모롱이를 돌아서 아련하게 보이는 그 고향마을의 모습,

그것을 선생님은 그냥 담담하게 읽어 주셨다. 그냥 읽어 주셨을 뿐……. 그 무슨 설명이 필요했겠는가? 비록 그 어린 초등학교 촌놈이었지만 선생님이 얘기하려고 했던 것을 나는 그냥 막연히 짐작했다. 나는 그렇게 시를 배웠다. 시는 그렇게 마음을 쉽게 그냥 공책에 옮겨 적어 놓아야 한다는 것을…….

한 번은 되게 마음이 상한 적도 있다. 선생님은 동화집의 동화들을 많이 읽어 주셨었다. 그게 선생님의 동화건 다른 선생님의 동화건……. 그런데 어느 날 선생님이 동화를 읽어 주신 날이 있었다. 우리는 모두 다른 날보다 귀를 쫑긋 세우고 이야기를 들었다.

그런데 문제는 선생님의 직접 창작하신 동화에 나오는 주인공 이름이었다. 다름아닌 우리 친구 수완이 아닌가? 물론 다른 이야기였지만 이름만은 수완이였다. 활자화된 동화책의 주인공이 나 아니 다른 친구 수완이라니.

순간 일어오르는 배신감, 하지만 내색할 수 없는 그 어정쩡함. 어찌 하겠는가? 선생님의 설정을. 나는 그 뒤로 홀연히 문예반에서 자취를 감추었다.

그후로 나는 우리 담임선생님이 가르치시던 음악반에서 열심히 노래를 했다. 그 동화의 주인공 이름이 내가 되지 못했던 것에 대한 나름의 소심한 복수를 하려는 듯…….

그로부터 26년쯤 지났을까? 담임선생님뿐 아니라 절친한 친구의

이름도 가물가물해질 무렵 초등의 추억은 이제 앨범 속에서나 존재하고 있을 무렵쯤 어느 친구 놈의 전화.

박선생님께서 서울 구로의 어느 초등학교에 근무하신다고…….

내가 바로 그 초등학교에서 얼마 떨어지지 않은 곳에 근무하고 있었던지라 연락을 해야지 하고 차일피일 하던 차에 선생님의 연락처를 알려주었던 시골 친구 놈이 나한테 연락을 해서 '왜 연락을 안 하냐고?' 따져 묻는다. 그렇게 궁금하면 지가 연락을 하던지…….

막연한 책임감에 연락을 했는데 핸드폰 저편에서 들려오는 선생님의 목소리.

26년 전의 선생님의 목소리, 나에게 인생이라는 것을, 시라는 것을 알려주려고 했던 그 선생님의 목소리가 세월이 흐른 지금에도 똑같은 울림으로 핸드폰 저편에서 울렁거린다.

26년의 시간은 순간이동하기에 그 두께만큼 두껍지 못하다.

그 순간만큼은 내가 초등학교 13살 소년이다. 불혹의 나이에도 불구하고…….

그렇게 다시 만난 선생님 그 선생님을 만나고 나서 다시 하나 깨달은 것은 선생님이 우리에게 가르쳐 주려고 하셨던 것은 동심만이 아니었다. 바로 끊임없는 열정. 바로 그것이었다.

본인이 애착하시던 동화. 그 꿈에 대한 열정이 우리를 떠나보내던 그 이후에도 계속되어 지금은 어느덧 30년에 접어들고 계셨었던 것이다.

나는 30년의 깊이를 다만 짐작만 할 뿐이다.

내가 지금 10여 년의 직장생활을 하고 있으니까. 미루어볼 때 얼마나 열정이 깊을 때만이 그 시간이 가능한지를…….

하지만 그뿐 아니다.

선생님은 라디오 방송에서도 만나 볼 수 있다. 어린이날. 그 특별한 휴일 하루의 시작에 선생님은 방정환 선생님에 대하여 SBS 라디오 생방송에 나와서 얘기를 하신다. 아이들의 꿈이 살아 있을 때 나라가 살 수 있다는 것을. 기쁘면서도 마음 깊숙이 죄송함이 살아난다.

내가 위인이 되어서 이렇게 얘기했어야 한다. '나는 우리 선생님 때문에 이렇게 큰 일을 해낼 수 있었다.'라고 하지만 그렇지 못하다. 선생님이 오히려 젊은 나보다 열심이시다.

선생님은 옛날 뿐만아니라 지금도 나에게 가르치신다. 인생은 이렇게 열심히 살아내야 한다는 것을……. 선생님은 지금도 나의 선생님이시다.

선생님! 참으로 은사님에게는 부르기도 부끄럽게 되어버린 이 선생님이란 단어가 나는 오늘 왜 이렇게 자랑스러울까요? 고마울까요? 그 숱한 세월을 당신이 그렇게 고집스럽게 집착하셨고 노력하셨기에 그 세월이 의미가 있지 않나 싶습니다.

선생님은 본인 스스로 교편이시고, 저희가 안고 배워야 할 인생이십니다. 진심으로 30년을 축하드립니다.

그리움을 주신 스승님

박준온(회사원)

우리는 살면서 많은 사람들을 만나게 됩니다. 고마운 사람, 즐거운 사람, 유쾌한 사람, 그리운 사람 등등입니다. 그리고 관계가 만들어 집니다. 가족, 친구, 이웃, 지인, 스승, 직장동료 등등입니다. 이 가운데 내게 고맙고 그리움을 주신 스승님 한 분이 계십니다. 바로 박상재 선생님입니다.

이분은 30여 년 전 김제 심창초등학교 6학년 3반 담임선생님으로 나는 학생으로 만났습니다. 졸업 후 다시 만난 건 올해 봄입니다. 내가 선생님이 근무하는 영일초등학교로 찾아가 뵈었습니다. 학교 운동장에 살구꽃이 활짝 핀 화창한 봄날의 일이었습니다.

선생님은 2학년을 맡고 계셨습니다. 26년이라는 오랜 세월이 흐른 뒤에 뵈었는데도 우리들의 초등학교 시절을 또렷이 기억하시며 아이들의 안부도 물으셨습니다.

초등학교시절은 제법 오랜 기억이라서 희미하지만 그래도, 뒤돌아보면 퍽이나 다정다감하셨습니다. 요즘 표현으로 꽃미남에 늘 미소 띈 얼굴로 우리에게 마음과 생각을 글로 표현할 수 있는 방법을 올바르게 가르쳐주신 분입니다.

또한, 학창시절 내가 시를 직접 쓸 수 있게 가르침을 주신 고마운 분이십니다. 시는 내가 사춘기를 겪는 동안 많은 고뇌를 덜어 준 친구였기에 선생님에 대한 마음은 감사하기 이를 데가 없습니다.

더군다나, 아동문학가로서 창작동화를 통해 몸소 순수 열정을 보여주시고 보잘것 없는 사물에게 호흡과 생기를 불어넣거나, 다양한 동식물에게 인격을 나눠 주시어 우리 삶에 감동을 선물해 주셨습니다.

존경하는 박상재 선생님 아동문학가로서 등단 30년을 진심으로 축하드리며, 앞으로도 건강하신 모습으로 영원히 함께하는 좋은 작품을 기대합니다.

1985 꿈꾸는 대나무

1986 춤추는 고양이•장수골 만세

1988 허수아비가 된 허수아버지

1989 원숭이 마카카

1990 매맞는 나무•아빠 곁에 있을래요•겨울행진곡

1992 개구쟁이 천방지우

1993 동경 126도 11분 북위 34도 13분에 사는 아이들

1994 보물섬 아이들의 자전거 여행

1999 춤추는 오리

2000 통일을 기다리는 느티나무•그림 속으로 들어간 아이

2002 물새가 된 조약돌

2006 어른들만 사는 나라

2008 술 끊은 까마귀

2009 도깨비가 된 장승

이재철_신현득_엄기원_조대현_김종상_강정규_신현재_최효섭_노원호

박종현_이준관_이준섭_김은숙_배익천_윤이현_박성배_이상교_이동렬

이규희_김옥애_권영상_전병호_손기원_유효진_이창건_임나라_소중애

이영_손연자_신동일_이상문_김영훈_김현애_박민호_유인화_안선희

최정원_정진_조임생_장은정_함영연_장성유_이시구_양정화_송지현

고은별_김평원_이재성_강안_길지연_김경옥_김미라_서석영_박윤경

오원재_오은영_공광규_오타케 키요미_장수명

제4부 작가가 걸어온 길

장성렬_유정일_오점곤_공형국_박준온

최명표_이도환_김종헌_노여심_전명희_김용희_김경우_노경수_원유순

정혜원_이지현_김자환_정선혜_이정석_황혜순_김현숙_박영기_이성자

장영미_황선열

동화의 숲에서 30년 그 아름다운 여정

박상재

내가 동화의 나라에 들어와 살아온 지도 어느덧 30년이 되었다. 지금으로부터 30년 전에 나는 초등학교 교단에 선 지 3년이 되는 청년 교사였다. 첫부임지가 순창군 쌍치면 금성리(피노리) 금국초등학교였는데 유난히 눈이 많이 오는 곳이었다. 그때 나는 전봉준 장군이 관군에 붙잡혔던 유서 깊은 피노리 마을에서 하숙을 하며 아이들을 가르치고 있었다. 12명 교사 중 대부분 젊은이들이어서 우리는 의기가 투합되었었다. 봄에는 진달래꽃술도 담고, 배구와 테니스 같은 운동도 열심히 하고, 여름에는 깊은 냇물에 가서 수영도 하고, 눈 내리는 겨울에는 시화전도 열었다.

그때 나는 아이들에게 정서와 꿈을 키워 주고 싶었다. 그래서 교과서에 나오지 않는 동요도 많이 가르쳤었다. 그러면서 아이들에게 들려줄 동화를 쓰기 시작했다. 동화 쓰는 법을 따로 배우지는 않았지만 다른 작가들이 쓴 동화를 읽어 보며 나름대로 진지하게 썼다. 그 작품들을 지방지와 중앙지에 투고하였는데 활자화되었을 때 그 기쁨은 이루 말할 수 없었다.

1979년 5월 2일자 《전북신문》에 처녀작이라 할 수 있는 동화 「꽃씨봉투」를 발표한 후 「꽃나라 별나라」, 「봄을 기다리는 아이들」 등을 발표했다. 같은 해 11월 《서울신문》 토요연재 동화란에 「가을 무지개」를 발표한 후 이듬해 같은 신문에 「진달래꽃」, 「잃어버린 마을」을 발표하였다. 그해 9월 근무지를 서해 바다가 있는 김제 심창초등학교로 옮긴 후에도 동화를 썼다. 《서울신문》에 「가을 속 두 빛깔」, 《경향신문》 동화극장 코너에 「가을 하늘」, 「삵괭이 야요」, 《농민신문》에 「도토리 선생님」 등을 연이어 발표하였다. 그 뒤 1981년에 월간 『아동문예』 신인상에 동화 「하늘로 가는 꽃마차」가 당선되었고, 1983년에 새벗 장편동화 공모에 『원숭이 마카카』가, 이듬해 《한국일보》 신춘문예에 동화 「꿈꾸는 대나무」가 당선되어 지금까지 동화의 숲길을 걸어오고 있다.

1984년 서울로 발령을 받고는 초등학교에 근무하며 틈틈이 학습지 문제도 내고, 문화센터에서 글짓기 강의도 하고, 글짓기 지도서도 펴냈다. 그러면서도 동화 창작의 길에서는 벗어나지 않았다. 내가 좀더 치열하게 동화를 쓰지 못한 것은 대학원에 진학하며 학위 공부를 하느라 작가로서 잠시 게으름을 피웠기 때문이다. 하지만 평론을 하고 논문을 발표하며 대학과 대학원에서 강의를 하는 등 나름대로 가치 있는 시간을 보냈다. 이 기간이 대략 10여 년 되는데 그렇다고 동화 창작을 소홀히 한 것은 아니다. 나는 틈틈이 창작을 하며 1년에 한 권 이상씩은 책으로 엮어냈다.

지나온 세월은 아름답다. 이제 그 흘러간 30년을 되돌아보고 숨고르기를 하며 앞으로 나아갈 길을 모색하고자 한다. 이 책을 통해 나에게 성원해 준 여러분들의 격려와 충고를 거울삼아 앞으로의 시간은 더 열심히 동화 창작에 천착하려 한다. 그리하여 10년 후 20년 후 다시 한 번 나의 삶과 문학을 새롭게 조명해 보는 시간을 갖기를 희망한다. 나는 앞으로 20년 동안만 열심히 동화를 쓰려고 한다. 그동안 여러 가지 이유로 동화쓰기를 조금 게을리 하였지만 앞으로는 동화 창작을 삶의 우선 순위에 둘 것이다. 나는 휴머니스트이고 자유주의자이며 자연과 낭만을 사랑한다. 그런 신념을 꾸준히 내 동화에 담고자 한다.

이 책을 펴낼 수 있게 옥고를 주어 분에 넘치는 칭찬과 격려를 해주신 분들께 깊은 감사와 고마움을 표한다. 모든 필자들이 내 삶과 동화에 대하여 너무 예쁘게 포장하였다는 것을 나는 알고 있다. 그 쑥스러움을 달래기 위해서라도 더 치열하게 살며 더 좋은 동화를 써서 보답하겠다.

| 자전 동화 |

나의 등불 나의 하나님

박상재

겨우내 얼어 붙었던 마을 앞 실개천이 돌돌돌 봄 노래를 부르기 시작했다. 버드나무에 움이 터오고 양지 쪽에서는 파릇파릇 봄나물이 돋아나기 시작했다. 먼 발치의 덕유산에도 눈의 자취가 사라지고 없었다.

이제 3·1절만 지나고 나면 국민학교(지금의 초등학교)에 입학을 하게 된다. 아버지는 3·1절날 대문 앞에 국긱를 다시며 말했다.

"상재야, 학교에 다니는 게 좋으냐, 싫으냐?"

"좋아요, 아버지. 빨리 입학을 했으면 좋겠어요."

"그래, 이제 이틀 밤만 자고 나면 학교에 입학을 하게 되는구나. 그런데 선생님이 이름을 부르시면 어떻게 해야하지?"

"큰 소리로 씩씩하게 대답을 하라고 하셨잖아요. 꼭 그렇게 할 게요."

"그래, 누가 무엇을 물으면 큰 소리로 똑똑하게 대답해야 한다."

아버지는 내가 대견스러운 듯 머리를 쓰다듬어 주셨다. 내가 학교에 가기를 기다린 것은 주위에 있는 친구들보다 공부를 잘 할 수 있다는 자신감 때문이었다.

아버지는 다른 아버지들처럼 산과 들에 나가 일을 할 수가 없었다.

몸이 성하지 못했기 때문이다. 그 때문에 자연히 집안에서 생활하는 날이 많았다. 아버지는 나에게 틈틈이 한글과 숫자를 가르쳤다. 그 때문에 나는 국민학교에 입학하기도 전에 책을 읽고 간단한 셈까지도 할 수 있었다.

"상재는 좋겠다. 학교에 들어가기도 전에 글을 줄줄 읽으니 일등은 맡아놓은 당상이야."

이웃집 아저씨, 아주머니들은 나를 만날 때마다 입버릇처럼 이런 말을 했다. 그런 말을 들을 때마다 나는 어깨가 으쓱해졌고, 빨리 학교에 들어가 그 말을 증명해 보이고 싶은 마음이 굴뚝 같았다. 마침내 손꼽아 기다리던 입학식을 마치고 나는 국민학생이 되었다.

"아버지가 박용식 씨지? 음, 똑똑하게 생겼구나."

담임선생님은 큰 소리로 대답하는 나에게 칭찬을 해주었다. 선생님은 남자 선생님이었는데, 아버지와도 서로 잘 아는 사이였다.

"너희 아버지는 학교 다닐 때 줄곧 우등상만 탔다. 상재, 너도 아버지처럼 공부 잘 할 수 있겠지?"

나도 선생님의 말씀을 듣고 아버지가 그렇게 자랑스러울 수가 없었다.

그때까지만 해도 나는 아버지를 한 번도 자랑스럽게 생각한 적이 없었다. 밝고 환한 얼굴은 본 적이 거의 없고 그늘지고 찌푸린 얼굴의 아버지였다. 공부를 가르친다며 나를 꼼짝 못하게 하던 아버지, 다른 친구들의 아버지처럼 힘도 세지 못하고, 논밭에 나가 마음대로 일도 하지 못하던 아버지, 언제나 허리를 구부리고 힘들게 걷는 아버지가 조금도 자랑스러울 리가 없었다.

아버지는 상이용사였다. 6·25전쟁이 막바지에 달하던 1952년 3월에 입대하여 수도사단에 근무하던 중 진달래꽃이 피어나던 4월 13일 중부전선 금화지구 전투에서 적의 포탄 세례를 받고 허리와 오른쪽

다리를 다쳤다. 물론 이러한 사실은 내가 조금씩 철이 들며 훗날 아버지의 일기를 접하여 알게 된 것들이다.

입학식을 한 며칠 후, 나는 설레는 마음을 억누르며 학교에 갔다. 집에서 학교까지의 거리는 걸어서 오 분도 채 안 되는 가까운 거리여서, 뛰어가게 되면 삼 분 안에 교실까지 들어갈 수 있었다. 다른 친구들은 보자기를 들고 갔지만 나는 자랑스럽게 책가방을 메고 갔다.

선생님은 미리 예고한 대로 우리들에게 교과서를 나누어 주었다. 우리는 잉크 냄새가 풍기는 책을 받아 들며 얼마나 기뻐했는지 모른다. 지금처럼 좋은 종이에 천연색 그림이 나오는 책은 아니었지만, 새 교과서를 처음 받는다는 설레임이 가슴을 두근거리게까지 했다. 책을 나누어 주고 난 선생님이 난처한 표정으로 나를 비롯한 몇 아이들의 눈치를 보며 말했다.

"국어책이 세 권 부족하게 왔어요. 상재와 수근이, 호영이는 나중에 책이 오면 줄 테니까 우선은 친구들 것을 함께 보도록 해라."

나는 갑자기 눈물이 솟구치려 했다. 하지만 마음을 가라앉히며 눈물을 보이지 않으려고 애를 썼다.

국어책이 들어 있지 않은 가방은 오히려 더 무거웠다. 나는 축 처진 어깨에 풀이 죽은 모습으로 대문을 들어섰다.

"아버지, 학교에 다녀왔습니다."

"아니 너, 친구들하고 싸웠냐?"

아버지는 기운 빠진 목소리로 인사하는 내 모습을 뜨악하게 바라보셨다.

"국어책을 못 받았어요."

"뭐야? 잃어버린 것은 아니고?"

"안 잃어버렸어요. 수근이하고 호영이하고 나는 책이 모자란다고 선생님이 안 주었어요."

나는 기어코 울음을 터뜨리고 말았다.

"남자가 그깐 일로 울어서야 되겠냐? 아버지가 책을 만들어 줄 테니까 눈물 닦아라. 어서"

아버지는 이웃집에 사는 종호 집에 가서 국어책을 빌려 오라고 하셨다. 내가 책을 빌려다 드리자 아버지는 하얀 모조지를 잘라 책을 만들기 시작했다. 펜에 잉크를 묻혀 정성껏 또박또박 글씨를 써 나가셨다. 아버지는 앉은뱅이 책상 앞에 앉아서 밤늦도록 글씨를 쓰셨다. 마침내 표지도 근사하게 만들고 그림까지 멋지게 그리셨다. 이윽고 크레용으로 그림에 색칠까지 하셨다.

"자, 어떠냐? 그림이 천역색으로 되어 있으니 더 멋지지 않냐?"

"멋있어요, 아버지."

"이 책으로 열심히 공부하여 남보다 더 잘 하도록 해라."

나는 아버지가 자랑스럽기도 하고 고맙게 느껴졌다.

이튿날 아버지가 손수 만든 국어책을 보신 선생님은 아버지를 침이 마르도록 칭찬하셨다.

"상재 아버지는 6·25전쟁 때 나라를 구하려고 용감히 싸우시다가 허리를 다치셨단다. 학교 다닐 때는 전교에서 일등을 했는데, 이 책을 만든 것만 보아도 얼마나 재주가 훌륭한지를 짐작할 수 있겠지?"

아버지가 만들어 준 책은 전교 선생님들 사이에도 화제가 되었다. 예쁜 여선생님도 내 머리를 쓰다듬어 주며 관심을 보였다.

"니가 박상재니? 아버지가 참 훌륭하시더구나."

예쁜 여선생님이 칭찬을 하니 나는 우쭐해지기까지 했다.

1학년을 마칠 때 나는 우등상장을 받을 수 있었다. 당시에는 학년말 종업식날 성적이 우수한 학생들에게 우등상을 주었다.

2학년 담임 선생님은 예쁜 여자 선생님이었다. 1학년 때 아버지가 훌륭하시다며 격려해 주시던 그 여선생님이었다. 나는 2학년 때부터 일기를 쓰기 시작했다. 그것은 아버지의 뜻에 의해서였다. 아버지는 나에게 날마다 일기를 쓰도록 강권했다.

"상재야, 일기를 쓰게 되면 글짓는 힘이 길러진단다. 일기는 그 날 있었던 일 중에서 중요한 글감을 골라 솔직하게 쓰면 되니까, 힘든 일도 아니지."

아버지는 이런 말을 하시며 날마다 일기 검사를 하셨다.

2학년 때 봄소풍은 덕유산으로 갔다. 그날 일기는 소풍을 글감으로 자세하게 썼다. 이튿날 선생님은 나의 일기를 보시고는 입에 침이 마르도록 내 칭찬을 하셨다.

"여러분! 지금부터 상재의 일기를 읽어 줄 테니까 잘 들어봐요. 너무너무 잘 썼어요."

선생님이 내 일기를 낭랑한 목소리로 읽어 가는 동안 나는 작은 부끄러움에 고개를 숙이고 있었다. 그날 일로 일기 쓰기가 재미있어졌고, 글짓기에 많은 흥미를 갖게 되었다.

아버지는 일 년에 몇 번 전주에 사는 고모집에 다녀오곤 했다. 그 때마다 아버지는 동화책이나 동시집을 사가지고 오셨다. 강소천, 마해송 선생님이 쓴 동화책과 박홍근, 어효선 선생님이 쓴 동시집이었다. 아버지가 사오신 책을 몇 번이고 읽어 거의 외울 만큼 되었다.

3학년 여름방학 때, 나는 아버지를 따라 전주 나들이를 하게 되었다.

"아버지, 잘 따라다녀야 한다. 길 잃어버리면 다시는 엄마도 못 보게 되니까."

어머니는 삶은 계란 두 개를 손수건에 싸 주시며 말했다.

전주까지의 찻길은 비포장도로였다. 아버지와 나는 덜컹거리는 버스에 세 시간도 넘게 몸을 싣고 전주에 갔다. 태어나서 한 번도 이층집 구경을 못 했던 나는 즐비한 높은 건물과 수많은 자동차와 사람들 때문에 기가 죽었다. 고모는 시장 구경을 시켜 주시며 내게 멋진 옷을 한 벌 사 주셨다. 복숭아와 참외 같은 과일도 사 주셨다. 과일 가게에서 풍겨 나오던 단내 나는 복숭아 향기는 지금도 코끝에서 맴돈다.

고모부는 나와 사촌누나, 동생을 데리고 밤거리로 나갔다. 야경을 구경시켜 주기 위해서였다.

"경륜아, 상재 손 꼭 잡고 다니거라, 전주까지 와서 귀한 아들 잃어버려서는 안 되니까 !"

아버지는 사촌누나에게 몇 번씩이나 당부를 했다. 나는 그날 밤, 도깨비불처럼 번쩍이는 네온사인도 보고, 멋진 극장에서 영화도 보았다. 그리고 제과점에 들러서 맛있는 빵과 코끝이 찡한 사이다도 마시며 즐거운 시간을 보냈다. 잔뜩 신명이 난 모습으로 무사히 돌아온 나를 보고 아버지는 먼 길을 떠났다 돌아온 아들을 대하는 것처럼 기뻐했다.

이튿날 고모부는 아버지의 부탁을 들어주기 위해 나와 사촌들을 데리고 전주역으로 갔다.

"우와, 기차 한 번 되게 길다. 그런데 왜 저 기차는 시커멓지?"

"상재 형, 저 검은색 기차는 석탄 같은 물건을 실어나르는 기차고, 창문이 많은 저쪽에 있는 것이 사람이 타는 객차야."

1학년인 사촌 동생 송죽이가 제법 똑똑하게 알려 주었다. 고모부는 이리행 기차표를 끊어 우리에게 기차 여행을 시켜 주셨다. 처음 타본 기차, 새롭게 접하는 풍경들에 나는 눈을 반짝거렸다.

"매제, 고맙네. 우리 상재를 위해 수고를 많이 해서. 견문을 넓히려면 역시 여행을 하는 것이 가장 좋아."

아버지는 고모부와 술을 나누며 고마운 마음을 표했다.

집으로 돌아온 나는 친구들에게 전주 구경을 자랑하고 다녔다.

"기차가 우리 학교 교실 전체보다 더 길다 그 말이지? 집도 미루나무 꼭대기보다도 더 높은 것들이 많고?"

"그래, 그렇다니까."

"상재, 니가 그 기차를 정말 타 보았어? 우와 정말 신났겠다."

친구들은 나를 부러운 눈으로 바라보며 궁금한 이야기들을 자꾸만 물었다. 나는 냇가에서 멱을 감을 때에도 산골짝에서 가재를 잡을 때에도 전주 이야기를 들려주었다.

4학년이 되던 해에 나는 아버지에게 지게를 하나 만들어 달라고 졸랐다.

"상재, 너는 아직 어려서 지게질을 할 수 없을 텐데."

아버지는 지게를 구해 달라는 나의 청을 선뜻 들어주시지 않으면서도 짐짓 싫지는 않은 표정이었다.

"아버지, 제가 얼마나 힘이 센데요. 씨름을 하면 6학년인 재길이 형도 이기는 걸요. 제 몸에 맞는 지게만 만들어 주며 땔감 나무도 많이 해 오고 엄마가 머리에 이고 오는 짐도 내가 다 지고 올 거예요."

"그래, 알았다. 어디 한번 알아보도록 하마."

나는 또래의 친구들보다 힘이 훨씬 세었다. 그 때문에 모래판에서는 언제나 내가 왕자였다. 나는 동급생 친구들뿐만 아니라 한두 학년 위인 형들까지도 메다 꽂는 경우가 많았다.

4학년 때 가을, 아버지는 나의 간청에 못 이겨 마침내 내 몸에 맞는 조그만 지게를 맞춰 주셨다.

나는 학교만 파하면 집으로 돌아와 지게를 지고 산으로 갔다. 땔감으로 쓸 나무를 해오기 위해서였다. 아버지는 일을 할 수 없었기 때문에 언제나 땔감을 사서 썼다. 나는 내 힘으로 땔감을 구해 와 잔뜩 쌓아 놓고 아버지와 어머니를 흐뭇하게 해드리고 싶었다. 땔감은 주로 소나무의 죽은 삭정이, 나무를 베고 난 그루터기 같은 것들이었다.

그해 겨울 나는 살아 있는 소나무 가지를 끊어 묶어 지게에 지고 오다가 마을 앞 다리에서 뜨악한 일을 당했다.

앞서 가던 종호가 지게를 벗어 던지고 학교 쪽으로 도망을 치는 모습이 보였다. 무슨 일인가 싶어 어리둥절해 있는 나에게 건장한 남자가 다가왔다. 그는 다짜고짜 나에게 불호령을 했다.

"누가 살아 있는 소나무 가지를 이렇게 함부로 자르라고 했냐? 네 부모가 시키더냐? 네 아버지 이름을 대라."

"저희 부모님이 시키지 않았어요. 제 스스로 한 일이어요."

"안 되겠다. 이 녀석. 당장 지서로 끌고 가야겠다. 나무를 함부로 자르면 처벌을 받는다는 것 몰라? 너희 같은 한심한 녀석들이 있으니까 우리나라 산이 헐벗게 되고, 우리 같은 산림 공무원들이 고생을 하는 거야."

나는 눈물을 흘리며 한 번만 용서해 달라고 사정을 했다. 소문을 들었는지 아버지가 지팡이를 짚고 종호 아버지와 함께 나오셨다.

"어린것이 모르고 한 짓인데 한 번만 봐주세요. 내 몸이 성하다면 어린 아들에게 나무하라고 시키겠어요?"

아버지의 말에 종호 아버지가 거들고 나섰다.

"이 사람은 국가를 위해 몸바쳐 싸운 상이용사요. 원호대상자란 말이오."

"그래서요. 원호대상자는 멀쩡하게 살아 있는 나무를 함부로 베어도 괜찮단 말이오? 그리고 당신 아들은 죄를 짓고 도망까지 했어요. 아이들이 미성년자들이니까 교육을 잘못시킨 부모들에게 책임이 있어요."

잠자코 듣고 있던 아버지가 목소리를 높였다.

"이봐요. 당신들 공무원이 무슨 대단한 자리에 있다고 그렇게 함부로 말을 하는 거요? 공무원은 국가의 녹을 먹고 살아가므로 국민들에게 감사할 줄 알아야 해요. 국민의 아픈 곳을 감싸주고, 가려운 곳을 긁어 줄 줄 알아야 한단 말이오. 그런데도 당신은 어린 철부지들이 소나무 가지 좀 쳤다고 그렇게 겁을 주고 위세를 부려요? 모름지기 나무들은 가지치기를 해야 곧게 자란단 말이오. 산림계 공무원이 그 정도는 알 텐데……."

산림계 공무원은 더 이상 위세를 떨치지 못하고 슬그머니 꽁무니를 뺐다.

"상재야, 앞으로는 살아 있는 나무를 함부로 베어서는 안 된다."

아버지는 고개를 숙이고 죄인처럼 서 있는 나에게 이런 다짐을 주었다.

5학년이 되면서 아버지의 병세는 더욱 깊어졌다. 아버지는 바깥에서 생활하는 시간보다 벽을 등지고 천장을 보며 생활하는 시간이 많아졌다.

5학년 때 가을, 장수에서 군민의 날 행사가 열렸다. 제비 떼가 떠난다는 음력 9월 9일날 논개제전을 펼쳤다. '논개 뽑기 대회', '체육대회', '백일장 대회'를 열었다. 나는 학교 대표가 아니라 계북면 대표로 백일장 대회에 나갔다. 나는 그 전에도 교육청에서 여는 글짓기 대회에 나가 상을 받은 적이 있었다.

그날 백일장에서 나는 영예의 장원을 차지해 논개제전 위원장인 전휴상 국회의원으로부터 상장을 받았다. 상의 영예에 걸맞지 않게 상품은 도시락이었다. 다른 행사가 끝날 때까지 기다렸다가 시상을 하는 바람에 버스를 타고 늦게 집으로 돌아왔다.

내가 버스에서 내리자 아버지의 친구분이 손전등을 들고 마중을 나와 계셨다.

"상재, 이제 오냐? 아버지께서 하도 걱정을 하시기에 내가 마중을 나왔다."

"아저씨, 저 백일장에서 장원을 해서 상을 탔어요."

"그래, 참 잘했다. 장하구나. 아버지가 얼마나 기뻐하시겠냐?"

아저씨와 함께 어두운 밤길을 손전등불로 밝히며 집으로 향했다. 우리 집은 소나무가 많은 솔밭 언덕 아래에 있었다. 솔바람 소리를 들으며 나는 발길을 재촉했다. 솔밭 어귀에 이르자 인기척이 들렸다.

"상재냐? 왜 이렇게 늦었냐?"

아버지는 내가 걱정이 되어 아픈 허리를 감싸쥐고 골목 앞 한길까지 나오셨던 것이다.

"이봐 박 형! 상재가 글짓기에서 장원상을 탔다네. 아들 하나는 똑 부러지게 두었구먼."

신씨 아저씨의 말을 들은 아버지는 어둠 속에서도 오랜만에 웃는 얼굴을 보이셨다.

그후 아버지는 병마와의 고통스런 싸움을 잠시라도 잊으려고 술을 가까이 하는 날이 많아졌다. 그럴수록 아버지의 병세는 더욱 골이 깊어졌다. 아버지의 몸은 점점 야위어갔고, 음식도 통 들지 못하셨다. 그런 아버지의 모습을 지켜보는 어머니와 나의 마음은 찢어질 듯 아팠다. 주위의 어른들과 어머니는 아버지를 병원에 입원시키려 했으나 병원에 염증을 느낀 아버지는 입원을 하사코 거절하셨다.

내가 6학년이 되어 보름쯤 지났을 때, 아버지는 나를 불러 앉히고 희미한 목소리로 말했다.

"상재야, 아버지가 이 세상에 없더라도 꿋꿋하게 살아야 한다. 어려운 일이 있더라도 굳세게 헤쳐 나가거라. 열심히, 부지런히 살아가면 반드시 성공하게 될 게야. 아버지는 너를 믿는다."

나는 아버지의 꺼진 눈망울을 보며 이불에 얼굴을 파묻고 울었다. 다음날 음력 2월 보름달이 휘엉청 밝은 한밤중에 아버지는 고통스런 이 세상을 떠나셨다. 그날은 어머니의 생일날이었다.

'아버지! 육신의 고통이 없는 하늘나라에서 부디 편안하게 사세요.'

나는 아버지와 영원히 이별하는 그 순간에 이런 기도를 드렸다.

'내가 열심히, 부지런히 노력하면 아버지도 하늘나라에서 도와줄 거야.'

나의 마음속에는 언제부터인가 그런 믿음이 생겼다. 나는 호롱불 밑에서 열심히 공부했다. 아침이면 전교에서 가장 먼저 학교에 가서 책을 외었다. 교실의 내 자리에 앉아 창 너머로 먼 산을 보면 아버지의 산소가 어렴풋이 보였다. 나는 시험을 볼 때마다 아버지를 그리며 기도를 했다.

"아버지, 이번에도 백점 맞게 해주세요."

나는 코피까지 쏟아가며 지독하게 공부를 했다. 시험을 볼 때마다 틀리는 문제가 거의 없었다.

어린이날 무렵 나는 전교생들이 지켜보는 가운데 교장선생님으로부터 은메달과 함께 커다란 상장을 받았다. 소설가 월탄 박종화 박사가 주는 대한민국 어린이 예술문화상 은상을 탄 것이다. 담임 선생님이 지난 가을 논개제전 백일장에서 장원에 입상한 실적을 추천하여 받은 상이다.

나는 커다란 상장과 메달을 가지고 아버지 산소로 달려갔다. 아버지의 산소에서 보면 우리 학교가 내려다보였다. 아버지 산소 앞에 메달과 상장을 놓고 절을 하였다. 문득 아버지의 목소리가 들려오는 듯했다.

"상재야, 잘 했다. 우리 아들 참 장하다."

잘 자란 오월의 보리밭 위로 무지개가 아른거렸다. 종달새 노래 소리가 내 마음의 눈물을 닦아주었다.

그 해 12월 1일 함박눈이 솜처럼 쌓이던 날, 나는 전주에 있는 전주북중학교에서 입학시험을 치루었다. 전라북도에서는 수재들만 모여드는 일류 중학교였다. 시험공부를 하느라 병이 났던 나는 체력장 시험을 걱정했다. 그런데 턱걸이를 할 때 누가 뒤에서 밀어주는 것처럼 쑥쑥 올라갔다. 그 힘의 근원은 누구였을까? 이 세상을 떠나셔서도 나의 등불이 되어 주시는 아버지셨다.

나는 계북국민학교가 생긴 이래 처음이자 마지막으로 전주북중학교에 합격할 수 있었다. 2년 뒤에는 중학교 무시험 정책에 따라 중학교 입학시험이 폐지되었기 때문이다.

"상재야, 참말로 장하다. 네 아버지가 살아계셨으면 얼마나 좋아하시겠냐?"

만나는 사람마다 내게 이런 말을 건넸다. 나는 그 말을 슬픔처럼 곱씹으며 사부곡을 불러야 했다.

아버지! 그분은 지금도 나의 하나님이시다.

가을엔

박상재 작사
송택동 작곡

가을편지

박상재 작사
송택동 작곡

눈 오는 날

박상재 작사
이순형 작곡

(사랑을 담아 노래해요)

들길을 가면

박상재 작사
송택동 작곡

숲속길

박상재 작사
송택동 작곡

아름다운 세상

박상재 작사
송택동 작곡

박상재(朴尙在)

1956년 2월 3일(음력 55년 12. 22) 전북 장수군 계북면 어전리 886번지에서 부친 朴容植 씨와 모친 安龍仙 여사 사이에서 3남 1녀 중 장남으로 출생

1962년 계북국민학교 입학

1966년 논개제전(장수군민의 날) 백일장 국민학교 동시부 장원

1967년 국민학교 6학년 때(3월) 부친 작고

1968년 대한민국 어린이문화상(은상) 수상

1968년 전북 장수 계북국민학교 졸업

1968년 전주북중학교 입학, 9월에 전주로 전 가족 이주

1971년 전주북중학교 졸업

1971년 전주고등학교 입학

1974년 전주고등학교 졸업

1975년 전주교육대학입학

1976년 전주교육대학 신문사 편집국장

1977년 전주교육대학 졸업

1977년 3월 전주형문전수학교 전임강사

1977년 5월 순창 쌍치 금국국민학교 교사

1979년 《전북신문》, 《서울신문》에 창작 동화 발표

1980년 9월 김제 심창초등학교 교사

1981년 월간 『아동문예』 신인상에 동화 「하늘로 가는 꽃마차」(이준연 선생 심사) 당선

1983년 양태원 씨와 송옥주 여사의 장녀 양은숙(梁銀淑)과 혼인, 그 해 아들 현우(賢祐) 출생

1983년 〈새벗문학상〉 장편동화 부문에 『원숭이 마카카』 당선(박홍근, 박경용 선생 심사)

1984년 《한국일보》 신춘문예 동화 부문에 「꿈꾸는 대나무」 당선(어효선, 이재철 선생 심사)

1984년~현재 서울연촌, 삼광, 이수, 서울사대부설초, 옥정, 구일, 영일초등학교 교사

1985년 3월 서울교육대학 편입 후 졸업

1985년 딸 지현(志炫) 출생

1985년 첫창작동화집 『꿈꾸는 대나무』(인간사) 상재

1986년 『춤추는 고양이』(현암사), 『장수골 만세』(지경사), 『논설문 설명문』(경원각) 상재

1987년 『태양을 향해 달리는 기차』(공저, 아동문예사) 상재

1988년 『물새가 된 조약돌』(교육문화사), 『허수아비가 된 허수아버지』(예림당) 상재

1989년 『원숭이 마카카』(새벗), 『글짓기 나라』(공저, 재능교육), 『호리병 속의 한국사』(공저, 대교출판), 『세종대왕』(문공사) 상재

1990년 『매맞는 나무』(윤성) 상재

1990년 『아빠 곁에 있을래요』(서강출판사), 『겨울행진곡』(아동문예사)상재

1991년 『사과 나무 하나가 지구를 흔들었다』(대교출판), 『도깨비 감투』(고려원미디어) 상재

1991년 한국간행물윤리위원회가 한국갤럽조사연구소에 의뢰하여 실시한 "어린이 독서경향 및 독서환경 실태조사 보고서"에서 선호하는 동시 동화작가 2위에 뽑힘(1위, 안데르센, 3위 이슬기, 4위 이원수, 5위 윤석중)

1991년 성균관대학교교육대학원 석사과정(국어교육 전공, 석사논문—「한국 창작동화 · 아동소설 연구」) 졸업(학업우수상 받음)

1991년 국립중앙교육평가원 연구위원.

1991년 국민학교 1종도서 국어과 집필위원(특수학교용),

1992년 『개구쟁이 천방지우』(도서출판 동지), 『목마와 할아버지』(선화교육사) 『첫나비』(선화교육사), 『어리석은 살쾡이』(선화교육사), 『엄마 찾은 뻐꾸기』(선화교육사), 『혼자 자다 생긴 일』(선화교육사), 『허생전』(대교출판), 『독서감상문 쓰기』(한국교과연구회), 『각시방의 꼬마손님』(공저, 대교출판) 상재

1993년 『통일을 기다리는 느티나무』(오늘, 〈한국아동문학상〉 수상), 『동경 126도 11분 북위 34도 13분에 사는 아이들』(능인), 『말하기 연습실－동화구연 웅변』(교육문화사), 『우리 옛시조 100수』(재능교육), 『넌자 도깨비』(공저, 대교출판)

1993년~현재 〈새벗문학상〉 운영위원 및 심사위원

1994년 『개미가 된 아이』(예림당) 『보물섬 아이들의 자전거 여행』(공동체), 『녹두장군 전봉준』(대교출판), 『토끼전』(대교출판), 『논설문 나도 잘 쓸 수 있다』(예림당), 『글쓰기 이렇게 시작하세요』(동아출판사) 『글짓기 완성』(도서출판 곰), 『최무선』(아이템플) 『문익점』(아이템플) 『이성계』(계림문고), 『느티나무 이야기』 외 5권(공저, 능력개발) 상재

1994년 『아동문학연구』 신인상 심사위원

1994년~1995년 서울대학교 국어교육연구소 연구위원(독서체계연구)

1995년 초등학교 교과용도서(국어과) 심의위원

1995년 한겨레아동문학대회 참가(중국 옌벤)

1996년 『꿀벌 삼총사』(예림당), 『종달새들의 합창』(삼성출판사), 『세상에서 제일 무서운 것』(한국안데르센), 『이사 온 울산바위』(한국안데르센), 『초등학교 시조교실』, 『이젠 나도 어린이 작가』(상, 하권)(중앙교육문화사) 상재

1997년 『찌그덩 이발사』(공저, 대교출판), 『눈높이 학습동화』(전6권)(공저, 대교출판), 『김옥균』(삼성당), 『서유기』(삼성당) 상재

1998년 『소공녀』(삼성당), 『몽테크리스트백작』(삼성당) 상재

1998년 2월 단국대학교 대학원 국어국문학과(현대문학 전공) 문학박

사학위 취득(논문―「한국 창작동화에 나타난 환상성 연구」)
1998년~2004년 단국대학교 및 동대학원 강사
1998년~2004년 서울국제아동문학관 부설 아동문학평론사 편집장
1998년 한국아동문학학회 부회장 겸 아시아아동문학대회 한국본부 부회장
1998년 『한국 창작동화의 환상성 연구』(집문당, 문체부 우수학술도서로 선정)

1998년 7차 교육과정 초등학교 국어과 교과서 심의위원
1998년 서울대학교 국어교육연구소 자문위원(사고력 개발)
1999년 『춤추는 오리』(여명출판사), 『아동문학 창작론』(공저, 학연사) 상재
1999년 제5차 아시아아동문학대회 참가 주제 발표(대만 타이페이)
2000년 『그림속으로 들어간 아이』(예림당)

2000년~현재 『아동문학평론』 신인상(동화) 심사위원
2001년 부총리겸 교육인적자원부장관 표창(교과서 개발 유공)
2002년 제6차 아시아아동문학대회 참가 주제 발표(중국 대련)
2002년 『한국 동화문학의 탐색과 조명』(집문당, 〈방정환문학상〉 수상), 『동화창작의 이론과 실제』(집문당), 『물새가 된 조약돌』(아테네) 상재

2004년 한국아동문학인협회 동화분과회장
2004년 명지대학교 강사
2004년 제8차 아시아아동문학대회(일본 나고야) 주제발표(우수논문상 수상)
2005년~ 한국교원대학교 겸임교수
2005년 『원숭이 마카카』(대교 출판) 재출간

2005년 그림동화 『별나라 별이』(한국헤밍웨이), 『얼룩이는 천방지축』(한국비젼북), 『너와집할아버지의 쟁기질』, 『털보영감과 호롱불』, 『진돌이가 지켜낸 종소리』, 『새가 된 닥나무』, 『아버지가 그리운 도자기』(삼성비엔씨), 『물새가 된 조약돌』(그림동화, 프로벨) 상재
2006년 제2차 세계아동문학대회(서울 임페리얼팰리스호텔) 집행위원장

2006년 『어른들만 사는 나라』(은하수미디어, 〈한정동아동문학상〉 수상), 『금오신화』(대교출판), 『맥베스』(휜돌), 『우리 몸(외계인이 나타났다)』(학습만화, 꼬마배꼽) 상재

2008년 서울교대부설 평생교육원 강사

2008년~2009년 MBC창작동화상 심사위원

2008년 『아문센』(효리원), 『술끓은 까마귀』(아테네, 한국문화예술위원회 우수문학도서로 선정) 상재

2008년 제9차 아시아아동문학대회 참가(대만 대동대학교)

2009년 『도깨비가 된 장승』(청개구리) 상재

2009년 현재 서울특별시교육청 장학위원으로 서울교육연수원, 부산교육연수원을 비롯한 전국 80여 도서관, 초등학교 등에서 문학교육 및 독서지도 영역 강의